Monseigneur du Grand Nord

Collection « Voyage jusqu'au bout »
dirigée par Jean-Claude Guilbert

Claude Roche

Monseigneur du Grand Nord

Isidore Clut, évêque-missionnaire, coureur des bois, chez les Indiens et les Esquimaux du Nord-Ouest américain (de 1858 à 1903)

ÉDITIONS OUEST-FRANCE

*Je dédie ce livre à mon père, il a tant admiré
et aimé son aïeul sans l'avoir connu ; c'est lui
qui nous a transmis son goût
de l'effort et sa prédilection pour les pays
du froid et des montagnes.*

Les mots suivis d'un astérisque font l'objet d'une explication
dans le lexique en fin d'ouvrage.

INTRODUCTION

Le siècle dernier, colonial et missionnaire, a donné le jour à quelques grandes figures de découvreurs, explorateurs qui ont fondé la géographie et transformé l'histoire de notre monde.

Parmi les personnages anciens, beaucoup sont restés dans l'ombre, parfaitement ignorés de tous : soit parce qu'à l'époque, les médias n'avaient pas les moyens d'amplifier les exploits, soit parce qu'à l'inverse des voyageurs dont parle Montaigne, ceux-ci partaient pour de toutes autres raisons que celles de revenir conter leurs aventures. Ces inconnus coulaient, suivant le cas, une vie paisible ou pleine d'aventures extraordinaires dans de lointaines contrées sans jamais revenir et mouraient sur place dans un héroïsme totalement ignoré.

L'histoire que j'aimerais vous faire partager est celle d'un de ces hommes de l'ombre. J'ai eu, de ce personnage, une connaissance partielle et embellie par ma famille. Elle transmettait, dans l'ignorance des faits exacts, une sorte d'image d'Epinal propre à satisfaire la curiosité des enfants et à provoquer la vénération des grandes personnes.

Il était le grand-oncle de mon grand-père et son portrait de patriarche trône encore aujourd'hui dans une salle à manger familiale. La tradition domestique en avait fait un saint et un héros. Entièrement dévoué à l'évangélisation des Indiens des territoires du Nord-Ouest américain avant la confédération du Canada. Il avait parcouru, pendant plus de quarante années, ces terres subarctiques à peine peuplées, au péril de sa vie. En hiver, les froids intenses n'autorisaient pas d'autre moyen de transport que les traînes à chiens et les raquettes. En été, les fleuves gigantesques, les rivières et les lacs, entrecoupés de rapides, chutes et autres embûches multiples pour compliquer la tâche du voyageur, constituaient les seules voies de communication. Le grand-oncle, dans ses tournées épiscopales, avait parcouru plus de neuf fois le tour de la terre, empruntant traîneau, pirogue ou char à bœuf quand il n'était pas à pied.

Isidore Clut est né un jour d'hiver, dans la Drôme, à Saint-Rambert-sur-Rhône, près de Valence, dans une famille de paysans robustes.

Sa mère, femme méticuleuse et pratique, tenait un petit journal aujourd'hui disparu, qui mêlait au jour le jour, dans de petites phrases, les événements de sa vie familiale et ceux de la ferme. On pouvait y lire, pour le 11 février 1832 :

— Naissance de mon fils Isidore, grand froid et vent du nord, heureusement qu'il a neigé il y a trois jours, les graines seront protégées.

— J'ai donné trois sacs de pommes de terre à Joseph pour qu'il achète deux mètres de drap.

— Nicolas a sorti dix mesures de farine du grand sac, il en reste encore près de trente....

Isidore aura sept frères et sœurs avec lesquels il entretiendra une correspondance suivie pour certains, et sporadique pour d'autres. Il ne sera pas toujours très fier de sa famille, souvent partagée par des querelles qu'il juge désobligeantes pour sa condition et en désaccord avec la charité chrétienne.

A l'époque de sa naissance, en 1833, Guizot crée les écoles communales obligatoires. Le jeune Isidore bénéficie donc d'une des premières écoles de campagne. Très tôt, il affirme son désir de vie religieuse. A quinze ans, il apprend le latin sous l'égide d'un cousin instituteur, puis avec le curé de son village, avant de partir au séminaire de Valence. Il y restera six ans.

A vingt et un ans, le petit monde séculier entre les champs et le Rhône ne satisfait plus son désir de sacrifice. Il rêve de missions lointaines. Le seul fil qui semble un moment retenir Isidore de partir est l'amour pour sa mère. C'est son premier pas vers le renoncement, il s'abandonne à la volonté divine en coupant les liens les plus doux : il entre dans la congrégation des Oblats de Marie. Oblat était le nom donné aux enfants que l'on cédait comme serviteur à vie, à un maître ou à un seigneur. Devenir oblat signifiait une coupure totale avec la famille d'origine, pour se soumettre corps et âme à la nouvelle autorité.

Il croit le renoncement total lorsqu'à vingt-cinq ans, une petite heure de conversation avec Monseigneur de Mazenod, l'évêque fondateur de la congrégation, lui offre de se rendre dans le Grand Nord américain. Mais ce n'est que le début d'une longue vie d'abnégation.

Il a moins d'une semaine pour quitter ses études à Marseille, dire un adieu définitif à ses parents — de ces contrées, il est plus fréquent qu'on ne revienne jamais — et joindre Liverpool pour s'embarquer.

Il faut avoir une trempe peu commune pour accepter de partir à l'autre bout du monde, même pour le service de Dieu. C'est un sacrifice rare à l'époque. C'est d'ailleurs à ce manque de volontaires qu'il devra de revenir en France, chercher désespérément des sujets pour ses missions. Mais, en 1857, il ne le sait pas. Il part sans l'espoir de revoir un jour les siens.

Il ne reverra jamais son père. Il sait aussi que le climat qu'il va affronter sera terrible : froids démesurés pendant la nuit hivernale et étés courts avec leur suite d'insectes infernaux. Il a entendu parler des disettes fréquentes et des menus quotidiens, qui n'ont pas grand-chose à voir avec les produits de la ferme familiale. Et le pire n'est peut-être pas là ; lui-même dira plus tard que sa torture suprême fut la vermine. Sa dignité d'évêque ne l'a pas empêché d'être couvert de poux.

En juin 1857, il débarque à Québec, se rend à Montréal, y reçoit les ordres mineurs de son nouvel évêque, Monseigneur Taché, puis part pour les confins du pays civilisé, Saint-Boniface sur la rivière Rouge, aujourd'hui faubourg de Winnipeg. Le voyage commence dans les eaux des grands lacs et se termine sur les mauvais chemins de la prairie dans des roulottes de pionniers. Moins d'une année plus tard, ordonné prêtre, il quitte « le monde », le 4 juin 1858, pour sa première mission sur les bords du lac Athabaska.

Claude Roche

Equipage d'une brigade de barges au grand rapide d'Athabaska, autour de 1900.
Photo Compagnie de la Baie d'Hudson, dans *Our metis heritage*.

Barge descendant un rapide sur la rivière Athabaska.
Photo Archives publiques du Canada, dans *Our metis heritage*.

CHAPITRE PREMIER

LE DEPART DES BARGES

Isidore Clut part de Winnipeg pour sa première mission sur le lac Athabaska - Les barges remontent vers le Nord - Drame au portage La Loche - Les premiers Indiens - Le grand rapide.

— Eh! vous autres, bande de niaiseux, vous voulez jeter tous ces ballots dans la rivière, je suppose. Venez donc me refaire ces ficelles.

Franck Lépine, le chef de brigade, malmène les nœuds qui attachent les colis à la barque.

Deux ou trois métis remontent en riant sur la barge pour retendre les cordes en tirant avec force.

— Pis ensuite de ça, vous me calerez les affaires des missions sur la troisième barge, reprend Franck d'une voix forte. Son énergie et sa rapidité le distinguait de ses compatriotes, dont il était le chef incontesté.

Dans un petit matin clair du mois de juin 1858, la caravane des barges de la Compagnie de la Baie d'Hudson s'apprête à remonter jusqu'à l'Arctique pour approvisionner les forts des provinces Athabaska et MacKenzie. Trois mois de voyage aller, pour acheminer les provisions et autant pour revenir avec les tonnes de fourrures amassées dans les forts de traite pendant toute une année. Les mariniers de peine, tous métis, chargent les marchandises dans chaque barge, sorte de péniche à fond plat, d'une quinzaine de mètres de long. Une petite colonne de fourmis, de fort à bras et de maigrelets, serpente vers les embarcations.

Sous un énorme colis aux angles arrondis par la toile d'emballage, Fred, colosse taillé en forme d'ours, entoure la charge de ses bras rondelets pour la maintenir sur son dos. Courbé à la ceinture, nonchalant et sûr, il avance lentement, monte sur la barge et se déleste de sa charge. La barque oscille dans un léger clapotis et Fred redescend en petits pas dansants.

Avec le monopole du commerce des fourrures, la toute puissante Compagnie exerçait aussi le privilège de transporter chaque objet ou personne se dirigeant vers le MacKenzie. Elle se réservait le choix des passagers, la quantité de marchandises et le prix des voyages. La vie même des Indiens ne pouvait presque plus se poursuivre sans elle dans le Nord.

Sur le quai, s'entassaient les gros ballots de la compagnie entourés d'une forte toile de jean grise, élimée et tachée à force d'usage. A côté, le petit tas des missions ressemblait à une misère. Le tissu des balles, ravaudé de pièces disparates aux tonalités sombres, avait été cousu avec un soin méticuleux pour tenir encore quelques voyages. Aux yeux des missionnaires ces petits colis représentaient un véritable trésor.

Franck appela Timothy pour contrôler les numéros des marchandises.

Tim, un des rares à savoir lire, avait toujours une plaisanterie à la bouche. Déjà son costume d'occidental, aussi chiffonné que son visage d'Indien, provoquait l'hilarité générale ; mais cela ne lui suffisait pas, il s'ingéniait à en rajouter. Il chantait à tue-tête les gros chiffres marqués au pochoir indiquant le fort de destination.

Il devait veiller à ce que, dans chaque barge, soient réunies toutes les marchandises d'un même fort. Au passage, comme prétexte à ses calembours, il lisait à haute voix le nom du destinataire, inscrit sur un carré blanc grossièrement cousu.

Sous ces grosses toiles se cachait le « butin » d'une année. On nommait ainsi toutes les marchandises indispensables à la vie du Nord.

Le butin, pour les employés de la Baie comme pour les missionnaires, servait à compléter la nourriture, se vêtir, construire et remplir les magasins. Il constituait surtout la monnaie d'échange qui permettait à la

Compagnie d'obtenir les fourrures et la viande des trappeurs, Indiens ou métis.

On y trouvait un attirail hétéroclite, composé de vêtements plus ou moins usagés, de bibelots, d'armes à feu, d'outils de toute sorte, de verroteries, de tabac, de munitions, de toiles, de rubans, de sucre, de thé et de farine et, parfois, quelque objet de luxe réclamé par la femme d'un chargé de poste, un peu de liqueur ou de chocolat.

Près du tas destiné aux missions, deux ecclésiastiques attendaient l'embarquement en silence. Le plus grand, le pas alerte, les cheveux légèrement frisés, arborait un sourire optimiste. Il portait sur son visage la joie du départ imminent vers une destination longtemps attendue. Jeune homme de vingt-six ans, l'esprit bien planté dans la terre, le menton volontaire, le regard franc, il semblait incarner parfaitement le tempérament vif et généreusement naïf des campagnes françaises. Pour les métis, c'était un Français de France et cela voulait tout dire.

L'œil rivé sur les colis qui lui avaient été confiés, il se tenait sur ses gardes, prêt à intervenir au cas où on les oublierait.

A ses côtés un petit bonhomme timide, caché sous une casquette sans visière, regardait la scène d'un air distrait. Tous les deux portaient la même robe noire, une grande croix fichée dans leur large ceinture. L'immobilité de leur silhouette noire apparaissait étrange au milieu de l'agitation des hommes de la Compagnie qui continuaient le chargement des bateaux.

Le commis du poste s'avança sur le terre-plein d'embarquement d'un petit pas rapide. Il sentait la mousse à raser et tenait sa nuque raide ; là s'arrêtait sa dignité. Anglais jusqu'à la pointe des cheveux, une petite moustache taillée au rasoir, l'homme en poste depuis peu de temps, bien décidé à faire rapidement fortune par tous les moyens, méprisait tellement ces engagés au sang mêlé, aux manières de sauvages qu'il avait réussi immédiatement à se faire détester par tout le monde.

Il s'approcha des religieux, parlant ostensiblement la langue des Lords, en pinçant les lèvres d'un sourire obséquieux, et dit :

— Vous êtes le frère Joseph-Marie Kearney et le père Isidore Clut, n'est-il pas ?

Le petit frère, dont l'anglais était la langue maternelle, répondit doucement :

— Oui, Monsieur, nous nous rendons au lac Athabaska.

Le commis en savait assez, les passages étaient payés, sans un mot de plus il se retira vers l'entrepôt où se trouvait son bureau.

Franck le voyant s'éloigner l'appela à la cantonade, dans son français de coureur de bois :

— Seur, seur, m'est avis que faudra faire une autre barge au prochain voyage. Je voudrais pas être chicoteux mais c'est pas diable possible de tout faire monter dans ces barques-là !

Le commis, aussi serré que sa petite cravate sur son col dur, avait horreur du parler français qu'il trouvait vulgaire et de surcroît une insulte à son autorité.

— Vous travaillez pour une compagnie britannique, Monsieur. Parlez correct ! lui dit-il en appuyant ses mots.

Franck laissa percer sa haine pour ce bureaucrate prétentieux, en écorchant chaque mot anglais qu'il prononçait pour répéter sa remarque. Insensible à cette attaque, le commis savourait la supériorité de langage qui lui avait valu son grade élevé ; il répondit à Franck avec un accent pointu :

— Vous embarquerez toute la marchandise et s'il en manque en cours de route, je le prélèverai sur vos gages.

Il suffisait à Franck d'avoir vu les yeux hautains du commis pour comprendre que sa requête n'aboutirait pas malgré son bien-fondé.

— Allez voir vous-même, comme quoi je dis vrai ! lança-t-il sèchement.

Il savait trop bien que le commis lui ferait porter le chapeau en cas de problème, il n'avait pas besoin de se l'entendre dire. Ce gratte-papier ne cherchait qu'à faire rentrer de l'argent et chaque ballot représentait des liasses de dollars.

— Alors j'embarque point les longues robes, cria le chef de brigade avec dépit ! (C'est ainsi que les Indiens et les métis appelaient le plus souvent les missionnaires dont la soutane descendait jusqu'aux chevilles.)

Le commis déjà rentré à l'entrepôt sortit comme un diable de sa boîte. Il n'avait que faire des missionnaires, mais ceux-ci représentait une source de revenus qu'il fallait ménager. D'une voix posée et méchante il prononça presque entre les dents :

— N'essayez pas, Monsieur, ou vous êtes renvoyé sur-le-champ et sans gages !

Près des barges, les engagés suivaient le dialogue, un malin sourire aux lèvres. Sans comprendre l'anglais, ils avaient observé et compris toute la conversation sur les visages. Ils se réjouissaient, heureux que l'un des leurs ait eu l'audace de s'opposer à cet homme sans scrupule. Ils en connaissaient pourtant trop bien l'issue. Ils savaient d'avance qu'ils feraient les frais de la rapacité du nouveau commis. Les portages seraient plus longs et plus pénibles, les dangers dans les rapides seraient accrus par l'excédent de poids et le rond-de-cuir ne supporterait aucun des risques infligés par son appât du gain.

Les missionnaires échangèrent un regard, ignorant tout du pays et de ses gens, ils hésitaient à comprendre que leur voyage ou leur sécurité étaient en jeu dans le différend entre le commis et le pilote des barges.

Le plus grand portait avec fierté sa tonsure de jeune prêtre, il cachait mal la fébrilité que lui causait le départ pour sa première mission. Il dévisageait tour à tour les métis et le pilote pour savoir comment ils allaient se tirer de cette mauvaise querelle. Il avait l'impression que ceux-ci manquaient de courage, fatigués d'avance devant un travail qu'ils jugeaient trop pénible.

Le missionnaire n'avait pas encore vu les rivières du Nord et leurs dangereux caprices.

Sans donner raison au commis qu'il trouvait très antipathique, il approuvait secrètement sa conduite intransigeante.

Son compagnon, indifférent à cette histoire, observait les mariniers fixer les charges sur les embarcations. Les nœuds devaient avoir une solidité irréprochable et cette tâche lui paraissait plus importante que de s'occuper des chicanes des autres. Son visage d'Irlandais silencieux, éclairé d'une douceur inhabituelle pour un nordique, était recouvert d'un sourire fermé. L'image encore brûlante des misères qu'il avait dû vivre ces dernières années à Belfast, le départ de tous les siens, lui laissaient un goût amer sur les relations humaines ; mieux valait s'en rapporter aux choses. Aussi, abandonné à Dieu, se croyant indigne du sacerdoce, il avait préféré les humbles fonctions de serviteur ; sacrifiant ses études, il avait choisi la mission la plus reculée. Franck les appela pour embarquer.

Ils étaient les seuls passagers car d'autres barges suivraient dans les jours prochains, qui seraient sans doute moins chargées. Le présent convoi devait se rendre jusqu'à la rivière Rouge* à l'embouchure du grand MacKenzie, dernier poste de traite de fourrure aux abords de l'océan Arctique.

Ni le prêtre, ni le frère n'avaient le pied marin et les métis riaient sous cape de les voir tituber entre les ballots, déséquilibrés par leur baluchon de voyage. Ils s'assirent comme deux enfants bien sages sur des paquets au nom de la mission du fort Athabaska, lieu de leur destination.

— Attention aux misères de l'eau, là où ce que vous êtes « assite » vous pouvez ben chavirer dans la rivière quand ça chahute un peu fort. Vous aurez intérêt à vous assouère dans le fond, proposa le capitaine de la barge.

Le petit frère obéissant sans mot dire s'assit sur le plancher au point de ne plus voir d'autre horizon que la toile écrue des marchandises. Son compagnon décida qu'il serait toujours temps de se caler si cela devenait nécessaire. Il ne voulait rien perdre de cette première remontée vers le Nord. Les chaloupes s'étalèrent en convoi sur le miroir gris du lac dans le petit matin.

La première journée de voyage se passa sans incident, les métis chantaient à longueur de temps pour se donner du courage. Les deux robes noires regardaient les oiseaux et les prairies se succéder sur les rives de la rivière Saskatchewan qu'ils remontaient depuis le lac de Winnipeg.

Le premier soir, Franck n'eut pas à élever la voix. Chacun connaît sa tâche.

Les barges une à une viennent s'échouer dans la petite crique. Les premiers, Joe Lafferty et Timothy tombent des arbres pour servir de support aux toiles de tente. Alex Loutitt, petit et nerveux, s'acharne pour les ébrancher. Joseph, un gaillard aux épaules larges comme un tronc, débarque le poêle, grosse caisse de tôle forte qu'il va placer sur quelques pierres, son fils, un gamin de quinze ans, embarrassé de ses premiers habits trop étroits, monte les tuyaux en se mâchurant de noir de fumée.

Les deux religieux ne savent pas trop où se mettre, ils ont l'air d'embarrasser tout le monde, mais n'osent pas s'éloigner.

— Venez, frère Kearney, profitons du temps qu'il nous reste avant le repas pour dire nos oraisons.

Les voilà, cheminant le long de la rive, ils psalmodient à voix basse leurs prières, au milieu des cris des engagés préparant le camp.

Joseph, qui n'aime pas être chatouillé, est sur le point d'entamer une bagarre avec le cuisinier au sujet d'une saucisse qui manque dans les provisions. Tout le monde sait que ce seront les dernières, maintenant qu'ils ont quitté le monde civilisé. Mais Franck coupe court aux vélléités belliqueuses de Joseph qui n'attendait qu'un mot pour se dégourdir les poings.

La soupe de fèves au lard, préparée avec l'eau de la rivière, fume à côté de la cheminée. Le « cuistot » sonne le dîner sur le couvercle de la marmite. Dans la grande poêle, les saucisses flottent dans la graisse de bison.

Pendant que chacun mange à grand bruit la soupe dans sa gamelle, Joe, compagnon de farce inséparable de Timothy, interpelle le plus grand des religieux :

— Savez-vous quoi ce qu'on va faire demain au rapide du buisson ?

Le Français de France d'un air détaché lui répond :

— Pas encore, cher Monsieur, mais vous allez nous le dire.

— Eh ben c'est qu'on va aller à la cordelle. Vous voyez ça, tout le monde du bateau y s'attachent à la corde et de la rive y tirent pour que la barge elle remonte toute l'eau blanche. Et qu'on va être bien obligé de prendre vos services pour tirer, il faut remplacer Harry, qu'à s'est fait mal au pied ce matin. Alors comme vous êtes costaud et pis p'u jeune que nous autres, ça sera ben mieux !

Le jeune père élevé dans la campagne sur les bords du Rhône n'était pas effarouché par le gaillard ni par ce genre de tâche, mais il se demandait si sa dignité de prêtre ne lui interdisait pas ce type de besogne.

— Je peux être utile si cela s'avère nécessaire, répliqua-t-il avec timidité.

Tous les hommes rirent à gorge déployée. Le pauvre Isidore n'avait pas saisi la taquinerie de Joe. Il regardait son confrère pour se rassurer.

Le frère Kearney affichait toujours son même sourire. Personne n'osait lui adresser la parole, non qu'il eût une attitude hostile, bien au contraire, mais son silence pesait lourd sur les hommes qui se sentaient jugés par le petit Irlandais. De plus il ne possédait pas assez la langue des métis pour bien les comprendre et cela le rendait encore plus absent des conversations.

La soirée se termina par quelques chansons de vieux français et la nuit claire les vit tous s'endormir.

La navigation ne devait pas être toujours aussi tranquille. Un matin, une des barges toucha le fond par son milieu.

D'un seul coup, sous l'action des rameurs qui se trouvaient plus nombreux à l'arrière, la grosse barque pirouette sur elle-même comme un jouet de bois et manque par deux doigts de basculer et renvoyer à l'eau rameurs et bagages. En moins de temps qu'il ne le faut pour le dire, les rameurs du milieu se jettent à l'eau et, d'un puissant coup d'épaule, décollent le canot de la pierre qu'il avait accrochée, le remettent à plat et le laissent couler dans le courant ; puis, les rameurs restés à bord amorcent un virage et remontent chercher leurs camarades.

Pendant la scène, les hommes de toutes les autres barges n'avaient pas cessé de rire et plaisanter comme s'ils étaient à un tournoi de joute nautique. Leurs quolibets joyeux fusaient de barge en barge.

— Wiyohow, voyez le p'tit Louis qui revire à la rivière Castor.

— Tu déserte-t-y associé ? Ou ce que t'as oubié ton chapeau ?

— Ayeu, Ayeu, bon vôyage. Ben des compliments à ta maison, ni tchiwam.

— C'est-y qui s'en veulent du poisson, s'ont ben faim à c'te heure ?

— Eh ! dit le Jeannet, t'y vas camper dans la rivière ? y'l'a ben joli ton campement ! te va pas manquer d'esturgeons.

— Tiens, quoi qu'il a le Villenave, qu'est-ce qu'y le démange pour prendre un bain à ce moment çitte !

Pas un juron, pas un mot de colère ; là où des marins français se seraient répandus en imprécations de toute sorte contre l'écueil, le ciel, la barque, les poissons même, une plaisanterie bon enfant répondait aux plus dangereuses difficultés. Toutes les occasions étaient bonnes pour casser la monotonie de longues journées à remonter les rivières et les chapelets de lacs qui se succédaient jusqu'à la ligne de partage des eaux. Les métis, contre les dangers et les mauvais coups du sort, retrouvaient la force colossale de leurs pères pionniers et l'abandon séculaire des Indiens à la fatalité. Leur langue colorée de vieux français, mâtinée de cree* et de montagnais*, mélangée par-çi par-là d'un mot anglais bien déformé, renforçait encore leur dérision face au danger.

Isidore Clut dans la barque suivant immédiatement celle qui frôla la catastrophe s'était levé pour regarder la scène. Il cherchait à comprendre ce qui était arrivé.

Le « devant de barge » s'est laissé distraire et n'a pas vu le rocher à fleur d'eau qu'une toute petite risée trahissait. En passant, il pouvait voir maintenant une petite différence sur la surface de l'eau, à peine perceptible à l'œil du profane.

Peu rassuré sur les dangers presque invisibles de la rivière, Isidore observait Joe Lafferty, son « avant de barge », avec plus d'admiration.

Ses manches de chemise bien boutonnées, son gilet serré sur la poitrine et son chapeau mou baissé sur le front pour se protéger du soleil, vêtu de neuf pour le début du voyage, Joe était fier de ses habits de vrai gentleman ; c'était son troisième voyage comme avant de barge.

Il avait la plaisanterie facile avec la pipe en bouche mais à son poste, il ne disait pas grand-chose, debout, penché comme une figure de proue, ses yeux fixés sur l'eau, il maniait la rame d'une main, gardant le bras droit libre pour faire les signaux au capitaine qui se tenait à l'arrière.

Le devant de barge et le capitaine étaient les postes les plus importants de la barque. Au milieu, six à huit rameurs assis, poussaient sans relâche sur les lourds avirons. Comme son homme de devant, le timonier se tenait debout, actionnant — en guise de gouvernail — une immense godille, taillée dans un tronc de près de dix mètres de long, familièrement nommé le balai. Pour remonter les rivières, celui-ci servait autant à faire avancer la barque qu'à la diriger dans les dédales du fleuve dont les traquenards n'étaient pas toujours visibles à l'œil inexpérimenté.

On approchait de midi et Franck décida un arrêt sur une petite île couverte de saules pour permettre aux malheureux baigneurs de faire sécher leurs habits.

Aussitôt à terre, les pipes s'allumèrent et chacun de commenter les événements à sa façon.

Le père Clut, sans chapeau, voyait son front devenir dangereusement rouge par l'effet de la réverbération dans les très longues heures de soleil. Le petit frère lui suggéra de nouer son mouchoir aux quatre coins pour s'en couvrir.

Dans l'après-midi eut lieu la fameuse passe que Joe avait mentionnée la veille. On y arriva vers cinq heures. Le soleil encore haut semblait jeter toute sa chaleur dans cet entonnoir géant. La rivière devenue plus étroite passait une sorte de défilé entre deux collines, dans lequel le tirant d'eau était trop fort pour les rameurs. Les hommes d'équipage, à l'exception du capitaine resté sur le bateau, s'étaient attachés le long de la cordelle.

Isidore, autant par défi pour la plaisanterie de la veille que pour exercer ses muscles engourdis, proposa ses services et il sauta à terre.

— C'est pas pour dire, mon révérend, mais c'est pas un travail pour vous autres, faut savoir la manier, la corde, sinon elle pourrait ben vous couper en deux. C'est qu'elle tire bougrement la barge ! ça pourrait ben salir vot' belle robe.

Vexé dans son amour-propre, Isidore insista et finit par saisir un cordeau libre sur la cordelle à nœuds. Au signal du capitaine, les hommes, arc-boutés en avant, eurent un cri rauque. Lentement la barge s'éloignait de la rive, sous l'action de la godille, la cordelle la maintenait face au courant. L'eau d'apparence tranquille opposait une résistance colossale. Les hommes, habitués à ces manœuvres, savaient que le premier coup d'épaule était décisif pour décoller l'embarcation. La cordelle pouvait tirer les hommes en arrière et les traîner sur des centaines de mètres, si l'embarcation partait à la descente. Le capitaine aurait alors à se débrouiller seul pour redresser la situation et éviter le pire.

La corde tendue s'éloignait de l'eau, elle grinçait en s'égouttant, la barge, maintenant immobile au milieu de la rivière, attendait. Les hommes décollèrent enfin et lentement firent un pas. Isdidore, trahi par l'avance de la corde, glissa et s'étendit par terre ; sa soutane coincée entre la corde et le cordeau l'empêchait de se relever. Rouge de confusion, il ne disait pas un mot ; il s'agitait et tentait désespérément de se dégager. Derrière lui déjà partaient des rires joyeux.

— Eh, v'la t-y pas not' révérend qui veut se faire traîner !

— Oh, M'sieur l'abbé, il est pris au lacet comme une martre.

Franck cria comme le tonnerre :

— Relaxez la cordelle, eh ! vous autres !

La corde détendue, le jeune abbé se releva en vitesse. Les hommes reprirent du collier, mais la seconde de relâchement avait suffi au courant pour forcer la barque à descendre vers l'aval. Maintenant les hommes devaient, non seulement tirer les tonnes de la péniche, mais encore vaincre l'accélération de l'eau. La barge menaçait d'aller percuter toutes les autres. Les mariniers attachés aux autres bateaux, une lueur de panique dans les yeux, fixaient l'équipe en difficulté. Le cri sinistre d'un grand corbeau noir traversa la rivière, un autre le suivit de près. Le capitaine à la dérive tentait de trouver appui sur le fond avec sa godille, sans y parvenir. Isidore voyait ses compagnons reculer lentement pour ne pas tomber ; sans égards pour les convenances, il releva sa soutane, l'attacha dans sa ceinture et saisit de nouveau le cordeau. Cette fois, bien planté sur ses « godillots », il tira en avant. La corde à la limite de la rupture s'immobilisa, puis lentement repartit dans l'autre sens, la barque suivit. Des cris de soulagement et de victoire résonnaient dans la gorge du fleuve.

Comme si rien n'avait eu lieu, les métis reprirent leurs chansons, halant le lourd convoi. Souvent, la berge changée en falaise, forçait les mariniers à marcher dans l'eau sur des centaines de mètres, mais c'était dans le jeu et nul ne songeait à maudire ce métier pénible à l'extrême.

La journée de travail se termina tard dans la langueur du jour que l'approche du Nord augmentait à chaque étape un peu plus.

Le lendemain, vers midi, les barges s'arrêtèrent près d'un campement indien. A côté des « teppees », deux feux crépitaient doucement. Tout autour, les souches d'arbres coupés donnaient un petit air de désolation. Les hommes partis à la chasse n'avaient laissé là que deux ou trois femmes avec leurs bambins. Joe et Timothy, la traditionnelle pipe entre les dents, allèrent dévorer les esturgeons que les Indiennes finissaient de cuire. Les autres riaient sans vergogne en voyant les pauvres Indiennes courir après les deux voleurs, un bâton à la main. Isidore, choqué par la conduite de ses compagnons, leur fit un petit sermon sur le malheur de ces pauvres femmes nourrissant leurs petits, mais les autres avaient toutes les peines du monde à ne pas lui rire au nez. Cette pratique était si courante, un amusement comme un autre, Joe n'éprouvait pas l'ombre d'un remords :

— La rivière, elle a pleine de poissons, pis ces femmes-là, elles ont rien à faire que de pêcher à l'eau. Sauf vot'respect c'est point mal de manger du poisson surtout qu'i paraît que c'est vendredi.

Devant une telle logique, le pauvre père ne sut que répondre. Il soupçonna à ses dépends une dure loi du pays : ici l'autorité n'allait pas de pair avec la fonction.

Les lacs succédaient aux rivières et les rivières aux lacs. Sur les rives, les trembles accueillaient les bouleaux, de plus en plus nombreux. Aux exercices de rames suivaient ceux de la cordelle, entrecoupés de portages multiples. Le père Isidore et le frère Kearney découvraient ce nouveau monde avec passion. La candeur de leur jeunesse ne voyait que la beauté des paysages et la liberté de cette vie ordonnée par la rivière, comme si aucun règlement humain ne venait entraver l'existence de ces hommes. La nature seule dictait sa loi et les éléments la faisaient respecter sans complaisance. Les rivières, les tempêtes, les animaux ne s'embarrassaient jamais des faiblesses de l'homme et parfois s'accomplissaient des miracles.

Parcourir le paysage, avec et contre tout, représentait le bonheur pour ces demi-Indiens. Une inconsciente nostalgie de la transhumance de leurs ancêtres leur ravissait la joie de vivre dès qu'ils devaient s'arrêter trop longtemps.

Le voyage s'étirait depuis un mois ; deux autres seraient encore nécessaires jusqu'à l'embouchure du MacKenzie. A peine arrivés, ils rebrousseraient chemin pour devancer la prise des glaces, collectant les pelleteries et quelques passagers retournant au pays. Il arrive parfois que l'un ou l'autre des mariniers cède sa place pour quelque temps, sur un coup de whisky, ou pour une femme, il prolongera sa halte dans un fort, oubliant qu'il ne pourra repartir avant une année, il deviendra bûcheron, charpentier, pêcheur ou il passera l'hiver derrière une traîne à chiens pour avoir l'illusion de ne s'être pas arrêté. Mais tôt ou tard, il reprendra sa rengaine en ramant comme un forçat aux galères.

Ils arrivèrent de très bonne heure dans la matinée à l'extrémité du grand lac La Loche ; déjà deux mille cent vint-cinq kilomètres les séparaient de Winnipeg. Ici s'achevait la remontée des rivières, de l'autre côté de la montagne, là-bas, toutes les eaux descendent vers le Nord. Les mariniers attendaient avec impatience ce jour où les rames ne seraient plus qu'une force d'appoint au passage des rapides. Bientôt, leur travail diminuerait de moitié.

Restait le grand portage* « La Loche », dernier obstacle avant la descente. Les hommes, avec barges et bagages, devaient franchir un col sur plus de dix kilomètres, dans un bois au sol caillouteux, sous les sapins de Virginie et les mélèzes. La grande forêt du Nord prenait le pas sur le royaume des prairies, le domaine des bisons cédait peu à peu la place aux hordes de caribous* et d'orignals*.

Franck fit arrimer les barges le long de la rive et chaque équipage débarqua sa cargaison sur le sable en chantant, puis tira sa barge le plus haut possible, près du chemin. Le grand Fred, avec sa lourde démarche d'ours brun, portait sans sourciller une balle de cent kilos. Comme Joe et Timothy le regardaient avec admiration, Boniface s'approcha d'eux, les yeux fixes, la bouche épaisse et le menton téméraire. Sur ses lèvres une moue de dépit traduisait un tempérament brutal :

— Tu veux vouér quieu'qu'un qui porte plus gros que le Fred. Je suis t'icite et je va vous montrer de quoi que je suis capable.

Joe le prit au mot :

— J'te parie dix pelus* que t'emporte pas deux cents kilos sur tout le portage.

Boniface n'en attendait pas plus.

— Ben, mon Joe, te peux sortir ta peau, je m'en vais te montrer qui ce que je suis'te.

Et aussitôt Boniface de ficeler ensemble deux ballots pour faire les deux cents kilos du pari. La charge posée sur une autre balle se trouvait ainsi à hauteur d'homme. Il quitta son chapeau. Il déroula de sa taille la large ceinture rouge tissée que portaient tous les métis autant pour l'emblème qu'elle représentait que pour les multiples usages qu'elle permettait. Il noua ce « sashe » autour des ballots et le posa avec précaution sur le sommet de son front. Il demanda de l'aide pour faire basculer la charge sur son dos et, lesté de son poids, prit lentement la suite des porteurs en file indienne sur le chemin caillouteux, entravé de buissons et d'arbres morts qui montaient jusqu'au col.

Timothy, pour ne pas être en reste sur le pari de Joe, courut vers le grand Fred.

— Eh ! Freddy ; Joe, il a parié su' le Boniface qu'i portagerait plus lourd que toué. Sais-tu quoi c'qu'on va faire ?

Fred, fort comme un bœuf, n'avait pas une grosse cervelle et se laissait facilement mener.

— Quoi qu'c'est l'idée c'te fois citte ? demanda Fred, goguenard.

— Ben c'est facile, tu vas porter plus lourd que le Boniface et je m'en vais parier avec Joe qu't'es ben plus fort que lui.

Fred semblait réfléchir, mais il ne réalisait pas que dans l'histoire, il ne gagnait rien, sauf le privilège de battre Boniface qu'il n'aimait pas beaucoup. Sans sourciller, il se chargea de deux cent cinquante kilos.

A l'exception des deux compères, Joe et Timothy, personne ne semblait faire attention aux masses colossales que les deux géants transportaient sur leur dos.

Au gré des fatigues, le long d'un chemin mal pratiqué, les porteurs posaient leur charge pour souffler par moment ; les petits groupes s'entraînaient les uns les autres à ces arrêts fortuits. Boniface savait que chaque départ brûle autant d'énergie qu'un long trajet, aussi avançait-il lentement, économisant ses forces ; les plus jeunes lui passaient devant, un petit ricanement du coin des lèvres, pour son pas de tortue, mais il se gardait bien de dire, ou de montrer son intention.

Pourtant, vers la moitié du chemin, après deux heures de marche, il devint pâle quand il vit Fred à ses côtés ; il n'avait pas mis longtemps à comprendre qu'il avait un adversaire en comptant les ballots sur le dos ruisselant de son rival. Une rage farouche le prit et, insensiblement, il allongea légèrement le pas. Son dernier espoir était de faire trébucher le gros balourd. Ils arrivaient presque au sommet du col. Ces instants sont les plus douloureux pour les muscles, quand la descente à portée de pied se fait cruellement attendre par une montée qui s'éternise en faux plats. L'espoir, sans cesse trahi, use les nerfs plus vite qu'une descente difficile.

Le père Clut marchait un peu derrière, il donnait l'air d'être en pique-nique avec son maigre balluchon sur l'épaule ; rien ne pouvait laisser penser qu'il partait pour plusieurs années, pour la vie peut-être.

De forte constitution, fils de paysan, il regardait avec déférence et admiration ces hommes aussi puissants que des bêtes de somme. Loin de se douter du drame qui se tissait sous ses yeux, il pouvait encore moins deviner que l'enjeu de l'affaire tenait en quelques morceaux de fourrures, une pointe d'orgueil et beaucoup de naïveté.

Pendant le combat silencieux que se livraient les deux hommes, le père Clut rêvait à ses missions prochaines ; impatient de rencontrer enfin ses Indiens, assis sur les bords de l'ignorance, qui déjà l'attendaient pour être enseignés sur les voies de Dieu. Il se forgeait une image active de la vie future. Il pouvait déjà mieux l'imaginer depuis qu'il parcourait ce pays qu'il faisait sien. Il ne lui semblait pas avancer en pays inconnu : il allait vers le futur berceau de sa vie et de sa mission, là-bas, dans un lointain bien défini. Il croyait bien le connaître, ce pays, à force de l'imaginer, sans penser qu'il allait être désormais et pour toujours tributaire du caprice de ces hommes qui l'accompagnaient aujourd'hui. S'il avait saisi alors ce fait, il aurait peut-être porté plus d'attention à ce qui se tramait sous ses yeux.

Boniface, obligé de forcer son allure pour tenir tête à Fred, poussait ses limites ; à chaque pas son visage blanchissait, mais seul Timothy s'en était aperçu et secrètement réjoui.

Au sommet du col, une grappe de mariniers faisait halte, la pipe en bouche. Ils encourageaient de leurs plaisanteries habituelles le duel entre les deux hommes. Le père Clut, accoutumé au chahut trivial de ses compagnons de voyage, restait un peu à l'écart et découvrait avec émerveillement les vallées qui maintenant coulaient vers son but. Au fond serpentait la rivière. Les immenses forêts silencieuses et troublantes tapissaient les collines de grands reflets verts et jaunes jusqu'à l'infini où portait le regard ; pas la moindre trace de l'homme. Pourtant, là, se confondait avec les arbres une intense vie sauvage traquée à chaque instant par le destin.

Les hommes reprenaient quelques forces en grignotant des morceaux de viande séchée, puis, un à un, repartaient dans la descente, joyeux comme des enfants. Fred, en déposant sa charge, avait esquissé un sourire à l'adresse de ses admirateurs. Boniface ne riait pas. Il était prêt à se briser le dos pour le simple enjeu d'être le plus fort, les « pelus » gagnés ou perdus ne comptaient pas, il voulait seulement vaincre son adversaire, être proclamé le plus fort avec ce que cela supposait de pouvoirs.

Les deux colosses reprirent leur fardeau vers la descente, le plus dur était fait, mais le chemin glissant précipita le sort. Au détour d'un lacet, un tronc d'arbre en travers du chemin obligeait à enjamber l'obstacle. Boniface, emporté par l'inertie de sa charge, ne put s'arrêter à temps. Son pied heurta le tronc : déséquilibré et n'ayant plus la force de se dégager, il tituba avant de s'affaler sur l'arbre mort. Sa poitrine vint heurter la naissance d'une branche, la masse de sa charge l'écrasa sous son poids, broyant littéralement ses poumons. Il n'avait pas eu le temps de crier, le drame avait eu lieu dans le silence de la forêt, juste un craquement sourd et sinistre ; son corps pendait de part et d'autre de l'arbre, sous le ballot. Ceux qui suivaient stoppèrent sans savoir ce qui venait de se jouer.

Le père Clut, abasourdi, ému, récita en tremblant les prières des morts. On enterra, sans attendre, le malheureux sur cette terre de passage.

Personne n'osait dire qu'il était mort pour une stupide affaire de pari. Ces pratiques dangereuses étaient courantes parmi les métis. Les chefs fermaient les yeux sur ces risques qui, bien souvent, leur faisaient gagner du temps.

Et puis tous savaient qu'un jour ou l'autre ils finiraient ainsi au milieu d'un chemin, dans le gouffre d'une rivière ou sur la glace d'un grand lac en hiver.

Après le portage des marchandises, ce fut le tour des barges, hissées sur des rondins ; un groupe d'hommes tirait la corde devant pendant que les autres poussaient et s'occupaient des billots. Ce travail dura plusieurs jours. La mort de leur camarade ne semblait pas avoir affecté ces hommes, aux allures joviales, dont les véritables sentiments ne se découvraient que rarement.

Ce soir-là, dans le camp, une étrange impression de pudeur planait sur les esprits. Personne ne parla de l'absent, ni d'autre chose. Les pipes chaudes formaient çà et là autant de petit foyer silencieux dans la paix des étoiles.

Le père Clut était bouleversé. L'accident avait eu lieu devant lui sans qu'il s'y attende. Il se demandait surtout si l'homme était mort en disposition chrétienne. Sa tâche avait commencé. Il venait de comprendre que son devoir était d'accompagner les âmes vers leur sauveur sans qu'elles le lui demandent. Il était torturé à l'idée que peut-être, il avait failli à son sacerdoce. Il ne pouvait s'en ouvrir à personne et cela le troublait. Il entrevoyait déjà la solitude de sa condition, elle lui apparaissait terrifiante.

Ils campaient au bord de la rivière. Une bande de deux ou trois familles indiennes se trouvait là. Quand il apprirent qu'un prêtre voyageait avec les barges, ils voulurent tout de suite le voir pour un malade, faire baptiser leurs enfants et se confesser.

Le père Clut se rendit, avec un interprète, au milieu des tepees. Son émotion grandissait à l'approche des tentes. Il les regardait attentivement. Sur les grandes perches réunies en faisceau, un assemblage hétéroclite de peaux avait été jeté à la hâte, laissant une large ouverture vers le haut ; de là sortait une petite fumée blanche. Les bords de l'entrée, cousus autour d'un bois, avec les longues et souples épines du porc-épic, tenaient tout l'ensemble. Devant cette entrée, un lambeau de peau pendait à la manière d'un rideau.

Autour des tepees, les adultes comme les enfants jouaient en mimant l'ours ou le renard, ils se poursuivaient en riant et se roulaient dans l'herbe, imitant le cri des animaux avec une habileté étonnante. Çà et là, appuyées l'une contre l'autre, des branches de saule entrecroisées servaient à sécher le poisson. Le jeune père fut saisi par l'odeur nauséabonde et les cris sauvages. A son approche, les jeux cessèrent et bientôt tous formèrent un cercle pour venir lui toucher la main, à la manière des coutumes occidentales. Il s'acquitta de ce rituel avec un petit pincement de cœur, autant pour l'émotion de ce premier instant, que pour l'odeur pénible qui lui soulevait le cœur.

Il n'avait jamais pensé à cet aspect de sa mission. Une vieille l'implora d'aller voir tout de suite son mari malade.

Il suivit la bonne femme à la démarche un peu lourde et entra dans la loge.

Il courba la tête pour franchir le seuil. Il eut du mal à se relever tant la puanteur des relents multiples lui nouèrent l'estomac. Tout se mélangeait, les peaux de mâles musqués, les poissons boucanés, les viandes faisandées et l'odeur fétide de la mort. Dans ce vertige, il resta un instant sur le seuil pour se reprendre. Il découvrit un intérieur plus grand qu'il ne paraissait, les mâts étaient si hauts qu'on n'en pouvait atteindre le sommet...

Le centre était marqué par le feu et sa chaudière, grande marmite toujours remplie d'eau frémissante. Chaque couchette entre deux perches était séparée par de petits paravents en peau.

Le vieillard immobile levait les petits yeux humides de sa face tannée et grise vers le prêtre. Assis sur une claie en jonc de rivière, le dos appuyé sur la partie suspendue à une perche de la tente, il avait espéré ce moment avec toute la force de son corps fatigué. Entouré de fourrures, il grelottait. Il tendit une main tremblante au jeune homme. Isidore se ressaisit et s'approcha de l'homme décharné qui lui prit la main et la garda bien serrée dans ses doigts noueux, en laissant couler de chaudes larmes sans dire un mot. Isidore, obligé de mettre genoux en terre, visiblement très ému, la gorge nouée, restait muet, figé dans ce silence sacré. Le vieil Indien parla d'une voix faible, les yeux sur lui. Il écoutait ce murmure doux et mélodieux comme au milieu d'un songe étrange. La voix de l'interprète le sortit de cet état second. Il dit :

— (Kisé — Manitou) Merci mon Dieu, oui, merci à mon Dieu. Il y a longtemps que j'aurais dû mourir, mon corps étant déjà tombé en dissolution. Mais Dieu me conservait jusqu'à ce que tu arrives pour que tu m'apportes la consolation. Maintenant je ne serai pas longtemps sur cette terre. Je n'ai plus rien à désirer puisque mon Seigneur m'a sauvé de l'esprit mauvais.

Le jeune prêtre administra, en tremblant, son premier sacrement des mourants. Confondu devant tant de foi, il se trouva lui-même indigne et bien coupable d'être si affecté par les odeurs pestilentielles mais il ne pouvait rester plus longtemps, il se sentait défaillir.

Le teint livide, il s'éloigna de la loge, sans comprendre ce qui lui arrivait. Embarrassé par les questions des Indiens qui jaillissaient de toute part, il ne savait que faire. L'interprète, voyant son désarroi, cessa de traduire et lui proposa de retourner au campement des bateliers.

Cette journée avait eu raison de son courage, les émotions l'avaient surpris. En quelques heures, son monde avait basculé dans le chaos. Il se retrouvait seul, perdu dans son trouble intérieur. Brutalement, sa vie civilisée, son système de jugement bien structuré, se révélaient inefficace pour vivre la réalité. Tout ce qu'il avait imaginé n'avait plus de sens. Son corps lui-même refusait avec force d'accomplir la tâche à laquelle il aspirait depuis si longtemps. Le doute s'insinuait lentement dans sa confusion. Il ne comprenait plus rien. Pourquoi était-il là, à des milliers de kilomètres de son monde, de sa famille ? Pourquoi souffrait-il l'assaut des maringouins, des gros moustiques de la forêt en myriades innombrables et les odeurs pestilentielles des « boucanes* » ?

La fatigue de cet interminable voyage pesait sur lui comme une masse. L'idée du dîner, avec les sempiternelles fèves au lard, les morceaux de viande fumée et les boulettes de graisse soudainement l'écœuraient. Ce soir-là, il aurait tout donné pour manger la bonne soupe de sa mère ; où étaient donc les légumes frais de la ferme paternelle, les pêches et les abricots ? Pour la première fois, il sut qu'il était ici un étranger.

Depuis un mois, trente-cinq fois les barques avaient été déchargées entièrement, traînées par voie de terre, renflouées et rechargées à nouveau sous le soleil et sous la pluie. Tout ce qu'un visiteur peut rêver de découvrir, il l'avait vu : les chutes d'eau gigantesques, la risée paisible des lacs sous le soleil du soir, la forêt frémissante à perte de vue, le castor qui se cache sur la rive à l'approche des barques, la biche et son faon qui s'abreuvent timidement au bord de l'eau. Mais ce monde bucolique venait de lui jeter à la figure sa cruauté et sa pourriture. Il était venu ici pour partager la vie des Indiens, non pour jouir de la nature. Ces êtres déshérités lui soulevaient le cœur. Comment pourrait-il « vivre » au milieu d'eux ? Une grande détresse l'envahit, il ne voulait plus penser. Il pria, mais constamment dérangé par les piqûres de moustiques, il ne pouvait pas tenir son esprit à la prière. Il n'arrivait pas plus à dormir, démangé de toute part, il réalisa qu'il devait avoir des poux car, habituellement, les maringouins s'acharnent plutôt aux parties découvertes. Il aurait ramassé les parasites dans la loge du vieil Indien. L'image des insectes l'incommodait encore plus que la réalité même. D'un bond il s'assit et rechercha les intrus pour les chasser avec dégoût. Déjà le jour pointait, une lueur pâle caressait la toile de la tente. Le petit frère Kearney venait de s'éveiller, comme s'il avait tout compris des tourments du jeune père, il lui sourit en proposant de réciter un pater noster. Isidore acquiesca pour dissiper les affres de l'angoisse et s'en remettre à Dieu.

Le portage dura encore deux jours, les deux religieux passèrent leurs journées avec les Indiens. Isidore, tout d'abord effrayé par la tâche, reçut une aide précieuse du petit frère qui ne semblait pas le moins du monde troublé par les odeurs ou la saleté de ces pauvres gens. Il leur souriait constamment et se tenait là, au milieu d'eux. Cette présence donna du courage au jeune missionnaire. Il retourna voir le vieillard… et lui porta la communion.

Il baptisa deux enfants mais ne put recevoir la confession de personne, puisqu'il ne comprenait pas leur langue. Les Indiens ne s'inquiétaient pas de l'entremise d'un interprète, mais le prêtre refusa à cause du secret.

Au soir du deuxième jour, le courage lui était revenu. Il se savait changé, il ressentait une blessure qui peut-être ne se refermerait plus. Comme si une chose indéfinissable avait été cassée en lui pour toujours.

Lorsque les barges se mirent à glisser dans le courant de l'eau, sans le battement régulier des rames, Isidore eut la certitude qu'il venait de pénétrer dans un autre univers. Derrière lui, de l'autre côté de cette montagne, il laissait la pureté, l'idéal sans compromission de sa jeunesse ; l'innocence l'avait quitté. Il pénétrait dans le monde des hommes.

Sur la rivière Athabaska le voyage semblait moins long, les barges avançaient dans le sens du courant et le paysage défilait plus vite.

Isidore s'était placé à l'avant de la barge pour mieux voir la rivière. Le frère Kearney gardait sa place habituelle, entre deux ballots, au milieu de l'embarcation. Pendant plusieurs jours, un ciel plombé enleva toutes les ombres qui pouvaient trahir l'eau sournoise. Les avants de barge redoublaient d'attention. Le grand rapide n'était pas loin, déjà les oreilles exercées pouvaient l'entendre.

Ce matin au camp planait la lourde torpeur que fait naître l'imminence du danger. Personne pourtant n'en avait soufflé mot. Chaque année la rivière changeait et si les rochers ne bougeaient pas, le niveau de l'eau modifiait constamment le passage. Il fallait juger à vue et ne pas se tromper.

Les jeunes religieux allaient vivre leur vrai baptême de marinier. Les grands rapides de la rivière Athabaska avaient une telle réputation que dans le nord on les appelait tout simplement « les Rapides » comme si tous les autres n'étaient que de l'eau douce en comparaison de ces terreurs de l'Athabaska.

Franck fit stopper les barges sur la rive droite pour juger par lui-même de l'état des remous. Il marchait sur la berge en compagnie de ses capitaines. Son pas léger et son œil vif inspiraient confiance.

Le grondement sourd des chutes couvrait leurs voix. Isidore voyait leurs gestes : les hommes tiraient avec leur bras des lignes imaginaires, traçaient dans l'air humide des parcours sinueux qui formaient le destin des équipages.

Pendant ce temps, les rameurs en profitaient pour avaler quelques tranches de viande sèche, et fumer une petite pipe dans une insouciance toute d'apparence. Les capitaines regagnèrent leur poste, le convoi immobile s'apprêtait à appareiller.

Isidore choisit de rester à l'avant, au risque d'être précipité dans les eaux bouillonnantes. Il voulait comprendre comment lire la rivière.

Franck donna le signal du départ et la première barge se lança vers le milieu du fleuve pour atteindre le point choisi du passage. Le capitaine encourageait ses rameurs et manœuvrait le balai pour amener son embarcation bien dans le sens du courant. Une fois la position prise, il fallait suivre un tirant d'eau latéral pour ne pas se laisser emporter vers l'île qui dressait sa falaise au milieu du fleuve, précipitant avec fracas les eaux dans des chenaux parsemés de blocs de rochers.

Les rameurs arc-boutés sur leurs rames forçaient de tous leurs muscles pour essayer d'atteindre la vitesse du courant. Le timonier scandait la cadence. L'avant levait les bras, dans son langage codé, dirigeant le capitaine dans ce dédale de roches. L'eau bouillonnait dans un tumulte incessant. Ils arrivaient maintenant au niveau de l'île.

De la rive, tous les yeux suivaient en silence.

La barge plongea en avant, le capitaine sembla subitement soulevé dans l'air, de loin, on pouvait distinguer le dessous noir du chaland dans l'écume blanche. Puis le tout s'enfonça et disparut sous les flots ; seule la perche de godille émergeait des vagues, encore était-il impossible de savoir si ce n'était pas une rame perdue dans la bataille.

Après un temps interminable « l'avant » reparut, pour disparaître à nouveau, balloté comme un pantin de bois. Puis plus rien : les rochers et les vagues avaient repris leur incessante bataille.

La barge avait-elle réussi le passage ? De la crique où se trouvaient les bateaux, on ne pouvait pas le voir. Mais de la rive Franck donna le signal pour le départ de la prochaine barque. Celle qui emmenait les religieux. Elle gagnait le milieu des eaux et s'apprêtait à affronter les rapides. Les rameurs forçaient l'allure.

Isidore, cramponné à une barre transversale, les pieds solidement calés sur le plancher, regardait venir l'eau tumultueuse. Les métis riaient de son audace, tout en appréçiant son courage. Le fracas étourdissant avait de quoi ébranler les plus téméraires. Et s'ils n'avaient pas su que le passage était franchissable, ils n'auraient jamais osé se jeter dans ce gouffre bouillonnant.

Le capitaine hurla des ordres. L'embarcation plongea sans espoir de retour. Isidore se sentit basculer en avant, giflé par une vague, il ne pouvait plus rien voir, accroché au bateau comme à une planche de salut, il sentait autour de lui des jets de plusieurs mètres. Le vacarme des eaux s'éclatant sur les rochers couvrait par intermittence la voix du capitaine qui ne cessait de crier les manœuvres. Les engagés, agrippés à leur manche, tiraient avec force ou tenaient leur rame en l'air suivant la nécessité.

Isidore, en rouvrant les yeux, aperçut un énorme rocher, juste devant le bateau. Il serra les dents, croyant qu'il était trop tard et que la barque allait définitivement se briser en morceaux, envoyant par le fond tous ses passagers. Mais en appuyant leur rame sur l'eau d'un seul côté, les bateliers donnèrent de la gîte, et le bateau contourna l'obstacle de justesse. Celui-ci évité, un autre se présenta, puis des vagues de plusieurs hauteurs d'homme roulèrent la barque dans tous les sens, claquant sur le bois leurs coups de boutoir forcenés avec un bruit sinistre. Dans le plus fort du roulis, la rame de Joe heurta un rocher violemment ; par retour, celle-ci souleva le rameur, le projetant avec force sur les ballots. La rame, livrée à la furie des flots, battait le flanc de la barque en coups répétés. Le frère Kearney avait vu Joe atterrir tout près de lui, il tenta de lui venir en aide, mais un mouvement brusque du bateau le fit trébucher. Joe, abasourdi, restait étendu, une énorme vague le réveilla. Hébété, il reprit sa place et s'efforça de saisir le manche de son aviron. La force du courant l'en empêchait. La rame, secouée en spasmes violents par les vagues, frappait le flanc de la barge. Enfin Joe parvint à la sortir du courant. Sa bouche saignait, le manche lui avait cassé une dent et entaillé la lèvre, mais dans le feu de l'action, il n'avait rien senti.

A l'avant, Isidore, complètement détrempé, se demandait comment le devant de barque pouvait les guider dans des conditions pareilles et admirait ces hommes de sang-froid, capables de traverser de telles cascades.

Bientôt la houle devint plus régulière. Le jeune missionnaire secoua la tête, regarda où il se trouvait et vit avec étonnement les rochers et le grondement de tonnerre d'où la barque revenait. Derrière eux d'énormes blocs émoussés brisaient des masses d'eau qui formaient des gerbes de plusieurs mètres, creusaient des trous et des tourbillons impétueux. Le passage n'avait pas duré plus de cinq ou six minutes mais le temps lui avait paru une éternité, seule la divine providence pouvait les avoir guidés dans un tel débordement de la nature.

De tout le convoi, seul Joe avait été légèrement blessé, les autres barges avaient subi l'épreuve sans dommage. Un des lourds chalands avait bien heurté un rocher mais cela n'avait pas eu d'autres conséquences que la perte du chapeau et de la chaussure droite de « l'avant de barge » qui, basculant à la renverse, s'était accroché le pied avec sa rame en envoyant son godillot dans les remous.

La brigade continua sa descente dans le soleil sur une rivière devenue paisible. Aucun autre obstacle ne subsistait avant le lac Athabaska.

Isidore, impatient d'arriver, sentait la fin de son voyage toute proche. Il trouvait le temps long et les mariniers nonchalants. Pour un peu, il se serait bien mis à une rame pour aller plus vite, mais il n'était qu'un timide passager de la grande Compagnie de la Baie d'Hudson et sa voix ne comptait pas plus que celle d'un de ces ballots transporté à grands frais vers le Nord.

Durant ces dernières semaines, plusieurs fois un vent contraire retarda la progression du convoi, affaiblissant les équipages. Les hommes étaient obligés de ramer jusqu'à l'épuisement pour faire avancer les lourdes péniches dans les vagues qui remontaient le courant.

De temps en temps, les barges croisaient des camps d'Indiens. Sur la rive s'élevaient des cris et des détonations de fusils pour attirer l'attention des matelots, mais la brigade allait son allure, et seuls les répons des métis leur faisaient écho.

En passant devant les camps, le jeune prêtre frémissait, partagé entre son dégoût et son désir profond de se consacrer complètement à l'instruction et au soin des âmes de ces pauvres gens. Il ne songeait pas à se soustraire à sa mission, si près du but, mais le souvenir lui revint de certains prêtres qui avaient renoncé au dernier moment, il les avait jugés durement ; maintenant il comprenait.

Avec ferveur, il demandait à Dieu de lui accorder la force de supporter la répulsion que les Indiens lui avaient inspirée.

— Je les aime, pensait-il, je fais don de ma vie pour eux, mais serai-je capable d'endurer la puanteur, la vermine et la saleté qui les entourent partout ?

Un soir, le campement fut monté tout près d'un grand nombre de loges. La présence des deux longues robes fut tout de suite remarquée, mais ces Indiens ne connaissaient pas très bien les prêtres et se méfiaient d'eux. Isidore, décidé, résolu jusqu'au martyre à supporter les répulsions de son corps, alla de son plein gré leur rendre visite.

De loin déjà, les odeurs pestilentielles l'assaillirent. Raffermissant son cœur, il avança vers le chef. L'Indien immobile, torse nu sous une peau d'ours, assis en compagnie de deux chasseurs, fixait son visiteur. Isidore fut surpris par cet accueil froid, presque hostile. Par le truchement de son interprète, il demanda au chef s'il connaissait la sainte religion.

Celui-ci fit répondre qu'il en avait entendu parler ; un de ses parents avait été soigné par les longues robes, mais cela ne l'avait pas empêché de mourir.

Ce fait constituait, aux yeux du chef indien, le signe évident que la médecine des longues robes n'était pas assez forte pour les gens de son pays et de sa tribu. Comme le prêtre insistait, l'Indien lui demanda ce qu'il apportait en cadeau à son peuple. A cela le missionnaire répondit : les nourritures célestes. Mais il ne fut pas vraiment compris.

L'incrédulité, nouveau défi auquel Isidore se voyait confronté, aiguisait son esprit. Mieux armé pour cet affrontement des idées, il oublia les effluves, la saleté et la vermine. Il argumentait avec passion. Tout absorbé par son prosélytisme, il laissa passer le dîner et quitta son hôte tard dans la soirée ; avec une de ces longues et grasses poignées de main que les Indiens prodiguaient aux étrangers pour leur faire plaisir.

Le chef, d'indifférent, était devenu dubitatif sur les raisons qui pouvaient bien pousser ces blancs à s'intéresser à eux. Il connaissait les marchands de fourrures avec lesquels il traitait depuis longtemps, il savait toujours ce qu'ils voulaient et ce qu'il pouvait en attendre, même si les tractations n'étaient pas toujours très faciles ; mais avec les longues robes, quelque chose lui échappait !

D'un pas alerte, Isidore retourna au camp. Son effort sur lui-même l'avait rassuré sur ses capacités et rempli d'espoir pour l'avenir. Avec ferveur, il remerçia Dieu d'avoir mis ces sauvages sur sa route.

Il avait le sentiment de leur avoir ouvert les yeux sur le chemin de la vérité. Soldat de Dieu triomphant de l'obscurantisme, il avait combattu l'ignorance et vaincu sa répulsion. Il s'en réjouit et s'endormit dans l'exaltation de la mission accomplie.

Le matin du 7 août, la brigade déboucha sur le lac Athabaska. Isidore reçut un choc violent à la vue de cette petite mer, l'émotion l'étreignait, il tremblait, en proie à la nervosité, il se mit debout sur les ballots pour voir plus loin, embrasser d'un regard le champ nouveau de sa mission. A perte de vue, il ne voyait que l'eau, calme et bleue, briller sous le soleil. Les rives, opposées au fleuve, ne seraient pas visibles avant des heures. Il bouillait d'impatience. Il avait l'impression qu'en partant à la nage, il irait plus vite que ce convoi de baleines mortes errant en pleine mer.

Dans la soirée, le petit frère Kearney, moins pris par l'émotion, entendit le premier sonner l'angélus. Ce ne pouvait être que la cloche de la mission de la Nativité. Il tapota le coude du père Clut qui s'était assoupi :

— Vous avez entendu ? dit-il avec son accent anglais.

— Non. Qu'y-a-t-il ? demanda Isidore.

— La cloche.

— Quelle cloche ? reprit le jeune père, agacé par sa propre agitation.

— Comment, mais vous n'avez pas entendu la cloche de la mission sonner l'angélus !

Les yeux baissés, le petit frère savourait en secret le plaisir de ne pas regarder vers la rive, pour laisser surgir d'un coup ce lieu tant attendu.

Isidore ne comprit pas immédiatement. Avec un petit temps de retard, il bondit sur les ballots comme un gamin. Juché sur le plus haut point du bateau, il scruta l'horizon. Quelques tâches claires tranchaient sur la masse verte des épinettes, sans qu'on puisse distinguer ce qui était le fort de la Compagnie de la petite mission regroupée autour de son église. La soutane du jeune père claquait au vent comme un pavillon de navire. Il se tenait muet, en proie à mille pensées.

Bientôt une salve brisa le silence clair. De la rive, on avait vu les barges. Le butin arrivait et, avec lui, le courrier, les amis ; la fête au milieu du désert.

Personnel de la Compagnie de la Baie d'Hudson, au fort Chipewyan sur le lac Athabaska, devant la résidence de M. Mac Farlane, en 1899.

Photo Institut Glenbow d'Alberta , dans *Our metis heritage.*

Mission de la Nativité, avec sa maison de pêche et un campement indien dans le fond, vers 1880.

Photo Archives oblates, dans *Le frère Alexis Reynard.*

CHAPITRE II

AU LAC ATHABASKA

Travail de pionnier - Amitié avec le père Faraud - Apprentissage de la langue montagnaise - Solitude - Maladie du père Clut - Un nouveau compagnon - Difficultés avec les engagés - Epidémie chez les Indiens.

A la fin de l'été, le lac de cristal avait peu à peu tourné au bleu profond, puis au gris comme le ciel, avec lequel il se confondait complètement, en cette fin de septembre.

Isidore revenait de la colline où il avait défriché toute la journée avec le frère Alexis. Ils agrandissaient le champ de pommes de terre, sur la forêt embroussaillée.

Mort de fatigue, il venait d'entrer dans la petite maison d'un pas traînant, mais le front joyeux. Ils avaient abattu dix épinettes si chétives que les corbeaux hésitaient à se poser sur leurs branches, mais dures et noueuses comme de vieux chênes. Leurs racines s'enfonçaient si loin qu'on n'en voyait jamais le bout. La pioche rebondissait souvent sur le bois ou le rocher. Le bœuf, qui tirait sur la corde pour déterrer les souches, ne parvenait bien souvent qu'à ébranler les racines sans les extraire de leur gangue de roche.

Le granit rose, à fleur de terre, qui rendait la bordure du lac si belle, contrastait, éblouissant, avec le bleu des eaux ; mais il était peu propice à la culture et chaque mètre carré arraché à cette beauté sauvage coûtait aux hommes mal outillés, et aux bêtes, des heures de patience, de sueur et de ruse. Souvent, après avoir essouché, il fallait charrier de la terre meuble, en espérant que le vent ne la ramène pas aussitôt d'où elle était venue.

Isidore ne se ménageait pas, s'il était venu pour sauver les âmes, il aimait aussi le travail de la terre, il le rapprochait de ses frères, de son père, là-bas sur les bords du Rhône. Ils auraient pu être fiers de lui. Accomplissant ces tâches, il comprit tout ce qu'il leur devait. Il se sentait profondément heureux d'avoir à transpirer comme eux, pour gagner ses maigres repas.

Assis sur sa caisse, il n'avait plus envie de se relever pour se laver les mains. Il voyait la bassine d'eau glacée dans la cuisine, peu engageante, la sueur refroidie sur ses vêtements lui donnait déjà des frissons. Tous ses muscles engourdis refusaient de bouger.

Depuis son arrivée, les jours avaient été bien remplis. Le lever avait lieu à cinq heures, peu après la petite communauté célébrait les offices religieux, pieux mais concis ; ils ne s'éternisaient pas. Le travail des champs et la construction accaparaient la plus grande partie du jour. Un petit déjeuner à neuf heures et un repas à trois heures coupaient la fatigue ; la soupe du soir se prenait quand ils le pouvaient et l'étude des langues s'achevait dans la nuit.

Le père Henri Faraud, supérieur de la mission, semblait infatigable. Voilà presque dix ans, il avait choisi ce terrain, dans une crique du lac, abritée par une petite île, proche du lieu de rassemblement des Indiens et à bonne distance des activités marchandes du fort. Il savait que cette mission, à l'entrée du Grand Nord, aurait une grande importance dans l'avenir. Il convenait d'en faire une mission exemplaire. Il profita du climat un peu moins rude que lui valait sa position relativement méridionale, pour faire les essais de culture indispensables à son indépendance, pour se libérer du caprice des chasses et des pêches toujours aléatoires, qui valaient tant de famine et de morts aux Indiens.

Il s'était dépensé sans compter pour scier du bois, bâtir, défricher, cultiver. Avec l'aide du frère Alexis et de deux métis, ils recréaient, à leur mesure, les moyens de vivre comme en Europe, dans ces contrées perdues, où tout devait être inventé.

Henri Faraud, homme intelligent, autoritaire, était doué d'une perspicacité peu commune. En dépit de ses colères franches et soudaines, il cachait mal un cœur toujours prêt à fondre. Atteint très tôt par de douloureuses crises de rhumatismes, il se plaignait souvent, mais son sens aigu de l'humour permettait à ses compagnons de lui pardonner ces faiblesses où de ne pas y croire.

Entre lui et Isidore, une fraternité s'était vite établie. Les deux hommes avaient rapidement jugé de leurs tempéraments respectifs ; suffisamment identiques pour se reconnaître, et assez différents pour s'apprécier. Isidore admirait son supérieur pour ses vues justes et ses décisions claires. Henri aimait l'obéissance intelligente d'Isidore, sans l'ombre d'une protestation même lorsque la tâche dépassait presque les forces humaines.

Ce soir, le père supérieur n'était pas satisfait. Son grand front se plissait sous ses boucles noires. Accoudé à la table en rondin, il réfléchissait. Le père Clut lui demanda :

— Qu'y a-t-il, mon père ?

— J'ai peur qu'on manque de clous pour finir le plancher de l'église, et quand les prochaines barges arriveront, nous n'aurons plus le temps d'y travailler, ce sera le moment de partir pour les missions de printemps.

Tout de suite, le frère Alexis répondit :

— Nous pourrions cheviller ?

— Cher frère, je ne sais pas si vous vous rendez compte du travail supplémentaire que cela suppose, la fabrication des chevilles d'abord, puis les trous, sans compter qu'il faudrait les coller, nous n'avons pas le temps.

Le père Clut, en silence, laissait aller la conversation. Il connaissait bien la terre, pour avoir vécu son enfance dans la ferme paternelle. Labourer, sélectionner les semences, récolter à temps, sauver une moisson du gel n'avaient pas trop de secret pour lui, mais le travail du bois lui avait été jusque-là totalement étranger. Il se sentait incapable et quelque peu inutile, devant l'embarras de son supérieur.

Il apprendrait bien vite qu'il suffisait au père Faraud de se voir contredit pour qu'il trouve rapidement la solution, cela tenait du jeu, mais un jeu nécessaire. Le frère ayant parlé, il se dérida et reprit :

— Demain, frère Alexis, vous irez au Fort, le bourgeois pourra peut-être nous en avancer suffisamment pour attendre le printemps. Il nous doit un chargement de poisson.

Le fort Chippew yan se trouvait à un mille plus à l'ouest. Lui aussi regardait le lac, dans un décor grandiose. Datant du siècle dernier, il avait encore une grande palissade pour protéger ses trésors de fourrures, contre le froid et les bêtes sauvages, car les invasions de compagnies étrangères n'étaient plus à craindre depuis que la Baie avait acquis le monopole en absorbant la Compagnie du Nord-Ouest, et les Indiens n'avaient jamais été des ennemis.

Isidore pensait qu'il n'aurait pas dû s'asseoir avant de se laver, il était lourd, le dos cassé. Toutes ses années d'étude l'avaient ramolli, la fatigue le gagnait et la journée n'était pas finie.

Il but un grand verre d'eau pour se donner du courage et sortit ses cahiers de montagnais.

Le père Faraud le regardait, amusé.

— Allez Poupa, mangez d'abord votre soupe, nous nous mettrons à l'étude après le dîner.

Isidore ne dit rien. C'était la première fois qu'on l'appelait Poupa, terme affectueux de montagnais, dont il ne saisissait pas très bien le sens. Il était ému, reconnaissant à son supérieur de cette familiarité et de lui laisser le temps de se remettre un peu.

Il mangea doucement le contenu épais de son écuelle en bois, parce qu'il n'y avait rien d'autre au menu. Un instant, il pensa à la bonne soupe de légumes que sa mère cuisinait à Saint-Rambert ; le goût des poireaux, des carottes, n'arrivait pas dans son palais. Machinalement, il chercha un morceau de pain à faire tremper, avant de se souvenir qu'il n'en avait plus mangé depuis son départ de Saint-Boniface. Il rencontra le regard du père Faraud qui l'observait depuis un petit moment, d'un air bonhomme.

— Je sais ce que c'est ! J'ai mis une bonne année pour ne plus chercher mon pain. C'est un de nos sacrifices, mais ce n'est pas le plus terrible. Encore que pour certains, il apparaisse vraiment comme insurmontable.

— Pour moi, c'est une vraie soupe qui me manque le plus, reprit Isidore. Nous en mangions à chaque repas chez nous, en hiver avec un bout de lard, et en été, avec des morceaux de pain.

La nuit lentement avait enveloppé la petite pièce, déjà sombre. Une seule fenêtre minuscule, à châssis fixe, laissait entrer le jour dans la salle commune. La petitesse de la maison contraignait pères et frères à vivre sous l'œil permanent les uns des autres. Aucun d'eux n'avait connu cette promiscuité auparavant, lourde à supporter ; elle scellait des amitiés solides ou des haines insurmontables.

Pendant que les deux prêtres se préparaient à la leçon de montagnais, dans l'ombre, frère Kearney, toujours aussi discret, sortant de la cuisine, alla s'asseoir dans un coin de la pièce suffisamment éclairée. On ne pouvait se permettre le luxe de deux bougies, et la lueur chancelante restreignait encore l'espace vital de chacun, forcé de se mettre sous la lumière. Le petit Irlandais enseignait le latin avec son livre de messe à Alexis qui désirait depuis toujours devenir prêtre.

Le père Faraud, de son côté, transmettait à Isidore les connaissances de la grammaire montagnaise qu'il avait copiée sur un cahier d'écolier ; les conjugaisons montagnaises étaient plus compliquées qu'en grec et le vocabulaire, très pauvre en termes abstraits, se révélait inépuisable en mots concrets. Les Indiens (pas seulement dans la langue montagnaise, mais dans toutes celles parlées dans le Grand Nord) groupent dans un seul mot les idées les plus complexes ; sans esprit d'analyse, ils agglutinent sans liens ni transitions les idées les plus contradictoires et, à partir de racines simples forment des mots-images à l'infini. Dans certains domaines, comme celui de la chasse, des animaux, les mots usuels désignant des nuances imperceptibles aux pauvres missionnaires se comptaient à peine. Il n'y avait pas moins de quarante-six mots pour exprimer l'action de prendre, quatorze pour désigner le vent et quinze pour la simple action de regarder. A ces quantités de mots nouveaux desquels il n'était pas toujours aisé de saisir les nuances, s'ajoutaient les mots qui se traduisent par de longues périphrases. Les images, souvent très belles, peuvent varier d'une tribu à l'autre. Ainsi, les mois de l'année donnent lieu à de véritables poèmes : le mois de juillet se traduit tour à tour : « grand départ des rennes », « temps des départs » ou « lune où les oisillons vont à l'eau ». Certaines tribus l'appellent « la lune des mues ». Plus au nord, il devient « le temps du jour continu ».

Le père Faraud transcrivait ces mots phonétiquement, car les Indiens n'écrivaient pas leur langue. Le pasteur Evans avait bien inventé une écriture syllabique, mais pour eux, Français, il était plus rapide d'apprendre par rapport aux sons qu'ils connaissaient déjà, sans rajouter la difficulté d'apprendre un autre alphabet.

La prononciation ne posait pas moins de problèmes. Comme dans la langue chinoise, le ton, l'inflexion de la voix pouvait changer la signification du mot du tout au tout, source infinie de quiproquos plus ou moins graves. Et la complexité ne s'arrêtait pas là, la gamme des notes utilisées par les Montagnais avait un registre beaucoup plus étendu que le français, dont les nuances échappaient facilement à l'oreille non exercée.

Isidore avançait lentement dans ce dédale de pièges où tous les organes de la voix sont développés à l'extrême, le gosier, la langue, les dents, les lèvres, les joues, le nez. Rien n'était épargné et chaque soir il s'exerçait avec force grimaces aux chuintements teintés, frappant la langue sur ses dents, grasseyant les mots, aspirants les sons, rejetant de gutturales onomatopées.

— Ecoutez-les parler, lui disait son professeur, même si vous n'y comprenez rien, n'abandonnez pas ; seule votre oreille peut faire ce travail, laissez-vous porter par le chant de leur voix ; elle est du reste très agréable, bien qu'elle paraisse un peu triste pour nous. Dans quelques jours, ils seront là, pour la pêche d'automne ; mêlez-vous à eux, le plus souvent possible et ouvrez vos ouïes.

Ainsi tous les soirs, l'esprit des langues soufflait dans la petite maison, jusqu'à une heure avançée.

Le foin manquait aux abords de la mission. La forêt protégeait des vents du nord, mais entretenait un fouillis de buissons touffus sous lesquels la mousse trouvait tout juste sa place. Il fallait traverser le lac, pour trouver des prairies susceptibles de donner assez de fourrage pour l'hiver des cinq bêtes de la mission. Et les deux engagés ne suffisaient pas, pour ramener ce qu'ils avaient fané, il fallait quatre hommes pour manœuvrer le grand bateau.

Le père Clut ne manquait pas d'audace et de courage, doué d'une certaine habilité pour les travaux physiques, il apprit rapidement à maîtriser les moyens de locomotion employés dans le Nord et devint vite un pilote apprécié pour la grande barque de la mission.

Depuis deux jours, ils avaient embarqué six voyages de foin et Isidore se réjouissait d'avoir si bien gouverné sa barque, surtout aujourd'hui car le vent soufflait fort. En louvoyant pour rentrer, il vit une colonne de fumée sur une petite île en plein milieu du lac. Pressentant quelque personne nécessitant de l'aide, il tenta de mener son bateau dans la direction de l'île, mais les vents fortement contraires s'y opposaient vigoureusement ; il garda donc le cap vers la mission.

Avant de repartir pour un autre voyage de foin, il fit prendre un petit esquif maniable à la pagaie, qui pourrait plus facilement aborder l'île. En passant, comme ils virent de nouveau les signes de fumée, le père Clut demanda aux engagés de prendre la pirogue et d'aller voir. Mais ceux-ci, timorés, avaient trop peur des vagues, aussi le père et le frère, leur faisant honte, se glissèrent à l'eau.

Ils trouvèrent sur la plage deux Indiennes et trois enfants. Elles se rendaient au fort pour y porter de la viande. Prises par la nuit, elles avaient accosté sur cette île pour y dormir. Au réveil, leur canot, mal amarré, avait été emporté par le vent. Elles étaient restées là, depuis huit jours.

Heureux de ce sauvetage imprévu, ils se rendirent au pré d'herbage où, après avoir chargé le foin, ils prirent le souper avant de repartir. Un bon vent s'était levé, les engagés hissèrent la voile au clair de lune. Isidore, inspiré par la solitude profonde de la nuit, chantait des cantiques en gouvernant le bateau d'une main experte, lorsque le vent léger devint subitement furieux et prit un sens contraire à la navigation. Les vagues étaient si hautes que le bateau se trouvait balloté dans tous les sens.

— Vite, abaissez la voile ! cria Isidore.

— Frère Alexis, jetons le foin par-dessus bord, nous serons plus légers.

Les femmes et les enfants, sans un murmure, s'étaient aplatis au fond de la barque, à l'arrière, les deux missionnaires, en ultime recours contre l'adversité, récitaient des prières ferventes. La tempête dura plusieurs heures. Enfin, le vent poussa l'embarcation dans des herbes hautes où elle s'immobilisa par manque d'eau. C'est alors seulement que commencèrent les difficultés.

L'eau les environnait à perte de vue. La pluie avait remplacé le vent et tous étaient transis de froid, incapables de se faire sécher. Enfin, les hommes, rassemblant des bois de grève réussirent, en fabricant un pont, à allumer du feu pour chauffer du thé. Il fallut s'organiser tant bien que mal sur la barque à demi échouée. Isidore consolait, conseillait, dirigeait les opérations sans la moindre défaillance comme si tout avait été normal, priant en secret son ange gardien de les sortir de là. Enfin, au matin du troisième jour, ils purent reprendre la navigation et retrouver la Nativité où le père Faraud ne savait plus que penser à force d'inquiétude.

Les Indiens étaient arrivés par petits groupes. Certaines familles, plus religieuses que les autres, avaient monté leur loge autour de la mission et se rendaient tous les jours aux prières et aux instructions, à l'appel de la cloche. Mais la majorité se regroupait dans la proximité du fort, à pied d'œuvre pour entamer les longues tractations d'échange de fourrures et de butin avec la Compagnie de la Baie.

Les hommes, durant la journée, lançaient leurs canots d'écorce sur le lac pour la pêche du poisson blanc. Ceux qui n'avaient pas eu le temps de faire leur canoë en fabriquaient sur place.

Sur les conseils du père Faraud, Isidore passa toute une journée près d'eux à les regarder travailler. Il se sentait mal à l'aise, soudainement plongé dans l'inaction. Il n'aimait pas se trouver là, sans rien faire ; il prit sur lui pour se forcer à observer et écouter. Quand les hommes amenèrent aux femmes les écorces de bouleau et les branches de saules, il voulut aider à les tremper dans l'eau pour leur faire prendre la forme voulue, mais, par deux fois, il ne réussit qu'à les briser sous le rire généralisé de tous ceux qui se trouvaient au camp. Les Indiennes ne pouvaient pas expliquer comment elles trempaient les écorces pour les rendre souples. Elles accomplissaient des gestes naturels depuis leur enfance. Elles pliaient délicatement les écorces autour de l'armature de bois que les hommes avaient liée avec des tendons et des nerfs d'« orignal ». Les parties mises en forme une fois séchées, femmes et fillettes les cousaient entre elles, avant de les sceller avec de la résine de pin, pour rendre le canot parfaitement étanche. Elles confectionnaient aussi des marmites pouvant aller au feu, sur le même principe, en repliant habilement les écorces cousues très serrées.

La mission d'automne consistait pour les pères à donner les sacrements, entendre les confessions, donner les instructions aux néophytes et enseigner les cantiques en montagnais et en latin. Le père Clut, cette première année, prit une toute petite part à celle-ci. Il observait et questionnait souvent. Il lui paraissait évident que ce qui semblait simple n'allait pas de soi et nécessitait une grande habileté de la part du père Faraud.

L'hiver fut bientôt là ; à la fin d'octobre, tous les matins, le lac blanchi sous une fine couche de glace, se morcelait durant le jour. Les grands froids ne tardèrent pas à saisir les épinettes et les saules ; les dernières migrations d'oiseaux avaient rendu la terre au silence et au vent. Un beau jour, le thermomètre chuta d'un seul coup en dessous de zéro pour ne plus remonter. La glace partout était prise, et la neige servait désormais de tapis aux traînes à chiens pour tous les transports.

A la mission, les pères, entre autres occupations, bûchaient le bois, sciaient en long les planches pour les constructions et le toit de l'église. Les frères et les engagés allaient à la viande ou au poisson quand ils ne s'occupaient pas des animaux.

Le printemps fut marqué pour le père Clut par sa première course apostolique.

Malgré sa connaissance encore insuffisante de la langue montagnaise, le père Faraud, pris par les rhumatismes, envoya son jeune compagnon au poste dit du « Fond du lac », que le père Grollier avait nommé Notre-Dame-des-Sept-Douleurs.

Les chiens de la région étant presque tous morts, Isidore partit à la raquette.

Le 8 mars au matin, il chargea son petit balluchon sur le dos et suivit le traîneau de Joseph Mercredi à grandes enjambées. Les premiers jours furent pénibles et douloureux. Constipé par le manque de boisson et la nourriture trop sèche du voyage, peu habitué à marcher en raquette, Isidore s'épuisait à suivre les traîneaux qui avançaient bon train car la glace était bonne et le vent clément. Ses premières nuits sur la glace ne l'avaient pas reposé et le troisième jour, les traîneaux arrivèrent plus de trois heures avant lui au campement. Joseph Mercredi et ses compagnons de la Compagnie lui proposèrent le lendemain de le carrioler un peu à tour de rôle sur leur traîne. Il en fut très reconnaissant, sans cela, il n'aurait jamais pu suivre la caravane et se serait exposé probablement à se perdre, ne connaissant pas le chemin. Au soir du cinquième jour, il ouvrit la petite maisonnette que son prédécesseur avait construite quelques années auparavant. Il eut tout le loisir de se reposer car les Indiens n'étaient pas encore arrivés.

Environ quatre-vingts familles de purs Montagnais, soit plus de quatre cents âmes, habitant sur les terres presque désertes du nord et de l'est du lac Athabaska jusqu'à Churchil sur la baie d'Hudson, se rendaient à Notre-Dame-des-Sept-Douleurs. Ces Montagnais ne vivaient que de la chasse du caribou dont ils suivaient les migrations jusqu'à cent cinquante lieues (six cents kilomètres) et plus du lac : d'où leur nom de mangeurs de caribous.

Isidore entra dans la maison glacée et s'empressa de faire du feu. Le chef de poste l'avait invité à partager le repas du soir, il avait accepté avec plaisir. En attendant l'heure, il s'étendit sur le grabat et se mit à lire le cahier où était consignée l'histoire de la mission. Il y lut que les mangeurs de caribous étaient bons et avaient embrassé la religion avec empressement. Comme ils étaient toujours restés sur leur terre, sans avoir de contacts ni de guerres avec les tribus voisines, ils avaient mieux conservé leur bonté naturelle. Dès qu'ils apprirent l'existence des missionnaires, ils se mirent en route avec femmes et enfants pour partager le bonheur et la consolation de connaître la bonne nouvelle. Cependant, quelques-uns n'avaient pas moins de vingt à vingt-cinq journées de chemin à parcourir pour atteindre la mission. Vers 1853, la Compagnie rétablit un poste de traite du « Fond du lac », longtemps abandonné. Le père Grollier en profita pour y installer une petite mission. Il construisit une petite maison de vingt-sept pieds de long par dix-sept de large (8,60 mètres par 5,50 mètres) composée d'une chapelle entre deux cellules de sept pieds par quatre (2,1 mètres par 1,3 mètre).

Joseph Mercredi, qui faisait office d'interprète au temps du père Grollier, était aujourd'hui chef de poste. Un soir, il raconta comment, en 1855, le père Grollier avait failli être victime de son zèle.

« Cela se passait à l'époque où la glace fondue offre de grands périls aux voyageurs. On était venu de l'autre côté du lac pour avertir le père qu'il y avait un jeune homme dangereusement malade à une grande distance. Les employés de la Compagnie et les Indiens conseillèrent au missionnaire de ne point tenter ce voyage. Mais son zèle l'emporta et rien ne put l'arrêter. Etant obligé de revenir seul, il s'égara dans le bois et chercha en vain à retrouver sa route. Enfin, se croyant perdu, il se fit une petite cabane avec des branches d'arbres, recommanda son âme à Dieu et ne pensa plus qu'à la mort, s'estimant heureux de mourir victime de son devoir. Mais il devait en être autrement : la Providence lui réservait d'autres fatigues.

« Au “Fond du lac", ne le voyant pas revenir pour la messe du dimanche, les Indiens et nous, nous étonnions fort que le père ne soit pas de retour pour la célébrer.

« Bientôt, l'inquiétude s'empara de nous. J'ordonnai aussitôt que tous se mettent à sa recherche. Le premier jour, nous trouvâmes la trace de ses pas dans la neige, mais nous les perdîmes vite, car la neige avait fondu en beaucoup d'endroits. La nuit suivante, j'eus un rêve dans lequel je découvrais le père dans le bois. Aussi le lendemain, je fus certain de connaître le chemin qui nous mènerait à lui et de le retrouver. J'eus l'idée d'emmener avec nous la petite cloche qui servait à appeler pour la prière et je demandai à chacun de prendre son fusil. Nous battîmes le bois toute la journée. Chaque fois que nous tirions une perdrix ou un lièvre nous disions: ce sera pour le père. Vers le soir, j'aperçus un petit monceau de branches comme en font les ours pour se protéger. Je demandai à mes compagnons de se poster tout autour et nous tirâmes en l'air pour voir s'il sortirait. Mais rien ne bougea. Alors je m'approchai, le fusil en joue, prêt à faire feu, et je découvris le père, assis, trempé, et l'esprit déjà très égaré. Il était tellement affaissé qu'il n'avait pas entendu les coups de feu, ni la cloche. Il croyait entendre la glace se fendre dans le petit lac d'à côté qu'il avait pris pour le lac Athabaska.

« Il n'avait pas mangé autre chose que de la neige depuis cinq jours et n'avait point de feu. Nous l'avons fait changer et je lui donnai un peu de nourriture qu'il avala goulûment en se plaignant que je voulais le faire mourir de faim. C'était cruel de le voir se fâcher contre moi, de ce que je ne lui donnais pas assez à manger. J'aimais mieux le voir souffrir de la faim un peu plus longtemps plutôt que de l'exposer à mourir d'indigestion. »

Le père Clut remercia Joseph Mercredi pour ses bons services, bien que l'histoire remontât déjà à plusieurs années. Il se souvenait bien du père Grollier ; dans ses premiers jours à la Nativité, il l'avait intimement côtoyé. Les deux pères n'étaient restés que deux semaines ensemble. Isidore n'avait rien dit alors, mais des mois plus tard, il avait expressément écrit à son évêque, en l'implorant de ne jamais les réunir dans une même mission, si cela était possible, tant leur incompatibilité d'humeur était grande.

Deux jours plus tard, les Indiens arrivaient de toute part et se regroupaient autour de leur nouveau missionnaire.

Isidore s'aperçut rapidement qu'il ne parlait pas encore assez bien le montagnais pour pouvoir les comprendre et se faire entendre d'eux. Toute la journée des quiproquos et des incompréhensions provoquèrent l'impatience du prêtre et le comportement passif des Indiens. Il demanda à Joseph Mercredi de bien vouloir dissiper les malentendus, avant qu'il ne soit trop tard. Au bout de huit jours, il croyait avoir accompli l'essentiel de sa tâche et s'apprêtait à repartir avant que les glaces ne fondent quand une grosse bande d'Indiens arriva de très loin, exprès pour le rencontrer. Il demeura donc encore deux jours pour administrer mariages, baptêmes et confessions.

Le voyage de retour se fit le 29 avril. La neige fondait de partout et la surface du lac se recouvrait d'eau. Isidore et les gens de la Compagnie qui avaient dû l'attendre se trouvaient dans la pénible situation d'avoir trop chaud à cause du soleil et de marcher, les pieds trempés, dans la glace fondue. Les raquettes, lourdes de neige mouillée, glissaient sans arrêt sur la glace émoussée. Les chiens pâtissaient plus que de coutume et il fallait faire constamment attention que la glace, par endroit trop fragile, ne se brisât pas. Elle aurait englouti sans espoir : chiens, traînes et passagers.

A la Nativité, la mission de printemps avait déjà commencé, les Indiens resteraient maintenant jusqu'à la fonte des glaces. Isidore n'eut pas le temps de se reposer des fatigues du voyage, il y avait bien trop à faire. La joie de cette vie active et fructueuse comblait pleinement le jeune missionnaire. L'amitié des deux prêtres grandissait au fur et à mesure que le temps avançait. Henri appréciait en Isidore l'élève docile, avide d'apprendre et toujours prêt à rendre service, et si la candeur du jeune oblat faisait souvent rire son supérieur, il reconnaissait en lui une oreille attentive et digne de ses confidences.

Revenant d'une mission chez les Castors sur la rivière La Paix, le père Faraud raconte :

«… A mon arrivée, j'ai trouvé ici la petite communauté bien portante et joyeuse. Tout était bien en ordre sauf que les portes ne fermaient plus et que la communauté ne suivait plus d'heure pour les exercices, n'ayant pour la guider que les étoiles pendant les longues nuits et le soleil pendant le jour quand le temps est serein. La pendule dormait. Il y avait à peine deux minutes que j'avais mon pied dans la maison que le père Clut m'annonça, presque en larmes, le sommeil prolongé de cette pauvre pendule, en ajoutant gravement : "Je crois qu'elle a une maladie incurable, il n'y a plus moyen de la mettre en route".

« Je m'émus "quasi" sur le sort de la pauvre pendule, qui a réglé pendant déjà si longtemps la marche, hélas, souvent irrégulière des Poupas d'Athabaska ! Dès le lendemain, je la pris entre les mains et lui dis : “Jamjam tempus est somno surgere !” Je visitai d'abord les dehors avant de m'attaquer à la ventraille. Sa torpeur m'effraya. J'ôtai le balancier et les roues s'émurent une demi-minute. Le mal était trouvé : la pendule ne marchait pas parce qu'elle n'était pas remontée ! Depuis, elle va mieux que jamais.

« Si le sort veut que je reste encore longtemps avec le père Clut, il va me faire mourir de rire… »

Henri Faraud demeura trois ans, maître, ami et confident d'Isidore. Leur complicité poussée par la solitude du nord avait grandi au point qu'Isidore concevait la séparation comme une épreuve insurmontable. Désemparé, il se croyait indigne et incapable d'exercer, seul, la fonction de supérieur qui lui revenait. Le frère Kearney avait déjà pris le chemin de Good Hope en 1859, sans être remplacé. Henri Faraud, lui, était irremplaçable. Isidore sentait confusément qu'une page était irrémédiablement tournée, le temps des responsabilités arrivait sans possibilité de s'y soustraire. A vingt-huit ans, il allait devoir assumer la charge matérielle et spirituelle d'une des plus importantes missions du Nord. De là, il devait desservir trois missions subalternes et répartir le butin pour le district Athabaska et le district MacKenzie situé plus au nord.

Son ami et son maître parti, Isidore assume le gouvernement du district Athabaska et affronte la solitude avec douleur, résigné pour la gloire de Dieu. Aussi souvent qu'il peut, il écrit à son évêque, le bon Mgr Taché, demande conseil, lui fait ses confidences. Mais les réponses sont longues à venir:

« … Heureusement au “Fond du lac”, je ne suis pas seul, écrit-il, le bon vieil Emmanuel, que les Indiens considèrent comme leur prêtre, veille au grain.

« Je ne sais pas si je peux permettre à celui-ci de baptiser ceux qui ne peuvent venir jusqu'à nous, bien qu'ils ne soient pas malades. Je serai bien heureux d'avoir une réponse à ce sujet. Vingt-deux sauvages ont été jugés dignes d'être admis à la sainte Table ce printemps, et j'ai fait seize mariages. Ici, contrairement aux Castors, la pratique du concubinage a presque disparu, surtout chez les jeunes qui demandent tous à se marier.

Les garçons entre dix-sept et dix-huit ans et les filles entre treize et seize ans. Il n'en est pas de même dans tout le district.

« Je dois vous faire connaître la maladie de Bertrand, notre engagé. C'est le mal vénérien que lui a communiqué sa triste moitié. Cependant celle-ci a dû prendre le mal innocemment par le manque de soins et de précautions avec les étrangers. Je dois constater avec douleur que les maladies secrètes se répandent prodigieusement vite depuis un an. La politesse du calumet, la malpropreté des sauvages et des métis, le manque de soin et aussi, pour quelques-uns, la mauvaise vie, sont tout autant de moyens de contagion. Sur la Grande Rivière (nom donné par les Indiens au fleuve MacKenzie), on constate un grand désordre et des ravages effrayants. Qui sait si le missionnaire ne sera pas un jour atteint par ce mal honteux ? J'en tremble. Pourtant, je crois que la manducation de la viande pilée, préparée par une sauvagesse atteinte du mal, suffit pour communiquer la maladie.

« Je dois vous faire connaître qu'à l'instar des anciens patriarches, je me laisse pousser la barbe. Elle me protège du froid en hiver et des maragouins en été. Cependant, si vous y trouvez un inconvénient, je la ferai tomber sous le tranchant de l'acier. Pour les mêmes raisons, je ne porte plus la tonsure. Les canons sont durs à ce sujet. Ayez la bonté de me faire savoir si mes raisons sont assez bonnes »

Mais il devait connaître bien d'autres vicissitudes. Peu de temps après cette lettre, il en écrivit une autre:

« ... Au “Fond du lac”, deux sauvages visionnaires se faisaient passer pour des prêtres instruits par Dieu lui-même, ils ont semé la panique dans la mission. Déjà quelques-uns ne faisaient plus de prière matin et soir, et même le dimanche. D'autres, par l'ordre de Tcheth Eldel, brûlaient leurs livres, leurs images, leur chapelet, etc., et croyaient plus à lui qu'à nous. Avant mon arrivée, certains s'étaient reconvertis et versaient des larmes, de peur d'être rejetés par moi. Grâce à Dieu, toutes les prophéties du visionnaire n'ont point eu d'accomplissement. En effet, le faux prophète criait partout que là où il se trouverait, il y aurait toujours abondance de caribous et de bœufs musqués.On dirait que le caribou, exprès pour le faire mentir, a pris une direction opposée à toutes ses vieilles habitudes : il est venu envahir nos terres de la Nativité. Il est venu, presque sous les fenêtres de la mission. Ils disaient aussi que la religion des prêtres faisait mourir, mais ils ont eu plus de morts parmi eux que jamais et leurs incantations en montagnais n'ont retenu personne. Je disais aux Indiens que c'était Dieu qui avait permis cela pour empêcher qu'ils ne fussent trompés. Une autre chose qui indisposait les badauds contre leur nouvel apôtre, c'est qu'il prêchait que les chiens venaient du diable ; par conséquent il fallait s'en défaire. Les plus bêtes tuèrent leur chien sur-le-champ. Mais ils ont trouvé que le métier de s'atteler à la place des chiens était bien pénible ! Ils regrettèrent amèrement leurs animaux innocents. La grosse bande, qui avait suivi le plus fameux de ces fous, a éprouvé le jeûne le plus rigoureux. Un grand nombre n'ont dû leur vie qu'à quelques caribous pourris, morts en automne et pris au milieu des glaces dans les lacs.

« Les caribous étant proches du Fort Chypewayan, les sauvages vinrent tous dans le voisinage de la Nativité, aussi sont-ils presque tous passés chez moi avec femmes et enfants. J'ai donc eu tout le temps de détromper mes sauvages. J'ai privé de communion ceux connus pour avoir adhéré aux idées des visionnaires. Je crains surtout l'un des prophètes, appelé Mangeur de canards ; il est allé faire approuver sa doctrine par le ministre du lac Laronge, pour continuer ses harangues. C'est très dangereux ; il se pourrait que le ministre l'approuve, juste pour nous tracasser. Qui sait si déjà le sauvage n'était pas soudoyé, car ils répétaient toutes les invectives des protestants contre notre religion. »

L'épreuve des lunatiques n'était pas finie pour autant, elle dura plusieurs années. Ces hommes n'étaient pourtant pas des chamans, des « medecines-man », des jongleurs désireux de reconquérir leur autorité sur les prêtres, mais bien des illuminés cherchant à assouvir leurs passions. Isidore n'hésitait pas à dire:

« Ces pauvres sauvages sont comme de petits enfants. Ils ont l'esprit faible et vacillant. Ils sont si crédules qu'ils se laissent tromper par le premier imposteur venu. »

Peu de temps après les événements au « Fond du lac », à la Nativité, l'un d'eux prit le prétexte du mysticisme pour satisfaire ses obsessions les plus viles.

« ... Il se disait un grand confesseur. Il ne confessait que les femmes, la nuit, seul dans sa loge ! Ses desseins furent bien vite connus de tous. Aussitôt, je lui interdis l'entrée dans l'église jusqu'à ce que sa conduite redevint normale. Mais il se fâcha ainsi que son frère et partit chercher son fusil en criant qu'il allait me tuer. Un de nos serviteurs m'avertit de son intention. Je n'y croyais pas beaucoup ; cependant, après le dîner, le frère Alexis et moi entendîmes des cris féroces et furibonds devant notre porte. Tout à coup, la porte s'ouvrit et se referma à deux ou trois reprises avec des secousses capables de renverser la maison. Le chambranle fut arraché et le loquet de fer complètement plié. Pendant ce temps, je faisais une action de grâce au pied de l'autel dans notre église, y ajoutant un acte de contrition. Cherchant à conserver ma vie, pour le bien des Indiens, je m'armais d'une petite planchette étroite, faute de bâton sous la main. J'en donnais une pareille au frère, mais lui, la regardant comme inutile, alla en chercher une autre. Quand le frère revint, le forcené était déjà à mes pieds. Il était entré avec une figure d'énergumène et s'avançait furieux vers moi. Je le reçus par un coup bien appliqué sur l'épaule. Mon arme se brisa du premier coup, alors, comme il cherchait à me saisir, je l'envoyais à genoux avec deux ou trois coups de poing bien appliqués. Se relevant plus furieux que jamais, il cherchait à m'attraper. Je le pris d'une main par la chevelure et de l'autre je lui imprimais mon “esprit à cinq branches” sur la joue, si bien qu'il fut de nouveau étendu par terre. Cette fois, je le maintins dans cette position pour lui faire demander pardon, tout en cherchant à l'apaiser par de douces paroles. Pendant ce temps, son frère était à la porte, un coutelas à la main, et faisait de vains efforts pour entrer et se jeter sur moi. Heureusement, des Montagnais le retenaient fermement.

« Vous trouverez peut-être cette nouvelle méthode pour combattre un apostat, guère apostolique, cependant elle était à propos. Dans ce pays, il n'y a aucune loi humaine pour réprimer les violences et punir les crimes ; je pensais que si je semblais avoir peur, des scènes pareilles se renouvelleraient souvent. Ce mauvais sauvage, par ses menaces et la frayeur qu'il était parvenu à répandre parmi ses concitoyens, arriverait à ses fins. Il fallait lui montrer que le prêtre est un homme courageux. Déjà, auparavant, j'avais été menacé de mort par un jeune en concubinage que j'avais exclu de l'église ; il avait été désarmé in extremis par un bon Montagnais. Après que j'ai montré que je ne craignais rien, personne n'a cherché à m'en imposer... »

L'histoire se propagea très vite et la réputation du père Clut augmenta fortement chez les Montagnais qui manquaient si souvent de courage.

Isidore, s'il avait grandi dans l'esprit des Indiens, avait renforcé sa position face à lui-même bien qu'il se plaignît encore douloureusement de la solitude et de son incompétence. Il était trop évident à tous qu'il s'imposait comme un responsable digne de confiance, intransigeant sur l'essentiel, doux et compatissant envers les personnes, infatigable et compétent devant le travail. Il ne pouvait plus nier qu'il était fort capable de gouverner, mais il l'acceptait à contrecœur, trouvant trop de prétextes à son orgueil dans cette tâche.

Cette première année solitaire avait durement éprouvé le jeune père. Ses lettres déchirantes réclamant un compagnon, autant pour subvenir à tous les besoins de la mission que pour avoir un confesseur, un confident, un guide, n'avaient pas encore eu d'écho au mois de juillet, un an après le départ du très cher Henri Faraud.

Il attendait avec impatience Mgr Grandin, l'évêque coadjuteur. Le douze juillet, la barque épiscopale accostait à la Nativité. Isidore, pour la première fois depuis un an, pouvait se reposer, il n'était plus seul. Et même si la visite de l'évêque n'occasionnait que du travail supplémentaire, au moins pouvait-il décharger son esprit du poids des âmes qui le faisait tant souffrir. Jamais il ne ressentit avec une telle intensité le soulagement qu'apportait la confession. Combien de fois pendant cette année n'avait-il pas hésité à monter à l'autel. Il se sentait si indigne, rempli de vanité, de paresse ou d'orgueil. Il avait tous les pouvoirs sauf celui de s'absoudre lui-même et il savait que c'était le nœud de son angoisse. Monseigneur avait la réputation d'un saint ; Isidore fut si soulagé de son arrivée que son corps se mit aussitôt à rejeter toutes les malignités accumulées depuis un an.

Saisi de vomissements, de fièvre intermittente, de tremblements spectaculaires, le jeune missionnaire flotta pendant trois jours entre la vie et la mort. Monseigneur le soigna plus que ne l'aurait fait une mère, il ne quitta pas son chevet, de nuit comme de jour, et pria à ses côtés. Isidore crut ses chances de vie définitivement perdues. Sans oser demander une délivrance, il se résignait à tout. Dictant ses dernières volontés, il demanda timidement à Dieu de le laisser encore travailler au salut des âmes, non à cause de ses qualités et de ses mérites, mais par pitié pour son évêque, qui se trouvait si pauvre en hommes de bonne volonté. Rejetant toute nourriture et toute boisson, il était à bout de forces ; le quatrième jour, la fièvre s'arrêta brutalement. La pleurésie qui aurait dû l'emporter s'en alla d'elle-même. Persuadé d'avoir reçu son congé suprême, entouré par Monseigneur et le frère Alexis, il attribua aux prières des deux saints qui le veillaient, cette guérison miraculeuse. Plus que jamais, il sut que ses mérites en cette terre n'avaient pas d'importance, la volonté de Dieu seule décidait de la vie.

Devant une telle force de dissuasion, Monseigneur, qui avait décidé de ne point s'attarder à la Nativité, y prolongea son séjour, pour le plus grand plaisir du père Clut et des Indiens qui attendaient avec impatience, et souvent dans le jeûne le plus complet, le passage de l'évêque.

La brigade de la Grande Rivière arriva le 2 août au matin, avec deux passagers pour la mission. Isidore était complètement rétabli. Il alla lui-même sur la berge accueillir les visiteurs. L'un était petit, avec de fines lunettes sur le nez, le front large et l'œil fouineur. A peine arrivé, il était descendu en hâte en se présentant:

— Emile Petitot, du diocèse de Paris. Vous êtes le père Clut, je suppose ! Vous habitez un merveilleux endroit, savez-vous ? Et il paraît que votre lac Athabaska, ce qui veut dire le lac des saules, est l'un des plus poissonneux de tout le pays.

Isidore n'avait pas encore pu ouvrir la bouche que son visiteur lui avait raconté déjà la moitié de son voyage avec de minutieux détails sur ce qu'il avait observé. Derrière lui, un jeune prêtre de vingt-deux ans se tenait timidement debout. Mgr Grandin arriva sur la berge et salua d'une fraternelle accolade ses deux nouvelles recrues. Prenant le bras de celui qui n'avait pas encore parlé, il annonça au père Clut :

— Je voulais vous faire la surprise, cher Père. Pour sceller votre guérison et enterrer votre solitude : voici votre nouveau compagnon, l'abbé Emile Grouard, il est cher à mon cœur, étant de mes parents, et tendre à notre congrégation. Il entre juste dans notre famille spirituelle. Pour ajouter à votre tâche, vous serez son père-maître durant l'année de son noviciat. Veillez à faire de lui un bon oblat.

Isidore n'osait pas faire éclater sa joie, mais il exultait.

L'évêque repartit dans l'après-midi sur la barge du MacKenzie avec le père Petitot. Il lui dit adieu avec des remerciements pleins de larmes. Ce bien-aimé seigneur, à plusieurs titres, lui avait redonné la vie.

Dès les premiers regards, le maître et le novice avaient senti circuler entre eux une joyeuse affection. Isidore, loin de s'attendrir, envoya son jeune compagnon dans le bois pour couper un arbre gros d'un pied de diamètre.

— C'est notre repos de bûcher du bois, vous verrez, il y a tant d'autres tâches plus éprouvantes dans la mission que celle-ci vous paraîtra bientôt comme un amusement.

Le nouveau père-maître partit de son côté avec le frère Alexis vers d'autres travaux. Ils se dépensèrent sans compter tout l'après-midi, dans la joie.

En rentrant à la mission, un jeune Indien les attendait.

— Père, regarde ce que je t'apporte !

L'Indien lui tendit un plateau d'écorce rempli de bleuets. Ces petites baies, grosses myrtilles sucrées et délicieuses, sont très longues à cueillir.

Isidore, ravi de pouvoir fêter ce jour d'allégresse avec des douceurs rares dans le pays, invita son novice à goûter ce mets délicat. Le jeune père les trouva succulentes, tout en s'étonnant d'une certaine amertume qui semblait étrangère aux fruits eux-mêmes. Incidemment, Isidore demanda à l'Indien pourquoi les fruits étaient tellement écrasés, tout en le remerciant chaleureusement.

— Je n'ai pas beaucoup de mérite, raconta le Montagnais, c'est l'ours qui a fait le travail.

Isidore intrigué lui demanda comment.

— C'est simple, j'étais à la chasse avec mon père sur l'île, quand nous avons vu un ours en train de manger des bleuets. Mon père allait le tirer, mais comme nous étions sous le vent, je lui ai demandé d'attendre parce que ce n'était pas dangereux. Avec sa patte, l'ours raflait les fruits tant qu'il pouvait. Nous l'avons laissé faire jusqu'à ce qu'il n'y en ait plus. Puis mon père a tiré. Je l'ai dépecé et j'ai recueilli tout ça dans son estomac.

Le novice eut un haut-le-cœur, qui le rendit pâle. Isidore voyant son visage décomposé partit d'un grand éclat de rire.

— Mon cher ami, vous êtes maintenant dans le Nord, vous avez ici des friandises que vous apprécierez bientôt comme de l'or, profitez-en !

Mais le pauvre Emile n'avait plus de goût pour le dessert de l'ours. Isidore se régalait, bénissant cette journée décidément fertile en surprises.

La mission était transformée, la joie de la fraternité retrouvée, la petite maison sortait enfin de l'austérité et de la rigueur.

Emile Grouard, doué d'une très belle voix, pratiquait la musique. Dès la mission d'automne, il ne tarda pas à faire chanter Isidore et Alexis à leur grande satisfaction et à l'étonnement de tous les Indiens. Clémence, la vieille montagnaise, qui faisait office de cuisinière-lingère à la mission leur dit :

— Oh ! c'était si beau que cela entrait dans mes oreilles et me faisait dormir de joie.

Un bonhomme, après la messe, s'était empressé auprès des pères :

— Si je n'avais pas su que c'était vous-même qui faisiez ce bruit de voix étrange, je me serais enfui à toutes jambes, pensant que les voix venaient du ciel, j'aurais été effrayé.

Un autre leur dit :

— Les prêtres m'ont menti, quand j'ai embrassé la religion. Jamais on m'a dit que les cérémonies seraient aussi belles, avec de pareils chants. Ils viennent certainement du ciel.

Isidore panse ses plaies du printemps dernier, les visionnaires sont de plus en plus isolés. Par pitié pour le “grand confesseur”, il l'admet à l'église pensant que les prières le soulageraient. Le matin même, l'Indien lui a dit :

— Le diable qui possède mon âme m'a fait savoir qu'il me laisserait bientôt tranquille. Je désire que cela arrive bien vite.

Cela ne l'a pas empêché d'haranguer le prêtre devant tout le monde. Sa femme, qui prenait son parti chaleureusement, tournait lentement autour de lui, armée d'une grosse pince en fer, pour le protéger de tout agresseur. Isidore décida de l'ignorer, en marquant un profond mépris à son égard. La tactique eut de l'effet : quelque temps après, rejeté par tout le monde, le pauvre homme ne fit plus jamais parler de lui.

L'hiver arrive et Isidore se réjouit toujours de la présence de son novice, spécialement doué pour les langues indiennes. Il apprend avec une facilité déconcertante. Seul petit point noir, il n'aime pas le travail manuel, que la vie du Nord exige plus qu'en tout autre pays. D'autant qu'une mission comme la Nativité est une véritable entreprise.

Elle doit nourrir les deux pères, le frère Alexis, les deux engagés à l'année, Guillaume et Bertrand, sans compter leur famille qu'il faut aussi loger, plus les engagés temporaires qui travaillent soit à la construction, soit à la pêche ou à la chasse. Une quinzaine de personnes dépendaient de la mission et on ne pouvait pas aller à l'épicerie chercher ce qui manquait au repas ; il fallait l'arracher durement à la nature.

Pourtant, le père Clut s'estime maintenant bien heureux, enfant gâté du Nord, en regardant ce qu'endurent ceux de la Grande Rivière. Juste quelques misères avec les engagés, c'est surtout pour la pêche d'automne qu'il a de l'embarras. Dans sa lettre d'hiver, il raconte :

« ... D'abord Benoît Aposse, pêcheur, étant malade, et se disant incapable de pêcher, j'ai engagé un Cree* du petit lac des Esclaves pour trois mois. Il se disait bon pêcheur, travailleur, etc. Cependant, ne voulant point m'en rapporter trop à lui, j'envoyai Guillaume Bousquet pour visiter les rets avec lui et Aposse pour être directeur et surveillant pendant quelque temps. Déjà un mois et demi s'était écoulé et le Cree avait à peine travaillé la valeur de trois jours. De plus, il avait quitté la pêche pour aller chercher une concubine et ses parents en leur disant qu'il donnerait beaucoup de poisson. Je me rendis à la pêche au retour du Cree. Après que je lui aie repris un peu du butin que je lui avais avancé, il eut vite fait de prendre le chemin de la porte. Cependant, nos rets étaient depuis longtemps sous la glace et Aposse et Bousquet se trouvaient tous les deux incapables de pêcher ; l'un à cause de ses maux de reins et l'autre d'un panaris. J'eus alors la chance de trouver François Tourangeau, je l'engageai pour deux mois.

« Je crains aussi qu'il soit arrivé quelque malheur à notre chasseur et son faiseur de caches, car nous n'avons pas reçu l'ombre de leurs nouvelles depuis qu'ils sont partis en canot il y a deux mois. Heureusement quelques caribous sont venus jusqu'ici, nous en avons tué quarante-deux, mais c'est loin de suffire pour l'hiver.

« Je regrette maintenant beaucoup d'avoir engagé G. Bousquet. D'abord parce que de bien mauvais bruits et soupçons se font à son sujet par rapport à sa conduite et je crains le scandale. Puis parce que la raison principale pour laquelle je l'avais engagé n'existe plus. J'avais reçu l'ordre de construire une nouvelle maison pour des religieuses, et je reçois aujourd'hui une lettre qui me dit de n'en rien faire ! Nous avions seulement scié les madriers pour les planchers du bas et du haut. Je ne m'occuperai plus de la dite maison, mais comme nous avons expressément besoin d'une boutique et d'un grand hangar, je vais faire changer de place notre ancienne chapelle et la diviser de manière à en faire la boutique et le hangar précité.

« Je suis toujours content de Charles Bertrand. Il me coûte de lui faire faire notre pêche parce que c'est un bon conducteur de chevaux et de bœufs et c'est rare dans le pays.

« Nous ménageons (faire des économies en langage canadien) le plus possible mais je suis effrayé car notre magasin est presque vide. Si j'avais un frère à la place d'un engagé, nous ferions au moins cinquante louis d'économie par an. Je sais que la condition de frère convers dans nos contrées est difficile, elle demande un grand courage, et une abnégation sans borne. Un frère comme Alexis est pour nous un secours inestimable, il est ici le pilier de la mission. Il devient de plus en plus parfait. Imaginez-vous qu'après tous ses travaux déjà surhumains, il voulait pratiquer la mortification !

« Un jour qu'il m'en demandait l'autorisation, croyant à de légers sacrifices, je lui ai dit qu'il n'était pas obligé de demander mon approbation chaque fois, tant que cela ne nuirait pas à sa santé, mais j'ai vu que ma permission était trop large pour le frère et qu'il n'était point bon juge de sa propre cause. Bientôt, je le trouvai armé d'une discipline dans laquelle il avait introduit une grande quantité de plomb. Nous la lui avons interdite. Dernièrement, étant entré dans sa chambre, je remarquais qu'il n'y avait qu'une ou deux poignées de foin dans sa paillasse. Comme je la tâtais, je trouvais des morceaux de bois. C'étaient des épinettes d'une certaine grosseur, bien noueuses, dont les petites branches étaient artistiquement coupées à un pouce de long. C'est là-dessus que notre frère prenait son repos de la nuit après ses harassantes journées de travail. Je lui ai retiré aussitôt toute permission de mortification corporelle. J'ai cru m'apercevoir d'un autre moyen que le frère employait pour faire pénitence, mais je n'en ai rien dit. Les jours de fêtes où nous améliorons l'ordinaire de quelques bons mets, il prend un dessert en cachette en mâchant soigneusement des oignons très forts… »

L'année passe vite surtout lorsqu'on est heureux. Un an presque jour pour jour après son arrivée, Emile Grouard remonte sur la barge du MacKenzie en direction de la Grande Rivière. Il ne part pas seul, Alexis l'accompagne.

Le père Clut, le regard dans un brouillard de larmes, se tient debout sur la rive, la barque, pour la seconde fois, lui ravit l'ami que Dieu lui avait donné. Comme pour Henri, Emile ne sera jamais remplacé. Mais les liens existent, pense Isidore, mon cœur est heureux de les avoir connus même si je dois ne plus les revoir. Pourtant, son âme se déchire à la pensée de perdre et un ami et le trésor de la mission. Il savait qu'Emile partirait mais il n'avait jamais imaginé qu'Alexis serait lui aussi rappelé ailleurs. Il n'osait pas imaginer le vide que le départ du frère allait causer. L'humilité d'Alexis était telle qu'il donnait souvent l'impression de s'effacer dans le paysage ; c'est seulement au vide que causait son absence que l'on mesurait l'importance considérable de sa présence. Isidore l'avait trop approché pour en être dupe. Le monde se dérobait sous ses pieds.

La vie d'un oblat n'est qu'un perpétuel renoncement, y compris aux joies les plus pures de l'amitié. Et puis Monseigneur lui a promis un autre compagnon, un ancien camarade de classe. La vie reprendrait son cours, monotone dans sa dureté et ses souffrances. Un peu plus tard, le père Eynard, ancien camarade de noviciat, et le frère Salasse remplacèrent les absents. La mission, la pêche d'automne, la chasse d'hiver et ses courses en traîne à chiens, la mission de printemps au « Fond du lac » : la vie se déroulait et les difficultés grandissaient toujours.

Cette année, le père Clut envoie le père Eynard à sa place à Notre-Dame-des-Sept-Douleurs, lui recommandant bien d'y rester le plus longtemps possible pour renforcer la foi des mangeurs de caribou, qui réclament un prêtre en permanence chez eux.

Pendant ce temps, Isidore, manquant de bras, bûchait deux ou trois heures tous les après-midi. Le 30 avril, en coupant un petit tremble pour s'en servir de mât, les choses tournent mal. L'arbre ne voulait pas tomber du côté prévu, Isidore se précipite, pousse le tronc, mais celui-ci, déjà trop penché, suit sa course, Isidore laisse tomber sa hache pour le guider. L'arbre s'affale brutalement sur le manche de la cognée, une branche à terre faisant levier, l'outil vient se planter dans le genou gauche d'Isidore. La blessure a touché les nerfs et l'os sur un pouce de profondeur et trois de large. Encore heureux que la mission ne soit pas loin.

La bonne Clémence lui applique ses remèdes d'Indienne: cataplasme d'écorce d'épinette blanche et rouge, bouillie et écrasée, mais soit la blessure est trop grave, soit les cataplasmes ne sont pas assez propres, le mal empire. Il décide de se constituer lui-même son propre médecin et il applique du savon mêlé à de la graisse et du sucre. L'inflammation disparaît rapidement en nettoyant la plaie, mais le nouveau remède ne cicatrisait point. Alors, pendant quatre jours, il fait de simples pansements à l'eau fraîche et voit bientôt la plaie se refermer. Cependant, dès qu'il marche, le genou enfle, et le contraint à garder le lit. Le voilà cloué pendant un mois entier sans pouvoir se tenir debout et le père Eynard qui ne rentre pas !

Le 16 mai, il tombe encore deux pieds de neige. Les Indiens attendent que la glace enfin se brise pour traverser le lac. La brigade de printemps est en retard. S'ils avaient su, ils ne l'auraient pas tant souhaitée, car dans les barques se trouvait insidieusement cachée la mort.

La plupart des hommes étaient malades et transportaient une mauvaise épidémie qui ne tarda pas à débarquer sur les bords du lac Athabaska avec le beau soleil. En l'absence d'un docteur, on ne pouvait même pas lui donner un nom, et encore moins de remède. Tout le monde tombait malade. Pour les Blancs, le mal guérissait toujours, après un peu de fièvre, mais pour les Indiens, il en allait bien autrement. Dans les loges, on entendait les plaintes et les gémissements des moins atteints qui pleuraient sur leur souffrance ou sur leurs morts.

Isidore, toujours boiteux, s'était fabriqué des béquilles pour soulager son genou qui enflait dès qu'il s'appuyait dessus. Du matin au soir, il parcourait le camp, d'une loge à l'autre, il donnait quelques conseils, soulageait les âmes, confessait les malades, administrait les plus atteints. Que pouvait-il seul contre des siècles d'habitudes, sans la moindre propreté, et contre les nuées d'insectes indésirables propres à transmettre le germe meurtrier avec la rapidité du vent ? La maladie avait la partie belle avec des corps ignorant jusque-là la morsure fatale des virus occidentaux, dont nos gènes connaissent depuis des siècles toutes les arcanes et les moyens de s'en défendre. Isidore assistait impuissant à cette hécatombe. Jamais il n'avait prononcé autant d'oraisons funèbres.

Pour ajouter aux difficultés, le gibier et les poissons avaient fui la région. La disette s'installait et le peu d'hommes encore valides ne pouvait plus subvenir aux besoins de tous. Au début, le chef de poste fit distribuer quelques provisions aux plus pauvres. Isidore apporta lui-même des produits de la ferme dans les familles où, le père étant mort, les petits enfants se trouvaient exposés à une fin certaine.

Heureusement, les loges s'échelonnaient surtour autour du lac, il pouvait les visiter en squif*, pour soulager sa jambe.

Plusieurs fois, il crut toucher le fond le plus noir de la misère humaine et ne put retenir ses larmes. Il se souvenait de sa première entrée dans une loge indienne. Il acceptait aujourd'hui sans y penser des conditions beaucoup plus insupportables. Comment aurait-il pu en être autrement. La force des Indiens face à la mort lui donnait un courage dont il n'était pas maître. Les jeunes comme les vieux acceptaient l'issue fatale

Catherine Lafferty, métisse du fort Resolution, en 1903. Son fils Jim, à gauche, deviendra un fameux pilote sur le MacKenzie.
Archives publiques du Canada, musée de Fort-Smith.

Pêche au harpon.
Etude de William Armstrong, dans *Canoë*.

Remontée de rivière à la perche. Si ce mode était très utilisé au Québec, il ne semble pas l'avoir été au MacKenzie. Archives publiques du Canada. Photo M.Moisnard, « Explorer ».

Une loge de Montagnais, en Athabaska.. Photo Archives oblates, dans *Aux glaces polaires.*

Autel ciselé par le frère Boisramé pour l'église de la Nativité. Musée de Fort-Smith.

Visite d'une malade.

Photo Archives oblates, dans *Au pays des neiges.*

Esquimau
porteur
d'agathe. D.R.

L'igloo remplace la tente en hiver. D.R

Les Esquimaux, tenaces et jovials, sont de fins artisans ; ils ont un goût inné pour la sculpture.

Archives oblates, dans *Aux glaces polaires.*

Les anciens du village. D.R

Mission Sainte-Thérèse, première desserte chez les Esquimaux au nord de Good Hope.

Archives oblates, dans *Aux glaces polaires*.

Le kayak de chasse demeure inchangé depuis des siècles. La technique en est identique de l'Alaska au Groenland.

Aquarelle de 1850, par un Inuit de Kangek, dans *Canoë*.

Indienne Cree d'Athabaska.

Indien Flanc de chien, du fort Rae.

Couple montagnais.

Campement à la fin d'un portage.

Aquarelle, par Bainbrigge.

Photo M. Moisnard, « Explorer ».

Crédits : toutes les photos d'Indiens sont tirées du livre *Aux glaces polaires*.

Chemise loucheux décorée de piquants de porc-épic teints, avec des broderies aux manches.

Photo Institut Glenbow d'Alberta, Calgary.

Missionnaires en costumes loucheux. D.R.

Sortie de la messe, au fort Norman. Indiens Peaux de lièvre.

Les radeaux étaient autrefois utilisés pour descendre les rapides. En eau calme, un bâton planté au fond de l'eau maintenait l'embarcation.

Huile par Dennis Gale, 1860, dans *Canoë.*

ᔭᑫᑊᐅᑎᑊᑌ ᑌᑲᕗ ᒪᕆᑊᓴᐤ ᐯᔭᕆᐊ·

ᑌᑕᑊ ᐊᓂᑎᒉᐟ, ᒪᕆ, ᐅᕆᐘ
ᓂᐅˢᐟᔑᓂ ᑌᒐᐠᐊᓂᒍᶻᑕᐤ ᑌᐟᕓᐊᒐᐠ
ᐯ ᐅˢᐦᐊᐠ, ᐅᑌˢᐘ ᐟᓴᑭ· ᕋᒉᐟᓴᐤ
ᒍᑌᑌᑊ ᕆ ᓴᓱⁿ ᑌᐟᕮᐠᒍ ᐊᑌᕆᒉᑎ
ᐁᑎᓂ ᕗᐠ ᒍᐠᑌᑊ.
ᑌᑲᐊ ᒪᕆ, ᐊᑕᑎᕗ ᐸᐠ ᑌᐠᔑ,
ᔑᐟᐘᑌ ᒍᔭ, ᔑᒐᔭᑌˢᕆ ᑫᔭᓂ ᕆ
ᑕᑊ ᑫᑌᒐᓂᑌ ᐅᑕᐠᕓᐠ.
— ᐅᕆᔭ ᐁᒍᐠᑌᑊ ᓂᑌ·

Traduction littérale

Par toi je laisse aller mon esprit (à la joie) Marie, très-bien Celui qui-a-fait-la-terre t'aime, ton cœur près-de il est, toutes femmes par dessus tu-es grande, et Jésus il a été dans-ton-sein, Lui seul est grand.

Sainte Marie, Le-Puissant sa mère tu es, nous - sommes-mauvais, quand même pour nous prie maintenant et quand nous mourrons à la veille.

Très bien c'est ainsi si c'était.

Ave Maria en langue montagnaise. Les caractères syllabiques, inventés par le pasteur Evans, ont été utilisés par tous les missionnaires, qui ont écrit les catéchismes et les livres de prières à l'usage des Indiens.

Dans *Aux glaces polaires.*

de la maladie comme une délivrance, presque joyeux de partir à la rencontre de Dieu. La prière devenait leur seule consolation. S'ils ne priaient pas pour eux, ils priaient pour ceux qui venaient juste de les quitter.

Isidore, accablé par tant de malheur, se réjouissait cependant de voir surgir une telle foi chez ses ouailles qui d'ordinaire ne faisaient pas toujours grand cas de ses instructions. Il avait peur pourtant que les hommes acceptent la mort comme une fatalité, qu'ils ne se soucient pas assez de leur vie passée et du terrible jugement de Dieu. S'il s'avérait que leur foi était présomptueuse et veuille forcer la Main Céleste à les accepter dans son paradis sans en avoir le mérite, alors la faute en incomberait à lui, à son enseignement. Il n'aurait pas assez bien expliqué qu'il faut craindre le jugement dernier, où se comptent toutes les bonnes et les mauvaises actions. Son esprit restait confus. Notre Seigneur avait bien recommandé de prier pour les morts !

Cela voulait-il dire que la dernière confession, la dernière absolution ne suffisait pas ?

Il accepta à contrecœur une peau d'« orignal* », qu'une pauvre femme, chargée de trois petits enfants, insistait à lui donner pour qu'il prie, « beaucoup », avait-elle insisté, pour son mari qui venait de mourir. Et elle n'avait pas de quoi manger pour deux jours. Comment pouvait-il refuser un tel sacrifice ? Il lui fit porter des pommes de terre et un peu de beurre car il n'avait plus de viande.

Le père Clut enterra, souvent à la hâte, quarante-deux morts en quelques semaines et encore, il ne connut pas ceux qui moururent dans les bois. Les Indiens, même à la dernière extrémité, s'éloignaient sur leur chemin de trappe à la recherche de la subsistance que le lac leur refusait.

Les fièvres avaient enfin reculé mais curieusement, une autre affection semblait leur faire suite ; beaucoup d'Indiens avaient les yeux rouges comme le sang, deux étaient devenus totalement aveugles et beaucoup d'autres pouvaient à peine maintenir les yeux entrouverts.

Un jeune homme de vingt-six ans ayant perdu la vue dit au père qui le visitait :

— Je remercie Dieu et lui rends grâce de ce qu'il m'a gardé en vie ; si j'étais en bonne santé, je l'offenserais peut-être, mais, privé de la vue, je me souviendrai toujours de lui.

Le père comprit que Dieu lui envoyait directement une grande leçon, comment aurait-il osé se plaindre et larmoyer sur son sort après de telles paroles.

L'été avançait, baigné d'amertume dans le soleil brûlant. Avec tous ces événements, Isidore ne s'aperçut que très tard qu'il manquait trois ballots au butin que les barges lui avaient laissé. Il serait encore obligé de jongler pour payer ses hommes, continuer ses constructions et nourrir son monde. Maintenant toutes les brigades étaient passées, il n'avait plus d'espoir de revoir son butin égaré avant l'année prochaine, s'il avait la chance qu'il soit resté en rade dans quelque hangar plus au sud, ou distribué par erreur dans une autre mission. Dans tous les autres cas, il ne le reverrait jamais, bien que l'avoir de la mission en ait été débité. Il se priverait un peu plus. Ce qui, une autre année, l'aurait complètement désemparé, l'amusait presque aujourd'hui en comparaison des malheurs présents. Il relut sa liste des caisses et des ballots. Dans le numéro trois se trouvaient :

— soixante-cinq livres de bougies dont quinze oubliées l'année dernière,

— six serrures avec clefs,

— une boîte de poignées de porte,

— trois paquets de graines de citrouilles destinées à être infusées comme du thé : remède pour le ver solitaire en les pilant et mêlées à du sucre blanc, à faire prendre autant que l'enfant puisse avaler. Le liquide est bon pour la rétention ;

— deux chemises d'homme,

— une pièce de flanelle grise.

Contenu du ballot numéro cinq :

— quatre boîtes de baking powder (levure),

— quelques livres de raisins secs,

— quelques livres de pommes séchées de première qualité et d'autres denrées pour remplir les vides,

— un vase de nuit rempli de tapioca,

— six morceaux de savon au miel,

— quinze livres de café moka,

— deux douzaines de petits pots de fluid beef (bouillon de bœuf).

Le dernier ballot manquant contenait cinquante kilos de riz. C'est sans doute celui qui ferait le plus défaut. Mais la vie continuerait bien sans cela. Ils se passeraient de bougies dans la maison et utiliseraient celles qui restaient uniquement pour le saint autel, en les économisant au maximum. Déjà, l'an dernier, ils s'étaient privés de garder le saint sacrement à l'église, les canons stipulant expressément l'obligation d'une lampe rouge, ils feraient de même une année de plus.

Il se promettait de demander une dispense à Rome à ce sujet, comme de pouvoir dire la messe sans bougie lorsqu'il était seul. L'attente de plusieurs années pour la réponse le faisait reculer, mais il y pensait.

En attendant le retour du chasseur et des pêcheurs, ils n'avaient que des pommes de terre et des navets heureusement agrémentés par un luxe suprême: le lait de leurs deux vaches et un peu de beurre. Les récoltes de la ferme, sans être abondantes, furent très appréciables en ces temps difficiles.

A la fin de l'hiver, Isidore reçut une lettre soufflant le chaud et le froid. Il devait envoyer son compagnon le père Eynard à la Grande Rivière et se retrouver seul une fois de plus. Il avait beaucoup apprécié l'homme qu'il connaissait depuis longtemps, mais il avait regretté ses pauvres talents de missionnaire : incapable de bien comprendre et les Indiens et leur langue, il était évident qu'il n'était pas ici à sa place. Son regret de le voir partir était surtout motivé par la solitude dans laquelle il allait encore se trouver.

La seconde nouvelle le remplissait d'une joie indicible. Son ami Henri Faraud venait d'être nommé Evêque. Il se revoyait le petit Poupa d'autrefois devant son supérieur si attentionné, si affectueux, aujourd'hui lui-même supérieur au pied de son évêque bien-aimé. Il ne pouvait concevoir de plus doux cadeau du ciel. Prêt désormais à accepter la solitude, il serait sûr au moins qu'on ne le laisserait pas seul par ignorance de sa situation, car qui, mieux qu'Henri, connaissait cette mission ?

Il devait pourtant vivre encore une année noire car non seulement le père Eynard lui fut enlevé mais le seul frère qui le secondait quitta lui aussi la mission au printemps. Il dut regarder avec tristesse les champs qu'il avait tant sué à gagner aux broussailles, se recouvrir de friches faute d'ouvriers. Mais sa plus grande peine était surtout de savoir ses mangeurs de caribou abandonnés à eux-même, au « Fond du lac », sans le secours de la prière commune et des sacrements, en proie aux continuelles sollicitations des pasteurs anglicans. Pour eux, il aurait bien abandonné tous les champs de pommes de terre du monde.

Portrait de Monseigneur transmis de génération en génération dans la famille Roche.

CHAPITRE III

LE SACRE

Isidore promu consulteur du nouvel évêque - Premier grand voyage 800 km à la raquette - Surprise d'Isidore nommé évêque auxiliaire - Retour à Athabaska - Le sacre a lieu plus tard que prévu, en toute hâte à cause de la disette.

Depuis l'été, le père Clut ne tenait pas en place. La visite de son ancien supérieur devenu son évêque l'avait troublé. Henri, son ami de toujours, l'avait comblé d'honneur.

Qu'il le nomme procureur des missions, il le comprenait aisément ; par sa situation géographique au bord du lac Athabaska, à l'entrée du Nord, il était le passage obligé vers toutes les missions du nouveau vicariat*. Mais que Mgr Faraud fasse de lui son premier consulteur, Isidore y voyait un peu de favoritisme de la part de son ami, il ne se croyait pas digne d'une telle fonction, et il avait déjà tant à faire !

Maintenant une pensée lui torturait l'esprit.

Le vicariat nouvellement fondé avait été confié à la charge d'Henri Faraud à son corps défendant, à cause de son état de santé, toujours précaire et grandement tributaire de ses crises de rhumatismes. Le nouvel évêque avait eu beau protester, son refus de l'épiscopat n'avait pas été agréé par Rome. Le territoire dont il avait la charge était immense ; avec une superficie comme l'Europe, sans autres chemins que les fleuves, les lacs et les pistes de traîneaux.

Comment ce cher Henri pourrait-il effectuer les visites épiscopales, tâche principale et obligatoire de l'évêque ?

Isidore croyait dans ses attributions de premier consulteur de suggérer à son ami de se trouver un assistant, un bras gauche. Il n'avait pas pensé à un bras droit, il connaissait trop bien Henri pour savoir qu'il supportait mal la contradiction et n'avait nullement besoin de quelqu'un pour prendre les décisions à sa place, donc un bras gauche ferait très bien l'affaire. Juste un homme qui se contenterait de voyager à la place de Monseigneur. En tant que consulteur, il se devait de faire part de son inquiétude à Henri qui résidait pour l'hiver à la mission de la Providence, à huit cents kilomètres au nord d'Athabaska.

Cependant, il hésitait, quitter son poste était grave, le voyage n'était pas facile. Mais ne devait-il pas ce petit service à son ami.

Depuis huit ans, il n'avait pas bougé de la Nativité, à l'exception des petits séjours à la desserte du « Fond du lac », et secrètement, sans qu'il se l'avouât, ses jambes le démangeaient, il voulait aller voir du pays.

Un vent violent passa sous la porte dans un gémissement lugubre et souffla la chandelle d'Isidore. Il était tard. Il décida de ne pas la rallumer. Après avoir poussé une vieille peau d'orignal sous l'huisserie mal jointe pour faire taire le sifflement glacial, il s'étendit sur son lit.

La nuit était blanche, envahie par la poudrerie tournoyante.

— Demain sera meilleur, pensa-t-il. Je partirai pour le Grand Lac des Esclaves. Le père Tissier s'accomodera bien de mon absence. Peut-être même s'en réjouira-t-il ! Il aime si peu l'étude du montagnais que je lui impose.

Je trouverais certainement un guide pour m'accompagner.

Isidore venait de prendre sa décision. Il serait absent un petit mois tout au plus.

La nuit n'était pas finie, en hiver, le repos s'achevait bien avant le jour. La tourmente avait faibli, mais le vent soufflait encore sur la neige froide. Isidore, après sa messe, demanda à Clémence si elle ne connaissait pas un de ces bons guides qui pourrait l'emmener jusqu'à la rivière au Sel. De là, il n'aurait pas de peine pour se faire conduire par un Beaulieu.

Mais la bonne vieille, avec des yeux effarouchés, lui répondit :

— Par aujourd'hui, i' sont tous glissés dans l'bois à la trappe des fourrures ! mon père i'reste personne ici.

— Ça ne fait rien, il faut que je parte maintenant, prépare-moi du toureau* et des poissons pour les chiens. Tâche de ne pas mélanger les deux. Je vais voir dans les tepees, si je ne trouve pas quelqu'un pour m'accompagner.

La brave grand-mère jugeait imprudent ce départ précipité, elle aurait tout fait pour l'empêcher de partir, avec un temps pareil…

Mais le père Clut était têtu. En sortant de la maison, il rencontra le frère Mooney, il lui demanda de préparer le traîneau et d'atteler les chiens. Le frère s'avança et sortit le traîneau lentement en se plaignant qu'il avait froid aux doigts. Isidore n'y prêta pas plus d'attention qu'à ses plaintes habituelles, et se dirigea vers les loges des Indiens.

Décidément, ce frère ne se corrigera jamais, il est bien inutile de le garder, comme dit Guillaume, il ne gagne même pas son sel, tant il est flemmard. Il est une charge pour nous qui avons tant besoin de bras courageux. J'ai demandé, supplié pendant des années qu'on m'envoie des frères pour remplacer les engagés qui coûtent trop cher, mais celui-là nous ruine et donne un exemple regrettable pour tous.

Seuls, les Montagnais malades ou invalides, incapables de participer aux chasses d'hiver, étaient restés auprès du fort.

Après de longues discussions, le prêtre finit par trouver un guide, bon catholique, baptisé sous le nom de Joseph. Il n'avait qu'un défaut : sa vue, altérée par les neiges et les fumées, ne distinguait presque plus les beautés de la terre. Bien qu'à demi aveugle, il affirmait qu'il avait tant de fois tracé le chemin jusqu'à la rivière au Sel qu'il pourrait encore le prendre les yeux fermés. Isidore hocha la tête et jugea plus prudent d'adjoindre la protection de la Sainte Vierge aux yeux défaillants de son guide. A la fin de sa prière, il lui dit :

— Prépare-toi, nous partons tout de suite !

Il ne voulait pas s'avouer qu'il avait peur d'attendre, car le doute aurait pu s'insinuer dans son esprit.

La poudrerie hurlante avait repris de plus belle, le jour était aussi gris que la nuit qui l'avait précédé.

Devant la mission, les chiens aboyaient sans raison, le frère était parti pour se réchauffer. Isidore, en passant, les appela par leur nom et rentra pour prendre ses habits de voyage.

Clémence renouvela ses craintes, mais il ne voulait pas les entendre.

— J'ai trouvé quelqu'un qui me guidera, lui dit-il.

Pressé par l'heure avancée, il donna un dernier tour de courroie à la traîne et lança les chiens à travers les bois.

Il entendit la bonne Clémence qui criait :

— Tu risques à te geler ou à t'égarer sur le lac, attends à demain que la poudre retombe.

A une heure de l'après-midi, en ce mois de décembre, il ne lui restait plus que deux heures de grisaille avant la nuit.

Peu de temps après, ils arrivèrent à un petit lac. Au sortir du bois, la fine poudre de neige leur sauta au visage avec violence. Un loup ne les aurait pas autrement mordus. Isidore ressentit douloureusement l'assaut. Il regrettait d'être parti si vite.

Il voulut passer devant pour faire la trace aux chiens, mais la poudrerie redoublait de violence et lui ôtait de la vue le ciel et la terre. Seuls, les Indiens possèdent un sixième sens pour se diriger dans ces contrées les jours de tempêtes. Mais son guide ne voyait pas la nécessité de se créer de si grandes difficultés si près du départ. Ils risquaient de rester bloqués là sans pouvoir avancer. Quand Isidore se retourna vers lui, Joseph eut une moue éloquente :

— Y a du danger à la traverse du lac, i'se fait trop tard. Vaut mieux camper dans le bois.

Les chiens, tous poils dehors, grognaient sans vouloir avancer à découvert. Devant tous ces présages, la peur l'envahit. Il ne voulait pas être téméraire, il lança à Joseph :

— Ma maison n'est pas loin, retournons-y !

Isidore écrit une très longue lettre au père supérieur général des oblats à Paris, pour raconter son voyage. Dans son récit, il omit de mentionner ce faux départ, et commença par la journée du lendemain.

« Mon très révérend et bien aimé Père.

« … A l'heure du départ, la nuit étalait sa lueur blanchâtre sur la terre. Les étoiles garnissaient le ciel de lumière argentée. La neige reflétait une clarté fuyante, les pas crissaient dans le froid du matin. Le temps était clair, la journée s'annonçait sereine.

« Après le Saint-Sacrifice, j'avais pris un copieux déjeuner de viande et d'orge. J'attelais mes chiens en file indienne devant le traîneau, déjà chargé de la veille et je vérifiais que les deux chaudières ne glissent pas ; le frère les avait bourrées avec les provisions et calées avec nos couvertes et nos habits. Au fond, deux bonnes haches complétaient notre nécessaire de voyage. La traîne n'est pas très différente d'une longue caisse ouverte sur le dessus et arrondie à l'avant. Les brides du dernier chien sont attachées non pas devant, mais sur les côtés aux deux tiers de la longueur. Ainsi l'attelage soulève légèrement la traîne en avançant, elle ne heurte pas les obstacles de front, mais glisse par-dessus, le centre de gravité se déplaçant à l'arrière ; cela permet aussi de pénétrer dans la neige profonde sans former de bourrelet.

« Dernières vérifications : “les graines de feu”, comme les appellent les Indiens. Elles constituent le plus précieux de notre attirail ; j'en avais caché à l'abri de l'humidité dans plusieurs endroits ; par nos frimas, une allumette perdue peut signifier la mort.

« Je dois vous avouer que dans ces sorties d'hiver je m'habille à l'indienne.

« Une épaisse casquette de peau de castor avec tout son poil me serre la tête, maintenue par un ou deux capuchons de drap suivant la rigueur du froid. Ma longue barbe protège mon cou de l'emprise du gel, et parfois j'ajoute un châle, indispensable pour me cacher le nez.

« Dans les voyages d'hiver, le nez surtout est un meuble bien encombrant que l'on ne sait comment protéger. Il donne plus de trouble que tout le reste du corps. Sans cesse, il faut le frotter avec de la neige sous peine de le perdre. Fontaine intarissable, il forme très vite des stalactites ouvragées qui tombent jusqu'à la barbe.

« Autrement, je protège mon buste avec deux chemises de flanelle, une blouse en cuir d'orignal, et une capote blanche en laine bourrue. J'abrite mes jambes dans une paire de caleçons en coton léger, recouvert d'une paire de pantalons en cuir d'orignal et des mitasses* par-dessus. Je suis plus près de l'ours que de l'ecclésiastique, mais c'est bien nécessaire par les froids que nous connaissons.

« En décembre, à Athabaska, le jour ne perce pas plus de quatre heures, je décidai donc de ne point nous arrêter pour dîner afin de profiter de toute la course du soleil.

« J'étais profondément heureux de courir dans le bois vers mon cher maître et ami. Les huit cents kilomètres d'inconnu qui s'étalaient devant moi jusqu'au fort Providence m'attiraient depuis longtemps. J'en connaissais toutes les étapes, par les récits des voyageurs et la plupart des habitants m'étaient familiers parce que tous, un jour ou l'autre, dans leur vie de nomade avaient fait halte au fort Chipew yan ou à la Nativité sur les bords de notre lac Athabaska.

« Le premier jour, mon guide et moi nous tracions, à tour de rôle, le chemin à la raquette, devant les chiens, car la neige molle tombée la veille entravait leur progression. C'est un travail pénible auquel on s'épuise vite.

« Nous avions pris des raquettes longues de plus d'un mètre et légèrement recourbées à la pointe. Elles permettent ainsi en un pas de fouler plus de neige, de s'enfoncer moins et donc d'avancer plus vite, mais elles sont plus fatigantes à manier que les petites raquettes utilisées pour suivre le traîneau. Car chaque époque, presque chaque neige, nécessite un type de raquette approprié. Nous faisions “partage droit” comme on dit ici : nous coupions à travers bois, au lieu d'aller sur le cours sinueux de la rivière, mais le chemin encore vierge en ce début d'hiver manquait d'être tracé et la neige enfonçait jusqu'au genou. La traîne s'embourbait souvent, surtout dans les virages, il fallait la relever sans cesse, aussi le soir nous étions, mon guide et moi, morts de fatigue.

« Nous avons coupé quelques petits saules, fait le feu et rempli la chaudière de neige pour réchauffer la viande. Joseph trouva mes provisions à son goût, n'ayant pas dîné, il mangea plus que de raison.

« Aussi, toute la nuit, il se retourna sans trêve sur notre lit de branchage. Celui-ci n'était déjà pas très douillet, à chaque tour de son corps, les branches en porte-à-faux venaient me frapper brutalement. Par moins quarante degrés de froid, nous étions côte à côte pour nous tenir chaud, ses multiples bonds ne manquaient pas de m'exposer à l'air glacial.

« Le repos fut maigre.

« Je sonnai le réveil vers quatre heures, mon Montagnais avait triste figure. Il ne put rien avaler. Je voyais bien que les forces lui manqueraient pour faire la trace, mais je n'avais pas prévu qu'il serait malade, au point que je dus le coucher sur la charge du traîneau en lui donnant ma capote de caribou pour l'empêcher de geler.

« Dans le matin, un petit nordet sec cinglait la pointe des épinettes. Les étoiles, en masse laiteuse sous ces latitudes, pâlissaient la terre avec une lumière d'ombre ; le silence ramenait toute créature vers son auteur dans une prière sauvage amplifiant le moindre craquement d'un écho cristallin...

« Je traçais d'un pas long, avec mes grandes raquettes, la neige enfonçait d'un bon pied. Ce jour devait me conduire jusqu'à la maison du trappeur Poitras sur les bords de la rivière des Rochers. Joseph, engourdi par la faiblesse et le froid, ne se reconnaissait pas très bien, sa vue brouillée n'arrangeait pas les choses.

« Lorsque j'arrivais à la rivière des Rochers, il me dit que nous étions très loin encore. Déçu par l'information, j'étais néanmoins heureux de pouvoir enfin enlever mes raquettes, inutiles sur la glace.

« Mes pieds s'étaient déchirés à cause des fines lanières que j'avais dû serrer trop fort. Je remarquais le sang sur les cordages, il avait traversé mes trois paires de chaussettes de laine et mes deux paires de mocassins d'orignal. Je ne m'arrêtais pas, craignant de ne pas pouvoir repartir. Je lançais les chiens en avant, les commandant à la voix pour aller plus vite, je suivais à distance.

« La nuit devançait de plus en plus notre allure et la maison du Canadien Poitras se terrait toujours dans le silence. Epuisé, les pieds douloureux et dévoré par la faim, je me donnais une halte pour sucer un morceau de toureau* (viande séche pilée et mélangée à de la graisse fondue puis congelée). Pendant que je rongeais mon pâté glacé, non sans diffi culté d'ailleurs, j'entendis crier au loin : “ Setraïn, Yukozin ? Setraïn, Yukozin ? ” ce qui signifie : mon père, vous ici ? Un homme et un petit garçon venaient à ma rencontre. Quelle joie une pareille aubaine peut procurer dans l'immensité de ces déserts de glace. Je reconnus tout de suite le fils aîné Beaulieu avec un petit orphelin, ils partaient vers le sud.

— Quel bon ange vous envoie ! lui dis-je, mon guide est malade et ne se connaît plus.

« Grâce au fils Beaulieu, nous avons bénéficié de l'hospitalité de son oncle le vieux Poitras qui demeurait à quelques minutes de là ; sans lui, je m'apprêtais à repasser une méchante nuit dehors.

« Dans la cabane de rondins, devant le poêle rougi, je trouvais quatre familles assemblées. A la fin du dîner, je leur contais quelques histoires édifiantes et je les invitais à se confesser. Tous à l'exception de deux se rendirent à mon invitation.

« Après une bonne nuit, je laissais là mon guide, au bon soin de la dame Poitras et je repartis de bonne heure avec l'orphelin et le fils Beaulieu pour me rendre chez son père, à la rivière au Sel.

« La neige tombait sans cesse en tourbillons glacés, je bénissais le ciel de m'avoir envoyé un guide sûr qui ne soit ni aveugle, ni malade, car le voyage, par temps de froid et vent de face, donnait assez de peine.

« Avant d'aller plus loin dans mon récit, je dois vous dire qui est le père de l'homme qui me conduisait.

« Le patriarche François Beaulieu est le plus ancien témoin des événements qui se sont passés dans le Nord. Son père, un Français, était coureur de bois au service de la " Compagnie des Sioux ", une ancienne compagnie française. Il s'était fixé dans ces déserts reculés, sans que personne en Canada ne s'en doute. Ce trappeur engendra notre héros d'une Indienne tchippewayanne. Le petit François vit arriver, en 1780, le premier explorateur du Grand Lac des Esclaves, le cruel Peter Fond ; puis en 1789, il rencontra sir Alexander MacKenzie, le premier Occidental à descendre la Grande Rivière, qui porte maintenant son nom, jusqu'à l'océan Arctique. Quelques années plus tard, il le suivit jusqu'au Pacifique en qualité de chasseur-pourvoyeur. En 1825, nous retrouvons François Beaulieu interprète de sir John Franklin.

« Choisi par les Couteaux Jaunes* des bords du Grand Lac des Esclaves pour être leur chef, Beaulieu devint la terreur des paisibles Flancs de Chien*, des Esclaves* et des Sécanais* dont il tua une douzaine, dans les environs du fort Halkett. Ce sultan métis, issu de sang français mais élevé à la sauvage, eut trois femmes qui appartenaient aux trois races indiennes : cree, déné et métisse. Il a laissé des rejetons dans toutes les tribus qu'il a parcourues, sans compter dix enfants mariés, pères et mères de famille qui vivent avec lui.

« Il était chef de poste pour la Compagnie française du Nord-Ouest, jusqu'au jour où ses gens furent menacés de mort par les employés de la rivale et puissante Compagnie de la Baie d'Hudson. Ce jour-là, il se rendit au poste de traite de la baie et d'un coup de fusil, tua le chef traiteur.

« Pour neutraliser ce concurrent dangereux, la Compagnie de la Baie lui proposa une forte somme pour passer dans son camp. Il accepta et remplaça à la Compagnie de la Baie celui qu'il venait de tuer. Ce fut le début du déclin de la Compagnie du Nord-Ouest dans la région.

« En 1845, Beaulieu vit le premier missionnaire au portage La Loche. La foi de son père, qui devait couver dans son cœur de sauvage, se réveilla. Il se convertit et licencia ses deux femmes indiennes pour ne garder que la métisse, à laquelle il demeure toujours fidèle. Il dota les autres et leur rendit les enfants qu'il en avait eus. Depuis cette époque, retiré à la rivière au Sel, il passe son temps à la chasse. Le commerce du sel, dont il a le quasi-monopole, le rend indispensable à toute la région et il mène une vie de chrétien exemplaire au milieu des siens, exhortant les Indiens dont il a été le chef à suivre les préceptes religieux.

« Il est un allié précieux, toujours prêt à favoriser le travail des missionnaires. Aujourd'hui patriarche de plus de 85 ans, il règne paisiblement sur son clan, je l'ai vu plusieurs fois à la Nativité, car il n'est pas en peine de voyager malgré son âge.

« Nous sommes arrivés chez lui deux jours après avoir laissé les Poitras, vers trois heures du soir, la nuit couvrait déjà la forêt de son ombre glacée. Le vieux Beaulieu rentrait à l'instant de la chasse. Toute sa maisonnée, bourdonnante comme une ruche, vint me serrer la main, le sourire large et la joie au cœur. J'entrais dans la maison au moment où le bon vieux enlevait ses vêtements de voyage. Dans sa joie de me voir, la surprise aidant, il me reçut en caleçons et sans prendre le temps de se rhabiller, il me raconta en détail sa fabuleuse battue de la journée. Après une poursuite de trois jours, ils avaient réussi à précipiter une douzaine d'orignaux dans la rivière à peine prise par les glaces (à cause du sel), son fils avait manqué de peu de se noyer. Enfin, la viande abondante forçait toutes les joies après une disette trop longtemps endurée. Oubliant sa tenue, le père Beaulieu contait sans cesse. Il réalisa son état vers les onze heures du soir. Je le vis pâlir et se confondre en excuses, profondément mortifié de s'être montré ainsi devant un prêtre. Nous riions de bon cœur de l'embarras du bonhomme. Mais trois jours plus tard, il me priait encore avec insistance de bien vouloir excuser sa malséance. Il en avait fait un péché.

« Je restai une journée auprès d'eux. Nous espérions tous que je célébrerais la messe dans leur petite chapelle Saint-Isidore, mais j'avais oublié mon calice et ils n'avaient même pas un verre pour le remplacer. Je ne pus donc pas distribuer le pain de vie à ces bons chrétiens.

« Le patriarche insista pour me guider lui-même jusqu'à la Providence. Comme je protestais, il me dit : “ Je veux voir Monseigneur l'évêque dans sa mission avant de mourir, et puis, j'ai été chef là-bas, je veux parler de la religion à mes frères indiens. ”

« Il n'hésita pas à se mettre en route par mauvais froid, pour plus de six cents kilomètres, il demanda seulement à un jeune Indien, du nom de Basile, de l'accompagner.

« Le deuxième jour, avant le lever du soleil, nous arrivâmes près d'un campement montagnais de cinq loges ; j'y récitais les prières du dimanche et je les enseignais longuement en leur langue. Je ne confessais que les malades, n'ayant pas assez de temps pour tout le monde.

« Avant d'arriver au bord du Grand Lac des Esclaves, le vent du nord menaçait de nous brûler le visage. Basile eut les joues et le nez presque gelés, heureusement le grand-père s'en aperçut à temps et le frotta avec de la neige jusqu'à ce que le sang lui revienne.

« Arrivé à la mission Saint-Joseph, le père Gascon ne m'attendait pas, il me prit pour un autre, mais revenu de son étonnement, il m'accueillit avec chaleur. Il s'apprêtait à fêter Noël, au milieu de sa petite paroisse. Seul depuis des années dans ce désert glacé, il se réjouit jusqu'aux larmes de ma visite impromptue. Les conversations de ses ouailles portaient toujours sur les parties de chasse, ou les histoires de chiens de traîneau dont chacun se vantait d'avoir les meilleurs de la région.

« Malgré la disette qui sévissait à Saint-Joseph, le brave Père me pressa avec insistance d'attendre chez lui les quatre jours qui nous séparaient de Noël. Je lui fis remarquer que nous étions trois hommes et huit chiens à nourrir. Et nos coursiers nous reprocheraient cruellement de leur imposer le jeûne de l'avent. Sa solitude était si grande que le père voulut bien se priver encore plus pour nous garder auprès de lui.

« Durant quatre jours, nous avons dégusté de la truite saumonée à chacun de nos trois repas, sans autre accompagnement. Humblement, je préfère le poisson blanc d'Athabaska, merci pourtant à notre hôte généreux, qui se privait pour nous.

« Nous avons célébré la fête de Noël en grande pompe. Une autre visite inattendue apportait du courrier de la Providence et nous nous sommes retrouvés trois prêtres pour la messe de minuit.

« Longtemps avant l'heure, la petite population du fort : bourgeois, engagés, catholiques et protestants, les sauvages et leur famille s'interpellaient et bavardaient tranquillement sur le lac gelé. Ils avaient tous sorti leur nouvelle fourrure. La lune miroitait sur les chapeaux luisants en peau de castor. La nuit, brillante de neige, n'était pas assez noire pour confondre les nouvelles vestes de loutre fine, avec les gros caftans gris ou les robes de laine aux couleurs chatoyantes. Les Indiens se détachaient un peu mais n'étaient pas en reste pour la beauté de leurs habits partout ornés de perles et de broderies multicolores. Quelle ferveur et quel empressement, pour célébrer Noël ! Indifférents au froid, ils s'observaient mutuellement du coin de l'œil sous le regard des étoiles, en attendant la cloche de l'église.

« A la messe de minuit, je ne compris pas pourquoi le père Gascon insista pour me donner l'honneur de célébrer avec diacre et sous- diacre. J'en étais ému, c'était la première fois de ma vie que je célébrais aussi solennellement. Je donnais une instruction en français et une autre en montagnais. Je communiais les trente et une personnes présentes en une ferveur que seule peut donner l'immensité de la nature et la précarité de la vie dans nos contrées sauvages. Joie et consolation me remplissaient d'allégresse.

« Tôt le lendemain, au moment du départ, le ciel pur, encore illuminé des mille feux de ses étoiles, fut traversé par une pluie de météores et s'embrasa dans une colonne de feu. L'aurore boréale, arc-en-ciel velouté de lumière, étendait son éclat sur la neige dans une magnificence grandiose. Le divin sauveur fêtait sa venue sur cette terre de misère en nous envoyant ses beautés célestes.

« Sur la glace du lac, nos coursiers bottinés de cuir trottaient avec légèreté. Les pénibles journées en neige profonde paraissaient loin. Un pied sur le traîneau, je guidais mon attelage dans sa course folle avec une griserie qui ne m'était pas familière. A perte de vue, la glace traçait l'horizon, le ciel immense semblait plus grand que je ne l'avais vu dans ma terre natale. En maîtres absolus, nos chiens avalaient l'espace sans fin. Un soleil pâle rasait la terre tout au long de la journée en un languissant crépuscule. Une sensation de bien-être et de plaisir sans ombre m'accompagnait. Au rythme des grelots de mon attelage, je rendais grâce à Dieu, pour ses bienfaits et la consolation qu'il m'apportait. Je chantais de toute ma voix les psaumes et le magnificat devant les beautés de la création.

« Le vieux Beaulieu riait comme un enfant. Il ne cessait de répéter : “ V'la ben longtemps qu'j'ai pas été chanceux de façon pareille. ”

« Et son Basile, dans sa sagesse sauvage, ne disait rien, mais un rythme sourd et continu remontait de sa gorge. Il chantait moins l'exaltation du moment que la sérénité souveraine de la terre qui se soucie peu des bonheurs et des malheurs des hommes et va son train.

« A cette allure, en quatre jours et deux heures, nous avons couvert la distance que le père Eynard avait mis huit jours à parcourir en venant.

« Il faut dire que le bonhomme Beaulieu avait l'art de rallonger les journées. Nous partions bien avant l'aurore et le camp se montait au clair de lune. Le vent arrière a grandement favorisé notre marche.

« Le 30, à une heure un quart, j'arrivais le premier à la Providence. De loin,un petit garçon courut à l'évêché en criant : " Banlay, Banlay " (un Français, un Français, en langue montagnaise, mais on appelle ainsi indifféremment tout Européen ou Canadien de souche européenne.) Personne ne le crut, aussi nul ne sortit de la maison. Je lui demandais où était la porte de Monseigneur et je frappais vigoureusement.

« Cette heureuse surprise fut si générale qu'un flot d'émotion, de rires et d'exclamations de joie circulèrent dans toute la maison.

« Le 1er janvier, il y eut fête et festin comme seuls les privations et l'isolement peuvent en provoquer. De quoi se souvenir pour le reste de l'hiver des fastes et de la joie d'un court instant de bonheur dans notre vie de peine. Le 3 janvier, en pleine réunion du conseil, Monseigneur Faraud, à mon grand étonnement, alors que je lui avais fait part de ma proposition de se choisir un assistant, me proclama canoniquement élu évêque d'Arindèle et son auxiliaire.

« Ainsi, me dit-il, vous serez ce bras et ces jambes dont vous avez constaté le besoin.

« Rouge de confusion, je me demandais bien ce qui me tombait sur la tête. Heureux d'avoir été choisi, mais indigne du rang, je me levai pour balbutier mon refus quand Monseigneur me tendit une lettre écrite de votre main, mon très aimé père. Je devins pâle en la lisant.

Elle était datée du 30 novembre 1864, elle avait donc mis deux ans pour parvenir à son destinataire. J'ai gravé vos mots dans ma mémoire :

"… J'ai prié beaucoup, j'ai réfléchi et j'ai consulté mes assistants avec lesquels j'en ai parlé longuement. Je déclare donner mon adhésion la plus complète au choix que Monseigneur Faraud fait de vous pour son auxiliaire, par l'autorité que me donnent nos saintes règles, je vous prescris formellement et en vertu de l'obéissance de courber la tête et d'accepter le fardeau de l'épiscopat qui vous est imposé.

“ Cette mesure va vous troubler, je le sens, et je comprends très bien vos craintes et vos inquiétudes. Mais l'obéissance est là pour vous rassurer : c'est elle qui vous impose cette lourde charge ; ce sera elle aussi qui vous obtiendra les grâces pour la porter saintement et dignement. Acceptez donc, avec quelques craintes, sans doute, mais aussi avec une confiance affectueuse le fardeau auquel vous ne vous attendiez certainement pas et auquel la divine Providence vous préparait.

“ Si dans l'épiscopat, porté et exercé dans les conditions où vous porterez et exercerez le vôtre, je pouvais voir seulement l'ombre d'une grandeur ou d'une dignité humaine, non seulement je ne vous l'imposerais pas, mais je le repousserais de toute l'énergie de mes forces. Je ne puis y voir qu'une vie de plus grande abnégation, d'une plus constante immolation et à ce point de vue, qui est le seul vrai, non seulement je crois devoir vous l'offrir, mais je crois devoir vous l'imposer. Par votre profession religieuse, vous avez voulu être oblat, être victime ; eh bien ! mon cher ami, vous le serez plus que jamais ; votre couronne épiscopale sera d'épines et la croix que vous porterez, pour être plus petite et d'une matière plus précieuse, n'en sera que plus lourde.

“ Vous vous appartiendrez moins, mais vous n'en serez que plus riche en grâce et plus puissant en œuvres... ”

« Après cette lecture, je ne savais plus que dire et je passais par toutes les couleurs de l'arc-en-ciel. Je m'inclinais et reçus la sérénade de tous mes pères et frères en religion. Pour fêter l'événement, chacun s'était muni d'un instrument et jouait de son mieux, sans pourtant arriver à la perfection. Mais nous étions contents et quoique naturellement sérieux, je pris cette fois une grande part à la liesse générale.

« Heureusement, mon Père, vous ne m'avez pas laissé choisir moi-même cette charge pour laquelle je me sens si peu de qualités et de talents. Ah ! si j'avais connu à l'avance ce qui allait m'échoir, je serais resté sagement au bord du lac Athabaska à contempler les corbeaux sur les épinettes. Je ne me serais pas précipité dans ce long voyage de trente-trois jours à la raquette.

« Bref, le dimanche de mon arrivée à la Providence, Monseigneur Faraud chantait l'office quasi pontifical ; je l'assistais en qualité d'archidiacre et deux pères me suivaient en diacre et sous-diacre. Le frère Boisramé, en maître des cérémonies, dirigeait deux jeunes Indiens en acolytes. Les ornements en camaïeux dorés donnaient une si grande impression de puissance et de solennité que toute l'assistance fut pénétrée d'admiration.

« Basile demanda au vieillard Beaulieu : “ Pourquoi servent-ils l'évêque avec tant de précautions ? ”

« Beaulieu, ne sachant trop que dire, lui répondit :

“ C'est que l'évêque représente le Bon Dieu et tous les autres les anges. ”

« Il faut dire que jamais auparavant un si grand nombre d'oblats ne s'était trouvé réuni dans le Nord.

« Malgré mon bonheur, je quittai vite la mission car les provisions étaient bien chiches encore. Depuis longtemps, nous ne mangions que du poisson blanc et des lapins.

« A l'occasion, le lapin est excellent, mais le manger matin, midi et soir, sans une pelure de pomme de terre, sans beurre, pas même une herbe pour le faire passer, cela vous fatigue le goût et l'estomac sans vous fortifier le moins du monde.

« Nos lapins sauvages sont si maigres en hiver que si le Pape les voyait, il ne craindrait pas de les permettre comme maigre du vendredi.

« Le 10 janvier, je dis adieu à cette mission. Je venais de vivre quelques jours de grande joie dans une agréable fraternité. J'eus beaucoup de peine à me séparer de mon ancien novice, le père Grouard. Il m'accompagna durant une journée, pensant trouver de la graisse à la grande île. Nos traînes filaient côte à côte sur la glace, au petit trot et nous devisions en criant joyeusement d'un traîneau à l'autre. Le vent arrière facilitait la tâche et nous allions gaiement, à visage découvert malgré le froid, dans l'air vif et limpide. Le père Grouard m'est si cher, c'est un homme de si grandes qualités. Après notre séparation, le ciel, comme s'il avait lu dans mon cœur, s'alourdit de gros nuages noirs. Bientôt, la poudrerie se leva et nous obligea à planter le campement sur la plus proche terre.

« Au matin, la poudrerie piquait moins que le froid et je fis l'échange de mon capot de poil de caribou contre un tricot épais avec le vieux Beaulieu car il devait se faire carrioler et malgré tous ses habits, enroulé dans une couverte de fourrure, il sentait dangereusement le froid.

« J'étais obligé de courir pour me tenir à l'aise. Le soleil n'arrivait pas à percer et tout le jour déjà bien maigre, la froidure égalait celle de la nuit.

« Un moment, notre bon vieillard, engourdi, voulut marcher, mais son pas trop lent ralentissait notre course, j'étais sur le point de me geler. Je l'engageais alors vivement à reprendre sa place dans la carriole, je l'enveloppais de mon mieux au plus vite et je fouettais mes chiens dans un départ précipité, je courais derrière la traîne ; dans cette course, je sentis venir la vie avec son cortège de douleurs. Pour une fois, j'étais heureux de souffrir, car malheur aux membres que l'on ne sent plus, ils sont bien vite morts.

« Je n'étais pas seul à cruellement ressentir le frimas. Un chien du vieux Beaulieu devint si gourd qu'il ne pouvait plus avancer. Basile le détela sur le milieu du lac, il ne bougeait pas un poil. Désolés, mais pressés par la rigueur du froid, nous avons poursuivi notre chemin vers Saint-Joseph, où nous n'avons fait qu'une brève halte par manque de nourriture.

« Je compris alors pourquoi j'avais reçu un accueil si respectueux à l'aller : le père Gascon, comme tous les pères, connaissait depuis longtemps ma nomination puisqu'il m'avait élu. J'avais été le dernier informé. Il m'accompagna quelques heures. Avant de s'en retourner, il se mit à genoux sur la glace, entre deux colonnes de poudre neigeuse et me pria de le bénir. Ainsi, en costume de trappeur assisté des nuées du ciel par moins cinquante degrés de froid, pauvre évêque du désert blanc, je donnais ma première bénédiction épiscopale.

« En approchant la rivière au Sel, j'espérais me faire traîner un peu, mais la neige lourde et épaisse m'obligea pendant quatre jours et demi de “ porter raquette ”. Le vieillard les portait aussi, m'encourageant par son exemple.

« Je restai plusieurs jours chez cet homme courageux et vénérable. Il avait eu le malheur de se geler le nez en route, sa peau tombait par morceaux. Jamais depuis sa naissance, m'assura-t-il, il n'avait enduré de froid aussi sévère. L'hiver ne nous laissait aucun répit.

« Le dimanche, je dis la messe dans la chapelle des Beaulieu. J'avais eu soin de faire quelques attisées ronronnantes dans le poêle. A la consécration, je vis avec stupeur que le vin était solide, je m'approchais gravement du foyer pour le faire fondre et je me hâtais de finir le service. Je ne pus me rincer les mains pour les dernières ablutions : j'avais pourtant eu soin de verser de l'eau bouillante au début de l'office. Mes mains étaient en crochet et l'eau parfaitement congelée. Cet hiver, au dire de tous, est exceptionnel de rigueur et c'est dans la plus mauvaise période que le pauvre évêchon d'Arindèle a fait ses premières épreuves de coureur des bois.

« Après la rivière au Sel, je rencontrai un campement de cinq ou six familles indiennes venues exprès me voir passer. Elles se disputaient l'honneur de me recevoir chacune dans sa loge. Pour les mettre d'accord, je les visitai toutes et j'employai la nuit à les confesser et les instruire en montagnais. Ce ne fut qu'à midi que je pus me séparer de ces bons sauvages. De là, en trois jours de marche forcée, j'atteignis le lac Athabaska.

« J'avais marché trente trois jours et dormi vingt-six nuits sous les étoiles.

« Un mois s'est écoulé depuis mon retour, je m'apprête à traverser le lac Athabaska pour me rendre chez les mangeurs de caribous du " Fond du lac ". Le dégel que nous attendions ne galope pas. Le thermomètre reste encore autour de moins trente-quatre degrés et nous sommes le 27 mars.

« Recevez, mon très révérend Père, avec l'assurance de tout mon dévouement filial, l'expression de ma sincère et bien cordiale affection et estime.

« I. CLUT O.M.I. »

Par le même courrier, Isidore fait parvenir à celui qui fut son évêque pendant neuf ans, Monseigneur Taché, la lettre suivante :

« ... Déjà, vous avez été informé le printemps passé des grandes choses qui planaient sur ma pauvre tête. Vous avez dû lire une bulle pontificale et une lettre de notre supérieur à mon adresse qui tendaient à faire de moi un évêque. Pauvre de moi, pouvais-je m'attendre à une chose semblable ? Si je l'avais seulement soupçonnée, je ne serais pas allé à la Providence, je serais resté tranquille encore un hiver sans éprouver les fumées de la gloire.

« J'aurai la douce nécessité de me sacrifier davantage, aussi ai-je accepté avec joie la devise que m'a proposé Monseigneur Faraud : "Mon joug est doux et mon fardeau léger". Saint Isidore défrichant la forêt avec une charrue figurera sur mes armes.

« Je ne regrette qu'une chose, c'est de manquer des qualités essentielles aux évêques, et je puis dire, je crois sans feindre l'humilité : "nullis meis meritis". Mais j'ai été choisi et j'ai accepté au nom de l'obéissance. Ce qui me console, c'est que je n'ai rien fait pour le faire tomber sur ma tête.

« Vous me ferez un immense plaisir, si vous pouvez venir assister à mon sacre ainsi que votre coadjuteur Monseigneur Grandin que j'ai déjà invité pour l'été prochain à la fonte des glaces. Si vous ne pouviez venir, le pauvre évêchon d'Arindèle serait privé d'un grand honneur.

« Recevez, Monseigneur, avec l'assurance de tout mon dévouement, l'expression de ma sincère et bien cordiale affection en N.S.J. et M.I.

« I. CLUT O.M.I. »

Au retour du « Fond du lac », le père Clut attendit des informations sur son sacre. Les invités n'avaient toujours pas répondu. En automne seulement, il reçut une lettre pleine d'ironie de Monseigneur Faraud qui lui disait : « Nos seigneurs Taché et Grandin sont partis en France au chapitre général sans rien nous dire. Vous voyez que les “Grands Priants” traitent les gens sans cérémonie, leurs grandeurs sont secrètes. Voilà qui est bien beau, n'est-ce-pas !... Mais ne craignez pas, je viendrai en juillet prochain (1867) vous sacrer moi-même à la Nativité. Préparez-vous.

« Priez pour moi, l'espoir de vous voir bientôt me réjouit d'avance.

« Votre frère très affectionné en J.C. et M.I.

« † Henri. »

Il fallut attendre. L'année 1866 fut bien remplie pour Isidore qui pourtant souhaitait ardemment que sa condition d'évêque lui permette enfin de se consacrer aux âmes. Comme chaque année, il envoya à Paris son rapport au supérieur général, le 7 décembre.

« Mon récit détaillé vous fera mieux comprendre la position pénible dans laquelle je me trouve.

« Voyez ces grands champs de pommes de terre, de navets et d'oignons, c'est votre enfant qui a eu soin d'en ôter les mauvaises herbes, d'amonceler la terre autour des plantes. Regardez ensuite une vaste partie de nos champs en friche, faute de travailleurs. Cependant, ces champs étaient jadis une fôret, abattue par une main robuste et le champ avait été le fruit des sueurs et des fatigues de Monseigneur Faraud ; c'est là qu'il a contracté les premières atteintes de ses douleurs provenant de l'excès de travail. Malgré de dures journées de labeur, je les laissais tomber en friche par manque de frères ou de serviteurs capables.

« Voyez en outre au côté de la maison ce magnifique petit jardin potager. Comment voir dépérir ces beaux légumes sous les ardeurs d'un soleil brûlant sans que jamais une goutte de rosée ne vienne les rafraîchir. Alors votre enfant a pitié de ces jeunes plantes. C'est qu'il y va de son vif intérêt, puisque le produit de ce jardin devra l'exempter bien souvent des rigueurs de la faim. En effet, depuis neuf ans que je suis dans les missions, je n'ai jamais vu une telle pénurie. Nos lacs et nos rivières peuplées ordinairement d'une multitude prodigieuse de poissons refusaient leur tribut accoutumé. Nos sauvages, par suite de deux des leurs probablement immolés par un mauvais Castor*, croyaient apercevoir des ennemis partout et laissaient en paix les animaux de la forêt. Il y avait donc disette de viande et de poisson. Notre petit jardin et nos trois vaches y suppléaient.

« Vient ensuite le temps de la récolte. Je dois la faire en partie. Ainsi notre orge a eu l'honneur d'être moissonné de mes mains. J'ai laissé aux frères l'arrachage des pommes de terre. Car c'était le temps de l'arrivée des sauvages et par conséquent le temps de la mission. Je m'occupais donc le plus possible des intérêts spirituels de mes sauvages crees et montagnais. J'étais seul alors, Monseigneur Faraud et le père Tissier étant partis évangéliser la tribu des Castors.

« Ce qui me ravissait un temps précieux, c'est que durant le temps de la mission, j'étais obligé d'acheter les choses indispensables telles que peaux d'orignal ou peaux de caribou pour les souliers, viandes, graisses, etc. Etant seul et ayant huit à neuf cents sauvages à instruire, à confesser, leurs enfants à baptiser, ayant à arranger leurs mariages souvent désunis ou à en contracter de nouveaux, à juger les différends, m'entretenir avec les uns et les autres. Vous pensez que ce travail ne me reposait guère de mes travaux précédents.

« Après la clôture de la mission, l'automne et les frimas sont venus. Je songeais à l'hiver. Alors, m'armant d'une hache et durant quinze jours, je faisais des ravages dans la forêt. La neige et le gel arrivent ; vais-je avoir du repos ? Non, ce n'est qu'alors, semble-t-il, que le trouble, les tracas et les fatigues corporelles commencent. Nous avons huit gens de l'espèce animale à nourrir. Il faut leur charrier du foin, c'est encore l'évêque qui deviendra charretier avec le frère Mooney. Le travail est rude et pénible à travers un lac et une rivière. La distance est presque de deux lieues. Comme il y a un bœuf et deux chevaux à conduire, j'ai choisi ces derniers comme plus nobles. Il y a dix-neuf jours que ce travail est commencé et n'a été interrompu que par le repos du dimanche et deux jours de tempête. J'en ai profité pour charrier du bois de chauffage du matin au soir pour profiter du temps où la neige n'est pas trop épaisse.

« Nous nous levons à quatre heures et demie du matin et le soir, nos trois charriages déchargés, c'est nuit close. Il me reste à peine le temps de dire mon bréviaire et de faire ma lecture spirituelle.

« Quant aux méditations, oraisons, examens particuliers, récitation du chapelet, tout cela se fait le long de la route et les raquettes aux pieds pour le retour.

« Il me tarde de me voir occupé à des tâches plus en rapport avec mon ministère, il me tarde aussi d'avoir quelques moments de trêve. Mais rien ne me promet la fin de mes occupations.

« Notre foin charrié, je devrai amener de la pêche, qui est à trois ou quatre lieues, huit mille poissons pesant trois livres les uns dans les autres. Je devrai conduire chaque jour nos deux chevaux à travers notre grand lac et souffrir les intempéries de la saison. Cet ouvrage terminé, ce sera alors le bois de chauffage et peut-être les charriages de viande fraîche. Il faudra recommencer plusieurs fois le métier de bûcheron, sans parler des mille et une choses qui, réunies au reste, absorbent mon temps. Mais enfin, me dira votre cœur paternel, pourquoi tant de travaux manuels. Ah ! mon Révérendissime Père, pardonnez à votre enfant, ce n'est pas l'amour de ces travaux qui les lui fait faire, mais la nécessité qui l'y oblige. Depuis six ans, le nombre de mes frères s'est réduit à l'unité, et, depuis un an, cette unité a été mal représentée en la personne du frère Mooney qui se contente de bien manger, faire de longues prières et très peu travailler.

« Quant à mes serviteurs, j'en ai habituellement quatre et je préférerais les remplacer par des frères. Par surcroît de malheur, nous en avons six actuellement. D'abord, c'est un chasseur, employé uniquement à la chasse pour nous fournir de la viande en grande partie mangée par les serviteurs et leurs femmes et leurs enfants qui sont entièrement à notre charge. Au chasseur, il faut un faiseur de cache. Le travail de celui-ci consiste à mettre en sûreté la viande, puis à venir avertir le maître qu'il peut envoyer quelqu'un chercher la dite viande. Le faiseur de cache est remplacé en été par un charrieur en canot. Ceux-ci ne font rien à la mission et l'entretien du chasseur est très dispendieux, celui du faiseur de cache l'est un peu moins. Il ne nous reste donc plus que deux serviteurs pour la maison. L'un est pêcheur pour l'été jusqu'au milieu de l'hiver. Le second travaille ici, et, comme le second pêcheur, donne la main pour la pêche d'hiver.

« Celle-ci se fait sous la glace et un homme seul ne peut faire cet ouvrage. Les pêcheurs s'emploient au charriage des viandes, du poisson ou du bois pour la fin de l'hiver. De sorte que les travaux d'alentour reviennent aux frères ou à moi. Depuis quelques années, la Providence a bien voulu nous faire passer par de rudes épreuves, en permettant que nos serviteurs aient été souvent malades et incapables d'accomplir leurs tâches. C'est le cas actuellement de deux engagés ; l'un étant tombé sur la glace vive s'est estropié un bras et la maladie du second m'a obligé d'engager un nouveau pêcheur pour trois mois. Et j'ai dû prendre un sauvage pour le seconder quelque temps. Ces braves gens travaillent fort peu quand ils sont bien portants, et encore travaillent-ils surtout pour eux ; car il leur faut des maisons à part et du temps pour les faire. Il leur faut grande quantité de bois de chauffage en hiver. Et la quantité de nourriture qu'ils mangent est prodigieuse. Elle consiste en viande, poissons et pommes de terre. Tout cela oblige les pères à un travail de mercenaire. Un frère a besoin de trois à quatre fois moins qu'un engagé. Jugez donc de notre nécessité. Toutes les missions se plaignent de la charge des mêmes inconvénients matériels.

— Nous sommes venus pour sauver des âmes et les gagner à Dieu et nous sommes réduits à être des fermiers et des manœuvres, me disait un père.

« C'est à la Nativité que les tâches sont les plus lourdes, eu égard à notre position loin de tout : des pêches, des pays de chasse, des bois et du foin.

« Si j'avais un frère de plus, j'aurai pu étudier la langue cree. Je me proposais de continuer un dictionnaire de français-montagnais, mais, vain projet, je ne puis me livrer à aucune étude. C'est à peine en ce moment-ci si je puis écrire mes lettres dans la nuit. Aussi, je n'écris que les plus urgentes. Pardonnez-moi les fautes de ce billet écrit à la hâte. De plus, je n'ai presque plus de papier à lettres et je n'en aurai plus avant le printemps prochain.

« Veuillez agréer, mon Révérendissime Père, les sentiments de mon affection filiale. »

Le mois de juillet 67 se termina. Monseigneur Faraud n'avait pas encore donné signe de vie.

Le père Clut s'inquiétait. Il avait invité tous ses sauvages à venir assister à la cérémonie de son sacre, prévu au début de l'été.

Autour de la mission, les loges se pliaient les unes après les autres. Chaque jour, une petite file indienne disparaissait dans la forêt. Les hommes marchaient en tête, derrière, les chiens trottinaient attelés aux travois formés par les mâts de leur loge, transportant les objets les plus lourds. Les femmes suivaient, surchargées de paquets sur lesquels dodelinaient leurs nourrissons. Une ribambelle de gamins se faufilaient çà et là, près du père ou de la mère suivant leur âge. Ils portaient tous une charge à leur mesure, comme leurs parents. Un grand bandeau posé sur le front passait sous la charge et supportait le poids, laissant les mains libres de toute entrave.

Chaque jour ou presque, des hommes venaient voir les prêtres pour prendre des nouvelles de l'arrivée du Grand Priant.

Voilà une lune entière que nous attendons la cérémonie du Grand Priant avec la canne et le chapeau. Nous n'avons plus rien à manger, il nous faut repartir dans la forêt sans quoi nos forces ne nous tiendront plus en vie.

Les pères comprenaient trop bien la situation, eux-mêmes étaient dans une disette peu commune. Chaque jour voyait diminuer les provisions et le père Clut avait dû rationner tout le monde pour garder le minimum indispensable pour nourrir ses hôtes deux ou trois jours.

Il ne savait à quoi attribuer ce retard. L'inquiétude croissait lorsque le 13 août, par une chaude après-midi, Bertrand cria : « Barge, barge ! »

Un petit point blanc avançait sur le lac. Au-dessus de la voile flottait le pavillon français, ce ne pouvait être que Monseigneur.

Aussitôt, la cloche s'envola dans le ciel bleu et des salves de fusil saluèrent les arrivants. Sur le rivage, toute la population du fort, ceux de la mission et cinq ou six familles indiennes se groupèrent autour du père Clut. Il avait revêtu un surplis blanc, il tenait sur un bras la chape dorée pour Monseigneur et attendait en silence.

Henri Faraud mit pied à terre, revêtit aussitôt des ornements et donna sa bénédiction à ce petit monde agenouillé sur la grève. Puis l'évêque prit solennellement la tête du cortège vers l'église. Derrière lui s'égrenait la petite procession, les pères en surplis, des religieuses en robes grises, les catholiques du fort en habit de travail, les métis avec leur chemise de flanelle jaunie, et les Indiens, le torse nu ou couvert d'une vieille couverture. Ce petit peuple, ému, entra en silence dans l'église. Pour la première fois, les religieuses firent résonner leurs voix angéliques aux portes de l'Arctique. Les Indiens, médusés, se demandaient si c'étaient ça, les anges ?

Les sœurs, arrivées de Montréal, étaient la cause du retard de Monseigneur qui les avait attendues au lac La Biche pendant près d'un mois.

C'est seulement à la fin de la cérémonie qu'Isidore et Henri tombèrent dans les bras l'un de l'autre. Au grand regret d'Isidore, ils n'eurent pas le temps de discuter ensemble, ni sur leurs affaires privées, ni sur celles de leur immense territoire.

Isidore passa le reste du jour très affairé. La crosse promise par ses compatriotes et le curé de Saint-Rambert n'était pas arrivée ; heureusement, Monseigneur Faraud avait sculpté une volute dans une belle planche l'hiver précédent. Isidore la badigeonna d'ocre afin de l'ennoblir et courut dans la forêt couper un petit sapin, pour faire la hampe de sa crosse épiscopale.

Il fut décidé que le sacre devrait avoir lieu au plus tôt. Le quinze août paraissait idéal à cause de la Sainte Vierge et surtout de la disette. Contrairement aux prescriptions pontificales qui réclament une fête d'apôtre ou un dimanche. Mais le manque de provisions faisait loi.

Dans la journée du 14 août, le nouvel évêque aurait dû se retirer dans la prière et la contemplation. Il fit les comptes de butins pour payer les rameurs :

— Une pièce de tissu, plus cinq pelus de tabac ici, une peau de castor là…

Sans compter la part de viande sèche, le plus souvent remplacée par le poisson blanc boucané au feu de bois.

Il se donnait beaucoup de mal pour loger tout ce monde. Il ne pouvait pas abandonner les tâches quotidiennes : diriger les engagés, bûcher le bois, surveiller le travail.

Le frère Salasse ne perdait pas son temps, mais il ne pouvait pas faire plus que sa tâche ordinaire : les bêtes devaient manger, l'écurie devait être nettoyée. Et comme Monseigneur venait de lui apprendre qu'il l'emmènerait avec lui, il fallait vite instruire quelqu'un pour le remplacer. Il avait encore à charroyer le poisson et organiser la cuisine au mieux.

Les sœurs décoraient l'église et cousaient en hâte du tissu blanc et or sur un carton pour remplacer la mitre qui demeurait introuvable.

Le grand jour arriva. Tôt le matin, les pères s'agitaient encore pour achever les préparatifs. Monseigneur Faraud retrouvant avec plaisir les recoins de vieilles habitudes, parcourait la mission, plus occupé qu'un journalier.

Vers dix heures, l'intronisation commença par un sermon du consécrateur, où le souvenir et les éloges de l'élu prenaient un tour pathétique. La petite trentaine de fidèles fut bien vite emportée par l'émoi : les couleurs chamarrées d'or des ornements, les hymnes séraphiques des sœurs, les images pieuses et les décorations eurent raison de ces pauvres bougres perdus dans leur désert de lacs et de forêts. Seules les odeurs fortes de transpiration, de graisse et de poisson résistaient à l'encens qui ne parvenait qu'à boucaner un peu plus l'atmosphère. Mais la luxuriance des paroles, des musiques, des richesses contrastait si fort avec la misère des jours du Nord que le père Clut lui-même n'en ressentit aucune gêne.

Son cœur sensible, touché de très près par la cérémonie, lui coupait le souffle. Noyé dans les larmes et les sanglots mal contenus, le nouvel évêque ne pouvait prononcer la moindre ligne de son serment. L'assistance attendrie aurait voulu l'aider, les sœurs pleuraient en silence, les enfants de chœur se demandaient ce qui se passait. Son ami Henri essayait de lui souffler les mots. C'est alors qu'une sorte de miracle s'opéra : dans un sursaut final, pour surmonter l'emprise de sa sensibilité, Isidore fit retentir le serment d'une voix de stentor, à ébranler les fondements de la petite église de la Nativité. L'assemblée, le cœur fendu par l'émotion, se trouva saisie par le tonnerre et les larmes séchées par la crainte. La pitié commuée en stupeur faisait place à l'admiration de cette force soudaine, signe évident de l'emprise du Saint-Esprit sur le nouvel élu.

Arrivé à la fin pour la bénédiction solennelle, l'évêque d'Arindèle balançait sa main gantée revêtue de l'anneau au-dessus de ses ouailles avec l'aisance d'un vieux prélat sur le porche de sa cathédrale. Son bâton pastoral sentait la peinture grasse, mais sonnait clair sur le plancher comme la lance d'un guerrier. Soldat du froid, berger des pauvres, son arme recourbée, inoffensive spirale centrée vers l'infini du cœur, Isidore commençait d'un pas assuré sa vie de pélerin des déserts glacés du Nord.

Au cours de la journée, Monseigneur Faraud lui céda tous les honneurs dûs à son rang. Le lendemain de ces fastes, il redevint commis de magasin : à compter ses pelus et son butin, comme si la pièce avait été jouée. La gloire était bien maigre à côté de la tâche qui y était attachée.

Les hôtes partis à la hâte laissèrent la mission plus vide que jamais. De l'agitation joyeuse de ces deux derniers jours ressortait, plus forte encore, la solitude profonde du Nord.

Quelques semaines plus tard, « Sa Grandeur Monseigneur Clut, évêque d'Arindèle » écrivait à Monseigneur Faraud :

« Cher et bien bon Seigneur,

« ... Après votre départ, le pauvre évêchon redevint roturier, fermier, bûcheron, homme de peine, en tout cas plus marchand que prêtre... Comme vous nous aviez enlevé le frère Salasse, j'ai bien été obligé de faire face aux besognes, peu dignes d'un évêque, il est vrai, mais qui nous sont indispensables car j'ai expulsé le frère Mooney. Celui-ci, au lieu de s'occuper aux tâches qui lui étaient imparties, ne trouvait rien de mieux que d'aller haranguer les engagés protestants du fort, empêchant ceux-ci de travailler. La bêtise ne connaît pas la honte, il revenait le lendemain chez ceux qui l'avaient repoussé la veille. Tout cela à mon insu et contre mes ordres formels. Sa paresse étant connue de tous, il était la risée du district ; il ne se rendait compte de rien et ne comprit pas pourquoi je le renvoyai.

« Nous manquons désespérément de frère, mais à l'avenir, jugez-les mieux avant de les laisser faire un si long et si coûteux voyage.

« J'ai bien reçu le dictionnaire et la grammaire en langue cree que vous avez eu la bonté de faire recopier pour moi, mais je n'ai pas encore eu le temps de me plonger dans son étude. Il est vrai que cette langue m'est de plus en plus nécessaire, le nombre de Crees ne cesse d'augmenter dans les parages. Ils n'étaient qu'une poignée lorsque je suis arrivé ici.

« Monsieur Wilson, le commis en charge de la première brigade, vient de me vexer sérieusement. Ce cher Monsieur est arrivé durant la nuit du samedi au dimanche. Je suis allé lui payer une visite au fort en compagnie du père Eynard. Je lui ai présenté une liste des pièces restées en arrière l'année passée, en le priant d'en faire embarquer quelques-unes. Il m'a répondu d'abord qu'ils ne prendraient que les seize pièces des ministres et des commis, et laisserait les nôtres pour la dernière brigade.

— Non, ai-je dit, il serait plus juste d'en prendre la moitié des leurs et la moitié des nôtres.

« Embarrassé, il m'a répondu qu'il le ferait. Plus tard, il me raconte qu'en fait, il ne prendra les pièces que des seuls commis.

« Je m'informe alors auprès de Louison, capitaine d'une barque, qui me dit qu'ils ont embarqué toutes leurs affaires, y compris celles des ministres, en laissant les nôtres une fois de plus. J'étais indigné, je suis retourné faire mes compliments à Monsieur Wilson, qui n'a su que répondre. Je ne laisserai pas de faire connaître au Gouverneur la façon d'agir de ses commis. En attendant, je suis allé voir chacun des gouvernails et je leur ai demandé de prendre une pièce chacun. Trois ont accepté. Je vais demander la gratuité de ces transports pour récompenser les trois hommes de leur bonne volonté.

« Il est une chose sur laquelle nous ne nous sommes pas assez entendus. C'est au sujet de mes pouvoirs ? Je ne tiens nullement à diriger, ni à user d'autorité envers les pères ou les frères, mais votre grandeur étant si loin, je crois qu'il serait bon que vous déterminassiez bien jusqu'où va mon autorité. Pour ce qui est de la haute direction, des changements de place, je crois qu'il serait bon que vous vous réservassiez tout cela, ou au moins que vous me le fissiez connaître de sorte que je n'aie qu'à les signifier et si vous voulez me charger de toutes les choses secondaires et même du tout. Il faudrait bien toujours nous entendre pour donner les mêmes ordres, les mêmes directives selon l'opportunité.

« Le bruit court que la nouvelle compagnie de fourrures américaine, qui avait failli mettre la guerre entre les Castors et les Montagnais voici trois ans, ne serait plus pour revenir, pour cause de banqueroute. J'hériterai donc de deux beaux chiens ; comme ils sont d'une race supérieure, je pourrai en fournir à toutes les missions.

« Le révérend, ou — irrévérend — Bompas* est de nouveau ici. Nous allons devoir encore souffrir sa présence à la Nativité. Il avait dessein de se rendre chez les Castors sur la rivière La Paix. J'ai dit à notre excellent nouveau bourgeois Monsieur Mac Murray que s'il le laissait partir, j'y enverrai aussitôt le père Eynard. Il n'a pas insisté car la barge n'avait pas de place. Espérons que ce ministre de l'erreur fera moins de mal ici que dans une mission naissante où nous ne résidons pas en permanence. Il éprouve chaque jour des humiliations et des affronts, mais il ne se démonte pas. Il va toujours, portant sa Bible et débitant ses erreurs dans les loges.

« Des malins remarquent que les loges de femmes et des veuves sont plus souvent et plus longtemps visitées ! Il est loin d'être dans les bonnes grâces des gentilhommes d'ici. Tout me porte à croire qu'il est venu sans permission, ni recommandation aucune. Ce qui me le prouve, c'est que depuis son arrivée, il n'a pas été une seule fois invité à la table de ces messieurs. Il reçoit son prêt, comme n'importe quel engagé, et ce n'est même pas le cuisinier des gentilshommes qui lui fait à manger !

« Pour finir, j'aimerais bien récupérer la robe de buffle que j'avais prêtée aux sœurs, c'est l'unique que nous ayons ici ! N'avez-vous pas embarqué par mégarde ma pince à chapelet ? Je ne la retrouve plus depuis votre passage. Elle nous fait défaut surtout car nous n'avons pas reçu de chapelet neuf et nous sommes dans l'obligation de les faire…

« Adieu, bien aimé Père, recevez mes sentiments de respect et d'affection vive.

« Votre frère, Isidore
« Ev. D'Arindèle OMI. »

L'année qui suivit son sacre, Monseigneur Clut vécut encore une terrifiante solitude à laquelle il ne se fit jamais. Il fut préoccupé par l'extension que le ministre anglican voulait donner à ses missions dans la rivière La Paix au milieu des Castors.

Ces derniers avaient été un peu délaissés par les missionnaires au profit des habitants du MacKenzie, plus menacés au départ par l'avancée du protestantisme. Les Castors s'étaient montrés indifférents aux approches du père Faraud qui fut le premier à les visiter, mais plus tard, ils avaient regretté maintes fois que les prêtres s'occupent plus de leurs voisins crees et montagnais que d'eux-mêmes. Ils avaient alors demandé à plusieurs reprises qu'un prêtre vienne s'installer chez eux. Maintenant, le père Tissier demeurait au Fort Dunvegan. Mais il ne suffisait pas à la tâche.

Cette tribu, autrefois nombreuse et prospère, marchait depuis longtemps vers la dégradation. Les mariages consanguins, les concubinages étaient fréquents et très durs à défaire. Les missionnaires avaient donné des conditions à leur venue : que les Castors renoncent au concubinage et qu'ils stoppent leur frénésie pour le jeu de main*.

Au printemps, Isidore s'empressa de suivre pas à pas le Révérend Bompas sur la rivière La Paix, pour consolider la foi maigrement implantée chez eux. Sur un petit canot d'écorce, en compagnie de Louis Lafrance, l'Iroquois, il remonta à grand-peine la rivière La Paix, visitant tous les Castors sur son passage. Satisfait de son ministère et de l'échec que son concurrent rencontra partout, il revint sur les rives du lac Athabaska.

Dessin du père E. Petitot représentant le père Seguin revenant à Good Hope durant l'hiver 1870.

Archives oblates, dans *Au pays des Peaux de Lièvres.*

Moustiquaires de fortune contre les maringouins.

Aquarelle de 1861, par William G.R. Hind, dans *Canoë.*

CHAPITRE IV

SA GRANDEUR

Isidore à Rome au concile de Vatican I - Déboires à la douane américaine - Traversée de la prairie, 3000 km en chariot à bœuf - Isidore conduit la première barge des Missions - Les rameurs désertent - Isidore va chercher, seul, du secours - Il force les glaces pour atteindre Fort Providence.

Isidore arborait sa grande barbe de missionnaire, dans sa soutane violette toute neuve. Il visita Rome de long en large, fasciné par les églises qu'il trouvait toutes plus belles les unes que les autres. Emu à la pensée de voir la terre vaticane, il avait l'impression de vivre dans un rêve. A la fois lui revenaient en mémoire des morceaux de version latine, l'histoire des papes et de l'Eglise et sa mission du lac Athabaska, elle était si loin de ces lieux et si proche dans son cœur. L'atmosphère grandiose du siège de saint Pierre remplissait son esprit et touchait son âme sensible au point qu'il en avait les larmes aux yeux.

Isidore avait admiré la beauté des cérémonies d'ouverture du concile avec une joie profonde ; il voyait là le service du Christ de lumière. Les ors, les marbres, les étoffes précieuses, les pierres rutilantes : rien n'était trop beau, rien n'était trop luxueux pour rendre hommage à celui qui avait tout créé. Il comprenait fort bien que l'Eglise se devait de donner à la face du monde cette image triomphante déployant les plus grandes richesses de la terre.

Ce qui le troublait le plus était sa propre délectation à ce faste, l'orgueil secret qu'il pouvait en tirer. Parfois, en proie à la jouissance des honneurs dus à son rang, il était hanté par l'image de la misère de son peuple et de ses pasteurs tenus si loin de tant de pompe. Il avait aussi observé les regards jaloux de quelques évêques placés plus bas que lui dans la hiérarchie épiscopale, les bulles pontificales le nommant évêque d'Arindèle dataient de 1863. Avec ses trente-sept ans, il était sans conteste l'un des plus jeunes de l'assemblée. Cela l'avait mis mal à l'aise, d'autant plus que, par véritable humilité, il ne se sentait pas capable de discuter des importants problèmes qui faisaient l'ordre du jour.

Ses préoccupations étaient d'un autre ordre. L'avancement du royaume de Dieu passait pour lui par le don de sa personne physique. Il acceptait plus volontiers de parcourir la terre avec les moyens les plus frustes que de légiférer et organiser l'Eglise. Il se sentait plus en sécurité au milieu des Indiens que parmi les hauts dignitaires dont l'intelligence souvent l'effrayait. Sa présence au concile lui apparaissait chaque jour un peu moins indispensable. Il n'était pas, comme la plupart des autres évêques, un homme de science et encore moins un politicien.

Un matin, sous la coupole de Saint-Pierre, pendant l'intervention d'un éminent théologien, il eut un éclair. Le soleil frappait la colombe du Saint-Esprit et illuminait les rayons de verre du vitrail du chœur, il lui sembla alors que l'oiseau s'envolait. Il guidait le vol puissant des oies sauvages, dans le ciel bleu d'Athabaska. Les coups de trompette des oiseaux en migration déchiraient le silence encore glacé du printemps et résonnaient en tourbillon sous la voûte du dôme. C'était un signe.

Sur-le-champ sa décision fut prise, il devait partir. Sa place n'était pas là.

Après un mois à Rome, Isidore, aux pieds du pape Pie IX, dans sa candeur accoutumée, eut le courage de lui dire qu'il n'était pas venu expressément pour assister au Premier Concile œcuménique de Vatican, et lui demanda de le dispenser d'assister aux séances conciliaires. Son voyage en Europe avait un tout autre but, beaucoup plus pressant pour l'avancement de l'Eglise dans le monde. Il laissait volontiers à ses pairs, plus experts que lui en matière de théologie, le soin de discourir sur l'infaillibilité pontificale. Sa préoccupation principale consistait à recruter des sujets pour son vicariat et à récolter des fonds pour faire vivre ses missions. Le pape le bénit avec sollicitude et l'autorisa à quitter Rome.

Avant de partir, il eut un long entretien avec le cardinal Bernardo (préfet de la propagation de la foi) qui fournissait les subsides aux terres de mission. Ce dernier s'inquiétait beaucoup des douleurs endurées par les missionnaires du MacKenzie et sa délicate attention toucha profondément Isidore. Il déserta la cité vaticane, heureux, pour parcourir la France.

Le tout jeune évêque visita ses parents. Fier de son nouveau pouvoir, il parcourut les séminaires et les paroisses les plus susceptibles de donner pour ses pauvres missions. Il surmonta fort bien sa timidité pour décrire les affres dans lesquels il vivait au MacKenzie, mais aussi l'exaltation et le zèle des missionnaires qui se dévouaient dans ces contrées hostiles.

Infatigable, on le vit à Lyon, Grenoble, Viviers, Clermont-Ferrand, Le Puy, Valence, Avignon, Romans, Nancy, Autun. Les voyages en train ou en voiture à cheval lui paraissaient bien doux en comparaison des barges et des charrettes. De plus, les distances n'étaient jamais très longues. Il aurait bien voulu ramener plus de sujets et plus d'argent, mais par sa propre faute, il s'était privé d'une récolte fructueuse. Il en était indigné et penaud.

Si peu habitué aux intrigues de palais, il ne s'était pas le moins du monde méfié de cet évêque, un peu trop prévenant pour lui, à Rome. Il avait cru que la curiosité du prélat était toute empreinte d'intérêt pour les missions lointaines. Mais le roué seigneur ne lui avait fait avouer ses plans que pour mieux s'en servir. L'évêque grigou s'était rendu et avait prêché avec éloquence partout où Isidore avait de bonnes recommandations d'un curé généreux. Il avait prêché pour lui-même en parlant des missions et avait réussi une belle récolte. Quand Isidore se présentait, il était la plupart du temps impossible de refaire une quête et lorsque les curés acceptaient, le produit n'était pas très fameux. Jamais il n'aurait soupçonné qu'entre gens d'église..., et qui plus est entre évêques, il pouvait y avoir pareille fourberie.

Ce n'était pas la première fois que sa naïveté était prise en défaut et ce ne serait pas la dernière, mais le métier d'évêque passait par là. Il n'était pas parfait lui-même. Monseigneur Faraud ne lui avait-il pas recommandé de visiter de préférence la Bretagne et le Nord, régions plus prodigues que le Sud où les bouches s'ouvrent beaucoup plus facilement que les bourses. Il le savait, mais ses parents et ses amitiés le portaient plus à visiter un pays qu'il connaissait bien, plutôt que celui où la générosité allait de pair avec une réputation de « froideur ».

S'il ne ramenait pas autant qu'il l'avait espéré, il revenait quand même avec une somme conséquente et cinq nouveaux missionnaires, quatre ecclésiastiques et un frère.

Pendant son absence du continent américain, des événements sanglants avaient bouleversé la rivière Rouge, sur les bords du lac Winnipeg. La révolte des métis avait éclaté en 1869 et avait bien failli donner le jour à une nouvelle nation pourvue d'un gouvernement métis-indien dans les territoires encore vierges de tout pouvoir suprême. Le soulèvement avait d'abord été soutenu par l'Eglise qui voyait là un bon moyen de s'affranchir de l'hégémonie des sociétés civiles britanniques, dont la toute puissante Compagnie de la Baie d'Hudson en particulier et de ses sujets protestants. Les métis, pour la plupart Indiens-français avaient tous un fond catholique et Louis Riel, le meneur du soulèvement, élevé par les missionnaires, se réclamait volontiers comme un fils de l'église. Mais ce qui n'aurait pu être qu'une prise de pouvoir pacifique avait tourné au drame et à l'affrontement armé avec les représentants du Canada. Les révoltés avaient massacré les émissaires d'Ottawa. Monseigneur Taché s'était alors désolidarisé des rebelles. L'armée était intervenue et le pays vibrait encore du son des batailles. Les tribus indiennes n'avaient pas suivi leur demi-frère dans le combat. Elles ne voyaient pas la nécessité de prendre possession d'une terre qu'ils possédaient déjà. Les métis qui se sentaient exploités avaient très mal réagi devant ces abandons qui ne leur assuraient que la défaite et leur fureur devenait sanglante.

Les Etats-Unis se tenaient sur leurs gardes, prêts à intervenir et au besoin conquérir de nouveaux territoires. Quand Isidore se présenta à la frontière, à Port-Huron, au-delà des grands lacs, il fut soupçonné d'amener, en hommes et en matériel, du renfort à la rébellion.

Isidore avait affermi son pouvoir par ses audiences romaines. Son assurance s'était renforcée devant les auditoires français qui n'avaient cessé d'admirer son courage. Lui-même s'était-il peut-être pris au piège de sa propre puissance ? Il était seigneur de la Grande Eglise de Rome, responsable de jeunes âmes : elles venaient toutes se dévouer pour le bien des populations les plus délaissées du monde et un petit fonctionnaire des douanes avait l'audace de l'arrêter. Lui, un évêque, qui, de surcroît, avait dans ce pays montré un courage exemplaire, pouvait-il être traité comme un rebelle ?

Les consignes étaient formelles. Il fallut en référer à Washington et attendre la réponse.

Enfin, après six jours d'attente, le bouillonnant évêque d'Arindèle monta dans le train en faisant suivre ses bagages par un express. Il fut reçu dignement à Chicago par l'évêque du diocèse qui lui donna des lettres de recommandations propres à le tirer d'embarras pour le reste de son voyage en territoire américain. Il arriva sans difficultés jusqu'à Saint-Paul, le terminus du train, heureux d'avoir pu voyager, presque partout, à prix réduit.

L'angoisse le reprit bientôt car les bagages, le butin si précieusement amassé et ramené de France, n'arrivaient pas. Trois jours plus tard, on annonça qu'un train de marchandises avait pris feu sur la voie, peu après Chicago.

Monseigneur pressentait la perte de tous ses colis dans l'incendie. Pour comble, ni lui, ni ses recrues n'avaient pris d'effets personnels de rechange. Ils étaient au désespoir, sur le point d'abandonner les recherches, résignés à partir sans attendre quand, par hasard, on apprit que des caisses, en provenance de Port-Huron, étaient arrivées sur un “steamboat” et n'avaient pas été réclamés. C'étaient les leurs !

Isidore, rasséréné, se mit en route au pas lent des bœufs et continua le voyage jusqu'à Saint-Boniface sur la rivière Rouge. La caravane fit halte quelques jours chez le bon Monseigneur Taché, se grossit alors du butin annuel des missions, de MacKenzie-Athabaska et de Saint-Albert, puis la colonne de chariots accompagnée de quelques chevaux repartit lentement vers le lac La Biche, empruntant pour la première fois le chemin de la prairie et ses mille cinq cents kilomètres, découverts et jalonnés patiemment par les missionnaires depuis près de dix ans en prévision de l'ouverture de cette voie.

Pendant les deux mois que dura le voyage, la pluie ne cessa de frapper les toiles des chariots. Elle ajoutait son eau à la fonte des neiges. Les chemins de la prairie étaient détrempés. La colonne devait s'arrêter plusieurs fois par jour pour sortir les charrettes embourbées. Il fallait alors dételer les bœufs d'un autre chariot et les accoupler avec des cordes à ceux de la charrette enfoncée dans la vase jusqu'aux essieux. Les engagés et les voyageurs eux-mêmes durent se plonger dans l'eau jusqu'au ventre pour soulever et pousser les chargements. Dans leur bonne humeur habituelle, les métis ne cessaient de plaisanter pour ne pas succomber à la folie d'une telle entreprise. Un matin, pour aller plus vite, un nommé Boniface Squirel eut l'idée d'attacher son cheval par la queue pour tirer d'embarras une voiture enfoncée dans une coulée bourbeuse. La bête, furieuse, en arrachant la charrette, envoya son conducteur dans la fange. Boniface, noir et dégoulinant du bonnet aux chaussons, fit sortir toutes les têtes des wagons :

« V'là t-y-pas que le Boniface i'joue les charbonniers » criait-on.

Le soir, au campement, les feux étaient rares. Heureusement un gros poêle en tôle servait à faire chauffer le repas, mais tous ne pouvaient s'en approcher pour sécher un peu leurs habits. Les chevaux et les bœufs avaient de la peine à trouver quelque herbe qui ne soit pas recouverte d'eau.

N'ayant pas assez de toiles huilées, Monseigneur, pas plus que ses jeunes recrues, ne pouvait éviter de se tremper. Les tentes suintaient au fur et à mesure que le voyage avançait, pliées toute la journée dans leur humidité, elles devenaient de moins en moins imperméables. Isidore, chaque soir, avait soin de faire lui-même des rigoles autour de sa tente, mais le sol déjà trempé suintait toute la nuit. Quand il le pouvait il coupait des branches pour faire un matelas, mais bien souvent, sur des milles et des milles, il ne rencontrait que de basses prairies, des lacs et des marais.

Isidore souffrait plus de cette humidité incessante de laquelle nul ne pouvait se protéger que des grands froids du Nord. Elle pénétrait partout, insidieuse et glacée. Les jeunes qui l'accompagnaient ne montraient pas de découragement, mais leur visage disait assez qu'ils souffraient de cette situation plus éprouvante qu'ils ne l'avaient imaginée.

Ils avaient rêvé de grands espaces, d'horizons infinis et grandioses où se couche le soleil pourpre et or sur la course folle d'un troupeau de bisons dans la plaine. Ils n'avaient vu que des hordes pataugeant dans la boue et des nuages bas. Les seuls jours où il n'avait pas plu, des nuées de maringouins s'étaient abattues sur la caravane, rendant les bêtes folles et les hommes énervés, si bien qu'ils en étaient presque venus à se demander si la pluie n'était pas un mal moins grand que ces nuages d'aiguillons, véritable suplice infernal. Le plus pénible était la lancinante répétition du paysage sans répit. Jour après jour, la pluie succédait à la pluie et les fondrières aux coulées de boue. Les eaux stagnaient partout, les torrents débordaient. L'impression de ne jamais avancer minait les esprits les plus robustes.

Monseigneur avait ordonné à tous de prier la Sainte Vierge pour que les cieux soient plus cléments. Un temps, le déluge s'était arrêté, laissant place à un petit vent salvateur. La joie était vite revenue dans les équipages très éprouvés par la grisaille permanente et le surcroît de travail.

Quelques-uns chassaient le canard, la bécasse, d'autres ramassaient les œufs d'oiseaux par milliers et mangeaient des omelettes à s'en rendre malade.

Isidore, habitué à mener rondement les affaires, faisait presser le pas. Son temps était compté, il fallait profiter du beau temps pour progresser un peu plus vite. Le lac La Biche, s'il était le point d'arrivée de la caravane, n'était pas le sien. Il devait encore remonter vers le nord avant la prise des glaces. Aussi l'évêque ne manquait pas, à l'occasion, d'user de son autorité pour activer la caravane.

Les métis ne l'entendaient pas de la même oreille, depuis la rébellion. Ils se voulaient moins dociles devant les maîtres, quels qu'ils fussent. Ils auraient aimé secouer le joug de n'importe quelle autorité pour aller à leur cadence et retrouver la liberté. S'ils ne pouvaient pas le faire directement, ils emploieraient la ruse comme les Sioux, leurs « frères », qu'ils croisaient de plus en plus souvent dans la prairie.

Isidore ne s'émouvait pas trop à la vue imposante des bandes en route pour la chasse au bison. S'il ne parlait pas leur langue, il les considérait comme les Montagnais, non sans ironie pour leur accoutrement.

Du sommet d'une colline, les guerriers regardaient passer le défilé des chariots. Imperturbables sous la pluie battante, ils observaient. Tous coiffés de bonnets à cornes, attachés à la longue crinière du buffalo qui leur couvrait le dos jusqu'aux chevilles. Lors de son dernier passage dans la prairie avant Winnipeg, en 1859, une bande comme celle-là avait massacré une colonne entière de pionniers, deux prêtres avaient échappé à la mort par hasard : trouvant la caravane trop lente, ils avaient pris les devants pour se dégourdir les jambes et marcher quelques jours seuls.

Ayant appris le malheur et désormais privés de nourriture, ils avaient failli mourir de faim.

Isidore regardait les Sioux, aucune agressivité ne troublait leurs visages et la rencontre fut amicale. Un métis servit d'interprète et les guerriers poursuivirent leur chemin de chasse. Après leur départ, Isidore se souvint de ce qu'avait dit Monseigneur Taché, en parlant des Indiens de la prairie, pendant leur dernier repas à Saint-Boniface :

« Il faut avoir vu l'indomptable sauvage se dresser au milieu des immenses prairies, se draper, avec complaisance, dans sa demi-nudité, promener son regard de feu sur des horizons sans bornes, humer une atmosphère de liberté qui ne se trouve nulle part ailleurs, se complaire dans une sorte de royauté qui n'avait ni les embarras de la richesse, ni la responsabilité de la dignité ! Il faut avoir vu cet infatigable chasseur, élevant jusqu'à une sorte d'enthousiasme religieux les péripéties, les chances et les succès d'une chasse qui jamais n'a eu sa pareille ! Oui, il faut avoir vu tout cela et voir le sauvage aujourd'hui, traînant sa misère, privé de son incomparable indépendance, dans un état continuel de gêne et de demi-jeûne, ayant ajouté à ses vices les dégoûtantes conséquences de l'immoralité des blancs ! il faut avoir vu tout cela, et l'avoir vu sous l'influence de la sympathie, pour comprendre tout ce que souffrent les sauvages d'aujourd'hui. »

Le seigneur Taché, songeant à ces peuples, avait courageusement soutenu la rébellion contre le pouvoir britannico-canadien mais devant les effusions de sang injustifiées des rebelles, où deux prêtres avaient trouvé la mort, il n'avait pas eu d'autre solution que de les désapprouver. A son grand émoi, il avait dû retirer son soutien à une cause qu'il croyait juste, et propre à servir ceux qu'il aimait et pour qui il œuvrait depuis plus de vingt ans.

Isidore s'interrogeait sur les Montagnais qu'il connaissait mieux et dont il comprenait bien le langage. Avaient-ils été, comme leurs frères des prairies, des êtres nobles et fiers, indifférents à la mort, le courage à la mesure du défi de la nature?

Deux jours après la rencontre de ces chasseurs, au lever, vers quatre heures trente, quatre bœufs manquaient au départ. Il était impossible de les remplacer et encore moins de faire tirer deux charrettes à la fois. Pendant trois jours, tous les équipages au repos s'égayèrent dans les environs à la recherche des bêtes perdues, mais en vain, elles restaient introuvables, jusqu'à ce que Monseigneur décidât d'offrir une prime à ceux qui les retrouveraient ou qui pourraient les remplacer. Enchantement suprême, les bœufs manquants furent retrouvés promptement sur une île boisée au milieu d'un lac.

— Il est bien connu que les bœufs ne se mettent pas à nager naturellement sans qu'on ne les y pousse très fort ! pensa tout de suite l'évêque. Il jugea cependant plus à propos de ne rien dire. Tous avaient gagné trois jours de repos. Lui seul comprenait vraiment l'urgence d'arriver le plus tôt possible au lac La Biche.

Vers la fin du voyage, la pluie cessa, mais les rivières toujours en crue obligeaient la colonne à faire de grands détours, l'exposant sans cesse au danger.

On traversa des champs magnifiques couverts de roses sauvages et de petits lys blancs. La nature donnait enfin quelques joies aux nouveaux venus. Pendant toute une matinée, un double arc-en-ciel auréola l'horizon noir et or au-dessus de la prairie. Un petit vent doux chassait la pluie et les insectes, laissant au creux de l'âme un parfum de reconnaissance après les jours terribles que tous venaient de vivre.

Pourtant les déboires n'étaient pas encore terminés. Sur un chemin en pente, raviné et boueux, le chariot de Monseigneur se renversa lentement. Les roues avaient commencé par glisser dans la boue, puis une pierre en avait arrêté une autre, et le wagon avait basculé, roues en l'air, les bœufs sur le côté ; dans un craquement sinistre, le timon s'était brisé. Personne n'avait été blessé dans l'accident, mais les arceaux qui retenaient la toile protectrice étaient irrécupérables. Le timon avait vite été remplacé par un bouleau coupé en toute hâte et taillé à la hâche par des hommes habitués à ce genre d'incident mais il s'avérait que la cheville qui retenait la roue était une pièce impossible à retailler sans un bois très dur. On était sur le point d'abandonner la charrette lorsque un Indien des environs rapporta une pièce métallique qu'il avait trouvée sur le chemin quelques mois plus tôt. Miracle, elle était parfaitement ajustée à la roue du chariot !

Isidore termina le voyage, exposé aux intempéries. Il eut plutôt à souffrir de la chaleur et du soleil, mais ne voulut point changer de charrette. Très souvent, il marchait aux côtés des bœufs. L'humidité avait à ce point incommodé son organisme qu'il était couvert d'éruptions cutanées. Avec le soleil elles se transformaient en furoncles qui le torturaient dès qu'il voyageait assis.

A quelques jours de voyage du lac La Biche, un père de la mission Notre-Dame-des-Victoires devait venir à la rencontre de Monseigneur Clut et prendre sur ses charrettes tout ce qui devait remonter vers le nord. La caravane devait continuer sa route vers Saint-Albert, plus au sud. Mais ce père, las d'attendre, avait rebroussé chemin. Isidore eut toutes les peines du monde à persuader les hommes de l'accompagner, il dut promettre des gages supplémentaires pour que les chariots contenant ses colis et ceux du MacKenzie puissent poursuivre leur route vers le lac La Biche. Après la séparation, la file des bœufs, beaucoup moins longue, gagna en rapidité. Les hommes tout à coup pressés de redescencre vers Saint-Albert forcèrent leurs bêtes sans ménagement. Monseigneur s'en trouva très heureux.

Le 2 août, dans la journée, la petite troupe arriva à la mission Notre-Dame-des-Victoires, sur le lac La Biche. Isidore revit avec plaisir son ami Henri, qu'il trouva en excellente santé. L'évêque, à la tête d'une équipe de moissonneurs, en pleine activité estivale, fauchait l'avoine et le foin d'hivernage. Manquant de bras, tous les arrivants furent réquisitionnés sur l'heure pour les travaux des champs. La joie et l'exaltation des retrouvailles, l'accueil des nouveaux occupa les esprits le premier soir. Les jeunes missionnaires reprirent avec bonheur l'usage des lits, loin de la promiscuité des bêtes et des hommes.

Isidore passa une bonne partie de la nuit à discuter avec Henri sur l'état de leurs missions.

— Alors, comment trouvez-vous notre nouveau chemin ? demanda Henri.

— Difficile, mais nous avons un été particulièrement diluvien, je suppose que les années sèches, il en sera tout autrement, et que le portage sera beaucoup moins dangereux pour les hommes et les marchandises.

— Encore une fois, Monseigneur Taché s'est montré d'une clairvoyance étonnante. Sans cette nouvelle voie d'accès au Nord, nous pourrions aujourd'hui fermer toutes nos missions. Jamais je n'aurais cru que la Compagnie nous lâcherait si vite et sans préavis. Ils m'ont averti presque du jour au lendemain que nous ne pouvions plus compter sur eux.

— Ne croyez-vous pas que ces directives politiques viennent directement de Londres ? demanda Isidore.

— Sans doute, un certain nombre de facteurs ont motivé leur décision à laquelle le soulèvement des métis n'est pas étranger. Ils veulent nous mettre en difficulté et comptent bien que nous ne pourrons jamais nous passer d'eux. Néanmoins je crois que leurs difficultés économiques face à la concurrence américaine est plus déterminante. Nos transports n'étaient pas assez rentables. Aujourd'hui, ils doivent faire venir beaucoup plus de butin pour avoir les fourrures. Ils manquent de place et de personnel.

Henri Faraud opina lourdement pour faire comprendre à son auxiliaire que désormais le gouvernement du vicariat se ferait à partir d'ici. Il entendait bien définitivement installer son évêché sur les bords du lac La Biche. Il savait aussi que son ami n'était pas de son avis, mais, persuadé d'avoir raison, il parla sur un ton qui ne supportait pas la réplique. Alors, la conversation bifurqua rapidement sur le voyage d'Isidore.

— Vous faites un fameux agent recruteur, Monseigneur, dit Henri en riant, vous vous êtes très bien acquitté de votre tâche. Nous aurions besoin du double de personnes, mais je vous avoue, pour l'avoir tenté moi-même avec moins de succès, que je suis heureux du résultat. C'est merveilleux que vous ayez fait une si bonne impression en Ardèche !

— J'en ai convaincu d'autres, reprit Isidore, mais un certain nombre d'obstacles se dressent contre nous. Plusieurs jeunes sujets voulaient me suivre, leur seul défaut était de n'avoir pas encore tiré au sort leur conscription*. Je les aurais emmenés, puisqu'il n'est point besoin de passeport pour venir ici, mais le supérieur général s'y est formellement opposé.

« Nous avons assez de problèmes avec l'Etat, m'a-t-il dit. Notre congrégation n'est pas très riche car elle a d'autres lieux d'extension en Asie, et les prêtres séculiers, même s'ils viennent du Canada, ne peuvent pas envisager de se dévouer, si loin de leur famille, sans aucune garantie de ce qui leur arrivera, s'ils viennent à tomber malade. »

— Henri ! C'est désespérant, mais nos Français sont timorés : dès qu'on leur dit qu'il faudra apprendre une ou deux langues étrangères, ils baissent la tête et les plus courageux préfèrent se dévouer dans les colonies de langue française.

— Vous avez raison, Isidore, la clé de notre réussite parmi les Indiens et ce qui fait notre grande force, face aux anglicans, reste avant tout notre connaissance des langues indigènes. Nous ne pouvons pas abandonner cet atout majeur de notre mission. D'ailleurs, je trouve que nous n'insisterons jamais assez auprès des pères pour qu'ils se perfectionnent encore et toujours. Chacun de nous doit être capable de soutenir n'importe quelle argumentation, avec toutes les tribus. On ne peut pas se contenter de leur apprendre les prières et de « baragouiner » quelques mots de la conversation courante. Si, sur ce point, nos pères pouvaient tous être comme le père Petitot, notre œuvre avançerait à grands pas.

— Comment va-t-il, le père Petitot ? demanda Isidore, j'ai appris qu'il ne s'entendait plus très bien avec le père Seguin.

Henri était embarrassé :

— La question est épineuse, je n'ai pas reçu de courrier de Good Hope, où ils se retrouvent, depuis longtemps. C'est un des problèmes que vous aurez à régler. Il est important dans ce cas-là d'entendre, de voir et de juger sur place, pour connaître la vérité. Le père Petitot se dit malade, et veut rentrer en France. Le père Seguin, son supérieur, dit qu'il n'en est rien et que cela relève du caprice. Mais j'ai de bonnes raisons de penser qu'il se cache là-dessous un vrai problème. A vous de voir, mon cher Seigneur !

Ils discutèrent encore de chaque mission, de l'argent que Monseigneur Clut avait placé, tant en France qu'en Canada, grâce au produit de ses quêtes pour pourvoir au paiement des commandes passées chaque année à Londres. Puis Isidore, repu de fatigue, l'excitation du retour éteinte, se retira.

Depuis son départ de Brest, il avait passé quatre mois exténuants et il ne se trouvait qu'à la porte d'entrée de son vaste domaine : des milliers de kilomètres l'attendaient, les dangers qu'il avait rencontrés jusque-là n'étaient rien à côté de ceux qu'il allait rencontrer, mais à ceux-là, il y était accoutumé, ils ne lui faisaient pas peur. Pourtant, il pensait que jamais les Indiens ne se rendraient compte de la somme des sacrifices que lui-même et les missionnaires dépensaient pour leur apporter la bonne parole. Il revoyait sa mère en pleurs sur le quai de la gare de Saint-Rambert. Comme elles étaient loin… et la gare, et sa mère !

Le lendemain, il aurait bien voulu repartir immédiatement. Il n'était certes pas malheureux de prendre quelques jours de repos, mais il jugeait la saison déjà très avancée pour se rendre à « la Providence ». Si les glaces ne le prenaient pas en route, plus le temps s'écoulait, plus il risquait de trouver les eaux basses dans les rapides. Sa patience, une fois de plus, fut mise à rude épreuve. Les fenaisons et les préparatifs prirent près de quinze jours.

La mission du lac La Biche avait été cédée à Monseigneur Faraud, bien à contrecœur, par Monseigneur Grandin*, pour servir de base de départ vers le Nord. Tout n'était pas encore parfaitement organisé pour préparer le « butin », répartir entre chaque mission, il en allait de même pour les vivres indispensables. La ferme prospère fournissait de bonnes récoltes et promettait une nouvelle ère, difficile à nommer de prospérité mais plutôt de moindre pénurie, encore fallait-il s'en occuper.

Enfin, le 17 août au matin, la première barge affrétée tout spécialement par les évêques, gouvernée par Guillaume Villebrun, sous l'autorité de Monseigneur Clut, quittait la petite baie au son de la cloche, sous les détonations de tous les fusils du lac La Biche. Manœuvrée par dix-sept rameurs et hommes d'équipage, elle transportait quatre-vingts pièces de cent livres chacune, et six personnes des missions. C'était beaucoup plus qu'aucune barge de la Compagnie n'avait jamais transporté.

Monseigneur avait une nouvelle équipe pour la poursuite du voyage. De ses recrues françaises — de France —, seules restaient : le père Roure que Monseigneur avait enlevé au diocèse de Viviers, près de son village natal, Monsieur Lecorre, un séminariste breton qui s'était joint à lui « in extremis », deux jours avant de quitter Brest, pour remplacer un père qui était reparti, et, enfin, le frère Reynier. Sur la barque avaient pris place deux Canadiens français : le frère Racette et Marie-Marguerite, une jeune fille dévouée du Tiers-Ordre de Saint-François, qui allait se mettre au service des sœurs. Elle était accompagnée de Geneviève, une petite orpheline de neuf ans.

Dans la brise matinale, la traversée du lac sembla une promenade à ceux qui avaient enduré les épuisants chaos du chemin. La journée s'annonçait chaude et claire. L'équipage, comme les passagers, se réjouissait de tous les signes de bon augure. Isidore empruntait pour la première fois cette nouvelle route qui rejoignait l'ancienne, celle qu'il avait descendue en 1859, aux grands rapides sur la rivière Athabaska. On lui avait assuré que jusque-là la navigation était des plus commodes et ne présentait aucun danger. Cette nouvelle route donnait aux missions une certaine autonomie par rapport à la Compagnie de la Baie qui empruntait encore le chemin du portage La Loche. En revanche, elle ne bénéficiait pas de la possibilité d'avoir des secours, l'absence de « forts de traite » sur une bonne distance faisait peser quelque inquiétude sur le déroulement du voyage.

Dès l'entrée de la petite rivière qui dessert le lac La Biche, les difficultés commençèrent. Des herbes aquatiques avaient proliféré et envahi le cours du fleuve rendant la navigation pénible et fatigante. Les rameurs commençèrent par faire comprendre au jeune évêque qu'ils n'accepteraient pas de s'épuiser de la sorte sans une sérieuse contrepartie. Isidore n'avait aucun choix, aucun moyen de pression sur ces hommes qui le tenaient à sa merci du bout de leur rame. Il promit rapidement double ration de gages pour tout le monde et gagna ainsi un temps précieux.

Dans la révolte de 1869, les métis avaient pris conscience de leur force et goûté leur pouvoir. Sans avoir toujours de véritables raisons, ils étaient prêts à faire payer cher l'état de servitude dans lequel ils se sentaient tenus. Au bas de la petite rivière, il fallut faire quatre quarts de charge, c'est-à-dire quatre voyages de portages pénibles, bien que vingt et une pièces aient été déjà portées par des canots de Montagnais. Un jeune, lâche et paresseux, rebuté par la besogne, déserta.

Quand la barge rejoignit le grand fleuve Athabaska, les herbes disparurent et la navigation devint plus facile. Mais les rameurs jouèrent les effrayés à cause du courant. Le soir, au campement, l'atmosphère était trouble. Un air d'hostilité partageait le camp des métis et des religieux.

Isidore se souvenait de sa première descente vers le Nord. L'exaltation et la bonhommie des métis l'avaient alors frappé. Toujours prêts à rire, jamais ils ne renâclaient devant les obstacles et les vicissitudes du voyage. Ils jouaient avec les dangers, comme au jeu de hasard. Onze ans avaient passé depuis et les choses avaient tellement changé pour tous ! Il se demanda si son insouciance de l'époque n'avait pas été le filtre qui lui avait masqué la vérité sur ces hommes rudes et pourtant timorés, âpres au gain plus qu'à l'effort. Il ne savait pas à quoi attribuer leur obéissance d'alors.

Les méthodes de la Compagnie et des aventuriers, pour s'attacher le service des métis, ne laissaient aucune place à la bonté, ni au hasard. Seul le rapport de force tenait les gens dans ces contrées hostiles où la vie d'un homme n'avait pas beaucoup de prix.

Isidore fondait son autorité sur son propre courage. Il sentait bien que les hommes lui étaient antipathiques, mais il n'arrivait pas à savoir pourquoi. Il était dur envers eux, comme il l'était envers lui-même. Sa force, son endurance et son caractère lui faisaient oublier que tous les hommes ne sont pas dotés de la même nature. Son erreur la plus grave venait peut-être de ce qu'il croyait que les hommes qu'il dirigeait avaient les mêmes motivations que lui ou, du moins, qu'ils respectaient sa mission religieuse et humanitaire.

Comme le temps était encore très doux, les métis s'arrangeaient pour coucher loin des religieux et c'est tout à loisir qu'à l'extinction des feux, ils discutaient en aparté de ce qu'ils allaient faire.

De leur côté, les missionnaires étaient accaparés par les soins à donner à la jeune Marie-Marguerite qui, depuis le portage, donnait de sérieux signes de faiblesse. Elle avait cessé de manger et une très forte fièvre lui parcourait le corps. Le jeune père Roure semblait aussi avoir été atteint par quelques insectes maléfiques et les fatigues inhabituelles d'un tel voyage l'avaient fortement affaibli. Isidore, sans se douter de ce qui se tramait, prodiguait tous ses soins aux malades en priant qu'ils guérissent rapidement pour ne pas compromettre la suite du voyage.

Pendant quelques jours, la navigation fut calme et paisible. Les malades ne donnaient pas de signe de guérison, mais le mal ne semblait pas empirer. Enfin, on arriva aux grands rapides : là, l'eau était basse. Les roches s'élevaient de toutes parts, et la rivière grondante semblait être d'une hostilité infranchissable. Comme il était tard, Isidore décida de camper.

Au matin, les six rameurs, d'une seule voix, annoncèrent qu'ils n'iraient pas plus loin, que c'était s'exposer à une mort certaine d'essayer de passer ce rapide-là et qu'il y en avait encore d'autres après tout aussi dangereux.

Isidore entreprit de convaincre ces hommes qu'il jugeait sans cervelle, il leur promit de fortes sommes, leur fit comprendre qu'ils pourraient désormais compter sur les missions pour les faire travailler régulièrement puisque cette barge ferait plusieurs fois par an le trajet et... dans un temps très proche, une seconde serait construite, pour former une brigade indépendante propre aux missions.

Quant aux autres, paralysés par la peur, les superstitions ou quelqu'autre raison inconnue, ils ne voulaient pas bouger. Désarmé devant un mur d'indifférence, Isidore avait fini par se mettre en colère devant ces lâches, capables d'abandonner à des kilomètres de tout lieu habité des êtres malades, compromettant ainsi gravement la distribution des provisions indispensables aux missionnaires et à leurs dépendants.

La jeune Marie-Marguerite faiblissait de jour en jour et le père Roure, bien que moins malade, pouvait à peine marcher. Le guide et le « devant de barge », moins poltrons que leurs camarades, restèrent au côté de Monseigneur, pendant que les autres s'enfuyaient en remontant la rivière, vers leur point de départ. Les deux serviteurs qui avaient des gages pour plusieurs années, sur la promesse d'une forte augmentation, acceptèrent de continuer la descente. Mais… cela ne suffisait pas : si l'on faisait même ramer les pères et les frères, ils ne seraient pas capables de gouverner la barge à neuf, alors que dix-neuf personnes au moins étaient nécessaires.

Sans perdre plus de temps, Isidore décida de laisser le campement et les malades aux soins de deux hommes ; avec les autres, il descendit au bord de la rivière pour aller chercher du secours à Mac Murray.

Ils marchèrent tout un jour dans les cailloux ou la vase pour éviter la forêt, impénétrable pour qui ne connaît pas les chemins. Chacun portait sur le dos un peu de nourriture et de quoi se coucher car personne ne savait combien de temps pourrait durer la marche. Le jeune père Lecorre, peu habitué aux mocassins, s'était écorché les pieds sur les rochers et commençait à douter de pouvoir atteindre le fort Mac-Murray quand le guide vit une fumée non loin de la rive. Des Montagnais, occupés à la pêche d'été, campaient là depuis quelques jours. Ils avaient plusieurs fois participé à la mission du lac Athabaska, aussi se trouvèrent-ils très heureux de la visite de Monseigneur Clut, leur « Grand Priant ». Ils le reçurent avec enthousiasme et préparèrent un bon repas de poisson. Le père Lecorre, peu habitué à cette nourriture et à toutes ces odeurs, n'eut pas trop de goût à manger. Monseigneur, quant à lui, trop content de trouver de l'aide et du poisson, se réjouit de cette rencontre providentielle. Le lendemain, Isidore et ses hommes embarquaient dans deux canots avec les Indiens pour le fort Mac-Murray. Après deux jours de navigation sans encombre, la petite troupe arriva au fort. On y attendait avec impatience les barges de la Compagnie qui devaient arriver d'un jour à l'autre du portage La Loche. Trop peu nombreux au fort, les hommes ne pouvaient quitter leur poste pour se porter au secours de la barge restée en difficulté au grand rapide. Isidore espérait bien trouver des matelots capables de le sortir d'embarras parmi ceux qui conduisaient les barges. Il les connaissait presque tous et avait parmi eux de très bons amis, fiers catholiques, qui ne manqueraient pas de lui porter secours. Mais Monseigneur était impatient ! Au troisième jour d'inertie forcée à Mac Murray, il demanda un canot et recommandant à ses ouailles de se reposer et de l'attendre, il pagaya tout un jour sur la « Rivière Claire » à la rencontre des barges.

A tout moment, il croyait les apercevoir. Mais il dut remonter jusqu'au portage La Loche et faire le chemin à pied pour rejoindre les barges qui accostaient juste les rives du lac.

Il n'était pas fâché de refaire seul ce pèlerinage sur des lieux qui avaient tant marqué sa venue dans le Nord. Onze ans après, il revit l'endroit où il avait vécu son premier drame, la mort tragique d'un des engagés. Il revit aussi le campement indien où l'herbe foulée indiquait qu'ils étaient partis récemment. Depuis, il avait accompagné bon nombre de ces hommes — à la foi simple — vers le Seigneur. C'était là sa vraie consolation et cela méritait tous les sacrifices qu'il s'imposait.

Monsieur MacKenzie, qui dirigeait la brigade, promit de lui donner tous les hommes nécessaires pour aller chercher sa barge au grand rapide, dès qu'ils auraient atteint le fort Mac-Murray.

Isidore connaissait bien Monsieur MacKenzie, droit et complaisant. Il était heureux que la brigade soit dirigée par lui car d'autres auraient pu trouver amusant d'enfoncer un peu plus les prêtres dans leurs difficultés. A la sortie du portage, Isidore reprit son canot et suivit la brigade un jour durant. Le lendemain, tandis que les gens de la Compagnie « portageaient », il voulut descendre seul le rapide de « la Bonne ». Un canot est toujours beaucoup plus maniable qu'une grande barge.

Le rapide courait sur deux milles, l'eau basse découvrait un grand nombre de récifs pointus et dangereux. Isidore, tout à la joie d'avoir trouvé des renforts se laissa emporter par les eaux tumultueuses.

Par deux fois, son canot se pencha sur le côté et prit de grandes quantités d'eau qu'il lui était impossible d'écoper. Isidore devait pagayer pour rattraper la vitesse du courant et maîtriser l'embarcation. L'eau montait presque jusqu'à ses genoux et il était de plus en plus dur de tirer sur la pagaie. Il s'en fallut de peu que Monseigneur ne soit projeté sans défense contre les rochers où sa frêle embarcation aurait été irrémédiablement brisée.

Il arriva sain et sauf à Mac Murray dix jours après en être parti, annonçant l'arrivée imminente des barges. Il apprit avec tristesse que le guide qui lui était resté fidèle avait été terrassé par une sérieuse maladie, qu'il était tout à fait incapable de reprendre son poste si bien qu'il resta encore trois jours pour réunir tous ceux qui allaient remonter au grand rapide pour ramener la barge désertée par les matelots. Monseigneur, accompagné de huit hommes, dirigea une grosse barque pendant cinq jours. Les rudes efforts de tous furent nécessaires pour remonter la rivière. Monseigneur, épuisé par les travaux de ces derniers jours, se voyait affublé de trois gros furoncles dont il souffrait terriblement... mais sa peine ne comptait pas.

Au campement, le père Roure se sentit légèrement mieux en voyant arriver enfin ses sauveteurs, mais la pauvre Marie-Marguerite n'avait cessé d'aller de plus en plus mal : depuis quelques jours, elle délirait constamment.

Isidore fit arrêter la barque en aval du rapide, les hommes remontèrent à pied jusqu'au camp.

Isidore fit « portager » une partie du chargement pour alléger l'embarcation et le signal de départ de la barge fut donné. Il eut peur pour la pauvre jeune fille à demi inconsciente. On l'avait attachée, car, sans forces, elle aurait basculé dans le premier chaos des rapides. La petite orpheline, terrorisée, se tenait auprès d'elle, sans un sanglot, ni un cri, elle s'agrippait à Marguerite-Marie, résignée à la mort et persuadée que sa fin était proche. Mais tout se passa à merveille et cette terreur, qui avait causé près de vingt jours d'inutile retard, passa en quelques minutes sans d'autres péripéties,... seulement une rame brisée.

Avant Mac Murray encore quelques rapides jalonnaient la rivière mais les hommes d'expérience les passèrent en chantant.

De Mac Murray à Athabaska, la navigation était aisée, le courant et le vent arrière permirent de couvrir la distance en peu de temps.

Arrivé à la mission de la Nativité, Monseigneur laissa la pauvre demoiselle et la petite orpheline à ses côtés, non pas comme servante — elle ne savait même pas se peigner les cheveux — mais comme ange gardien. Elle irait à l'école de la Providence à la première occasion.

Pendant qu'on déchargeait les colis et le courrier destinés aux missions d'Athabaska, l'évêque donna à chacun des instructions précises : il leur lut les directives de Monseigneur Faraud, les nouveaux arrangements et les nouvelles nominations, laissa les frères et, sans plus attendre, se rendit au fort, délesté de la moitié de sa cargaison.Sa grande barge n'était plus nécessaire : il était urgent de la changer car les mauvais traitements, les eaux basses l'avaient passablement endommagée et elle prenait l'eau. Le bourgeois, qu'Isidore aimait bien, consentit sans difficulté à lui prêter une barge plus petite. Par la même occasion, Monsieur Mac Murray l'invitant à fumer une bonne pipe, lui demanda de conduire quelques pièces de butin laissées en arrière par le dernier convoi. En échange, il lui prêtait cinq hommes d'équipage.

Monsieur Mac Murray était un anglais aux mœurs raffinées et d'une autorité incontestée. Bien qu'anglican, il reconnaissait en la personne de Monseigneur Clut un homme de volonté et de cœur, il lui vouait une sincère amitié.

— Savez-vous, cher ami, que Monsieur Mac Farlane revient de Londres et nous a annoncé que la compagnie allait dès l'an prochain tenter d'ouvrir unc nouvelle route par le nord. Un « steamboat » viendra directement d'Angleterre par le détroit de Béring et la mer glaciale.

— Nous en sommes ravis, dit l'évêque, si les droits de passage ne sont pas trop élevés. Il y aura toujours moins de perte qu'en passant par la Rivière Rouge et cela ne peut pas être plus long, mais croyez-vous vraiment que vos hommes réussiront ?

— La Compagnie est obligée de faire quelque chose si elle veut conserver son marché dans la région ; la concurrence avec les Américains est de plus en plus dure.

Là-dessus, les deux hommes se serrèrent la main avec une profonde amitié.

Le lendemain, Isidore poursuivit son voyage, vers le Grand Lac des Esclaves.

La nouvelle caravane eut encore bien des difficultés au portage de la montagne, au rapide du Noyer en face de Fort-Smith.

Le chemin du portage était très sablonneux en cet endroit et la côte très raide.

Les engagés s'enfonçaicnt ct glissaient dans ce sol mouvant. Parfois, ils s'effondraient littéralement sous le poids de l'embarcation. On avait bien soin de mettre des rondins sous le fond plat du bateau, mais les bois s'enfouissaient tellement qu'ils disparaissaient dans le sable, entravant la bonne progression de l'équipage.

La barge, halée par tous les hommes valides, Monseigneur en tête, redescendit de quelques cent mètres : elle faillit écraser deux hommes qui la poussaient par derrièrc. Unc cordc s'était dénouée, déséquilibrant tous les haleurs ; ils avaient dû lacher prise pour ne pas avoir les reins brisés par le poids énorme qui les tirait en arrière. La barque prit de la vitesse, rebondit comme un jouet sur les rochers dans un déchirement sinistre. Isidore, les muscles plus tendus encore que pour hisser la charge, crispait son visage dans l'attente du choc final. Il avait peur que la barque ne s'en allât dévaler jusqu'à la rivière et se brise dans le rapide comme une coquille d'œuf. Le mastodonte accrocha encore des rochers, arrachant broussailles et arbustes sur son passage, glissant en travers. Elle finit par s'arrêter contre une sapinette. Tous poussèrent un soupir de soulagement… quelques mètres encore et plus rien n'aurait pu l'arrêter ! La barge n'avait pas trop souffert.

La mauvaise fortune se manifesta encore une seconde fois : tout un groupe d'hommes avait senti le sol se dérober sous leurs pieds et bien qu'ils n'aient pas lâché prise, la barque, et eux avec, reculait inexorablement. Du haut de la colline qui dominait le rapide, le fleuve paraissait tranquille avec son écume d'argent; un groupe de pélicans s'amusait dans l'eau, pêchant ici ou là quelques poissons, de leurs puissantes battoires, ils remontaient le courant jusqu'aux remous, puis se laissaient redescendre une centaine de mètres et recommençaient. Isidore regardait l'insouciance des créatures avec envie, ce n'était pas son lot. Les hommes se remirent en position pour retenir la barge dans la descente.

A la rivière au Sel, Isidore demanda à Joseph Beaulieu s'il ne voulait pas servir de capitaine pour se rendre jusqu'à la Providence. Le petit bonhomme, la pipe entre les dents, les boucles de ses cheveux dépassant de chaque côté de sa casquette, regarda l'évêque en soulevant le menton et dit :

— Ça va être qu'é que chose, le froid il est déjà par icite. J'pense ben qu'vous ârez besoin de moê.

L'affaire conclue, la barge repartit le même jour. Le patriarche Beaulieu avait réclamé plusieurs fois à Monseigneur de rester un peu pour dire la messe et instruire sa famille, mais l'hiver approchait, on avait déjà perdu trop de temps.

Quelques jours plus tard, la barque abordait à « Fort-Résolution » sur le Grand Lac des Esclaves.

Isidore, très heureux de revoir le cher père Gascon, lui laissa le père Roure dont l'état de santé ne s'améliorait pas. Il lui procurerait ainsi pendant quelques temps au moins la douceur d'une petite oasis dans sa solitude.

Ce brave père voyait chaque année venir avec de vaines promesses. Comme il était sur un lieu de passage, il avait la chance d'accueillir les visiteurs mais ceux-ci ne restaient jamais très longtemps.

La navigation sur le lac débuta sous les meilleurs auspices. Le vent était bon et le petite voile soulageait avantageusement les rameurs. La première halte se fit à la rivière au Bœuf. Beaulieu gouvernait habilement. Le deuxième jour, le vent tourna au nord. Le Grand Lac des Esclaves, véritable mer intérieure avec ses cinq cents et quelque kilomètres de long, soulevait des vagues gigantesques.

Le père Lecorre était pris par le mal de mer, les autres passagers n'en menaient pas large. Le ciel bas ajoutait une atmosphère sinistre et noire à la tempête. Pendant une heure, tous se crurent perdus. Isidore redoubla de ferveur dans ses prières et demanda à tous d'en faire autant. Beaulieu chercha tout de suite à gagner la côte. Ils abordèrent près d'une petite pointe, baptisée pour l'occasion « la pointe Clut ».

Monseigneur fit dresser le camp. La toile de tente menaçait constamment de s'envoler. Le froid tombait rudement sur les voyageurs qui n'étaient pas équipés pour l'hiver. Au matin, la petite baie était prise dans les glaces jusqu'à trois cents pas du bord. Le vent du nord continuait son œuvre, figeant toutes les petites eaux sur son passage.

Ils restèrent deux jours à attendre une accalmie qui ne venait pas. Les rameurs parlaient tous de déserter, apeurés à l'idée d'être pris dans les glaces. Pour eux, il était encore facile de rejoindre Fort-Résolution qui se trouvait à un ou deux jours de marche.

Isidore dut faire preuve, encore une fois, de toute sa diplomatie pour raisonner ses hommes :

— Comment pouvaient-ils avoir le culot de le laisser là, avec ses frères. Ils venaient de l'autre bout du monde pour eux, pour leur apporter le message de Dieu ! Eux qui n'avaient pas le courage de lutter contre les éléments jusqu'au bout, pour quelques centaines de kilomètres qu'il restait à parcourir. Après tout, le lac n'était pas encore gelé et la Mission de la Providence n'était plus très loin.

Seul un jeune Indien de Fort-Résolution s'enfuit, plus par peur de la tempête que par peur de la glace ; les autres acceptèrent de poursuivre le voyage.

Monseigneur fit traîner l'embarcation vide au bout de la pointe et transporta les colis en un lieu propice pour l'embarquement. Une petite brise de terre s'étant levée, Joseph Beaulieu donna l'ordre de descendre la barque sur la glace : elle s'enfonça tellement dans le frazi* qu'elle ne voulait plus en sortir. La glace cassait sous les pieds, on dut amonceler les glaçons pour établir une sorte de ponton. Ainsi, la barque fut péniblement poussée jusqu'à l'eau libre. Le portage des marchandises terminé, on se hâta de reprendre le large.

L'arrivée à l'étape suivante, à l'embouchure de la rivière au Foin, se fit la nuit. Coulant du sud au nord, la rivière n'était pas encore gelée. Beaulieu fit amarrer l'embarcation devant le fort et tous allèrent se reposer des fatigues harassantes de la journée.

Le lendemain matin, la barge, loin des courants de la rivière et des vagues du lac, reposait sur un miroir lisse et brillant comme une perle noire. Le froid continu n'avait pas cessé de la nuit, les eaux dormantes avaient gelé. Il fallut encore casser la glace et convaincre les rameurs. Cela devenait de plus en plus pénible pour Isidore… mais plus il approchait du but, plus il était pugnace et persuasif. Il se montrait doux devant la douleur et intraitable devant l'orgueil de ses gens. Grâce à deux hommes du fort qui se proposèrent de l'accompagner, une fois encore, la glace se brisa.

On cloua sur l'avant et les côtés du navire des bandes de fer blanc et on repartit.

Vers midi, la pointe des roches était en vue. Beaulieu décida de faire une petite halte pour reprendre des forces et manger un morceau car déjà les abords de la pointe se cristallisaient. Très vite, on repartit, mais le vent du nord se leva. La voile baissée, les rameurs étaient incapables de lutter contre le vent, les vagues grandissaient et les embruns glacés brûlaient les visages des hommes. Beaulieu ordonna de virer de bord, il fallut retourner à « la Pointe des Roches », il était encore temps de se mettre à l'abri. Là, le cœur serré, sans un mot, on monta le camp et chacun se prépara à la nuit. Isidore, sur ses branches de sapin, se retourna, sans trouver le sommeil.

— Etait-il possible d'échouer si près du but ?

Par beau temps et vent arrière, en une journée ils arriveraient… Il restait la solution d'attendre que le lac fût entièrement pris par les glaces, de le traverser à pied et revenir avec les chiens. Il écarta pourtant tout de suite cette idée : des semaines entières pourraient s'écouler avant la formation des glaces solides et praticables sans danger.

Qu'allait faire Isidore, avec ses hommes ?

Attendre ? Non. Il fallait partir, coûte que coûte.

Le lendemain matin, le bateau était de nouveau enchâssé dans la glace et le vent du nord continuait ses rafales furieuses, soulevant la mer. Beaulieu tenta un nouveau départ, sans succès ; après quelques heures de navigation épuisante dans le vent contraire, il décida de se replier de nouveau à la « Pointe des Roches ».

Après deux jours et deux nuits d'attente mortelle, le vingt-six novembre, Isidore ouvrait les yeux en comptant les étoiles. Un vent tiède apportait une odeur de sapin, le « nordet » avait quitté le lac. A quatre heures trente, les hommes dormaient dans le silence, il cria :

— Lève, lève ! Il n'y a pas une seconde à perdre, le vent a tourné, il faut partir, c'est notre dernière chance. Dépêchez-vous !

La barque était moins prise par les glaces que les jours précédents. Ce signe encourageant donna de l'enthousiasme aux hommes, au bord du désespoir. La petite voile fut hissée et la barque s'enfonça vers le milieu du lac, bien avant que le soleil pâle ne fît son apparition.

Tout semblait rentré dans l'ordre ; déjà les plaisanteries couraient comme si le voyage était terminé. A les entendre, on eût cru le port au bout de la barque. Mais dans l'après-midi, une demi-heure environ avant d'atteindre les îles Demartis (qui indiquent le début du grand fleuve MacKenzie), l'ennemi mortel se jeta encore avec acharnement sur les pauvres voyageurs, poussant la barque en arrière, comme s'il avait voulu lui interdire définitivement d'aller plus avant. Beaulieu jurait, pestait contre une telle malédiction. Par égard pour Dieu, Monseigneur aurait bien voulu le reprendre mais la situation était si grave qu'il n'en fit rien et redoubla de ferveur dans sa prière silencieuse pour demander à la divine Providence de les épargner. Le capitaine harcelait ses hommes ; il fallait atteindre à tout prix l'embouchure du fleuve. Jusque-là, la partie pouvait encore être perdue. Il faut dire qu'un bateau à la dérive poussé par un tel vent de nord ne peut résister à sa force puissante. La seule issue était de suivre le vent qui les ramenait à leur point de départ : la Pointe des Roches. A quelques centaines de mètres, à portée de rames, se trouvait l'antidote, le salut : le courant puissant du fleuve.

Il fallait tenir, résister, avancer laborieusement, mètre par mètre. Les hommes déjà fatigués rassemblèrent toute leur énergie. Isidore, comme les autres, s'arc-boutait sur les immenses rames et tenait la cadence. Les avirons s'alourdissaient dans une collerette de glace de plus en plus épaisse sur la partie qui pénétrait dans l'eau. Le manche se recouvrait de cristaux blancs. Se protéger du froid était impossible, les vagues envoyaient l'eau glacée par paquets sur les matelots transis. Tous avaient conscience que s'arrêter signifiait l'échec final.

Pendant quelques heures, ils luttèrent avec l'énergie farouche et silencieuse des hommes perdus et ils finirent par gagner.

Ils dépassèrent les îles et plongèrent dans le courant du fleuve, ce qui eut pour effet d'empêcher l'embarcation de repartir en arrière malgré le vent qui redoublait d'ardeur. La nuit avait fait irruption sans qu'ils aient pu s'en rendre compte. Après ces durs moments, ils auraient bien voulu camper à terre, mais les rives étaient prises par les glaces. Par deux fois, Beaulieu tenta d'amarrer à ces bordages gelés, chaque fois, le vent brisa le bordillon*, entraînant la barque dans tous les sens, au gré des flots tumultueux. Pour profiter de la situation, Beaulieu avait vu un iceberg glissant dans le courant, il y accrocha le bateau. L'idée paraissait bonne. Pourtant, les glaces s'entrechoquaient entre elles, se brisaient l'une sur l'autre et la barque secouée, chahutée comme un morceau de bois mort, dans cette immensité, n'était plus que le dérisoire enjeu de la lutte entre le vent et le courant du fleuve.

Pour progresser, il fallut ramer toute la nuit. Tous se relayaient d'heure en heure, car deux hommes suffisaient à maintenir la barque dans la direction. Au matin, ils se trouvaient à peu près au même point que la veille au soir !

La neige tourbillonnait en bourrasque, mais les rameurs, pourtant, sentaient le but à leur portée. Ils redoublèrent de courage, malgré les fatigues de la journée précédente.

Vers la fin de l'après-midi du vingt-sept novembre, sous un ciel de plomb, les gens de Fort-Providence se crurent en proie à un mirage.

Etait-il possible qu'une barge pleine d'hommes et de marchandises flottât là, au milieu des morceaux de glaces ? D'où pouvait-elle venir ?

Jamais bateau n'avait descendu le fleuve dans une saison aussi avancée et comme les dernières barges de la Compagnie s'étaient arrêtées il y avait plus d'un mois, personne ne pouvait imaginer ce qu'était ce fantôme.

La première barge des missions venait d'inaugurer son premier voyage et Isidore, sa première tournée épiscopale.

Quatre jours plus tard, le MacKenzie prenait définitivement sa chappe d'hiver. Tout juste une semaine après son arrivée, Monseigneur Clut écrivait à Monseigneur Faraud :

« …Voici mon plan de campagne : je passerai l'hiver à la Providence. Je partirai dès le printemps pour aller visiter le fort Rae. Si besoin est, j'irai voir le père Gascon et descendrai à la Nativité. J'y attendrai le retour des barges et partirai de là tout droit au fort Simpson et puis à Good Hope où je passerai l'hiver prochain. Puis je remonterai au fort des Liards, je pousserai jusqu'au fort Nelson et enfin je reviendrai à l'évêché de la Providence... »

Echange de fourrure dans un fort de traite.

Dessin de C.W. Jefferys, Archives publiques du Canada.

CHAPITRE V

LE VOYAGE AU YOUKON

Hésitation sur le voyage en Alaska - Rencontre avec les Esquimaux - Traversée des montagnes Rocheuses - L'hiver précoce contraint à l'abandon du canot - L'abbé Lecorre est malade - Rencontre providentielle d'Indiens - Accueil chaleureux du chargé de poste du fort de Fort-Youkon.

Le père Petitot vivait à Good Hope depuis plusieurs années. En cette année 1872, le père Petitot posait bien des problèmes. Depuis le début de leur vie en communauté, il s'entendait difficilement avec son supérieur, le père Seguin, qui était pourtant la bonté même. Il s'entêtait maintenant à vouloir rentrer en France. Monseigneur Clut s'y opposait avec fermeté. Il n'était pas question de permettre au père Petitot, pas plus qu'à quiconque d'ailleurs, d'aller se promener en France. On manquait trop de prêtres sur le terrain, la bourse du vicariat ne suffisait pas au nécessaire.

Dans sa petite chambre glacée, Isidore réfléchissait.

La vie dans les terres du Nord est une dure épreuve, les nerfs du pauvre père Petitot s'en trouvaient très malmenés. C'était un être trop sensible, sujet à des exaltations trop fortes, à des émotions trop vives, il sombrait souvent dans la mélancolie.

L'évêque, penché sur son papier à lettres, si fin qu'il était obligé de diluer l'encre pour ne pas risquer de se rendre illisible du fait de la transparence, se rappelait sa solitude.

Celle qu'il avait connue à Athabaska, celle du père Gascon, celle du père Tissier et celle des autres. Le père Petitot lui, pourtant, n'avait jamais été seul. Mais à Good Hope, l'hiver, avec ses mois obscurs, poussait à la dépression. La mission était juste sur le cercle polaire. Cette absence de bruit, de mouvement, cette obscurité oppressante toujours soumise à la lune et ce silence sinistre qui n'en finissait pas vous donnait un avant-goût de la tombe.

Cette vie avait de quoi effrayer plus d'un cœur généreux. Monseigneur Clut ne pouvait pas en vouloir au père Petitot de tomber dans la démesure, de choisir ses amitiés, de s'abîmer dans les rêves et de plonger dans une imagination délirante. Voir ce pauvre père succomber maintenant à la folie, être en proie à des hallucinations dangereuses pour ceux qui vivaient autour de lui, quel désastre !

Isidore trempa sa plume et écrivit :

« … Je suis bien heureux d'avoir changé mes plans pour venir passer l'hiver à Good Hope, outrepassant vos ordres. Ainsi, je reste auprès du père Petitot pour mieux l'étudier. Si, par moments, on préférerait le voir ailleurs, à cause de ses crises de folie, de la quasi-certitude qu'il ne pourra pas supporter, ni le genre de vie que nous menons, ni ses maladies physiques et morales, il est d'autres fois où l'on se demande comment on pourrait se passer de lui : il connaît très bien la langue “Peau-de-Lièvre”*, passablement le “Montagnais”*, le “Loucheux”*… Il a évidemment une facilité extraordinaire pour les langues. Il a en outre beaucoup d'entrain pour donner une mission et instruire les Indiens. Il a même beaucoup de zèle, les sauvages l'aiment et le considèrent — peut-être avec un peu trop de familiarité — mais il n'y a rien là qui puisse nous nuire, bien au contraire, s'il ne retombe pas dans ses maladies.

« M'étant aperçu que les “Peau-de-Lièvre” ne comprennent pas très bien le Montagnais, je vais lui faire traduire le catéchisme et les prières dans cette langue. Pendant ce temps, je m'exercerai à recopier et à compléter son dictionnaire polyglotte des langues “Déné”*.

« Il m'a fallu beaucoup de diplomatie pour obtenir ce dictionnaire, le père avait peur que j'usurpe son œuvre et lui fasse ombrage.

« Il reste encore beaucoup à faire. Trois dialectes sont à peu près complets : Le “Montagnais”, le “Loucheux” et le “Peau-de-Lièvre”, quant aux trois autres, le “Flancs-de-Chien”*, “l'Esclave”* et le “Montagnard”*, ils comportent bien des mots, mais il en manque bien plus encore. Hélas, ce bon père bâcle souvent le travail, il ajoute, un peu trop par imagination, ce qu'il ne connaît pas vraiment.

« Cet hiver, il s'est enfermé pour écrire, tout un mois sans désemparer, des choses inouïes. Son écrit roule sur un long commentaire des contes sauvages reliés à la Bible et au peuple juif dont les “Dénés” sont, d'après lui, les descendants. Il en est au quarante-troisième chapitre. Il tient ses écrits sous clé, très jalousement, avec son journal intime.

« Je crois que son idée d'aller en France est tout simplement un but secret pour faire publier ses écrits sans que le temps nous soit laissé de les contrôler.

« Savez-vous qu'il a tenté l'an dernier de descendre tout le fleuve Youkon ? S'il avait eu un canot et des vivres, il serait allé jusqu'au Pacifique, en revenant par la Colombie britannique, sans notre permission, évidemment !

« Je me suis fait remettre les lettres qu'il avait reçues pour ce voyage. Elles émanent de Monsieur Mercier dont je vous ai parlé et qui devient “Chief Factor”* du Youkon. Comme du Canada, notre provincial m'en a dit le plus grand bien ; je crois qu'il est nécessaire que je me rende moi-même dans ces contrées avant que la partie ne soit prise par les ministres de l'erreur. Je vous prie instamment de m'envoyer votre opinion là-dessus.

« Sans réponse de vous dans le courant de l'été, je réunirai le conseil des pères et j'aviserai de la décision à prendre… »

L'été 1872 avançait, la nature est moins hostile à cette époque, les oiseaux migrateurs ont envahi la région de leurs cris joyeux et le soleil ne passe plus l'horizon. Les hordes de moustiques, de brûlots et de taons ne sont pas toujours présentes pour harceler les voyageurs.

Monseigneur avait repris son bâton de pèlerin et parcourait les milliers de kilomètres qui séparaient les forts. Il passait un peu de temps auprès des villages d'Indiens qui se formaient à période régulière autour des missions et repartaient dans la vie sauvage des rivières, des lacs et des bois.

Chaque fois que lui parvenait du courrier, il guettait une lettre de Monseigneur Faraud. Mais il ne reçut point d'éclaircissement officiel à ses questions sur l'opportunité d'aller fonder de nouvelles missions en Alaska. Une seule lettre très évasive abordait la question sur un plan général, ne prenant pas une position nette sur la résolution à adopter ; pour Monseigneur Faraud, la question semblait si peu d'actualité, compte tenu de tout ce qu'il restait à faire dans le vicariat. Il n'avait pas fait attention au caractère urgent dont le pressait son auxiliaire. Les troubles que connaissait l'Europe étaient beaucoup plus graves et inquiétants pour l'avenir, leur œuvre entière était en danger. L'heure n'était pas à l'expansion.

Mais… l'Alaska troublait Isidore, chaque jour un peu plus.

Le provincial du Canada s'était ému du sort des populations indiennes de l'Alaska au moment du transfert de la Russie aux « Etats de l'Union d'Amérique ». Ces territoires, désertés par les popes russes, allaient irrémédiablement être pris d'assaut par les anglicans qui suivraient les compagnies protestantes, c'était évident[1].

D'ailleurs, Monsieur Mercier, représentant les intérêts américains, bien qu'issu d'une excellente famille catholique, avait déjà fait l'objet de demandes appuyées de la part des ministres, pour ne pas parler des pressions qui s'exerçaient sur lui en haut lieu. Cest pourquoi il avait insisté auprès des prêtres pour qu'ils s'installent au plus tôt le long du fleuve Youkon, dans le district dont il avait la charge. Lui, Monsieur Mercier, s'engageait à construire une maison pour les prêtres mais si les anglicans arrivaient les premiers !… il aurait beaucoup de mal à les mettre dehors vis-à-vis de sa Compagnie. Isidore s'inquiétait.

Pourquoi Monseigneur Faraud ne répondait-il pas ?

Il multiplia les courriers. Le destinataire ne les recevait pas. Il était en route pour la France, afin de soigner ses rhumatismes qui s'aggravaient et de faire chercher les dons indispensables au vicariat. Les événements de 1870-1871 en France, la guerre avec la Prusse et la « Commune de Paris » avaient considérablement amoindri leurs ressources.

Ecoutant son courage, Isidore sentait un appel irrésistible vers les nouveaux pays qu'il brûlait de parcourir ; plutôt qu'une autorisation pour partir, il attendait un ordre formel qui, au nom de l'obéissance, lui aurait ordonné de rester au milieu du vicariat, pendant que le vicaire apostolique s'éloignait de son poste, par nécessité.

L'ordre ne vint pas.

Il envisagea un temps d'envoyer en Alaska un père fondateur. Mais il ne pouvait pas choisir au hasard. L'élu devrait obligatoirement être un oblat de Marie, en bonne santé, connaissant bien les langues indiennes, et avoir les qualités requises pour devenir rapidement le premier évêque de

---

1 : voir chronologie page 357.

la nouvelle province. Isidore avait beau retourner dans son esprit le nom de tous les pères sous sa juridiction, aucun ne pouvait convenir, pour une raison ou pour une autre…

Puis le bruit courut que le ministre Bompas, récemment nommé évêque du MacKenzie pour l'église anglicane, se rendrait bientôt dans le Youkon.

Cette nouvelle eut l'effet d'un coup de boutoir dans les reins de Monseigneur. : mortifié à l'idée que son plus farouche ennemi, promu au même rang que lui, ayant les mêmes pouvoirs, allait se rendre en Alaska, il se prépara activement au voyage, laissant la décision sous réserve.

Le 27 août, à la mission de la Providence, avant de monter à l'autel, Monseigneur demanda à l'assemblée de prier spécialement à son intention pour implorer Dieu de faire connaître le parti le plus avantageux pour la gloire divine. A peine l'office commencé, le prélat fut aux prises avec l'émotion la plus vive. Sa voix troublée de larmes ne pouvait plus articuler les prières. A la fin de l'office, sa décision fut prise. Plus rien ne le ferait revenir en arrière. Il avait entendu une voix céleste. Il devait partir.

La dernière brigade qui descendait le MacKenzie arriva le lendemain pour repartir le même jour. Ce n'était pas suffisant pour régler toutes les affaires importantes. Aussi confia-t-il des courriers, pour avertir de son arrivée en aval du fleuve. Il prendrait un squif dès qu'il serait prêt. Le 30 août 1872, après la messe, il fit ses adieux à l'évêché. Ignorant la date de son retour, il donna ses ultimes recommandations et monta dans une petite barque accompagné d'un jeune homme à son service, Alexandre, et d'un orphelin de dix-sept ans, Johnny.

Le 11 septembre, il était à Good Hope, avant les barges, stoppées dans chaque fort.

« … Je suis arrivé ici hier à cinq heures du soir, ayant eu vent debout durant les sept jours et trois heures qu'a duré mon voyage depuis le fort Simpson. L'impétuosité du vent nous a même obligés à rester à terre durant deux jours et lorsque nous sommes repartis, les vagues étaient encore si hautes dans le milieu du fleuve que nous avions besoin de traverser pour nous mettre à l'abri. Nous avons failli sombrer. Mes sauvages, peu habitués dans les squifs, tremblaient de peur et leur pilote, bien que naturellement courageux, n'aimait pas voir chaque grosse vague envoyer un peu plus d'eau dans notre frêle embarcation, quelque peu surchargée. Ce pilote n'est autre que votre pauvre serviteur. J'avais donc à gouverner à ce moment, la barque de votre immense troupeau et la petite barque matérielle qui me portait vers un nouveau pays : le vaste territoire d'Alaska.

« J'entrevois des misères, des privations et des difficultés de tout genre dans ce voyage et dans l'établissement des missions, mais je compte sur le secours de prières…

« J'ai décidé d'emmener avec moi Monsieur l'abbé Lecorre. Il n'est pas encore oblat mais promet de le devenir dès que cela sera possible. Il est jeune, vigoureux et possède déjà la langue des Loucheux. »

L'abbé Lecorre, grand et tenace, gardait de sa Bretagne natale l'habitude des privations et de la pauvreté. Son caractère jovial en faisait un excellent compagnon. Pour ne pas être désassorti avec Monseigneur, il ne s'était pas rasé depuis son entrée dans le MacKenzie. Un magnifique chien, mâtiné de loup, Breton (c'était son nom) l'accompagnait partout et tirait avec bonheur sa traîne en hiver. Il songeait à s'en séparer ne sachant pas s'il serait possible de le nourrir mais Isidore lui ordonna de le prendre.

— C'est le compagnon le plus utile que vous puissiez avoir, vous verrez qu'il vous sauvera la vie plus d'une fois !

Le père Lecorre proposa d'emmener avec eux Silvain, un jeune Indien loucheux qui travaillait pour lui à la mission ; il remplacerait Alexandre tombé malade au fort-Simpson.

A Good Hope, l'arrivée surprise de l'évêque fit sensation, à cette extrémité du vicariat, les visites épiscopales étaient plutôt rares, et, depuis quelque temps, on voyait Monseigneur Clut partout. Le père Petitot, irrité, trouvait injuste de n'avoir pas été choisi pour cette expédition. Il se voulait le premier géographe ethnologue de la région et rêvait depuis longtemps d'explorer l'Alaska qui lui était encore inconnue. Mais Isidore ne donna pas d'explications. Ce n'était pas d'un ethnologue dont il avait besoin, mais d'un homme solide capable de rester seul longtemps. En contrepartie, le père Petitot reçut son obédience pour retourner en France et se faire soigner.

Monseigneur Clut le consulta sur ce qu'il savait.

Selon lui, la meilleure base pour passer l'hiver se trouvait à « la Pierre's house », de l'autre côté des montagnes Rocheuses. Comme c'était le dernier poste de la Compagnie de la Baie, Isidore décida de s'y rendre sur une barge de la brigade qui allait bientôt partir.

Le peintre William Hind accompagna une expédition en 1861. Il a représenté un Montagnais portant ses pagaies, son matériel de chasse et un ballot de butin. D.R.

La rivière des Esclaves coule entre le lac Athabaska et le Grand Lac des Esclaves.
D.R.

Train de barges remontant la rivière Athabaska à la cordelle.

Archives oblates,
dans *Cinquante ans au pays des neiges*.

La cordelle était utilisée pour les canoës , dans les petits rapides.

Huile sur toile, auteur inconnu, dans *Canoë*.

Les chevaux de Fort-Smith devaient monter une colline sablonneuse pleine de fondrières. Archives oblates, dans *Aux glaces polaires.*

Caravanes de charrettes au départ de la rivière Rouge.
Archives oblates, dans *Le frère Alexis Reynard.*

Les Indiens du MacKenzie ne connaissaient pas les attelages de caribous. Les missionnaires ont tenté de les utiliser sans grands succès.

Archives oblates, dans *Cinquante ans au pays des neiges.*

Le choix de l'écorce de bouleau est très important pour la construction d'un canoë.

L'écorce, côté blanc à l'extérieur, est placée sur un berceau exhaussé aux deux extrémités. De grosses pierres maintiennent l'écorce en forme pour le fond du canoë.

Les côtés sont maintenus par l'armature en bois de cèdre, ou épinette noire. Ils sont taillés avec une dent de castor et courbés dans l'eau chaude.

Les femmes effectuent les longues coutures sur les côtés avec des racines d'épinette, écorcées et fendues en deux. Puis elles scellent le tout avec de la résine.

Portage sur la rivière des Esclaves en 1900. Les charrettes sont de type rivière Rouge utilisées sur les milliers de kilomètres de la prairie. Photos tirées du livre *Canoë*.

Monseigneur en tournée épiscopale dans un portage.
D.R.

Le père Riou à la Nativité, en 1903. D.R.

Traîne d'Athabaska.
Photo tirée du livre *Wabaska.*

Dans les bordillons du fleuve MacKenzie à l'approche de Good Hope.

« Dans ce pays, pas une queue de loup ne se perd. Ne trouvera-t-on personne pour y sauver les âmes », disait Mgr Grandin.

Le Grand Lac des Esclaves devient une succession de vallées et de falaises en hiver.

Photos Archives oblates, dans *Aux glaces polaires.*

Oumiak alaskien : son enveloppe en peau de morse absorbe les chocs de la glace à la dérive. Comme les Indiens, les Inuit voyagent à la voile, à la pagaie ou à la rame.

Barque en peau d'orignal sur le MacKenzie. Les Nahanais embarquaient leurs fourrures dans ces embarcations ; souvent ils revendaient la peau d'orignal de la barque et repartaient à pied.

Photos, dans Canoë.

Dès l'arrivée de celle-ci, Monseigneur envoie le père Petitot demander le passage pour la petite expédition. On lui répond fort impoliment qu'il n'y a pas de place. Isidore, furieux, descend en courant vers le ponton d'embarquement. Il exhibe une lettre de recommandation du chef de district, donnant ordre, auprès de tous les officiers en charge du Bas MacKenzie, de faciliter le voyage de Monseigneur l'évêque et de ses gens. Il exige des places.

C'est alors qu'il remarque une silhouette familière, sur le petit pont réservé aux voyageurs. Le révérend Bompas a étalé partout ses affaires et prend ainsi toute la place. Comme avec sa lettre, on ne peut plus lui refuser le passage, il grimpe à bord et demande au père Lecorre de l'aider à pousser les bagages qui s'étalent inutilement. De la berge, Monsieur Gaudet, chargé du poste de Good Hope, catholique fervent et ardent protecteur de la mission, soupire, navré de la situation fâcheuse où se trouve son évêque. Il remonte au fort et fait appeler Monseigneur :

— J'ai une meilleure solution pour vous éviter cette promiscuité, dit-il à Monseigneur Clut. Je devais envoyer un canot pour remonter un dignitaire de la Compagnie, de « Peel's River », au printemps prochain. Que le canot attende ici ou là-bas ! Je vous donnerai deux Indiens pour le conduire, avec vos deux serviteurs, ce sera suffisant. Vous n'aurez qu'à suivre les barges, vous aurez un voyage plus décent.

Il fut enchanté de cette solution. Le 14 septembre le canot s'éloigne de Good Hope dans le brouillard du fleuve. Le vent du nord glace les bords de la barque et les avirons se recouvrent de cristaux blancs. Le MacKenzie s'élargit jusqu'à devenir une mer constellée d'îlots, les rives disparaissent. La neige envahit bientôt tout l'espace. Le 17, ils atteignent Tchikatchig au soixante-septième et demi parallèle de latitude nord. Les Indiens Loucheux, déjà évangélisés chaque été par le père Seguin, les accueillent avec joie dans leur loge.

Isidore et ses compagnons découvrent un village de huttes rectangulaires charpentées de bois et recouvertes d'écorce de bouleau, de mousse, de terre et de tout ce qui tombe sous la main. Comme les barges les précèdent, le ministre Bompas tente de se faire recevoir dans une de ces loges, mais les Indiens lui font bien vite savoir que l'Anglais n'est pas ici le bienvenu : les catholiques subissent trop les pressions du chargé de poste anglican et de son instituteur fanatique qui habitent un peu plus loin. Quand les Loucheux catholiques peuvent à leur tour riposter, ils ne s'en privent pas.

Monseigneur écrit dans son journal :

« … Aujourd'hui à midi, nous sommes arrivés à “Séparation Point” (c'est une pointe formée par le confluent de la Peel's River et du MacKenzie). Elle est située au-delà du soixante-huitième et demi parallèle. C'est l'endroit le plus au nord que j'aie atteint. A son détour, nous avons rencontré une loge d'Esquimaux qui abritait huit personnes : trois hommes, trois femmes, un jeune garçon et un tout petit enfant. Ils se sont mis en mesure de nous accompagner. Bientôt après, nous avons vu arriver trois kayaks et un oumiak. Le kayak est le petit canot du chasseur. L'oumiak est la barque qui transporte la famille et les bagages.

« L'abbé Lecorre et moi avons fait un examen de presque tout ce que possèdent ces sauvages. Leur loge d'été est faite de peaux de caribou cousues les unes aux autres, elle ressemble à celle des Montagnais, si ce n'est qu'elle n'est point ouverte par le haut. Comme leurs plages sont arides, ils sont exposés à ne point trouver de bois ; ils portent avec eux une quinzaine de perches, toutes attachées ensemble par le haut.

« Ils n'ont qu'à écarter ces perches par les pieds, à jeter par-dessus leur tente de peau et voilà leur demeure en partie préparée. Cependant, bien que les Inuits n'eussent à passer qu'une nuit sur le bord de la Peel's River en remontant avec nous, nous avons remarqué qu'ils prenaient un grand soin pour arranger l'intérieur. Les femmes mirent d'abord une couche de mousse et de foin, sur laquelle elles étendirent une peau, puis posèrent des nattes pour chaque famille.

« La loge était éclairée par deux lampes, alimentées par de l'huile de baleine. La cuisine était préparée dehors, à côté de la tente. Pour supporter les chaudières, ils avaient un trépied en bois qu'ils portent toujours avec eux et auquel ils suspendent une crémaillère. J'ai eu la curiosité d'entrer dans la demeure inuït mais je n'ai pas pu y faire un long séjour. L'odeur de l'huile de baleine et de poisson y était si forte que je n'ai pu résister qu'environ deux minutes. Telle est la loge d'été des Esquimaux que nous avons vus.

« L'habitation d'hiver est creusée dans la terre. Durant les voyages seulement, les Inuïts découpent des moellons de neige de printemps, d'environ deux pieds carrés, dans des bancs de neige tassée. Mis les uns sur les autres, ils forment un cône arrondi prolongé d'un petit tunnel pour se protéger du vent. C'est l'igloo.

« Le kayak esquimau est une pirogue, plus petite que la pirogue d'écorce de nos autres sauvages. Il est fait en peaux de poissons imperméables cousues autour d'une petite charpente légère qui ne laisse qu'une ouverture dans le milieu pour y laisser entrer un homme. Sur mer, l'Esquimau, revêtu d'un vêtement imperméable, en peau de poisson, attaché autour de l'ouverture du kayak, brave les vagues de l'océan : elles peuvent passer sur lui, le faire chavirer même, il ne s'en soucie guère, l'eau ne peut pénétrer dans ce kayak. Le moindre petit effort fait mouvoir cette pirogue.

« L'oumiak est une barque formée d'une charpente légère en bois recouverte de peau de veau marin. Elle marche à la rame et à la voile. Ce sont les femmes qui sont chargées de la rude besogne de la conduire, tandis que les hommes accompagnent dans leur kayak ou font le “farniente” dans les oumiaks. Parmi les trois femmes qui nous accompagnaient, c'est la plus vieille et la plus jeune qui ont toujours ramé. La femme du chef en paraissait exempte. Un homme et le garçon d'environ treize ans jouaient, chantaient, tandis que les deux femmes ramaient de toutes leurs forces.

« Le lendemain, pendant que nous prenions notre déjeuner, nous avons été témoins d'un spectacle tout nouveau pour nous (non pour la chose, mais pour la manière) : celui d'une dame esquimaude faisant tambour battant la chasse aux poux. Voici comment :

« L'oumiak était amarré à une dizaine de pas de notre canot, tandis que les grandes barques étaient un peu plus loin. Voilà que la jeune dame, sans honte, quitte son espèce de veste qui lui servait en même temps de robe et de chemise ! Elle n'est pas cependant par trop indécente, puisqu'elle porte un pantalon de peau. La voilà armée d'une petite spatule, et, frappant sur sa robe en fourrure, elle en fait sortir la vermine qu'elle croque aussitôt avec avidité. Chaque coup lui permettait de ramasser quatre à six parasites… Cette cérémonie dura longtemps, ce fut le dessert de notre déjeuner. »

Au fort Mac-Pherson, Monseigneur subit le premier affront de son voyage. La femme du chargé de poste, Loucheuse d'origine, était devenue anglicane fanatique et ne perdait pas une occasion pour persécuter tous ceux de sa race qui avaient embrassé la foi catholique. A l'arrivée des barges, le ministre Bompas fut reçu au fort avec toute la pompe due à son rang. Tandis que l'évêque et le père Lecorre furent contraints de monter leur petite tente de toile sous la neige. Isidore, drapé dans sa dignité, ne manquait pas de réunir tous les Loucheux de son bord pour chanter des cantiques et réciter des prières sous la palissade du fort.

Un soir, ils reçurent la visite d'une petite bande d'Esquimaux. Ils pénétrèrent tous sous la tente, trop petite pour que chacun soit à l'aise, mais la coutume semblait le vouloir ainsi. Isidore offrit le thé et s'empressa de distribuer quelques morceaux de tabac en signe de bienvenue, comme il était de mise chez les Indiens. Il espérait surtout boucaner l'atmosphère, étant très incommodé lui-même par la forte odeur de graisse de baleine que les Esquimaux exhalaient. Il regrettait beaucoup de ne pouvoir communiquer avec eux, il aurait voulu leur parler, les instruire, les entendre, mais chacun échangeait quelques mots incompréhensibles pour les autres.

Les deux compagnons indiens de Monseigneur s'étaient mis à l'écart à l'arrivée des hommes du Nord. Une méfiance et un mépris ancestral séparaient les deux communautés depuis des siècles.

Pour les Esquimaux, les Indiens n'étaient que des « fils de poux ». Les Esquimaux se nommaient eux-même, les Inuïts.

« Inuïts » veut dire : les « humains », dans leur langue, insinuant ainsi que les autres peuples n'en sont pas ! Mais le mot « Déné » par lequel se qualifient les Indiens, a aussi la même signification ! Tous les peuples ont le même orgueil !

Le mot « esquimau », employé uniquement par les Blancs, viendrait des anciens trappeurs français qui les appelaient « ceux qui miaulent », à cause de certaines notes aiguës qu'ils emploient fréquemment, la déformation de « ceux qui miaulent » serait devenu « esquimau », terme inconnu d'eux-mêmes et des Indiens. Une autre source cite la déformation du mot algonquin « Estimantick », ou mangeur de chair crue, comme étant l'origine du mot !

Les Inuïts donc, s'approchèrent un soir des missionnaires pour leur donner une représentation dansée. Les Loucheux, par crainte, s'étaient cachés et observaient le spectacle de loin.

Les Inuïts se mirent en demi-cercle derrière le feu et les femmes devant commencèrent à danser tandis que les hommes jouaient du tambour et chantaient. Isidore observait avec attention.

Il avait été trompé par les récits qui lui avaient été faits sur cette race d'homme. Ils étaient censés être petits et chétifs. Lui les trouvait grands et bien proportionnés. Ils devaient être farouches et méchants, ils se montraient avenants et aimables. La femme qui se trouvait devant lui, élancée mais au corps bien en chair, ondulait du buste sur un rythme à trois temps avec la grâce d'un roseau. Son embonpoint, loin de nuire à sa beauté, lui conférait le charme robuste de la vigueur et de la bonne santé.

Sa veste en peau, de plusieurs variétés de fourrure, formait un V devant et derrière, laissant une échancrure sur les côtés pour le mouvement latéral des hanches. Elle portait des pendants d'oreille en verroterie qui encadraient d'une manière gracieuse une figure aux traits réguliers, doux et modestes. Isidore pensa qu'en habits européens, elle n'eût pas été déplacée dans un cercle de dames françaises. Son teint pâle était beaucoup moins cuivré que celui des autres Indiens.

Pendant les heures que dura sa danse, elle ne se déplaça pas d'un centimètre. Ses jambes et ses pieds transmettaient une vibration qui partait entièrement du buste, le corps ondulant au son mélodieux du chant des hommes. Sa tête et ses mains surtout oscillaient en cadence, avec grâce. Une sorte de transe les habitait tous, ne laissant apparaître aucune exaltation forcenée mais plutôt une énergie contenue, à peine émergeante. Il en était de même pour la musique. Depuis qu'il était dans le Nord, Isidore n'avait jamais entendu de si belles voix, au timbre clair, bien posées. Ces hommes-là avaient des chants si variés et si mélodieux ! Le son des tambours, lancinant, provoquait une sorte de fascination, comme le bruit régulier d'une source, sur toute l'assemblée, auditoire, danseuses et musiciens.

Isidore avait le regard rivé sur un homme immense, au corps de géant, dont le visage lui rappelait quelqu'un. Il n'osait pas s'avouer que ce sauvage assis dans la neige, cet homme fruste et primitif, avait la même dignité, le même air intelligent et sage que l'un des archevêques le plus haut placé dans la hiérarchie romaine. Son visage buriné, grave, encadré par des cheveux de neige, immobile et serein, imposait une présence, une puissance qui forçait son admiration sans qu'il puisse se l'expliquer. Isidore ne put s'empêcher de dire tout haut à son compagnon :

— Oh ! que je voudrais avoir deux prêtres de plus pour la conversion de ce peuple. Je crains bien qu'il devienne la proie du protestantisme !

A ce moment, il regrettait tout particulièrement de ne pouvoir parler avec eux directement, sans l'intermédiaire d'un interprète dont on ne savait jamais s'il ne traduisait pas à chacun ce que chacun voulait entendre.

Le lendemain de la fête, les Inuïts rendirent une dernière visite aux missionnaires en venant s'asseoir en silence dans leur tente. Isidore fut frappé par l'ornement le plus en vogue alors chez les hommes. Chacun d'entre eux portait deux agates dans le bas des joues. Les Loucheux lui apprirent qu'autrefois, eux-mêmes partageaient cette coutume. Deux orifices étaient percés dans le bas des joues avec un couteau, on y introduisait par l'intérieur de la bouche la pierre, taillée spécialement pour qu'elle ne tombe pas à l'extérieur. D'un coup de langue, ils pouvaient ôter les agates quand ils le voulaient, avec une grande agilité.

Très intrigué par cet ornement barbare, Isidore le fixait avec tellement d'attention que l'Inuït en riant fit claquer sa langue et retira ses bijoux pour les lui montrer.

— J'ai payé cette paire un fusil à deux coups et dix livres sterling, lui dit-il avec fierté.

Un autre Esquimau n'avait qu'une agate : n'avait-il pu se payer les deux ou avait-il perdu l'autre ? L'orifice inutile s'était refermé de lui-même en une vilaine cicatrice.

Isidore était quelque peu déçu par tant de vanité pour quelque chose qui enlaidissait et surtout déformait le corps. Par contre, il ne cessait d'admirer les bottes cousues par les femmes esquimaudes. Elles étaient, dit-on, plus imperméables que les mocassins, beaucoup plus résistantes et montaient plus haut sur le mollet.

Quand la belle danseuse de la veille comprit l'intérêt qu'on portait sur ses bottes, elle courut dans sa loge pour en chercher une paire qu'elle venait de finir. Monseigneur en fit l'acquisition en échange de trois barquettes de tabac et d'un chapelet que la dame s'empressa de pendre à son cou en guise de collier.

Sur les recommandations d'Isidore, le père Lecorre en troqua, lui aussi une paire, en prévision de la traversée prochaine des montagnes Rocheuses.

Là s'arrêtèrent les contacts de Monseigneur avec le peuple des Inuits.

La caravane quitta le fort Mac-Pherson pour se rendre en direction du Youkon jusqu'à la Maison La Pierre. La barge remonta les vingt et un membres de l'expédition sur la Peel's River pendant une bonne heure et les débarqua sur la rive gauche. De là, chacun se prépara à « attaquer » les montagnes.

Isidore avait engagé trois porteurs en plus de Silvain et Johnny pour transporter les bagages à travers les Rocheuses. Chacun d'eux portaient vingt kilos. Pour sa part, Monseigneur avait un petit havresac garni de ses livres et de quelques menus objets, le tout ne dépassait pas cinq kilos.

Après avoir quitté la rive, ils marchèrent quelques heures dans un chemin boueux et raviné, avant d'arriver à l'orée de la forêt. Au-delà s'étendaient les pierres et les mousses. Les sapins sous lesquels ils montaient le camp étaient les derniers avant la Maison La Pierre.

Silvain s'empressa de faire du feu ; l'humidité froide pénétrait tous les membres et glaçait le cœur.

Le 22 septembre était un dimanche, Isidore remarqua que les protestants de la Compagnie ne faisaient aucun exercice religieux aussi les invita-t-il à se joindre à eux, sans succès d'ailleurs.

Depuis deux jours, ils marchaient sur des collines herbeuses. Que le terrain fût plat ou en pente, il était toujours de marécages, cachés par des mousses, des bruyères ou des « têtes de femmes ». Ces « têtes de femmes » étaient le cauchemar d'Isidore.

Touffes d'herbes, drues et serrées, à l'aspect vaguement folâtre d'une chevelure féminine, ces plantes formaient de petits monticules de dix à vingt centimètres de haut, tantôt mous, tantôt durs. Généralement environnées d'eau ou de boue et plus ou moins rapprochées les unes des autres, elles étaient surtout trompeuses pour le pied qui ne pouvait jamais savoir si elles céderaient ou non.

Rien dans ce paysage hostile et roux ne venait distraire les voyageurs.

Breton détestait ce terrain fangeux et grognait souvent à la traîne de son maître, les pattes et le ventre crottés, les poils collés au corps.

Les animaux migrateurs avaient déjà regagné les pays plus doux, seul, de temps à autre, un vol de gros corbeaux lançait des cris lugubres dans l'air gris. La petite troupe avançait lentement en direction des montagnes qui semblaient s'éloigner à chaque pas, plus ils cheminaient de l'avant.

Isidore s'épuisait dans cette marche traîtresse, éprouvante autant pour les nerfs que pour les muscles. Sans arrêt, le pied était pris en défaut ; s'il se posait au sommet des « têtes de femmes », la touffe se dérobait sous le poids du marcheur, menaçant son équilibre ; s'il se posait dans l'intervalle, la botte était happée par l'argile collante. Les hommes paraissaient tituber sans raison. Plus d'une fois, les porteurs, déséquilibrés par leur charge, s'étalèrent dans la boue. Ceux qui avaient déjà fait le voyage s'étaient munis d'un bâton dans la forêt, quant aux autres, il leur était impossible d'en trouver un maintenant, dans ces steppes désolées. Le père Lecorre, déjà malade depuis le départ, éprouvait encore plus de difficulté dans ces herbes folles. Il arrivait exténué, longtemps après les autres à chaque « pipe » où les métis s'arrêtaient. Les pipes, unités de distance en vigueur dans le Nord, mesuraient des longueurs extrêmement variables suivant le temps, le terrain et sa praticabilité entre deux haltes. Elles oscillaient de trois à six miles suivant la difficulté, la progression et le moyen de transport. Mais invariable était la pipe bourrée à chaque halte et qui, une fois fumée, annonçait le moment du départ.

Le 23, il fallut traverser à gué la rivière aux Clous. Elle descendait directement des glaciers, mais personne ne fit de remarque. L'eau trouble et bouillonnante empêchait de voir son lit parsemé d'embûches, de rochers pointus ou glissants. Il fallait avancer avec précaution. La Violette, un grand costaud de près de deux mètres, se riait des pièges et du courant ; il transporta une à une les charges de ses compagnons trop petits pour leur éviter de les mouiller, en tirant un grand profit de sa force et de son courage ; il taxait d'un « pelu » chaque passage et ne tarissait de plaisanteries douteuses à l'adresse de ceux qu'il soulageait. Dans le plus fort du courant, l'eau montait jusqu'à la taille de la plupart des hommes. Isidore demanda à la Violette de transporter le père Lecorre qui, malgré des protestations véhémentes, avait dû reconnaître que c'était plus prudent ainsi. Aucun quolibet n'accompagna le transbordement qui se fit dans le silence.

Puis, Monseigneur enleva ses « mittasses »* pour passer en caleçon, le poids des pantalons mouillés pouvait facilement faire perdre un équilibre déjà précaire. Les métis ne se génêrent pas pour lancer quelques plaisanteries à l'adresse du prélat en drôle d'apparat, mais cela resta dans le bon ton de la décence. Les rires fusaient comme autant de défis au danger qui pouvaient bien les prendre l'un ou l'autre sans distinction de race ni de rang.

Isidore étonnait de plus en plus l'intraitable chef de brigade qui l'avait tant mis dans l'embarras à Good Hope, à cause du Bishop Bompas. Le commis ne pouvait pas éviter de remarquer le courage indomptable de l'évêque qui se pliait sans broncher à toutes les vicissitudes d'un voyage peu coutumier aux hommes de son rang. Le prélat, au lieu de se faire porter, encourageait les uns, parlait aux autres, dormait au milieu des Indiens et semblait s'accommoder de toutes les situations. Il s'absorbait dans quelques prières aux moments les plus pénibles.

De l'autre côté de la rive, on monta le campement. Sécher les habits n'était pas une affaire facile. On ne trouvait pas une brindille de bois et les herbes ne donnaient pas de braise ; elles fumaient plus qu'elles ne brûlaient.

Le commis laissait à ses serviteurs le soin de transporter toutes ses affaires. Arrivé au camp, il s'empressait devant le feu en braillant de çi, de là, quelques ordres qu'il aurait très bien pu accomplir lui-même et profitait de son privilège de seigneur pour harceler ses hommes plus qu'il n'était nécessaire.

Le lendemain, la petite équipe attaqua la montagne. Avec l'altitude, la neige apparut, recouvrant le sol d'une couche de plus en plus épaisse. Isidore regrettait de ne pas avoir de raquettes, cela eût évité bien des pièges et beaucoup de fatigues inutiles.

Breton, plus à l'aise, batifolait autour des hommes comme s'il gardait un troupeau. Le vent se fit plus violent, traînant avec lui d'épais brouillards humides et glacés. Sur le faîte de la première arête, le vent manqua de faire tomber le père Lecorre, Monseigneur dut le soutenir. Tous avaient de la difficulté à avancer dans cette tourmente.

Sur l'autre pente, ils connurent une légère accalmie. Une petite éclaircie leur laissa entrevoir le sommet des montagnes qui déchiraient, ici et là, des nuages sombres.

Lorsqu'ils atteignirent le deuxième col, le plus haut de la barrière rocheuse, Isidore crut un moment pouvoir admirer un paysage sans pareil. Il ne put qu'imaginer les montagnes se fondant dans les glaces arctiques, au nord, tandis qu'elles ondulaient vers le sud en une suite ininterrompue de pics et d'aiguilles argentées sur des milliers de kilomètres. Ils marchaient dans les nuages.

Ils plongèrent sur le versant du Pacifique, sans autre satisfaction que celle d'avoir gravi les plus hautes montées du voyage. Frustrés du moindre réconfort, ils avançèrent péniblement dans la neige profonde, jusqu'aux marécages des creux de vallées, puis remontèrent de nouveau vers les glaces éternelles.

Ils traversèrent plusieurs fois de petits torrents brûlants de froid. L'eau gagnait souvent la hauteur des cuisses et il n'était pas question de s'arrêter, même pour essorer ses vêtements. Ils étaient heureux quand ils pouvaient rencontrer une eau assez gelée pour que la glace porte solidement leurs pas.

Ainsi se succédaient vallons et ravins, marécages et champs de neige, marches dans l'ombre et le brouillard. Isidore se demandait comment le guide pouvait bien reconnaître les passages dans ces successions toujours identiques de vallées, sans jamais apercevoir l'horizon à plus de quelques mètres devant soi ?

Après trois jours de ce régime, d'où le soleil était exclu, ils retrouvèrent des arbustes. Ils firent une longue halte, rassérénés par la vue et la chaleur d'un bon feu. Les porteurs métis commençaient à se plaindre des fatigues et du froid, mais un réconfort inespéré coupa court aux rumeurs de révolte. Dans la soirée, Silvain aperçut un troupeau de rennes. Aussitôt, la chasse fut organisée. Comme il n'était pas question de rester là trop longtemps, trois bêtes seulement furent dépouillées. Chacun réussit ainsi à reprendre des forces neuves et le goût de poursuivre la route grâce à la viande fraîche et à la graisse des rennes.

Le commis s'arrogea d'office le privilège de manger les langues et les meilleurs morceaux. Il offrit toutefois de les partager avec l'évêque, scellant ainsi définitivement une réconciliation entre les partis catholiques et protestants que l'absence du révérend Bompas avait pu amorcer. On peut même dire que toute hostilité éteinte, une amitié naissait ne demandant qu'à se nourrir à la cohabitation quotidienne.

— Nous ne sommes plus qu'à une journée de marche de la Maison La Pierre, dit le guide.

Cette information réjouit grandement Monseigneur, qui forma aussitôt des plans pour se rendre directement au fort Youkon dès l'automne. Le lendemain, il arriva d'un pas alerte, comme au terme d'une promenade, au fort de la Maison La Pierre.

Le commis qui l'avait accompagné étant le chargé de ce poste, donna des ordres aussitôt pour le loger dans une cabane parfaitement nettoyée et correspondant au meilleur confort des lieux. Il s'efforça même de favoriser la suite du voyage des catholiques en leur trouvant un guide et un canot d'écorce.

Au fort, Monseigneur apprit d'heureuses nouvelles, par des lettres adressées au père Petitot. Les Américains avaient repris le fort Youkon, longtemps abandonné par la Compagnie de la Baie. Le chargé de poste catholique n'était autre que le cousin de Monsieur Mercier, le chef de district qui avait appelé de ses vœux l'installation des missionnaires.

Isidore n'avait plus qu'une hâte : reprendre le voyage pour arriver avant l'hiver au fort-Youkon. Dans sa précipitation, il ne voulait pas voir les signes avant-coureurs du froid avec plus de perspicacité ! Le fort Youkon se situait juste sur le cercle polaire.

L'hiver, tapi sous l'automne mourant, s'annonçait précoce.

Il neigeait en abondance ; dans la baie du fort, la glace était déjà prise et les rebords gelés de la rivière La Pierre s'avançaient dans l'eau courante. Le vent du nord soufflait de plus en plus fort depuis deux ou trois jours.

A la nuit tombante, Isidore se glissa au bord de l'eau pour admirer son embarcation, mouillée au pied du fort.

Une misérable barcasse, sans forme, faite de branches de saule tendues de peau d'orignal encore toute velue, clapotait dans les remous de la rivière. Mais Isidore était fier de son canot « épiscopal », trop heureux de l'avoir acquis, parce que les barques manquaient dans le pays. C'est là-dessus qu'il allait descendre vers l'océan. On pourra bien embarquer les bagages, plus les trois rameurs, un passager : le père Lecorre, malheureusement toujours indisposé, et le capitaine, Sa Grandeur en personne. Avec un canot pareil, Isidore pensait qu'en dix jours, au plus tard le 6 octobre, ils seraient arrivés à destination.

Après des adieux sympathiques à ceux qui les avaient accompagnés jusque-là, ils reprirent le courant sauvage, poussés cette fois par le nordet de plus en plus mordant. Ils se tenaient chaud, épaule contre épaule et genoux contre dos ; Breton, blotti sur les jambes de son maître, comblait le seul espace qui ne dépassait pas le bord de la barque.

Les jours glissèrent l'un sur l'autre, avancèrent comme le froid ; la neige s'était résolue à les accompagner tout au long des heures claires. Ils avaient décidé, pour ne pas se laisser prendre par un mauvais hiver, de ne point s'arrêter la nuit, mais de se laisser « drosser »* somnolents dans la barque.

Une nuit, cependant, le père Lecorre devint de plus en plus malade.

Pressé dans un étau contre son évêque, il gémissait, malgré lui, de douleurs intestines. Isidore réveilla ses gens. On accosta dans la nuit ténébreuse sans rien y voir, on jeta les couvertures sur la neige sans prendre la précaution de monter un camp, il faisait trop sombre et chacun était fatigué. Mal leur en prit, le sommeil et le repos ne vinrent pour personne tant l'humidité et le froid les pénétrèrent. L'état de santé du père Lecorre ne s'améliora pas.

Au réveil, Isidore aperçut six rennes qui traversaient la rivière mais, le temps de réagir et d'armer les fusils, ils disparurent dans le sous-bois de l'autre rive. Il était trop tard.

Le jour suivant les jeta dans la grande rivière Porc-Epic. Isidore remarqua alors avec stupeur que les bords, malgré le débit rapide de la rivière, se glaçaient de plus en plus. Çà et là, l'écume charriée prenait en glaçons. Il ne fallait pas perdre de temps, il n'était plus question d'aucun arrêt à terre de jour comme de nuit, ils pagayaient ou drossaient. Après plusieurs jours, le guide, persuadé de trouver des Indiens à la rivière de la Grosse-Tête, poussa l'équipage à forcer sur les rames pour y arriver. Là-bas, un bordage de glace de cinq à six mètres protégeait la rive et aucun feu d'Indien n'était en vue. Il fallut cependant aborder pour se sécher un peu et se refaire des forces avec un repas chaud. A la nuit close, au milieu des ténèbres, ils accostèrent et tentèrent de faire du feu. Le moral des Indiens était très bas. Les provisions touchaient à leur fin et, si la glace prenait le fleuve, ils seraient bloqués sans moyen de se sortir du piège.

Isidore nageait entre la crainte et l'espérance, ne montrant à ses hommes qu'un visage confiant, il tenta de les convaincre. Revenir en arrière était exclu et, s'il s'en reportait aux années précédentes, il devait rester encore une dizaine de jours avant la prise complète du fleuve par les glaces. Pour achever de les mettre de bonne humeur, il leur promit de céder le gouvernail pour prendre lui-même un aviron. Tiraillé par le doute, Isidore, en secret, intima l'ordre au père Lecorre de redoubler de ferveur dans ses prières pour demander le secours de l'aide divine.

Le lendemain, le vent souffla encore plus fort. Le froid s'intensifiait. La rivière charriait de plus en plus de glaçons. Le père Lecorre, épuisé par une diarrhée de quinze jours, tenait le gouvernail et Monseigneur ramait. Le guide, découragé, s'était affalé sur le pont pour dormir, malgré les supplications de l'évêque. Durant le jour, tous les symptômes de la prise du fleuve par les glaces se confirmèrent. L'eau « crémait » un peu partout malgré la force du courant.

Tôt dans l'après-midi, ils arrivèrent aux « remparts ». On nommait ainsi un extraordinaire cañon dont la rivière du Porc-Epic suit les méandres en zigzags comme ceux d'une gigantesque lézarde. Le ciel parfaitement clair découpait un drapeau bleu au-dessus de leur tête. Tandis qu'ils s'enfonçaient dans les roches noires où l'eau se précipitait avec violence, des fumerolles de vapeurs s'élevaient parmi les glaces flottantes.

Les rochers alentour s'élevèrent d'un coup en fantastiques remparts. La rivière s'engouffrait dans un étroit couloir obscur. Le cañon, soudain, semblait fermé. Les eaux prisonnières allaient s'engloutir dans un abîme sans fond ou disparaître définitivement sous la glace vive. Heureusement, ce n'était qu'un méandre plus court que les autres, au-delà, un paysage nouveau, invraisemblable de bizarrerie et de couleurs vives, se découpa. Un canal de plus en plus étroit laissait encore courir les eaux épaisses entre la glace prise.

L'ombre du soir transformait en fantômes géants les clochetons déchiquetés comme des statues effrayantes. Les rameurs regardaient ces splendeurs naturelles comme d'immenses sculptures qui pouvaient, selon l'heure, devenir théâtre ou tombeau.

Avec la nuit, il fallut accoster. Il était trop dangereux de naviguer au milieu des glaces sans risquer de déchirer le canot. Les Indiens attaquèrent la glace à la hache pour monter sur la berge. Le maigre repas distribué, Isidore constata avec plaisir que le ciel s'était couvert. Le vent du nord les lâcherait-il enfin ?

A trois heures et demie, l'évêque tonna l'éveil :

— Lève, lève.

Ils repartirent donc. L'inquiétude grandissait. Le canot louvoyait entre les blocs de glace de plus en plus gros. Heureusement, la souplesse des peaux l'empêcha de se déchirer. Les rameurs devaient prendre d'épuisantes précautions pour éviter les glaçons. Toute la journée encore, ils naviguèrent dans ces gorges grandioses. Les deux ecclésiastiques auraient bien voulu s'attarder sur ces paysages, mais la situation s'aggravait de minute en minute. Vers midi, ils avaient dépassé une colonne qui marquait juste le milieu du parcours jusqu'au fort Youkon. Il devenait trop évident que la voie d'eau serait bientôt bouchée ! Comment songer à couper à travers bois, les lacs ne seraient pas assez gelés pour permettre le passage ! Et comment attendre, avec tout au plus deux jours de provisions !

Isidore, penché sur sa rame, ressassait ces pensées lugubres, lorsqu'il aperçut un immense rapace qui tournait en silence au-dessus de leurs têtes. Il regarda autour de lui pour voir si les Indiens l'avaient eux aussi aperçu : tous semblaient totalement absorbés par l'examen attentif de la glace qui les environnait. A ce moment-là, un cri retentit de la rive. Un petit groupe de Loucheux agglutinés autour d'un canot levait les bras avec agitation.

Ceux-ci, en marche pour le fort Youkon, étaient arrêtés depuis la veille car la glace refermait définitivement le fleuve en aval de ce point. Là, plusieurs familles avaient monté le camp. Monseigneur, inquiet sur son sort et celui de ses gens, s'empressa de demander de la viande, mais, de partout, on lui répondit laconiquement :

— Pas de viande, pas de viande.

Dépité, Isidore s'assit en tirant sur sa pipe. Il essaya de tirer des plans : d'abord, installer un camp, convenable pour un repos nécessaire, puis…

Eclatant de rire, les jeunes Loucheux se précipitèrent vers l'évêque.

— Nous sommes dans l'abondance, nous revenons de chasse avec quinze caribous.

Isidore n'y comprenait plus rien.

— Y-a-t-il de la viande, oui ou non ? demanda-t-il à Silvain.

— Il y a abondance, répondit ce dernier.

Alors, pourquoi dire qu'ils n'en avaient pas ?

— C'est comme ça ! avait répondu Silvain à Isidore avec un sourire narquois. Il ne connaissait pas l'explication de cette coutume. Il savait seulement qu'une bande de Loucheux n'avoue jamais d'emblée avoir de la viande, surtout à des étrangers. Ils observent d'abord le visiteur !

Isidore ne chercha pas plus loin. Ils ne mourraient pas de faim, c'était le principal. Le maître du camp leur servit d'ailleurs aussitôt d'excellents morceaux.

Désormais, plus rien n'empêchait la Compagnie de Monseigneur d'attendre la prise totale des glaces sur tout le territoire, après quoi, ils pourraient marcher en sécurité vers le fort.

Cependant, le père Lecorre s'affaiblissait de jour en jour. Consommé par la dysenterie, il ne dormait plus et ne gardait aucune nourriture. Durant cinq jours, il resta allongé pendant que les Indiens fabriquaient des traîneaux et des raquettes pour la poursuite du voyage. Isidore priait maintenant pour la prise rapide des glaces, mais le vent tournait sans cesse, allant de la tiédeur au vif piquant de l'hiver. La rivière grondait en craquements sinistres, la glace prise se brisait sous la pression de l'eau et des glaçons formaient d'infranchissables montagnes chaotiques en son milieu.

Isidore s'inquiétait pour son missionnaire. Il avait fait usage des trois remèdes qui, jusque-là, avaient eu raison de tous ses problèmes : le chocolat français, pour revigorer les forces en cas de fatigue dans les longues marches d'hiver. Il en usait une ou deux tablettes par an, généreusement offertes par les sœurs (lui-même n'aurait pu se payer ce luxe).

L'« Extractum carnis » (sorte de bouillon Kub), dilué dans un peu d'eau, permettait de tenir les disettes un peu plus longtemps. Quant à l'essence de café, elle redonnait le courage dans les épuisements extrêmes. Aucune de ces trois médications n'avait eu raison de la maladie du père Lecorre. Monseigneur décida de préparer une traîne spéciale pour transporter son malade. La traîne serait tirée par Breton et Oscar, un chien qu'il avait acheté, non sans mal, au clan des Loucheux ; elle serait conduite par Silvain. Une autre traîne un peu plus grande serait tirée par Johnny et le guide.

Le jour du départ, le 6 octobre, le malade était plus souffrant que jamais. Il fallait pourtant se mettre en route. Le père Lecorre se souvint alors qu'il avait autrefois pris avec succès du perchlorure de fer, il demanda à en prendre quelque peu, puis la caravane s'ébranla.

Monseigneur dut frayer le chemin, taillant la glace à la hache pour permettre le passage des traîneaux dans le chaos de la rivière, toute autre route étant exclue en cet endroit à cause des rochers et des bois touffus. L'eau, bien que gelée sur toute la surface, ne supportait pas partout le poids des traînes surchargées, il fallait se méfier des pièges. Les pauvres Loucheux devaient eux-mêmes tirer leur charges, il ne leur restait que deux chiens pour trois traîneaux.

Cette première journée fut des plus pénibles. Arrivant vers la fin des gorges, le chef du clan décida de faire une cache pour la viande et ce qui n'était pas de toute première nécessité. Il se promettait de venir rechercher le tout à la première occasion. Il encourageait l'évêque à laisser là une partie de ses affaires et lui promit de venir les reprendre avec les siennes.

Le lendemain, le père Lecorre, comme miraculé par le perchlorure de fer, pouvait enfin marcher. Isidore voyait plus là l'effet de ses prières ferventes que celui de la médecine, aussi il se réjouit et rendit grâces au ciel.

La couche de neige trop mince en forêt, les glaces trop chaotiques, entravaient la progression. Dans l'après-midi, le traîneau à bagages, pourtant bien allégé, se brisa. Tout espoir de réparation rapide étant perdu, on transborda l'essentiel dans l'autre traîneau et chaque homme libre se chargea le dos.

Le troisième jour de cette marche difficile, le père Lecorre avait retrouvé un appétit normal et reprenait peu à peu des forces. Il marchait seul en avant, ne portait pas de charge. Johnny le suivait en portant une partie des bagages. A quelque distance de là, le traîneau tiré par les chiens était conduit par Silvain. Un peu plus loin derrière, Isidore récitait ses prières, quand il entendit un cri désespéré. Il cherchait de partout son jeune compagnon dont il avait reconnu la voix et qui hurlait :

— Mon père, mon père !

Il s'avança dans la direction de la voix sans apercevoir Silvain, qui aurait dû se trouver devant. Les chiens couraient seuls sans conducteur. Soudain, intrigué par le sac du jeune homme anormalement posé sur la glace, il s'approcha et vit Silvain enfoncé dans la rivière jusqu'aux épaules.

Il avait eu la présence d'esprit d'écarter les bras, lorsque la glace avait cédé sous ses pieds, mais se trouvait incapable de bouger. Ses jambes commençaient à se paralyser. Comme Isidore allait se précipiter, le chef loucheux lui cria :

— Attention, attention, c'est la glace d'automne, la traître, elle peut vous engloutir !

Isidore avança avec précaution tandis que le chef approchait son traîneau à la hauteur de Silvain et, couché à plat ventre sur celui-ci, il tira le jeune homme pendant que Monseigneur le soulevait par son sac. L'ayant transporté sur la rive, ils le déshabillèrent en hâte et le frottèrent vivement avec des herbes avant de lui remettre des vêtements secs. Les membres engourdis passèrent du violet au brun. Des fourmis de douleur réveillèrent le jeune homme de la torpeur dans laquelle il avait commencé à sombrer.

Aussitôt le danger passé, Monseigneur s'aperçut que son missionnaire marchait devant, inexpérimenté quant aux menaces qui le guettaient. Il l'appela sans succès et, dans la crainte, se mit à courir à sa rencontre. A peine avait-il parcouru cent mètres que ses jambes enfoncèrent : heureusement, ses pieds écartés l'empêchèrent de sombrer tout entier comme Silvain, car, n'ayant pas de sac pour se retenir, jamais il n'aurait pu être secouru à temps.

La progression fut plus lente que prévu, le 10 octobre, les vivres commencèrent à manquer. Une petite battue rapporta dix-neuf lièvres et deux faisans. Silvain repéra le passage de trois traîneaux indiens.

Un campement devait se trouver dans la proximité. Ils étaient passés depuis deux ou trois heures au plus.

On décida de suivre les traces qui conduisaient à un camp de cinq loges. Partout, on leur dit :

— De la viande, il n'y en a point !

Mais cette fois, ce n'était que trop vrai. Monseigneur réussit cependant, après de longues tractations, à avoir quatre livres de viande sèche, autant de graisse et encore quatre livres d'une viande pourrie qu'on hésitait à partager. Le vieux chef du camp avait goûté au protestantisme et ne voulait rien donner à moins d'un prix exorbitant.

Monseigneur trouva tout de même un couple plus généreux qui consentit, pour le prix ordinaire, à lui vendre un traîneau convenable et un attelage de deux chiens que la femme voulut harnacher avec de belles petites couvertures brodées et des pompons à grelots.

Isidore jugea qu'il lui manquait encore une bête. Comme il avait appris qu'un chien de la Compagnie de la Baie suivait par hasard la troupe de Loucheux, il proclama sans se démonter qu'il réquisitionnait ce chien, au nom de la reine d'Angleterre, pour le rendre à son légitime propriétaire. Sur ces paroles, il fit atteler l'animal par Silvain qui souriait doucement. Devant une autorité aussi péremptoire, le chef protestant n'osa rien répliquer et rentra dans sa loge.

Trois jours plus tard, Monseigneur, le père Lecorre et leurs trois compagnons aperçurent au loin les palissades du fort, ses quatre bastions et leurs meurtrières. Les privations n'avaient pas été trop pénibles grâce à quelques lièvres et quelques faisans qui avaient eu le malheur de croiser leur chemin.

Avant de se présenter au fort, Isidore griffonna un petit billet à l'adresse de Monsieur Mercier, pour se faire annoncer.

Encore à l'abri de la forêt, pendant que Silvain arrivait au poste, l'évêque se défit de ses habits de peau rouge et revêtit sa soutane violette. Après une brève toilette, la barbe et les cheveux en ordre, il s'avança dignement avec toute la conscience que devait revêtir ce moment historique.

Une rivière à demi gelée le séparait encore du fort. A cause de ses habits peu adaptés,il crut un moment être arrêté tout près du but ! Heureusement, un peu plus haut, un passage se dessinait. La glace craquait sous chaque pas. Avec précaution, Isidore dompta son impatience et son émotion pour ne pas courir vers ce fort auquel il avait tant rêvé.

Déjà, Messieurs Mercier, Dufresne et Hanover étaient sortis à sa rencontre. Ils tombèrent dans les bras les uns des autres comme les vieilles connaissances se retrouvent après une longue séparation.

Le lendemain de son arrivée, Monseigneur célébra sa première messe en pays Youkon, sur un petit autel, dans l'ancienne chambre du ministre anglican. Pénétré d'exaltation et de ferveur, il fit la promesse d'asseoir la religion catholique là où le protestantisme avait fleuri, sous la juridiction de la Compagnie de la Baie.

«... Dans cette chambre autrefois occupée par l'erreur, nous enseignerons la vérité pure et, à la place où le ministre prenait mollement son sommeil, nous offrirons la Victime sans tache, en demandant à Dieu de convertir à la Vérité les Indiens qui nous entourent. »

Chef Cree. Gravure sur bois de 1885. Photo Christian Michel, « Explorer ».

CHAPITRE VI

L'ALASKA

Hiver rigoureux - Noël seul - Joute oratoire avec le bishop Bompas - Les Indiens indifférents - Descente du fleuve Youkon - Histoire du massacre des Russes et leur vengeance - Arrivée sur le Pacifique le 19 juin au milieu des glaçons - Dîner mondain sur un bateau - Retour vers le MacKenzie.

Depuis son départ de la Providence, Isidore avait connu l'exaltation du voyage et la lutte acharnée pour survivre.

Au nom de la foi, il n'avait ménagé aucun effort, aucune privation pour atteindre son objectif : apporter la vérité aux populations délaissées du Youkon et de l'Alaska. La fatigue, le froid, la faim, la peur de l'inconnu n'avaient pas entamé son courage, au contraire, il en ressortait grandi. Les obstacles renforçaient sa ténacité. Les souffrances raffermissaient ses convictions, les sacrifices aiguisaient son sens du devoir. Il offrait avec joie sa vie, son abnégation à Dieu, pour le salut de tout le peuple indien.

Arrivé au fort Youkon, son enthousiasme n'avait pas connu de limite. Sa nouvelle tâche exaltait son esprit missionnaire. Il allait conquérir un peuple entier à la parole de Dieu, faire œuvre de création, l'âme du défricheur et du pionnier s'ouvrait à un monde nouveau.

Au fort Youkon, il se trouvait pour la première fois dans la place avec l'appui des maîtres du lieu. Sa tâche allait en être grandement facilitée. Dans tous les forts du MacKenzie et de l'Athabaska, ce sont les protestants qui dirigent les forts, ce sont les ministres qui bénéficient du gîte et du couvert, sans engagés, sans dépenses, ils peuvent ainsi se consacrer entièrement à leur tâche pastorale d'évangélisation. Cette fois, la chance avait tourné. Quelle joie pour Monseigneur d'être enfin déchargé de tous les soucis matériels et de pouvoir consacrer chaque minute de son temps à la gloire de Dieu !

Isidore se contenta amplement de la chambre qui avait été mise à sa disposition par Moïse Mercier. Ce dernier avait donné à l'évêque celle même qu'il occupait pour en partager une autre plus petite avec Dufresne. L'arrivée de Monseigneur n'avait pas été annoncée et aucun préparatif n'avait pu être fait à cet égard.

Il y eut un moment de petite confusion. Monseigneur parlait des lettres et de la maison que Monsieur Mercier avait promis de bâtir : Moïse Mercier n'avait pas envoyé de lettres et encore moins promis de maison. Monseigneur ne comprenait pas ! Il sortit les missives signées Mercier et la chose s'éclaira ! Il s'agissait du cousin de Moïse, François Mercier, chef du district résidant à Nuklukayet. François Mercier avait beaucoup plus de pouvoir, mais Moïse, lui aussi fervent catholique, fort du soutien de son cousin, installa de son mieux Monseigneur et son missionnaire, en s'excusant de la pauvreté de l'arrangement.

Depuis son arrivée en terre indienne, Isidore avait vécu bien pire promiscuité. En hiver, un petit carré de toit avait une valeur inestimable. L'accès à la salle à manger le dispensait de bien des tracas.

La salle commune, où étaient servis les repas, se situait en plein centre de la forteresse. Nid feutré et chaud, protégé par un luxe venu d'ailleurs, elle ne laissait passer aucun souffle d'air, aucune vulgarité « sauvage ». Il était de mise d'y pénétrer en costume de ville, les fourrures de voyage en étaient bannies. Les meubles et les bibelots, modestes en d'autres lieux, prenaient ici valeur de symbole. Ils étaient imprégnés des souvenirs de l'autre monde, celui des villes, des maisons bourgeoises et des commodités.

Il était si loin de tout cela, Isidore !

La salle commune cachait aux yeux « sauvages » une oasis de civilisation, lieu magique où toutes les hiérarchies reprenaient leur droit. Chacun faisait semblant de vivre là comme les seigneurs du lieu.

Monseigneur se montrait en habit d'évêque, Monsieur le commis portait sa cravate et sa montre de gousset chaînée d'or fin. Les civilités les replongeaient dans le passé de ce qu'ils n'avaient peut-être même pas connu chez eux. La langue maternelle réchauffait le cœur et on s'appliquait à la parler avec rigueur et exactitude, pour le plaisir de se reconnaître dans la fraternité d'une même origine.

Dans le poste, la position même de cette pièce contribuait à en faire un coffre-fort d'où rien ne filtrait : il ignorait les hurlements du vent et l'aboiement des chiens. Coupée du monde qui l'entourait, cette pièce appartenait aux blancs et à leurs idées, que les volutes fumantes de tabac et de soupes chaudes enfermaient dans une chaleur trompeuse.

Isidore n'avait connu qu'en de rares occasions la douceur lambrissée de ces sanctuaires du nord. Au fort Youkon, il en goûta parfaitement les délices après ses mois de vagabondage.

L'hiver, en cette année, redoubla de vigueur. L'air était sec et immobile. Le ciel lui-même semblait gelé, bloc inamovible pris dans le même carcan que les eaux et la terre. L'univers, dans une immobilité totale, avait une beauté effrayante, comme s'il s'était figé à tout jamais.

Pendant des jours, pendant des semaines, rien ne bougea. Les hommes poussaient l'air cherchant lentement à se voir exister.

Le disque solaire, des heures durant, jouait avec l'horizon, tantôt dessus, tantôt dessous, dans une froide beauté et une lenteur exaspérante. Le silence pesait, total, absolu, implacable. La solitude glacée pétrifiait l'espace. Jamais Isidore n'avait observé de paysage aussi grandiose et effrayant. La famine, tapie à l'affût des animaux et des hommes, guettait tout être vivant.

Les missionnaires s'efforçèrent de rendre visite presque quotidiennement aux Indiens qui vivaient alentour. Ils partaient avec Silvain comme interprète, malgré ses propres difficultés : le loucheux du Youkon se colorait d'un accent et de mots inconnus dans le Bas MacKenzie.

Les Indiens restaient réservés, emmurés dans le silence et la contemplation dont ils ont le secret.

Plus Isidore avançait, plus il savait ; plus il comprenait, plus il souffrait.

Au temps où le fort appartenait à la Compagnie de la Baie, un ministre anglican avait résidé au Youkon pendant des années ; il avait instruit les Indiens, partageant avec eux le tabac et la prière, soignant les uns, conseillant les autres, à la lumière de la Bible. Lui aussi avait eu besoin d'un interprète ; avec les années, il avait su se faire une réputation d'homme généreux et bon. Les Indiens lui étaient attachés autant qu'à sa doctrine.

Isidore, incapable de communiquer directement, de bien pénétrer la mentalité des hommes qu'il avait en face de lui, se trouvait devant une énigme relative aux propos du chef de clan :

— Jésus dont tu parles, nous le connaissons, le ciel et l'enfer, le ministre nous l'a déjà appris, pourquoi veux-tu que nous allions vers toi ? Nous sommes déjà baptisés !

Isidore avait beau rechercher dans les trésors de sa théologie, il ne trouvait rien à répliquer de manière convaincante pour ces hommes dont les arcanes de la culture lui échappaient.

Ils refusaient même les croix et les images pieuses que les missionnaires avaient voulu leur laisser pour qu'ils se souviennent de notre Seigneur.

— Non, nous ne porterons pas la croix, c'est elle qui a tué Jésus.

Comment alors expliquer le symbole de la rédemption ? Comment dépasser la contradiction entre tu ne tueras point, et la glorification du meurtre de la croix ?

Isidore, enfermé dans l'esprit subtil de sa culture théologique occidentale ne trouvait pas les mots pour ouvrir le cœur des Loucheux, ce qui aurait pu faire éclater la Vérité : démontrer au grand jour que le protestantisme était une erreur et que lui seul apportait la vraie religion, c'était pour lui toute une affaire !

Mortifié par son impuissance, l'évêque l'était aussi par les calomnies qui couraient sur le compte des catholiques et ne manquaient pas de resurgir à chaque occasion.

Il ne s'attendait pas à de tels revers. Il aimait la lutte, le corps à corps avec les éléments. Il savait vaincre ses passions ; mais le combat prenait maintenant un tout autre tour. Il se sentait désarmé.

Assis sur le rebord de son lit, il revoyait cette soirée de juin à Athabaska. Epuisé à l'excès après avoir charreté le foin, incapable de remuer un doigt, il avait été appelé au chevet d'un malade. Une énergie nouvelle l'avait envahi. Grâce à elle, il avait encore parcouru à pied plusieurs miles sans défaillir. Pour le service des âmes, Dieu lui avait toujours accordé sa grâce.

Maintenant, il ne souffrait ni de la faim, ni du froid. Il était délivré de toute tâche matérielle et Dieu lui-même semblait l'abandonner. Il ressentait son échec devant les Loucheux comme une épreuve plus dure que tout ce qu'il avait connu jusque-là.

Aux approches de Noël, il fit savoir à tous qu'il donnerait avec le père Lecorre une magnifique cérémonie avec des chants et que tous les baptisés, même protestants, y étaient conviés. Si les protestants avaient des convictions différentes, ils étaient tous censés prier le même Dieu. Il répéta à tout le monde qu'il ne demandait pas de renoncer à leur foi, ou d'en changer, bien au contraire : il agissait pour les raffermir dans les principes religieux.

Les missisonnaires reprirent un peu d'espoir car certaines familles s'engagèrent, bien que du bout des lèvres, à venir assister à la cérémonie ; d'autres ne dirent pas non.

Mais, le 23 décembre, une nouvelle courut partout chez les Indiens : le Bishop* Bompas serait au camp des « Mitasses Rouges » pour le premier de l'an, il conviait tous ses fidèles à s'y rendre. Là, il les instruirait et ils prieraient ensemble pendant plusieurs jours.

Monseigneur en fut quitte pour célébrer la messe de minuit « quasi » pontificalement devant ses trois amis du fort et leurs deux serviteurs.

Désespéré, Isidore eut la faiblesse de laisser courir son ironie quand il vit les protestants du fort revenir dépités, car le bishop n'était pas venu. Il se réjouit d'apprendre la « déconfiture » et se moqua d'eux.

Pendant le mois de janvier, le froid s'intensifia encore. Les aurores crépusculaires teintaient inlassablement l'horizon de ses roses pourprés ou de ses pourpres rosés. La disette atteignait le fort, les hommes durent se restreindre. Les chiens manquaient totalement de nourriture. Monseigneur et le père Lecorre furent contraints de poser des lacets pour nourrir Breton et la petite chienne Youkon qu'ils avaient achetée en descendant la rivière du Porc-Epic. Monseigneur la regardait comme la future génitrice des attelages du MacKenzie et lui prodiguait tous les soins d'un père attentionné. L'animal, de race puissante, au corps bien fuselé, plus grand que celui de la plupart des chiens du grand fleuve, était beaucoup plus rapide.

Cette chienne savait harceler et mordre avec plus de force que les meilleurs chefs de meute. Il la considérait comme un joyau.

Le diabolique silence du froid amplifiait le moindre craquement de branche sur des kilomètres, rendait la chasse totalement inefficace. En effet, si le vent ne transmettait plus les odeurs, les sons se propageaient plus vite et avec beaucoup plus de précision. Fatigués de courir en vain, les chasseurs restaient assis dans les loges avec les femmes.

Les missionnaires se lassèrent de visiter ces clans qui affichaient une royale indifférence ou une hostilité sournoise à la sainte religion et à ses représentants soupçonnés d'avoir une part importante dans la famine grandissante.

Peu à peu, les prêtres espacèrent leurs sorties du fort et consacrèrent tout leur temps à l'étude de la langue loucheux, copiant les verbes, élaborant les règles de grammaire, étudiant attentivement le langage de Silvain. L'Indien était bien incapable d'une quelconque analyse, mais sa mémoire phénoménale et son vocabulaire étaient sans limites.

Isodore, relisant les écrits en loucheux du père Petitot, s'empressa de faire connaître à Monseigneur Faraud que le père avait bâclé ce travail, approximatif et d'aucune utilité pour les pères.

« Ne lui permettez-pas de publier de tels écrits, ce serait une dépense en pure perte. »

Isidore profita également de la gentillesse de Monsieur Hanover, Canadien bilingue, pour parfaire son anglais qui comptait beaucoup de lacunes.

L'évêque remâchait sans cesse son amertume et cherchait à comprendre ses revers de fortune.

Quand il posséderait bien la langue, tout irait certainement mieux, pensait-il, il pourrait user de la chaleur de sa voix pour persuader et convaincre, car l'affaire était grave. Ces pauvres âmes dans l'erreur anglicane s'enfonçaient chaque jour un peu plus vers la damnation. Il s'en sentait responsable, car il était fermement persuadé qu'en dehors de l'Eglise catholique, apostolique et romaine, il n'y avait pas de salut. Tous les efforts de droiture seraient vains et stériles.

Son voyage à Rome, les discussions du concile de Vatican sur l'infaillibilité pontificale n'avaient fait que renforcer cette position avec plus d'insistance. Le Christ ne pouvait pas être multiple, son enseignement divisé et sa morale déviée. Or, chez les protestants, il avait rencontré des familles de baptisés où se pratiquait encore le concubinage. Il ne pouvait pas se résoudre à laisser ces pauvres gens dans la perspective assurée de la perdition.

Dans le mois de janvier, il tenta encore quelques approches des Indiens, sans plus de succès. Personne ne voulait de ces chapelets, car, disaient-ils :

— La mère de Jésus était une femme comme toutes les autres femmes !

Dans leur bouche, cela équivalait à une insulte méchante et Isidore ne s'y trompait, il venait d'apprendre qu'en loucheux, le mot femme n'existait pas. Pour désigner son épouse, un Loucheux disait aussi bien : la propriété de l'homme, - ce à quoi je commande, - ce qui est nécessaire, - mon aide, - mon esclave, - femelle, ou - ce qui travaille.

Dans les critères de choix d'une épouse, sa robustesse, sa dentition pour le tannage des peaux et son habilité pour coudre les habits étaient les seuls appréciés. La vertu, la beauté, la douceur, l'intelligence n'avaient aucune valeur et ne comptaient pour rien !

Le 2 février, comme il revenait de visiter ses collets, le père Lecorre vit arriver des voyageurs.

— L'un d'eux porte la barbe, s'exclame-t-il !

— Malédiction, ce ne peut être que le ministre, murmura Monseigneur.

Isidore n'aimait pas le Bishop Bompas à cause de sa religion, mais aussi parce qu'il voyait en lui sa propre image. Comment aurait-il pu se cacher cette ressemblance qui sautait aux yeux de tous ?

Le ministre parcourait les mêmes espaces que lui depuis des années. Ils affrontaient la même nature hostile, les mêmes privations. Ils s'acharnaient tous les deux à la tâche ardue de tirer ces peuplades de l'ignorance. Au prix de mille fatigues, endurant les plus dures privations, ils enseignaient la même parole de Dieu, avec le même désintéressement, la même ténacité. Et pourtant, ils s'affrontaient en frères ennemis, chacun persuadé d'avoir raison.

Dès l'arrivée du bishop au fort, Isidore fut outré de l'audace de ce Monsieur qui osait faire valoir les prérogatives de sa religion dans le pays en osant proclamer :

— Je suis venu conserver à ma cause les Indiens, parce que je sais qu'ils sont attachés au protestantisme et qu'ils n'aiment pas les prêtres catholiques.

Monseigneur Clut ne remarqua pas l'ironie de la situation qu'il avait connue jadis à Athabaska, là où le même Bompas, avec la bénédiction des commis du fort, courait partout dans les loges des catholiques pour chercher à les convertir. Isidore alors ironisait et se riait de l'infortune de Bompas, identique à celle qu'il était en train de vivre au Youkon. Avait-il vraiment oublié l'épisode ?

Il s'offensa encore lorsque le ministre s'arrogea le droit de partager la chambre du commis catholique, quand lui, au fort Mac Pherson, avait dû monter sa tente dans la neige, devant le fort protestant. Aussi, le soir, au dîner, réserva-t-il une surprise à « Monsieur Le Bishop ».

Pour bien montrer aux sauvages que leur ministre n'était pas plus savant que les prêtres, il décida qu'une attaque publique lui serait donnée.

Le lendemain, Monseigneur raconta :

«… Après souper, il eut son dessert inattendu. Je ne voulus pas cependant me mettre en scène pour plusieurs bonnes raisons. Je savais du reste que le père Lecorre pouvait le confondre aisément.

« Lorsque je me retirai, dans la pièce à côté, Monsieur Lecorre annonça à Bompas qu'il devait résider ici désormais, d'abord dans le Youkon, et qu'il n'aimait pas entendre répéter par les sauvages, à ses oreilles, toutes les sottises dites à faux par les ministres contre les prêtres. Puis il lui demanda s'il était vrai qu'il avait dit aux sauvages que les prêtres catholiques avaient tué Notre-Seigneur Jésus-Christ, chose abominable que chaque sauvage avait sans cesse à la bouche contre nous. Bompas répondit :

— Non.

« Alors Monsieur Lecorre lui demanda de bien vouloir détromper les sauvages présents, mais il n'en voulut rien faire. Il l'attaqua ensuite sur la mauvaise foi qu'il mettait à nous accuser d'adorer la Sainte Vierge, les saints…

« Le pauvre ministre ne savait pas même en quoi consistait l'adoration. Tout en disant que l'on ne devait pas adorer la Sainte Vierge parce qu'elle était une créature, il dit qu'adorer signifiait “donner un baiser”, puis il ajouta qu'il adorait les enfants. Il fut facile à Monsieur Lecorre de se moquer de lui en envoyant un baiser avec sa main.

« D'après Bompas, Notre-Seigneur n'aimait pas sa mère.
« Monsieur Lecorre en était si choqué qu'il le laissa, après avoir traité sa doctrine d'infâme. »

De l'autre côté de la porte laissée entrouverte, Isidore écoutait attentivement. Il aurait bien aimé jubiler de la défaite de son ennemi, mais quelques scrupules l'en empêchaient. Son contentement n'était pas satisfaisant. Ici, au fort Youkon, Isidore était du côté du pouvoir. Cela ressemblait à une revanche. Bompas était trop évidemment en minorité. Comment pourrait-il se défendre devant les catholiques, francophones de surcroît, qui, par-dessus le marché, avaient tous plus d'années de collège que lui et ne faisaient aucun effort pour comprendre sa langue. La partie n'était pas égale.

Pourtant, il semblait bien que le véritable vaincu était en réalité le vainqueur, comme jadis à Athabaska ; le parti du pouvoir donnait une force facile mais inefficace.

Bompas, pour le courage, n'avait rien à craindre de Clut. Ils avaient tous les deux montré la même obstination, le même acharnement à ignorer les obstacles, la même abnégation pour le salut de leurs fidèles.

Un remords envahissait l'évêque : les malentendus ne venaient-ils pas tout simplement d'un problème de langage ? Ce Bompas ne pouvait pas avoir raison, vis-à-vis de la doctrine catholique, cela n'était pas une question personnelle, mais une certitude dogmatique. Isidore n'avait pas à penser à ce sujet. L'Eglise dictait sa loi. Le malheur voulait que les Indiens n'entraient pas dans ces considérations et restaient fermement attachés au premier qui les avait enseignés, quel qu'il fût.

Pendant un temps, Isidore crut que l'appui des autorités, la facilité qui lui était accordée au fort serviraient son œuvre. Il comprenait maintenant que la position indépendante de ses missions en Athabaska et MacKenzie était un atout et favorisait grandement l'attitude positive des Indiens qui s'identifiaient plus facilement à ceux qui se trouvaient, comme eux, en état d'infériorité par rapport au pouvoir.

Isidore renonça aux scrupules qui le gênaient trop et vit dans la défaite de son homologue anglican un point marqué pour les missions. Il pensa que les témoins colporteraient l'ignorance de celui-ci et lui causeraient du tort. Mais chaque camp resta planté sur ses positions et la querelle, loin de convaincre de nouveaux adeptes, renforça plutôt la méfiance réciproque.

L'hiver se termina sans que les missionnaires n'aient pu annoncer un baptême ou une seule conversion.

Isidore attendait avec impatience le départ des glaces pour secouer la poussière de ses souliers et aller chercher ailleurs un peuple plus accueillant.

Chaque jour, il travaillait avec acharnement sur son dictionnaire loucheux. Cette langue n'avait rien à voir avec le montagnais, le cree et leurs dialectes dérivés. Lorsqu'il pénétra le cœur du loucheux, il y trouva plus de régularité et de beauté que dans les autres langages indigènes.

Le 28 avril, la neige laissait entrevoir les herbes, les premières outardes* frissonnaient dans l'air encore frileux, l'eau montait sur la glace du fleuve.

Le 9 mai, des grondements annonciateurs roulaient jusqu'au fort. Le lendemain la glace se brisa. Dans quelques jours, la voie serait navigable.

Le 15 mai, la rivière était entièrement libre, Silvain chargea le canot. Isidore et le père Lecorre s'apprêtèrent à embarquer, à la fois désappointés de partir sur une défaite et heureux de quitter enfin le lieu de leur échec.

A leur grande surprise, tous les Indiens vivants autour du fort se pressèrent pour leur serrer la main et leur souhaiter bon voyage.

Isidore n'en croyait pas ses yeux. Se pouvait-il que leurs cœurs n'aient pas été insensibles à son enseignement ? Ou était-ce seulement pour le spectacle des adieux, l'une des rares distractions du pays ?

Isidore préféra rêver que sa tâche n'avait pas été vaine, quand il entendit la détonation des fusils qui saluait leur départ comme on salue le départ d'un hôte de grande marque.

— Puissent ces Indiens regretter notre absence, pensa-t-il. Nous reviendrons et peut-être alors puiseront-ils à la source de la vérité !

Le fleuve Youkon est le plus beau du monde. Le plus commode pour la navigation : il serpente d'abord dans une vaste plaine où il atteint parfois jusqu'à dix miles de largeurs ; ses eaux forment plusieurs branches parsemées d'innombrables petites îles. Il s'engouffre ensuite dans une vallée merveilleuse, entre les montagnes, avec une régularité et un débit constants. Malgré sa grande vitesse, aucun rapide ne barre sa route.

Silvain ramait à l'avant du petit canot d'écorce, le père Lecorre au milieu et, à l'arrière, Monseigneur assurait la direction avec sa pagaie. Pendant trois jours, ils eurent l'impression de traverser le pays de

« cocagne ». Les « Plongeons arctiques », les grues et les canards de toute espèce survolaient la rivière comme une grande aile frémissante dans un bruissement continu. Les oies blanches, les grises et les impériales allongeaient leur cou vers le pôle. Partout la nature s'éveillait au printemps coloré et piailleur du Grand Nord, contrastant ainsi avec sa torpeur de l'hiver. Le soleil étirait ses heures chaque jour un peu plus, répandant sur la terre une chaleur douce et bienfaisante. Une vie nouvelle bruissait dans chaque fourré, plus forte qu'avant l'hiver.

— Ah ! si Monsieur Lecorre avait eu un bon fusil, se plaignit Monseigneur, ils auraient pu faire provision à en remplir le canot jusqu'à ras bord.

Un orignal se promena longtemps sur le bord de l'eau, il avait l'air de les suivre, mais avec le mauvais fusil, le père Lecorre fit « faux feu » et l'animal s'en alla tout doucement, la tête haute.

La barque glissa sur le fleuve Youkon pendant cinq jours : jours de fête pour les yeux et jours de fatigue pour les bras des rameurs qui s'étaient engourdis avec les froids.

En arrivant à Nuklukayet, ils se seraient perdus si Monsieur Simpson, le chef de poste, alerté par les Indiens, n'était pas descendu du fort pour accueillir les visiteurs venus de l'est. Il n'était pas encore fréquent de voir arriver des « frenchies » surtout de ce côté du pays. La ruée vers l'or du Klondike, qui verrait s'installer sur le fleuve de véritables lignes régulières, avec des milliers de passagers chaque année, était encore à venir, quelque vingt ans plus tard.

En 1873, Nuklukayet n'était qu'un petit poste de traite.

Simpson, grand, les cheveux frisés, portait une élégante moustache. Il souhaita la bienvenue aux ecclésiastiques avec déférence et les accompagna jusqu'au fort tandis que ses serviteurs remontaient les bagages.

Ce Monsieur, protestant anglais, dirigeait le fort en l'absence de François Mercier qui devait arriver d'un jour à l'autre pour prendre ses nouvelles fonctions de chef de district. Malgré ses convictions religieuses, il montrait beaucoup d'empressement à bien traiter les prêtres. Il leur céda les seuls lits du poste et accepta de coucher sur le plancher. Tous partageaient l'unique chambre du fort réservée aux Blancs.

Dès son arrivée, François Mercier, le véritable instigateur du voyage de Monseigneur, par ses démarches en Canada, en fit autant pour ne pas priver le prélat ou son abbé des honneurs dus à leur mission. Devant tant de sollicitude, Isidore acquit la conviction qu'il fallait fonder une mission ici même, bien que les Indiens aient déjà été prévenus contre les prêtres par le ministre qui les avait autrefois visités.

Le 24 mai eut lieu un événement extraordinaire à Nuklukayet :

Les Indiens de la rivière Youkon, habitués à venir au fort pour traiter leurs fourrures, avaient depuis toujours une peur farouche de leurs voisins de la rivière Tananens. Les Indiens Tananéins avaient une réputation de guerriers sanguinaires, aussi les fuyait-on avec crainte tout au long du Youkon.

Or, ce soir-là, un vent de panique souffla sur le fort et les loges alentour. Aux dires des Indiens, une nuée de bateaux avait envahi la rivière. En quelques instants, tout le monde se trouva devant les palissades pour savoir à quoi s'en tenir. Isidore et les Blancs du poste, rangés en ligne, attendaient des nouvelles plus exactes. Un métis revint en courant :

— Soixante embarcations portant cent cinquante personnes descendaient le fleuve à grande ramée. Les canots flottaient tous sur la même ligne, comme en un front de guerre. Les hommes pagayaient en chantant. Ils étaient tous recouverts de leurs peintures de guerre, Monsieur !

Déjà, on entendait les onomatopées scandées au loin par les rameurs, l'effet magique de ces chants figea l'assistance. Quelques coups de feu claquèrent presque en même temps.

Mercier ordonna aussitôt de tirer en l'air, en signe d'accueil. Il fit tirer le canon à plusieurs reprises pour montrer qu'ils avaient, au besoin, de quoi se défendre. Les Indiens du fort, massés en demi-cercle derrière les Blancs, s'empressèrent de montrer leur puissance et leur peur par des tirs fournis. Les oiseaux affolés s'envolaient de chaque buisson. L'attente était cruciale.

Enfin, les Tananéins, pour s'assurer des intentions des habitants du lieu, députèrent deux de leurs chefs en avant-garde. Ils portaient d'une main des plumes d'oie et de l'autre une branche de saule. Arrivés à cent cinquante mètres du fort, devant lequel tous étaient immobiles, et jugeant la situation favorable, les chefs engagèrent leurs hommes à les suivre. Comme eux, ils portaient plumes d'oie et branches de saule. Ayant fait placer les femmes et les enfants derrière eux, ils avançèrent en petits groupes. Devant le fort, Mercier et ses assistants observaient la scène avec attention, la suspicion dans l'œil. Ils n'avaient jamais vu des démonstrations de ce genre, rien ne leur permettait de croire qu'il s'agissait d'une démonstration d'amitié. Par contre, tous les récits et légendes favorisaient l'hypothèse de préparatifs à un affrontement sanglant : ne portaient-ils pas tous ces peintures de guerre, avec des traits vermillons, rouges, noirs, ocres ?

Isidore ne craignait point les sauvages et comme il n'était pas armé, il voulut juger de plus près l'aspect de leurs figures. Mercier, les dents serrées pour ne pas ouvrir la bouche, lui intima l'ordre de revenir immédiatement : pour sa sécurité et celle des autres, il le pria dorénavant de ne point s'exposer.

Adossés au fort, les Indiens du Youkon tremblaient en silence dans leurs plumes.

Les démonstrations des Tananéins redoublèrent de vitalité. Ils dansaient au rythme des tambours et de furieuses vocalises. Leurs gestes et leurs contorsions apparaissaient de plus en plus hostiles. Les couleurs pourpres d'un interminable soleil couchant rendaient encore plus sauvages et impériales leurs têtes surmontées de plumes de toutes formes et de tous coloris. Des perles de verroterie captaient au hasard les derniers rayons lumineux, envoyant sur les traiteurs immobiles de petits éclairs dont la mobilité paraissait ironique.

Impressionné par ces Indiens dont il ne connaissait ni les coutumes ni la langue, Isidore était intrigué par ce que les hommes portaient au nez. Il ne parvenait pas à distinguer nettement la forme du pendentif. Les Indiens locaux pétrifiés, leurs armes soigneusement cachées dans le dos, attendaient que la danse s'achevât.

Les Tananéins vociféraient de plus belle et gesticulaient avec d'autant plus d'énergie qu'ils se rapprochaient des gens du fort.

Isidore dont le naturel n'avait rien de craintif et dont la foi en l'homme bannissait toute idée de violence, s'imagina soudain que la frénésie des Tananéins était peut-être inspirée par la crainte et la peur. Il avait souvent rencontré chez les peuples qu'il avait côtoyés cette arrogance de l'approche, cette intimidation tapageuse qui n'avait jamais d'autre but que de conjurer leur propre peur en face de l'inconnu.

Après tout, si les Tananéins avaient véritablement des intentions belliqueuses, s'exposeraient-ils ainsi ouvertement ?

S'agissait-il, au contraire, d'une manœuvre de diversion ?

Mais Isidore n'était pas un stratège et cette pensée s'éloigna vite de son esprit pour revenir à la réalité.

A quelques pas de lui, les Tananéins s'immobilisèrent dans un silence brutal, après tant de vacarme. Au loin, les milliers d'oiseaux reprenaient possession de l'espace. Une bande de martinets noirs perça l'air de ses cris stridents et familiers, au-dessus du fort. L'atmosphère changea.

Déchirant l'immobilité, Monseigneur s'avança le premier pour toucher la main des chefs. Ceux-ci s'empressèrent de répondre en disant un « Marçi » sacramentel qui exprimait la confiance sacrée que la poignée de main venait de consacrer. Enfin rassuré, Mercier s'approcha à son tour et la longue cérémonie du touchement de main commença. Tout le monde toucha la main de tout le monde. Lorsque par hasard, quelque Indien omettait le « Marçi », il se trouvait toujours un voisin complaisant pour lui souffler le mot magique, vestige du passage des premiers trappeurs français.

Ensuite, le chef des Tananéins prit la parole, dans une langue qu'Isidore ne comprenait pas. L'homme, grand et musclé, vêtu d'une veste de peau en forme de V devant comme derrière, en imposait par sa prestance. Son habit brillait de richesses et de couleurs : orné de plusieurs rangées de petites perles et de broderie en aiguille de porc-épic teinte, il aurait pu rivaliser avec les ornements civilisés. Un large collier de perles ornait son cou et d'autres pendaient de sa coiffure. Son pantalon ne faisait qu'un avec ses bottes ; sur le devant de ses jambes, deux grosses bandes remplies de verroterie ornaient le pantalon. On retrouvait la même décoration sur le fourreau de son couteau et l'étui de son fusil. Sa cloison nasale était transpercée par deux socles avec une perle à chaque bout. Les Tananéins portaient tous des habits très colorés et variés dont la plupart se terminaient en pointe.

Isidore remarqua alors que tous les hommes avaient le nez percé, certains y portaient un anneau de cuivre, d'autres un ou deux socles d'os. Hommes et femmes portaient des pendants d'oreille en os ou en perles seulement.

Le discours du chef intrigua Isidore. Il se demandait quel était la teneur de ces paroles : elles se transformaient si facilement en cris et vociférations qu'il s'attendait de la part du chef à de grands et sévères griefs à l'encontre des habitants du fort.

Il s'efforçait de saisir quelques phrases ou au moins quelques mots qui auraient pu lui donner une indication sur le sujet, mais n'y parvenait pas. De plus en plus inquiété par les grandes démonstrations gestuelles et les expressions de grande colère, il était persuadé qu'elles marquaient un répit provisoire à une menace sanglante. Sa tranquillité de tout à l'heure n'était plus aussi sereine. Il voyait dans les grimaces et les contorsions du chef un visage courroucé en proie au plus terrible ressentiment.

Le grand chef du Youkon lui répondit avec emphase et autant de manifestations expressives. Puis, les diatribes s'apaisèrent.

Les Tananéins parurent satisfaits.

Entre les deux troupes d'Indiens, les blancs semblaient être l'enjeu d'un débat auquel ils ne pouvaient prendre part. Ils tournaient la tête à droite et à gauche pour entendre l'un ou l'autre, car maintenant les chefs secondaires se répondaient de tribu à tribu. Mercier se fit traduire par son interprète les discours, afin, lui aussi, de prendre part à la discussion. Isidore prêtait l'oreille et quelle ne fut pas sa surprise d'entendre que les chefs achevaient juste d'échanger des éloges réciproques sur chaque clan.

Mercier, soulagé, entonna lui aussi un discours de bienvenue, avec des propos modérés, un ton tranquille et un sourire affable. Les Indiens montraient tout à la fois de l'admiration et du respect, puis, n'ayant jamais vu de prêtres, ils demandèrent si les « longues robes » étaient venues dans le pays pour le bien des Indiens ou pour leur malheur. Mercier s'empressa de répondre. En désignant Monseigneur, il leur dit :

— Vous voyez ici l'homme le plus grand de tout le pays d'Alaska, moi-même et nous tous, nous ne sommes que des petits enfants à ses côtés. Le grand président de la Compagnie l'a fait venir de loin pour notre bien à tous.

Une rumeur d'admiration circula dans les rangs indiens qui s'envoyaient des regards entendus.

Isidore prit à son tour la parole et annonça :

— Les missionnaires et moi, nous sommes venus pour vivre au milieu de vous. Voilà seize années que je suis parmi vos frères et j'y resterai jusqu'à ma mort. Ma venue ici n'a qu'un seul but, une attention unique : celle de vous apporter le bien et celui de votre esprit.

Le chef Tananéin demanda au prélat ce qu'il demandait en retour.

Monseigneur, toujours par interprète interposé, lui certifia alors :

— Nous ne demandons jamais rien, pour le bien que nous accomplissons. C'est à Dieu qu'il faut rendre ce que nous vous faisons.

Là-dessus, il ajouta quelques mots d'éloge pour la Compagnie de fourrure représentée par Monsieur Mercier, qui avait permis aux prêtres de se trouver parmi eux.

En conclusion de tous ces discours, Simpson et Mercier firent des présents de tabac et de quelques pipes aux chefs, qui distribuèrent équitablement ce qu'ils avaient reçu, afin que chacun ait sa part.

Ils repartirent monter leur camp près de la rivière et revinrent ensuite donner le spectacle de nouvelles danses jusqu'à une heure avancée de la nuit. Ils auraient sans doute continué jusqu'à l'aube si le commis et ses hommes n'étaient partis se coucher vers une heure du matin.

Le lendemain, Isidore, pour ne rien perdre de la rencontre avec les nouveaux venus, leur apprit trois cantiques ; n'ayant pas le secours de l'interprète du fort, il eut beaucoup de difficultés. Les Indiens, peu habitués aux mélodies occidentales, bémolisaient très vite et chantaient inmanquablement sur un mode lancinant si bien que le plus gai des airs prenait tout de suite un ton de lamentation épouvantable. En échange des danses qu'ils lui avaient données à voir, il les invita à la messe solennelle du dimanche suivant.

De grand matin, les gens du fort montèrent une chapelle en plein air. Isidore, en proie à une excitation fébrile, donnait ses ordres, allait du fort au terre-plein herbeux où se dressait, d'un côté la presse à fourrures et de l'autre, l'autel, sommairement décoré avec quelques fleurs et des chandeliers en cuivre.

Au moment de commencer l'office, une nouvelle flottille d'une vingtaine de canots débarqua près du camp. Monseigneur, aussitôt, ordonna d'attendre que tous fussent arrivés pour leur faire savoir qu'ils pouvaient se joindre à eux pour la messe, certain du succès de sa cérémonie.

Hélas, aucun ne voulut venir, personne ne semblait intéressé par le rite religieux des Blancs. L'évêque en fut quitte pour officier devant ses deux ou trois fidèles.

Il attribua ce nouvel échec à son ignorance de la langue et au passage du ministre. Mais il dut bien admettre aussi que son intolérance contre la polygamie et l'ignorance dans laquelle les femmes étaient tenues, constituaient les véritables obstacles à une évangélisation catholique.

Quelques temps après, apprenant que les Tananéins allaient partir, il parla au grand chef. Ce dernier vint s'asseoir auprès de lui. Après un échange de tabac et de longues bouffées de pipe silencieuses, Isidore parla religion, ciel, enfer, moralité, charité… Le chef n'était pas hostile. Il contemplait son hôte avec attention et jugea que c'était un homme digne de confiance ; pour la morale et le baptême, il verrait plus tard…

Ce même jour, l'interprète, un métis russe qui n'avait pas reçu la bravoure en partage, effraya tous les Messieurs du fort : il criait partout que les Tananéins feignaient de partir pour attaquer les blancs et les Indiens du Youkon.

Le branle-bas de combat fut sonné dans la place. Des meurtrières furent pratiquées dans la palissade, les armes à feu furent chargées. Simpson, ancien officier de l'armée nordiste des Etats de l'Union, donnait des ordres et des consignes. Des armes et des munitions furent distribuées. La résistance s'organisait.

Mercier, envers qui Isidore protestait contre l'esprit pacifique du chef Tananéin, préféra préparer une défense.

— J'ai vécu trop longtemps parmi les tribus barbares des Etats- Unis pour ne pas me méfier de leur fourberie, dit-il à l'évêque.

Isidore alla se coucher tranquillement en laissant les fusils à leur propriétaire, certain que la nuit serait calme et paisible.

Ils eurent pourtant beaucoup de mal à dormir. Les clans du Youkon et les Tananéins rivalisèrent jusqu'à l'aube par des danses et des chants. Les tambours battaient à se rompre et de manière répétitive, les onomatopées : oh, oh, ih, ouh, et ah revenaient sans cesse, lancinantes, hypnotiques, scandées par les femmes ou les hommes.

Ces musiques, très simples, étaient toujours en mode mineur et provoquaient chez la plupart des Blancs une mélancolie étrange, comme une obsession qui occuperait sans cesse l'esprit sans pouvoir le bercer ou l'endormir.

lc lendemain, un homme étant tombé malade chez les Tananéins, le « medecine-man » fit sa cérémonie. Intrigué, Isidore s'approcha du camp. Le « jongleur »*, entouré d'une grande partie de la tribu, se mit à danser, vociférer et gesticuler. Isidore ne chercha pas à comprendre la signification purificatrice du rituel. Il ne voyait là qu'idôlatrerie et simagrées.

Le sorcier, accompagné de la voix par les membres importants de la tribu, tapait le sol en cadence. Après avoir fait toutes sortes de signes sur le malade, il fit semblant d'arracher une petite pierre de l'intérieur de la poitrine du patient, probablement phtisique. Isidore aurait bien aimé dénoncer ces actes de superstition, mais sa langue ne le lui permettait pas. Il pria en silence pour que « ces pauvres Indiens, un jour convertis, comprissent les vertus de la science véritable ».

Isidore eut quelques consolations avant de quitter Nuklukayet. Un chef influent du Youkon accepta de faire baptiser sa fille avec huit autres petits enfants. La cérémonie faillit un moment tourner court, car un orignal traversa la rivière juste à ce moment. Les parents sentaient des fourmis dans leurs jambes, ils allaient laisser l'évêque « planté là » avec toute sa pompe, pour courir après l'animal, mais Isidore, de sa voix puissante et de son regard foudroyant, stoppa vite l'hémorragie ; d'autant que déjà nombre d'Indiens poursuivaient la bête. Face au fleuve pour distraire les Indiens du spectacle, Monseigneur continua tranquillement le baptême.

Chez les Loucheux, juin se dit « lune des œufs » ou « mois de la mue ». Isidore connut lui aussi la mue du printemps. A Nulato, il arrivait en territoire à forte implantation russe : les popes aux prières semblables aux siennes transmettaient une doctrine plus proche du catholicisme que les protestants. Les tombes portaient partout des croix et les Indiens demandaient eux-mêmes à être baptisés. Le cœur de l'évêque s'ouvrait enfin à l'espoir.

Il déchanta rapidement. Les peuples qu'il rencontrait se contentaient d'une religion sommaire pour ne pas dire inexistante. Un baptême, donné à tous comme une bénédiction, sans enseignement préliminaire ni exigence morale d'aucune sorte, n'effrayait personne et ne suscitait aucune protestation. Il s'ajoutait comme un gri-gri de plus à la panoplie des conjurations de mauvais sorts.

Isidore s'autorisa à baptiser sans condition les nouveau-nés et les petits enfants. Pour les autres, il exigea qu'ils apprissent les prières, un minimum de connaissance des dogmes de la foi, la pratique de la morale chrétienne, et tout ce qui concernait le respect de la femme et les règles du mariage. Il refusa souvent le baptême à des adultes trop ignorants. Il récusait toute complaisance pour les baptêmes qui ne seraient pas suivis d'une vie conforme aux préceptes religieux.

Depuis Nulato jusqu'à l'océan, ils rencontrèrent de nombreux villages Indiens, tous construits « en dur ». Souvent, les tribus possédaient un village d'été et un village d'hiver en un autre endroit. Isidore s'étonna de la fabrication de huttes qu'il n'avait jamais vues jusque-là. Dans son journal, il écrit :

« Les cabanes d'hiver sont souterraines, creusées dans la terre entre un mètre soixante-dix et un mètre quatre-vingt-dix de profondeur. Elles présentent de l'extérieur l'aspect d'un tertre, assemblage de grosses pièces de bois recouvertes de soixante à quatre-vingt centimètres de terre, le tout percé d'un trou carré en son milieu. L'entrée se pratique par un petit corridor souterrain de moins d'un mètre de haut et de large. Il est fermé à l'extérieur par une espèce de porte. »

Isidore s'introduisit dans une de ces demeures en se baissant pour passer la porte étroite. Lorsqu'il fut à l'intérieur, l'odeur d'huile de poisson le prit à la gorge. Un air vicié émanait de la crasse et des poissons fumés. La petite lampe à huile mélangeait ses relents déjà forts à ceux des ordures et des nourritures. Même dans les loges de toile, Isidore n'avait jamais ressenti de pareilles concentrations de puanteurs, il ne put rester plus d'une minute. Le cœur soulevé, il fut obligé de sortir pour ne pas défaillir. Seules les demeures Inuïts pouvaient rivaliser avec ces loges-là.

Il visita aussi une cabane d'été dans l'espoir que l'air y serait moins dense, car elle était bâtie au-dessus de la surface du sol. Le front et le derrière de la hutte étaient construits en gros madriers équarris à la hache et plantés perpendiculairement au sol. Sur les autres côtés, des bois de grèves se superposaient horizontalement. Le toit en rondins, percé d'un trou carré en son milieu comme la hutte d'hiver, se recouvrait parfois de terre et de mousse. Une natte tressée ou une peau fermait l'ouverture généralement ronde ou ovale. Isidore ne prolongea pas sa visite. Comme il poursuivait ses investigations par pure curiosité, en avoir vu une lui suffisait à connaître toutes les autres. Pourtant, dans chaque village qu'il rencontrait, il remarqua une cabane beaucoup plus grande que les autres, elle ne manquait jamais de trôner parmi les petites maisons.

Elle servait de maison de danse, bains-publics, salle de jeu et chambre de délibération.

Un soir, les gens d'un village l'invitèrent dans la maison commune. Occupée au centre par un bon feu, les blancs et les Indiens assis en rond, la salle ne contenait rien.

Isidore écoutait Timosky, l'interprète de Mercier, raconter l'histoire du fort de Nulato.

— Savez-vous, Monseigneur, qui était le grand chef dont vous avez baptisé la petite fille à Nuklukayet ?

— Non, répondit l'évêque, mais je crois que vous allez nous l'apprendre. Etait-il du village où nous sommes ?

— Il venait des environs, en effet. Mais écoutez, ces événements se sont passés ici il y a vingt ans à peine :

« Les Russes avaient par deux fois construit un fort de traite à Nulato, chaque fois il avait été incendié et pillé. Puis, un certain Derabin réussit à maintenir un poste pendant dix ans, sans incidents majeurs. Jusqu'en 1851 où un membre de l'expédition du capitaine Collinson se présenta à Nulato pour prendre des informations relatives au sort de sir John Franklin, disparu depuis 1847 alors qu'il recherchait le passage du nord-ouest de l'Arctique. Sans penser à mal, l'officier qui parlait dans le fort fit remarquer qu'il avait l'intention de faire rechercher le principal chef Koyukin qui demeurait sur les rivières Koyukuk et Kotelkaket afin de l'interroger.

« Cette remarque fut rapportée au chef indien qui célébrait à quelques miles de là les fêtes annuelles. Son orgueil démesuré, connu de tous, en fut vivement courroucé.

« Le chef de poste avait pris l'habitude, lorsqu'il devait lui parler, d'envoyer un représentant pour obtenir la permission de se rendre chez lui. Ce chef, du nom de Larioson, n'aurait pas supporté qu'on l'envoyât chercher comme un vulgaire serviteur.

« Par ailleurs, il avait juré à son père agonisant de le venger en massacrant les Indiens du sud et les habitants du fort. Il attendait donc la première occasion.

« L'officier britannique ne cherchait pas à bouleverser les coutumes, ni à forcer le chef à venir à Nulato. Il souhaitait simplement obtenir les informations qu'il désirait, aussi dépêcha-t-il un des ses hommes, Yvan Bouléguine, avec un Indien, pour se rendre auprès du chef Larioson.

« Durant le parcours, Bouléguine s'assit pour faire du thé et demanda à l'Indien d'aller chercher de l'eau. C'est alors que les Koyukins, venant par derrière, tuèrent Bouléguine à coups de hache. Lorsque l'Indien de Nulato s'aperçut du massacre, il voulut fuir, mais les Koyukins l'appelèrent et lui dirent :

— N'es-tu pas des nôtres ? Nous ne te ferons aucun mal.

« Et devant lui, ils dévorèrent les chairs du pauvre Russe. Un Koyukin remarqua la répugnance du compagnon de Bouléguine à participer au festin. Il lui planta son couteau dans le cou et l'immola.

« Cet affreux repas terminé, les Koyukins ramassèrent leurs arcs et flèches, chaussèrent leurs raquettes et partirent pour Nulato.

« Avant le poste se trouvaient trois maisons comblées d'Ingaliks de la tribu de Nulato, en tout environ cent personnes avec femmes et enfants.

« Au bord de la rivière reposaient les cinquante canots qui les avaient amenés.

« Les Koyukins approchèrent doucement pendant la nuit, brisèrent les canots et, avec les morceaux, bouchèrent les ouvertures des maisons et y mirent le feu. Les habitants, effrayés par les flammes, tentèrent de sortir mais ils furent aussitôt percés de flèches. Quelques jeunes femmes furent emmenées captives et deux enfants purent s'enfuir.

« J'étais l'un d'eux, j'avais alors huit ans. Ils m'auraient tué, mais j'avais une sœur mariée chez les Koyukins, alors ils m'emmenèrent avec eux.

« Nous sommes allés au fort dès le matin.

« Ils aperçurent alors un Indien de leur peuple qui travaillait là. Après l'avoir aproché, le chef Larioson lui ordonna de tuer le chef de poste s'il voulait sauver sa peau. Il poignarda Derabin dans le dos, puis, se retournant vers Larioson, il le condamna pour le crime qu'il venait de commettre. En réponse, il fut criblé de flèches. Foulant au pied son cadavre, les Koyukins pénétrèrent dans la maison. L'officier qui enquêtait sur le sort de Franklin était allongé sur son lit. Il eut juste le temps de prendre son fusil quand il se sentit menacé et tira en l'air. Au même moment,un certain Larriown lui planta son couteau dans le ventre. L'officier mourut à l'instant. Ils tuèrent encore une mère de famille et ses trois enfants. Enfin, laissant la maison du chef dévastée, ils s'approchèrent de l'atelier où travaillaient deux métis russes.

« Les Russes, pour se défendre, tiraient des coups de fusil en l'air, pensant effrayer les Indiens suffisamment pour les faire partir, mais ceux-ci se cachaient en décochant des flèches de temps en temps. Ils tuèrent alors un Koyukin et en blessèrent plusieurs. La panique s'empara des assaillants qui prirent la fuite avec leur prisonnier et leur butin. L'Indien Larriown, blessé à l'aîne, ne pouvait fuir. Laissé en arrière, il vit une Indienne qui traînait son bébé sur un traîneau. Larriown jeta l'enfant dans la neige et força la femme à le tirer jusqu'à son village. Comme elle ne voulait pas, il lui perça le cœur. Ainsi finit le massacre de Nulato. Et… ce Larriown, Monseigneur, n'est autre que le grand chef de Nuklukayet. »

Timosky arrêta net son récit comme s'il avait prononcé une sentence implacable, mais un autre reprit :

— Larriown a regretté sa méchanceté et ses crimes, il a prouvé maintes fois que ses actes irraisonnés étaient des péchés de jeunesse.

Le silence pesant laissait au feu ses crépitements joyeux et attirait tous les regards. On raconta ensuite une histoire de chasse et la soirée se termina.

A quelque temps de là, Monseigneur fut reçu en seigneur par un Russe du nom de Kogenikoff qui se proclamait volontiers le plus riche et le plus civilisé de ceux qui restaient dans la région. Il avait adopté trois petits orphelins russes et les élevait comme ses propres fils.

Isidore se félicitait de rencontrer un Russe qui, assurément, ne faisait pas partie des exilés et des vauriens dont le Tsar cherchait à se débarrasser. La plupart d'entre eux avaient, pendant des décennies, débauché les sauvages, leur transmettant toutes les tares et les pires maladies de la civilisation sans leur en donner les joies ni les vertus.

Kogenikoff avait parlé religion avec Monseigneur. Ils avaient bu le meilleur thé russe de l'Alaska. L'homme offrait même ses services pour la protection des missionnaires. L'entretien s'était terminé par une prière commune et la bénédiction épiscopale.

Un peu plus tard, Isidore apprit que Kogenikoff avait été le vengeur des meurtres de Nulato.

En 1855, au mois d'août, un Russe du fort Andréaffsky fut tué avec ses deux serviteurs indiens, alors qu'ils étaient seuls au fort. Un petit Indien avait pu s'échapper et avertir Yvan Kogenikoff, à cette époque secrétaire particulier du chef de poste à Saint-Michel.

Les Russes digéraient mal l'affront des Indiens et murmuraient depuis longtemps contre leur chef : il laissait le massacre de Nulato impuni ! En l'absence du chef, Kogenikoff prit avec lui quelques hommes et partit pour le fort. N'y trouvant que la mort et la désolation, ils allèrent au village indien situé à un mile de là. Comme ils approchaient des huttes, Kogenikoff vit un Indien le mettre en joue. On sut plus tard que son fusil n'avait pas de mécanisme pour tirer. Les Russes, ignorant ce particularisme, tuèrent l'Indien et tout le village d'une façon barbare et sauvage : pères, mères, enfants, tous furent massacrés. Un seul en réchappa. Kogenikoff le traqua et le tua quinze ans plus tard, fier d'avoir enfin vengé Nulato.

Isidore n'était pas au bout de ses surprises avec les Russes. Ils avaient laissé dans une mission le serviteur des popes avec pour tâche de baptiser les enfants, d'ouvrir et refermer l'église. L'engagé russe se contentait d'une connaissance et d'une pratique religieuse très rudimentaires : néanmoins, il recevait deux cent cinquante piastres par an pour ce travail. Quand le Russe apprit l'arrivée des prêtres, il crut qu'il allait perdre son emploi et monta une véritable cabale, interdisant à tous de parler aux missionnaires.

Encore une fois, Monseigneur Clut secoua la poussière des semelles de « ses mocassins » et poursuivit son voyage.

En approchant de la côte du Pacifique, le climat devenait plus froid. Les arbres, déjà remplis de feuilles à Nulato, devenaient rachitiques. La végétation, très en retard sur l'intérieur des terres, se réduisait à quelques herbes maigres et quelques arbustes rabougris.

Le 19 juin, la barque accosta dans la baie de Pastol qui tirait son nom du village Inuït, planté face à l'océan : Pastolik. Ils montèrent le camp et prirent leur repas. Isidore avait traversé le monde. Il avait porté l'évangile « de la mer à la mer ». Emu de voir pour la première fois le Pacifique, il tenta de communiquer avec les Inuïts, mais, à son approche, tous fuirent avec des airs terrifiés. Comme il ne pouvait parler leur langue, il s'en revint au camp confus et désappointé.

— Monsieur Lecorre, dit-il à son retour, vous devrez encore apprendre le russe, ici, c'est la langue la plus commune !

Le lendemain, ils hissèrent des couvertures en guise de voile pour traverser la baie, large d'environ quarante miles. Au milieu, ils crurent que le passage ne leur serait pas permis car la glace barrait le chemin. Le pilote s'assura qu'en allant vers la haute mer, ils pourraient passer. Il fit un grand détour pour éviter le morceau solide de banquise.

Le vent de terre emmenait l'embarcation au large où la tempête sévissait de plus en plus.

De toute part, les icebergs s'entrechoquaient, le pilote devait naviguer avec beaucoup d'habileté pour ne pas être renversé à chaque instant. Enfin, après des heures, ils trouvèrent l'entrée du chenal qui menait à Saint-Michel. Il était temps, car l'entrée fut bientôt obstruée par l'amoncellement des glaces. Vers cinq heures du matin, ils arrivèrent au port.

Monseigneur fut reçu très civilement par le capitaine Riedel, chef du district de Saint-Michel.

Dès le lendemain, il y eut réception mondaine sur le bateau en provenance de San Francisco. La table aurait pu se trouver dans un salon parisien. Le contraste avec la misère des camps et la rustre simplicité des postes bouleversait Isidore.

Les officiers portaient leur plus bel uniforme et leurs femmes de longues robes de soie. Ici, l'on parlait français ou anglais avec raffinement et distinction. Monseigneur présidait la table, Madame Riedel à sa droite, une Finlandaise protestante fort distinguée, parlant un français châtié. A sa gauche, Madame Smith, une charmante Irlandaise catholique, ne comprenait que l'anglais de Dublin. La nappe de la table avait la blancheur de la neige et les chandeliers déversaient une débauche de lumière, à laquelle nos missionnaires n'étaient plus habitués depuis bien longtemps.

On mangea du pain, des viandes bien préparées, des légumes et du fromage. On but du vin importé de France, boisson rare s'il en est dans ces contrées glaciales.

Le capitaine du navire, Monsieur Smith, assura Monseigneur Clut qu'il pourrait transporter tout ce dont les missions pourraient avoir besoin et cela gratuitement. Isidore s'empressa de le remercier pour ce service inattendu et sur l'heure demanda instamment d'avoir quelques bouteilles de vin dont il voyait la table garnie. Le capitaine Smith prit une moue désolée.

— Votre Excellence, demandez-moi tout, et je vous le donnerai avec plaisir. Le seul point sur lequel je ne puis satisfaire votre désir est précisément cette liqueur, dont j'ai l'interdiction formelle de ne laisser descendre une goutte à terre. Le gouvernement américain est très sévère. Les abus dans ce domaine ont été trop grands, je ne puis y déroger sous aucun prétexte. Tant que vous êtes à bord, buvez tout votre saoul, Monseigneur.

— Songez, Monsieur, qu'il ne s'agit point d'en faire une consommation courante, pour le simple plaisir. Mon missionnaire et moi nous avons déjà été contraints pendant des mois à ne célébrer le saint sacrifice qu'en de rares occasions, par manque de vin. Maintenant, je vais laisser le père Lecorre en Alaska pour l'évangélisation des Indiens, et il sera incapable de dire la messe pendant toute une année !

Rien n'y fit, le capitaine était homme d'honneur, et ne pouvait contrevenir.

Isidore était désespéré. A Saint-Michel, il pensait pouvoir se procurer tout ce dont il aurait besoin pour assurer l'existence du père Lecorre ; il avait espéré que ce bateau lui amènerait tout ce qu'il avait commandé un an auparavant. Mais il n'y avait rien pour lui.

Il ne se faisait pas trop d'illusions sur les deux missionnaires qu'il avait sollicités du père général des Oblats, mais il pensait du moins avoir une lettre d'explications : pas le moindre billet.

Il pensa que ses courriers avaient pris du retard ou s'étaient perdus comme cela était fréquent.

Pour relever un peu la déception de Monseigneur Clut, Monsieur Riedel annonça à la fin du repas son retrait des affaires et la nomination de Monsieur François Mercier au poste de premier agent de la compagnie. La totalité des forts de traite des territoires d'Alaska et Youkon passait ainsi sous la juridiction d'un catholique. Cette nouvelle, de nature à réjouir la compagnie, amoindrit quelque peu les amertumes du prélat qui voyait là de grandes promesses pour l'établissement des missions dans ces territoires.

Durant son séjour à Saint-Michel, Monseigneur tenta plusieurs fois d'entrer en contact avec les Inuïts de la côte sans aucun succès faute d'interprète. Le père Lecorre et lui firent malgré tout un bon nombre de baptêmes d'enfants, mais aucun d'adultes puisqu'ils n'avaient pas de temps pour les instruire. Il portait ainsi à environ cent cinquante le nombre de nouveaux baptisés en Alaska.

Le 1er juillet, Isidore prit le chemin du retour en compagnie de François Mercier qui devait visiter tous les forts jusqu'à la rivière Porc-Epic. Déjà, les conditions devenaient plus faciles, un vapeur, le Youkon, remontait tout le fleuve, évitant ainsi fatigues et difficultés.

A Nulato, Monseigneur laissa le père Lecorre. Emouvants adieux, devant un avenir aussi prometteur qu'incertain pour celui qui demeurait en terre étrangère, comme pour le voyageur qui se trouvait à des milliers de kilomètres de sa maison.

La navigation, même par vent contraire, ne fut jamais aussi agréable à Isidore.

Durant un mois, il revit tous les ports et tous les camps qu'il avait visités à la descente. La saison embaumait le paysage, le soleil permanent et le gibier abondant rendaient la vie princière. Il suffisait souvent de tirer sur les animaux qui traversaient le fleuve pour se nourrir.

Un jour, Mercier visa à trois cents mètres un énorme ours noir qui nageait lentement. Le pauvre ours fut frappé raide mort, du premier coup. Trop bien frappé, quand le « vapeur » arriva près de lui pour le hisser à bord, il avait coulé à pic, sans espoir de retour.

Un mois après le départ de Saint-Michel, le vapeur entrait dans la rade du fort Youkon, au confluent dela rivière Porc-Epic. Là s'arrêtait pour Monseigneur Clut la villégiature.

Il remercia chaudement François Mercier et son cousin Moïse (avec lequel il avait passé l'hiver) et s'embarqua sur un petit canot avec son fidèle Silvain et un jeune homme du nom de John White Face. Le canot, rempli plus que de raison, embarquait l'eau par-dessus bord ! Arrivés près d'un camp, ils réussirent à l'échanger pour une barque un peu plus grande.

La remontée devenait plus pénible. Isidore pagayait, halé le plus souvent de la rive à la cordelle par Silvain et John.

Le 15 août, anniversaire du sacre de Monseigneur : arrêt imprévu. Le canot fut transpercé par un arbre flottant. Les jeunes eurent tôt fait de recoudre une pièce d'écorce, pendant que Monseigneur recherchait de la résine de sapin pour l'étanchéité. Isidore célébra l'anniversaire avec deux belles outardes tombées du ciel sous les coups de Silvain et reprit le voyage.

Isidore connut encore la neige, la pluie, les maringouins, les rapides dangereux, les arbres flottants et la disette, mais quelques canards et deux orignaux vinrent améliorer l'ordinaire.

Au passage des montagnes Rocheuses, les rivières étaient si basses qu'elles ne posèrent aucun problème et si les fondrières et les marais glacés présentaient les mêmes inconvénients qu'à l'aller, c'était la saison des bleuets. Ces délicieuses baies agrémentaient beaucoup la monotonie des viandes sèches.

Le dimanche 24 août, la neige tomba drue sur le flanc des montagnes ; un troupeau de rennes s'approchait du camp, les bêtes gambadant à quelques mètres des hommes. Avec un bon fusil, ils pourraient avoir autant de têtes que de cartouches.

— Le jour du Seigneur, il est interdit de chasser, dit Monseigneur, nous avons de quoi manger.

Et le troupeau, effiloché sur un mile de long, passa dans un galop assourdissant. Ils verront treize hordes, en migration vers le sud. Mais ce jour ne laissa aucune trace sanglante dans la neige pure, pour la plus grande mortification des Indiens.

Le 25, le ciel immense du Grand Nord éclate d'un bleu limpide et glacé, la caravane monte et passe le dernier col des Rocheuses.

Isidore goûte alors le ravissement. Sept chaînes de montagnes, aux mille plis fantastiques contractés dans le mouvement immobile de l'univers relient le monde lointain des hommes à la fin de la terre. A ses pieds, le majestueux MacKenzie écoule vers l'océan Arctique une pieuvre de miroirs argentés. Au loin, la banquise largue ses châteaux féériques, flottant sur la mer. Le ciel, la terre et l'eau se rejoignent dans le grand mystère du monde, appelant à la contemplation, à l'exultation de l'homme, cet infiniment petit dans cet infiniment grand.

Isidore regarde une dernière fois l'Alaska, partagé entre la joie de la conquête et le désespoir de la désillusion, puis replonge définitivement dans le MacKenzie.

Fabrication d'un canoë de peau. Les Indiens boucanaient et huilaient les peaux avant de les coudre pour les rendre imperméables. Dessin de George Seton, 1858, dans *Canoë*.

Passage de rapides. Gravure de 1882, Archives publiques du Canada.

CHAPITRE VII

SUR LES BORDS DU MACKENZIE

Isidore constate les méfaits de son absence - L'évêque sauvé par le frère Boisramé - Une aurore boréale.

Isidore était contrarié, déçu, déprimé... Lorsqu'il revint dans son vicariat, il réalisa que lentement le petit univers des missions s'effritait. L'absence simultanée des deux évêques avait provoqué toutes sortes de dérèglements qui suffisaient à mettre en péril l'édifice encore très fragile. Plusieurs pères souffraient de maladie grave.

Son cher ami le père Grouard sur lequel il avait fait reposer le vicariat en son absence avait succombé à un mal étrange : aphone et faible à l'extrême, il était devenu incapable d'exercer son ministère. Le père Petitot avait été renvoyé en France pour soigner sa folie dont on ne savait pas encore si elle était réelle ou feinte. La contestation se manifestait un peu partout. Certains niaient la légitimité même des ordres de Monseigneur Clut.

Le long hiver du Nord avait eu raison de bien des esprits faibles. La torpeur du froid, la monotonie de la nourriture trop souvent accouplée à la malignité de la faim, la solitude, la longue nuit et ses cauchemars immobiles sont les plus rudes épreuves que le diable ait jamais inventées. Dans cet enfer de glace, qui oserait accuser un homme qui se crée des chimères pour survivre, un autre qui s'amourache d'un plus petit que lui ? Ils avaient été exacerbés par les difficultés.

Isidore souffrait du mal du retour. Comme les grands voyageurs rompus à l'héroïsme des explorations, il acceptait avec difficulté la petitesse du quotidien.

Son autorité vacillait. L'aurait-on soupçonné d'avoir quitté son poste pour le plaisir du voyage ? Mieux, pour la gloire des conquêtes ?

Désavoué de toute part, il était lui-même en proie au désarroi, au doute et à la mélancolie.

Il avait fait des erreurs, il en convenait, il en payait le tribut d'amertume et de remords. Mais il ne se départait pas de l'Espérance, la grande Espérance, en Dieu. Il ressentait mieux que jamais pourquoi l'espérance était une vertu. Jusque-là, il l'avait crue naturelle, maintenant, il comprenait qu'il fallait à tout prix la cultiver, l'entretenir pour ne pas voir pointer les ténèbres du désespoir. Il ploya l'échine sous le fardeau et redressa la tête. Dieu était son seul soutien, il le savait.

Malgré les désavœux possibles de Monseigneur Faraud, auxquels il s'attendait, son supérieur resterait son ami, et lui garderait sa confiance, même s'il ne partageait pas ses opinions, il pouvait compter sur lui.

Après un moment de découragement devant les faiblesses et les attaques, Isidore se ressaisit et reprit ses raquettes. Il fallait rassurer les esprits par sa présence, remettre de l'ordre.

De Providence, il se rendrait à Athabaska où son ami de jeunesse, le père Eynard, s'était noyé tragiquement. Au passage, il visiterait les missions de Sainte-Anne et Saint-Joseph.

Le 8 décembre, à la Providence, il célèbre la messe pontificalement. Cette fois, il a assez d'assistants pour gratifier son office de grandes pompes. Les grandes cérémonies sont rares dans le Nord et grandement appréciées, les occasions de s'émouvoir sont si peu nombreuses ! Les difficultés s'effacent et l'assistance se réjouit le cœur devant l'évêque comme devant un être vénéré. Au moment du départ, les chant des enfants se font si pathétiques qu'un reniflement général interrompt les beaux couplets. Les jeunes filles avaient préparé à cette intention un beau poème d'adieu, mais les larmes baignaient les yeux des petits comme ceux de Monseigneur, ému par cette piété filiale. Mieux valait partir en hâte.

Isidore, fier de son brillant attelage, regardait sa chienne Youkon, toujours plus impétueuse et fougueuse que jamais. Il l'avait mise en tête car elle attirait derrière elle les mâles qui, faute de pouvoir l'atteindre, tiraient comme des diables sur le harnais. Attelés en file, les uns derrière les autres, les chiens se suivaient à distance d'un museau, de sorte qu'ils ne pouvaient que se renifler sans jamais pouvoir se toucher. Tout l'art de l'attelage consistait à placer les chiens dans un ordre de haine ou d'attirance suffisantes pour que ceux de derrière veuillent poursuivre ceux de devant et ceux de devant échapper à leurs poursuivants.

La pauvre chienne avait du mal à s'arrêter, mais elle savait se faire respecter à l'occasion et sortir ses crocs à temps pour ne pas être importunée plus qu'elle ne le voulait. Isidore l'aimait beaucoup. Il était doublement heureux de lui servir la ration supplémentaire réservée au chien de tête, afin d'exciter la jalousie des poursuivants. Il l'entourait suffisamment d'attention et de soin pour faire courir toute une meute derrière elle.

Le premier jour, dans son enthousiasme, Isidore, à la halte de midi, avait oublié d'enlever aux chiens leurs petites bottes de cuir. Il n'en restait maintenant plus que des lambeaux dispersés au hasard, les bêtes avaient tout dévoré !

Le frère Boisramé et Monseigneur guidaient chacun leur traîne, Alexandre damait la trace devant les chiens. Ce premier matin, le courrier de la Compagnie, qui descendait lui aussi à Athabaska, avait pris la tête du convoi. Il valait mieux voyager à plusieurs, la glace du lac était peu sûre.

Les deux Ecossais porteurs de « l'express » avaient tracé un chemin dans le bois pour éviter les glaçons toujours amoncelés dans la rivière en cet endroit. Au passage où ils avaient coutume de descendre sur la glace, des multitudes de mares stagnaient, plus ou moins profondes, l'eau refoulait de partout, si bien qu'ils continuèrent à tracer un chemin dans les bois et les embarras de tout genre.

Plusieurs fois, ils tentèrent de rejoindre le fleuve, mais une véritable rivière coulait entre la rive et la partie solide des glaces.

A la halte, les Ecossais décidèrent de fabriquer un pont pour traverser : jugeant qu'il serait plus rapide à construire plutôt que de continuer à se frayer un chemin impossible dans l'enchevêtrement des fourrés. Le frère prépara la nourriture pendant que les hommes coupaient les arbres. Isidore s'affairait autour des chiens.

Il pensait à Monseigneur Faraud, anxieux des lettres qu'il attendait de lui : quand rentrerait-il ? Il ne se sentait pas en faute, mais son bel enthousiasme de l'année passée n'était plus le même.

Le pont fait, on se hâta de traverser. Le frère arrivait en dernier à la fin des grandes épinettes* qui reliaient la rive. Posant son pied sur le fleuve gelé, il s'enfonça jusqu'à la ceinture dans l'eau glacée. Il s'accrocha désespérément au traîneau pour ne pas sombrer. Il vit soudain les patins disparaître et passer sous la glace qui se brisait en craquements sinistres. Les chiens patinaient sur l'eau gelée et ne pouvaient que maintenir l'équilibre. La traîne, soulevée à l'avant par les chiens, basculait en arrière. Le frère, dans un ultime effort, cria un ordre décisif à ses chiens et simultanément souleva le traîneau par les patins arrivés à portée de sa main. L'attelage arracha sa charge avec peine et réussit à faire quelques mètres, la glace se brisait à la queue de la traîne, comme si un mauvais génie la tirait par les entrailles de la terre. Heureusement, le frère put se retourner vers le pont et sortir de son trou. Il en fut quitte pour changer de pantalon en toute hâte pour ne pas geler.

Enfin, ils se hissèrent sur la glace tant désirée, l'eau débordait de partout. Les amoncellements de glaçons s'avérèrent plus difficiles à franchir que les taillis du bois. A tout moment, ils risquaient de passer au travers de la couche trop mince pour la saison. L'hiver n'avait pas encore déployé ses grands froids, chose rare pour un huit décembre où, habituellement, la nature est figée depuis longtemps dans la torpeur hivernale, pour les longs mois de ténèbres.

Les Ecossais regrettaient amèrement de n'être pas restés sur la rive, car il était déjà deux heures et demie, et le ciel s'assombrissait, ils ne voyaient plus assez pour se diriger. Ils cherchaient dans l'obscurité l'île sur laquelle ils pourraient camper et faire du feu.

Vers sept heures, Isidore et les hommes du fort, épuisés, proposèrent de passer la nuit sur la glace en se mettant sur les traîneaux. Mais le frère Boisramé protesta :

— Si vous voulez mourir, Monseigneur, vous n'avez qu'à le faire. Il faut avancer et trouver l'île, elle ne devrait plus être très loin !

Isidore, plus las que les autres, pour une fois flancha. Il manqua de courage. S'il avait été seul, il se serait arrêté pour tenter de dormir là. Il n'eut même pas la force d'user de son autorité. Il savait que le frère avait raison, en quelques heures, le temps pouvait changer.

Son corps ne voulait plus obéir, il avancait comme un automate. Il se fit renverser vingt fois, trente fois avec son traîneau. Il n'avait pas compté. Au début, il se relevait vite pour ne pas mouiller ses vêtements, puis, petit à petit, l'eau les avait imbibés et le poids de ses peaux trempées rendait l'opération chaque fois plus difficile. Il était obligé de hurler pour arrêter les chiens qui couraient à en briser la traîne. En silence, il suivait le frère, humblement.

Les Ecossais auraient bien voulu tenter de traverser le fleuve pour voir si l'autre rive n'était pas plus abordable. Cela allongeait de plusieurs dizaines de miles et la réussite était improbable mais ils étaient prêts à tout pour sortir de cette impasse dangereuse.

Enfin, vers huit heures du soir, l'île fut en vue. Son abord s'avérait délicat. Elle était immergée. Isidore se voyait déjà fabriquant une sorte de hamac dans les branches de saules quand le frère annonça qu'il avait trouvé un coin de terre sèche assez grand pour se tenir assis tous les quatre.

Le repas englouti, les Ecossais, repliés sur eux-mêmes pour tenir moins de place, s'endormirent comme des masses. Les deux religieux veillaient encore, ils récitaient leur prière du soir en égrenant leur chapelet, quand un bruit épouvantable les laissa bouche bée.

Un craquement de tonnerre, suivi de chocs multiples : ils écarquillent les yeux, ils se regardent, éberlués. Non, ils ne se trompent pas : la glace vient de se rompre sur le fleuve dans le chenal où Isidore avait proposé de camper. Il regarda le frère avec un profond sentiment de reconnaissance.

— Deo Gratias, mon frère. Nous appellerons cette île « île Boisramé » puisque vous nous avez sauvé la vie.

Heureusement, il restait de la glace entre l'île et la rive sud. Les Ecossais ne s'étaient même pas réveillés.

Le lendemain, ils eurent encore bien des difficultés pour atteindre la pointe des Roches. Le Grand Lac des Esclaves n'était pas encore gelé mais les bords étaient plus solides et moins mouillés que la veille.

Quelques jours plus tard, à la rivière au Foin, ils attendirent que la glace se forme en une couche assez épaisse pour voyager sans danger.

Isidore en profita pour enseigner les Indiens qui n'avaient pas de prêtres en résidence, pendant que le frère réparait le matériel.

Enfin, le roi du Nord souffla assez pour pétrifier le lac. Les voyageurs rechaussèrent les raquettes et emportèrent avec eux une provision supplémentaire de viande sèche, car, disait-on, la prochaine mission connaissait la disette.

La nuit suivante, le campement fut installé trop près du lac. Il recevait la neige, du ciel, des arbres et de la grande étendue déserte. Alexandre, réveillé par la poudrerie, décida de transporter le feu plus à l'intérieur du bois. Tous vinrent se chauffer auprès de cette nouvelle chaleur, laissant les traîneaux et les attelages à l'orée du bois.

Les chiens, voyant les traînes désertées par les hommes, se dirent qu'elles devaient être abandonnées. La jeune chienne Youkon, sans un bruit, s'avança vers le paquet de viande. Voilà bien des jours qu'elle ne mangeait que du poisson, un peu de viande ne lui ferait pas de mal. Ses compagnons, la voyant ramper, se crurent autorisés à la suivre et le coup fut bien vite fait. Si le frère n'était pas venu chercher un couteau dans sa charge, il n'aurait pu sauver un gramme de la précieuse denrée, si rare en cette saison. Ils en auraient été quittes pour jeûner encore un peu plus longtemps.

A trois heures et demie du matin, Alexandre prépara le petit déjeuner et la caravane s'ébranla dans la nuit sous une poudrerie féroce. Vers onze heures, au lever du soleil, le vent se calma un peu et les équipages redoublèrent de vitesse sur le lac enfin devenu miroir blanc et lisse. un toboggan de rêve s'ouvrit aux voyageurs pressés.

Au coucher du soleil, un grand calme se fit. Isidore, dernier de la caravane, regardait devant lui ses trois chiens coursiers derrière Youkon, l'inaccessible. Depuis des heures, ils galopaient ainsi dans le vent, tous poils dehors, les oreilles tendues. Les derniers rayons du soleil caressaient encore leur dos à chaque bond. Le ciel passait du bleu au vert pâle dans une langueur glacée. Les autres traîneaux, petits points sautillants sur l'horizon blanchâtre, allaient bientôt se confondre dans la nuit. Isidore avait décidé de pousser jusqu'à la mission Saint-Joseph, même s'il fallait courir tard dans la nuit. Le vol de la viande était une raison de plus pour hâter la course. Il fallait à tout prix réduire le nombre des jours de voyage.

L'aurore boréale était née là-bas, juste au-dessus du lac. Elle avait grandi en un long ruban à franges, torsade tremblante de lumière soyeuse, elle s'étirait dans le ciel, vagabondait dans les étoiles multipliées à l'infini dans la voûte polaire.

Maintenant, le bleu profond de la nuit sembla s'effacer devant ces pointes d'épingles scintillantes, immobiles, qui offraient à l'aurore boréale son lit de lumière. Isidore avait envie de s'arrêter pour contempler cette merveille de Dieu. Pure joie dans ce monde de ténèbres ! La longue oriflamme, à l'image d'un cœur qui bat, frémissait au point de s'éteindre, pour renaître en tremblant, secouée par des spasmes de couleurs au milieu des étoiles. Mauve et or, vert émeraude ou rose de vin, la féerie enivrante des émotions envahissait le cœur de l'évêque. Il tomba du traîneau, mais ne s'en soucia guère. La route était claire, il rappella ses chiens qui couraient toujours, se releva lentement et regarda la voûte céleste :

— Nulle part ailleurs, un ciel si beau ne couvre un monde aussi traître et hostile que celui des terres boréales, pensa-t-il.

Il eut quelques minutes de rêve. Mais, là-bas, les chiens le rappellaient à la réalité glacée.

Vers huit heures du soir, il aperçut la petite lueur de la mission. Le père Gascon n'avait pas eu de visiteur depuis plus d'un an, son cœur se soulevait à l'approche des chiens. Mais à la joie de voir enfin quelqu'ami à qui parler français, s'ajouta la douleur de ne pouvoir le garder longtemps faute de vivres.

Isidore aurait aimé rester une dizaine de jours, au moins jusqu'à Noël. Non, il fallut repartir, se séparer et retrouver le froid de la solitude.

C'est à « Saint-Isidore », chez les Beaulieu, que Monseigneur célébra Noël. Le patriarche n'étant pas là, son fils Joseph, alors chef de poste, fit une réception princière à son évêque.

Dans les années passées, le vieux Beaulieu avait joué quelques mauvais tours à Isidore, si l'évêque avait en partie retourné la situation, le fils Beaulieu, trop heureux de se dédommager de la dette d'honneur contractée par son père devant le prélat, lui prépara un véritable festin.

La messe de minuit fut un baume au cœur d'Isidore qui essuyait depuis son retour de l'Alaska tant de déboires et de déceptions.

La fin du voyage se fit plus douce que jamais. Il eut droit, de la rivière au Sel jusqu'à la Nativité, à se faire carrioler presque tout le temps car un fils Beaulieu les accompagnait avec une traîne vide. La glace était unie, les chiens avaient bonne allure et ils furent bien vite rendus à Athabaska.

Isidore réfléchissait à ce qu'il allait écrire à Monseigneur Faraud. Peut-être aurait-il une nouvelle lettre à la Nativité qui éluciderait les pensées de son supérieur ?

Il cherchait encore des excuses. Mais ne savait-il pas déjà tout ? Il aurait bien voulu croire que non. La franchise de son ami Henri le blessait, pourtant, il savait qu'une fois écrit le reproche, il n'y reviendrait plus. Isidore reconnaissait les remontrances salutaires, même pour un évêque et encore plus pour lui-même. Une énigme demeurait : était-il réellement fautif ? Il s'était infligé de tels tourments pour ce voyage, l'aurait-il fait pour le plaisir de la gloire ?

Il se sentait fatigué.

Arrivé à la mission de la Nativité, il posa des questions à propos des circonstances de la mort du père Eynard et pleura sur sa tombe. Certes, cet apôtre n'avait pas eu les qualités nécessaires pour le Nord : trop timide, pas assez doué pour les langues, peu entreprenant avec les Indiens, sa santé trop fragile. Mais cet homme réservé, discret, respirait la bonté.

Isidore avait tellement apprécié cet ami, le plus ancien parmi ses pairs. Avec le père Eynard, il pouvait encore parler de la Drôme natale, de Marseille, de leurs années d'études. Ce temps disparaissait. Isidore sentait peser sur lui l'isolement du cœur, ses vrais amis étaient rares. Ils commençaient à disparaître. Sa position l'isolait encore parmi les hommes. Les grandes responsabilités entraînent toujours des choix et des décisions incomprises. L'intérêt de chacun n'est pas toujours compatible avec les nécessités de l'œuvre et celui qui gouverne se trouve bien vite à l'écart sur son piédestal.

Quelques temps après lui, le courrier arriva du Sud. Un bon nombre de lettres lui était destiné ; du paquet, il sortit tout de suite celle à l'écriture ferme et appuyée de Monseigneur Faraud. Isidore brûlait d'envie de l'ouvrir sur-le-champ, devant tout le monde, mais il s'efforça de cacher son trouble et la mit dans sa poche. Dès qu'il lui fut possible de s'éclipser raisonnablement, il se précipita dans sa chambre pour la lire.

« … J'ai reçu, Cher Ami, toutes les lettres que vous m'avez écrites par différentes voies durant votre voyage en Alaska. Vous avez enduré de longues fatigues et vous avez fait quelque bien. Je regrette néanmoins que vous ayez entrepris ce voyage en mon absence. Il faut voyager à propos, mais aussi savoir s'arrêter de temps en temps, pour donner de la stabilité aux œuvres. Je vous avais déjà écrit l'automne passé que j'avais des doutes assez sérieux que l'Alaska n'eût passé sous la juridiction de l'évêque de Vancouver.

« Je me disposais à vous faire passer le texte de la lettre du Cardinal de la Propagande donnant juridiction de l'Alaska (1868), lorsque le père Sardou m'a dit que vous lui aviez écrit que vous la connaissiez déjà. Ceci rend le voyage doublement regrettable, parce que, n'y retournant plus, il fera plus de mal que de bien. Que vouliez-vous que nous entreprenions pour une contrée qui est en dehors de notre juridiction ?

« Avant d'avoir reçu la lettre de l'évêque de Vancouver, j'avais fait expédier deux caisses au père Lecorre. J'ai fait écrire d'arrêter ces caisses à San Francisco.

« Il paraîtrait que vous avez autorisé le père Lecorre à venir en France pour chercher des sujets pour l'Alaska. J'ai peine à croire cette nouvelle, car je ne puis concevoir comment, sachant que ce pays ne nous regardait pas, vous auriez pris sur vous de le fournir en missionnaires à nos frais et dépens. De plus, je crains quelques désagréments du côté de l'évêque de Vancouver ! Ma santé encore beaucoup trop faible m'oblige à rester en France encore un an. Prenez bien soin de nos affaires…

« Vous connaissez mon affection.

« Henri év. d'Anemour. »

Le désavœu était clair et sans appel. La signature elle-même en attestait. Dans le passé, elle était souvent moins formelle et s'arrêtait à « Henri » ou « votre ami ». Il ressentait cela cruellement injuste. Aurait il été victime de sa naïveté, de son courage à gagner des âmes à dieu ? De sa peur de voir les protestants occuper le terrain ?

En entrant, la lettre à la main, dans la petite chambre qu'il avait occupée pendant treize ans à la Nativité, Isidore se souvint de ce que lui avait écrit le père général pour le contraindre à accepter l'épiscopat :

« Je ne peux y voir qu'une vie de plus grande abnégation, d'une constante immolation et à ce point de vue qui est le seul vrai, non seulement je crois devoir vous l'offrir, mais je crois devoir vous l'imposer… »

Ressaisi, il pria pour assumer pleinement ses responsabilités et donc ses actes. Il entreprit de répondre à Monseigneur Faraud, malgré son malaise, le courage revenait. Il prenait douloureusement conscience qu'il n'était qu'un exécuteur, un bras. Il n'avait pas à juger les hommes mais à défendre une cause, et il le ferait avec toute sa force. La religion catholique devait être crédible, et pour cela, les missionnaires devaient être exemplaires, au-dessus des bassesses ordinaires des hommes. Comme le père supérieur le lui avait dit :

« Nous ne sommes pas des administrateurs avec des administrés. Nous sommes des supérieurs et nous avons des sujets. »

Il prit sa plume et écrivit :

« Je n'ai jamais pensé le moins du monde que votre juridiction s'étendît à l'Alaska, puisque vous ne l'aviez pas reçue du Saint Siège. Mais je pensais, lors de mon voyage, que ce pays n'était encore sous la juridiction de personne. En y exerçant la juridiction momentanément, je supposais que pour ce cas l'Eglise nous la donnait. Je n'ai plus aucun doute maintenant. Si Monseigneur Taché ne m'avait pas empêché de prendre des renseignements sur la juridiction ecclésiastique de ce pays auprès du cardinal Bernardo, je n'aurais pas fait ce long et pénible voyage et le père Lecorre serait encore à Good Hope.

« L'évêque de Vancouver se trouvait lui aussi dans le sud de l'Alaska l'été passé. Ce cher évêque, à qui j'ai écrit, ne m'a pas même envoyé un mot de réponse. Qu'il s'arrange maintenant avec cet immense pays et qu'il y envoie du monde, s'il le peut ! je me rends à vos conseils…

« … Il me semble que je fais de mon mieux pour plaire à tous, pour être bon envers tous. Je me propose bien de dévorer l'amertume dont je suis abreuvé si souvent et de ne me venger qu'en traitant de mieux en mieux ces pauvres têtes privées de jugement. N'allez pas croire, Monseigneur, que je me laisse décourager. Oh ! Dieu non ! Jamais, jamais. J'irai toujours en accomplissant de mon mieux les devoirs de ma charge en tâchant d'épargner ces pauvre têtes. Veuillez bien me rendre le service, Monseigneur, de me faire connaître mes torts, si j'en ai envers qui que ce soit, j'espère aussi que l'excellent admoniteur que vous m'avez assigné remplira aussi ce même devoir de charité si Dieu me le conserve. Je ferai tout ce qui est en mon pouvoir pour me corriger, je vous l'assure…

« Votre très humble serviteur et frère.

« Isidore, év. d'Arindèle. »

Le 1er janvier de cette année-là, Monsieur Mac Farlane, chef de poste à Athabaska, fit une grande réception. Il avait invité tous les commis des environs à dîner avec Monseigneur Clut. Mac Farlane, très honnête protestant, estimait beaucoup Isidore. Il le placa à sa droite. Lui-même présidait l'assemblée à une extrémité de la table tandis que sa femme se tenait à l'autre bout. Le prélat, au milieu, avait droit à tous les honneurs. Persuadé que ces marques de respect lui étaient données en fonction de sa charge et de son rang dans l'Eglise, il se réjouissait de voir ces protestants reconnaître, au moins implicitement, la Vérité et s'incliner devant le catholicisme.

Pour l'heure, Monseigneur faisait l'objet de toutes les sollicitudes ; il ne se passait pas un instant sans qu'un homme, les yeux pétillants de curiosité, ne le fasse parler, lui demandant des détails sur la vie dans le Youkon ou l'Alaska, sur les Indiens qu'on y rencontrait, les fourrures qu'on y trouvait. Les convives, pendus à ses lèvres, buvaient ses histoires en connaisseurs. Cette assemblée de mariniers, de trappeurs, de conducteurs de chiens, tous intrépides aventuriers, considéraient Isidore pour ses exploits plus que pour ses convictions religieuses ; dans le Grand Nord, la religion n'avait jamais sauvé personne des loups, des maringouins, de la glace ou de la faim, du moins le pensaient-ils !

Le dîner avait eu lieu à sept heures, il comportait trois services et fut suivi d'un réveillon qui se termina fort tard après minuit. Lorsque Isidore sortit, il dut réveiller ses chiens qui formaient des boules à peine visibles dans la neige. Tous les attelages levèrent le museau pour bâiller de concert. Sous une ovation d'aboiements sinistres, le prélat quitta le fort pour s'enfoncer dans le silence du premier matin de l'an 1874.

Monseigneur trouva la vie quotidienne plus difficile à accepter en ce début de janvier. La pénurie sévissait, sans être encore la disette. A la mission, les menus ne variaient guère et n'offraient pas toujours les quantités suffisantes pour rassasier. L'année précédente, l'envoi de farine avait été presque nul. Après la confection des hosties, il n'était pas resté assez de farine pour faire un demi-pain ! Toute l'année, les pères avaient dû se passer de ce qui constituait pour tous les Français de l'époque la base indispensable de l'alimentation. Les jours de fête ne faisaient pas exception. La brave Clémence avait essayé de fabriquer des galettes avec de la farine de poisson mais le résultat n'avait pas été très flatteur pour le palais des Européens. Isidore n'avait pu que louer la dévouée servante pour ses tentatives, mais il était bien obligé de les reconnaître infructueuses pour ne pas dire vraiment désagréables.

En mars, le butin n'était pas encore arrivé du lac La Biche. Isidore s'impatientait. Autrefois, quand la Compagnie transportait leurs affaires, les lettres d'Europe étaient rendues à Athabaska aux alentours du 20 février.

Cette année-là, il fallut attendre le 12 mars pour voir accoster la barge.

Isidore écrivit tout de suite dans son journal :

« … En somme, les nouvelles sont bonnes, il n'y a qu'une chose qui m'a bien contrarié, c'est que je puis conclure par la réception de mes lettres d'affaires que nos missions vont être dépourvues de tout, au moins durant une année, et que de plus, elles ne recevront pas un sac de farine à elles toutes, du moins pas un n'est annoncé. Déjà, l'année passée, nous étions sous ce rapport dans une profonde disette et nous le serons bien plus cette année. La raison pour laquelle nous ne recevons que peu de marchandises, c'est que nous ne recevons rien maintenant sinon les commandes faites lors de la guerre de notre chère Patrie avec la Prusse. Nous redoutions alors de manquer de fonds nécessaires pour payer les commandes et nous les avons réduites de moitié. Pour l'année 1874 même, nous n'en avions point fait, et le peu qui devait nous arriver en 1873 a été réparti en deux ans, c'est ce qui pourra mieux faire comprendre le dénuement dans lequel nous allons nous trouver.

« Quant à la farine, nous aurions dû en recevoir comme de coutume environ cent kilos pour chaque mission centrale, ce qui certes n'est pas gros. Eh bien, je ne sais à qui l'attribuer, mais je crains bien que nous n'en recevions pas même un sac cette année pour faire des hosties. Cela m'afflige beaucoup, non pour moi, mais pour nos pères, nos frères, et nos sœurs de charité. Tous ont une santé bien délicate par suite de trop de fatigues et d'épuisement. Que c'est dur pour un père comme moi de voir souffrir les siens et de ne pouvoir leur donner un simple morceau de pain ou une cuillerée de farine pour les soulager. Je pensais envoyer à notre mission du lac La Biche des hommes pour nous procurer un peu de blé, mais le Révérend Père Supérieur de cette mission me dit que l'année 1873 ayant été mauvaise pour la récolte, il est obligé d'envoyer chercher de la farine à la rivière Rouge. Or, notre farine à nous, pour le district MacKenzie, ne peut arriver qu'en 1875. C'est donc inutile de faire des dépenses pour envoyer des hommes au lac La Biche, mais la triste conséquence, c'est que nos chers malades seront entièrement privés de cet aliment si commun aux pays civilisés.

« Un des avantages de la mission du lac La Biche devait être de nous fournir de la farine de céréales pour tout le Nord grâce à son moulin, au lieu de la faire venir à grands frais du Canada ou d'Europe ?…

« Isidore ev. d'Arindèle. »

Après avoir répondu à quelques lettres urgentes et achevé ses missives pour le Nord, Isidore remit son courrier à l'express qui se rendait à Providence et à Good Hope.

Son petit baluchon épiscopal était prêt depuis longtemps, aussi, comme le ciel était clément, il ne retarda pas son départ et lança ses chiens dans la direction du fond du lac.

Depuis sept ans, il n'avait pas vu les Mangeurs de caribous et se réjouissait de les revoir à nouveau.

Le voyage fut court et paisible. Jamais il n'avait rencontré d'aussi favorables conditions. La température stable à moins vingt-cinq degrés gardait la glace ferme et la neige légère. Le lac avait peu de bordillons, ces amoncellements de glaçons qui peuvent atteindre jusqu'à une dizaine de mètres de hauteur et entravent si souvent le chemin. Les nuits resplendissaient claires et calmes, presque toujours parcourues d'immenses écharpes boréales, frémissantes et lumineuses. Aucun voyage n'avait été aussi facile. Isidore en goûtait le plaisir, comme un juste retour des choses après les souffrances multiples endurées depuis ces derniers mois, et, s'il en appréciait grandement la poésie, il n'était pas enclin à l'étaler au grand jour. Il gardait pour lui ces moments de bonheur, d'autant plus précieux qu'ils se montraient rarement.

Le « Fond du lac » avait été sa première mission, il gardait de ce petit poste isolé un souvenir ému de satisfaction et de reconnaissance.

A son arrivée, les fusils retentirent. Pourtant, à l'exception du chef de poste, son ami Monsieur Mac Carthy, un métis catholique, il n'y avait personne ! Les Indiens n'étaient pas encore arrivés.

L'évêque constata que la mission s'était développée depuis sa dernière visite et prit possession de son évêché provisoire.

Le palais, ou plutôt la hutte épiscopale, mesurait huit mètres par cinq, elle était divisée en quatre pièces inégales.

Une entrée, salle de réception, pouvait s'ouvrir grâce à une cloison amovible donnant sur la chapelle qui consistait en un autel logé dans un renfoncement suffisant pour abriter l'officiant et deux servants de messe, en temps ordinaire. Pour l'assistance, l'ajout de la salle de réception était indispensable. Au fond, de chaque côté de l'autel, deux alcôves servaient de chambres à Monseigneur et à son serviteur. Celles-ci, dépourvues d'ouvertures, contenaient un lit de planches et une petite tablette de bois.

Une odeur mêlée de sapin et de terre régnait dans toute la maison chauffée par un unique poêle de tôle dans la pièce commune. Entre les troncs mal équarris, des joints de boue et de paille fermaient la circulation au froid et à l'air. Les murs ne montaient pas à deux mètres et les solives du plafond obligeaient les plus grands à faire de profondes révérences s'ils ne voulaient pas se cogner. Quant à Isidore, seul dans sa demeure, il se sentait heureux. Il y goûta quelque temps le repos avant l'arrivée des Indiens.

Chaque jour, il prenait ses repas chez les Mac Carthy dont le fils Pierre, âgé de onze ans, lui faisait office de serviteur. Un rusé petit gaillard, ce Pierre, qui deviendrait à coup sûr un homme important dans le pays ! Souriant et espiègle, il comprenait vite à qui il avait à faire. Les Indiens ne pouvant prononcer son nom l'appelaient Mercredi et ce nom lui resta. Il aimait beaucoup leur compagnie ; au printemps, on le trouvait plus souvent sur les pistes de trappes que dans les couloirs du fort. Monseigneur lui fit couper son bois et délivrer quelques messages ici et là. L'ayant trouvé intelligent, il lui apprit à lire dans ses moments perdus. Le petit Pierre faisait des progrès rapides, aussi Monseigneur conseilla à son père de l'envoyer à l'école de la Providence ; il en tirerait sûrement grand profit.

Les Indiens ne tardèrent pas à affluer. Pour Pâques, l'église pleine débordait sur le parvis. Comme il était le premier évêque en visite épiscopale au Fond du lac, Monseigneur d'Arindèle décida de faire office pontifical à la veillée pascale. Mac Carthy père remplaçait les officiers sacrés et Pierre le maître de chœur. Il ne manquait à Monseigneur que la crosse qui, d'ailleurs, n'aurait pas manqué de s'accrocher à tout instant au plafond.

Pendant la lecture de l'épître, Monseigneur, assis sur le trône improvisé par Picrre, était encadré par deux enfants de chœur, chacun porteur de la lumière pascale. Le petit Indien qui servait de second enfant de chœur, passablement épuisé par une longue journée, somnolait gentiment. Son cierge penchait sensiblement vers Monseigneur qui, tout à l'écoute de la lecture, n'y prêtait aucune attention. Pierre alors se pencha dans le dos du prélat pour réveiller son camarade.

— Eh ! …tention, ta bougie, ta bougie, Monseigneur est assis sur le baril de poudre !

Il fallut quelques secondes à Isidore pour réaliser cc qu'il venait d'entendre, il sentit la chaleur de la flamme de son voisin de gauche ! Alors brusquement, sans que l'assistance ne comprit pourquoi, Monseigneur se leva d'un bond aussi rapide que brutal. Un coup sourd, suivi d'un cri étouffé, réveilla l'assistance concentrée sur les lèvres de Joseph Mac Carthy. Monseigneur venait de donner un coup de tête au plafond, écrasant d'un coup sa mitre sur une solive. Debout, il se retourna brusquement pour observer ce sur quoi il était assis.

— Ça craint rien, lui murmura Pierre, y faut juste pas mettre le feu.

A demi rassuré, il se frotta le crâne qui saignait légèrement et, constatant que sa mitre n'était plus conforme aux normes de la dignité, il la donna à Pierre en lui lançant des éclairs furibonds.

Pendant un temps, l'assistance laissa échapper quelques rires, mais Mac Carthy reprit la lecture d'une voix si forte qu'elle imposa le silence à tous. La cérémonie s'acheva sans autre incident.

Grâce à sa bonne connaissance de la langue des Mangeurs de caribous, Isidore pouvait mieux les instruire, les comprendre et les convaincre. Il était loin des prêches dans le désert qui avaient été si souvent son lot dans le Youkon. Là, il raccommodait un couple qui vivait séparé depuis seize ans, ici, il consolait, apaisait, condamnait les concubinages au profit des mariages légitimes, parlait de l'éternité, de la pénitence, de l'amour, du jugement redoutable de Dieu, etc.

Un jour, on lui signala un homme très porté à la colère, devenu furieux contre sa femme. Il la menaçait d'un couteau et voulait la tuer. Isidore se précipita dans la loge des malheureux. L'homme, la main levée, serrée sur son couteau, jetait des regards sauvages et vociférait des paroles ignobles ; dans sa colère, il cassa le manche de son arme au moment même où il aperçut l'évêque qui pénétrait sous la tente. La lame glissa, tomba sur une pierre et se brisa miraculeusement.

— C'est ainsi que le Bon Dieu se plaît à instruire ses enfants ! dit l'évêque.

Le 20 avril tombait un dimanche. Toute la communauté se trouvait dans l'église quand des cris sinistres retentirent du côté du campement indien. Un silence glacial se fit pendant un instant, Monseigneur lui-même avait suspendu la récitation de la prière pour être bien sûr de ce qu'il entendait.

Les Indiens se regardèrent les uns les autres. Sans un mot, tous avaient déjà l'image en tête : les loups !…

Un jeune homme sortit sans faire de bruit de la chapelle. Les chiens répondaient par des aboiements affolés aux hurlements de leurs cousins sauvages. S'ils n'avaient pas été attachés, ils auraient encore pu se défendre, mais chacun étant séparé, ils constituaient des proies faciles pour les loups affamés.

Dès la fin de la messe, tout le monde se précipita dans sa loge pour voir si les loups n'avaient pas fait quelques dégâts. Un chien, le plus éloigné du camp, avait été la victime des carnassiers. La meute s'était repliée dans les bois à l'approche des hommes.

Pendant plusieurs jours, la grosse bande de loups resta dans les environs, effrayant les enfants par leurs hurlements sinistres. Les Indiens ne manquèrent pas de faire de grands feux à l'extérieur pour éloigner leurs ennemis, mais les loups ne cessaient de rôder et se rapprochaient de plus en plus. Dès la tombée de la nuit, leurs yeux brillaient dans la pénombre avec une patience inquiétante…

Ils attendaient une défaillance pour pouvoir voler une proie facile. Le troisième jour, un loup plus affamé ou plus audacieux que les autres, s'introduisit dans la loge d'une vieille femme aveugle. Celle-ci ne pouvant bouger, l'animal se jeta sur elle, lui arracha la peau du visage et avala aussitôt ce qu'il avait déchiré. La belle-fille qui se trouvait tout près suspendit ses deux enfants sur l'échafaud de bois qui servait à sécher le poisson et se précipita dans la loge, un gros bâton à la main.

La jeune femme, lancée au secours de la vieille, engagea alors un combat au corps à corps avec le loup. La bête, les poils hérissés, les crocs en avant, prévenait les mouvements du bâton, l'évitait avec une rapidité étonnante ; puis elle y planta ses dents, et ne le lâcha plus. La pauvre femme secouait le morceau de bois sans pouvoir asséner un seul coup. Le loup restait accroché à son arme. Au dehors, les hurlements redoublaient tandis que les cris des femmes alertaient les hommes du camp, occupés çà et là.

Le loup, toujours les crocs rivés sur le bâton, tirait l'instrument de tous ses muscles. La femme le secouait vigoureusement sans pouvoir lui faire le moindre mal. L'animal profitait de chaque secousse pour replanter ses crocs en remontant la tige un peu plus près du bras de l'Indienne.

Le père des enfants aperçut ses petits se débattre sur l'échafaud à poisson et se précipita vers eux. Il comprit bien vite que le drame se jouait

Métis revenant de la chasse au lièvre.

Peinture de Kreighoff. D.R.

Dans l'eau, le caribou devient une proie facile car il nage lentement. D.R.

L'orignal peut peser jusqu'à 250 kilos.

Photo Archives oblates, dans *Aux glaces polaires.*

L'orignal, le solitaire peureux.

Photomontage de l'auteur.

Petite troupe de caribous.

Archives oblates, dans *Aux glaces polaires.*

Caribous traversant la rivière.

Photo M. Moisnard, « Explorer ».

Voyage en canoë d'un bishop à travers un lac, en 1844.
Auteur anonyme, dans *Canoë*.

Une légende raconte qu'un jeune homme, impatient de revoir sa belle, accepta de retourner chez lui sur le canoë du diable qui parcourt le ciel chaque nuit. Le prix à payer était son âme.

Peinture de Henri Julien, dans *Canoë.*

Halte au bord de la rivière. Les métis canadiens, d'humeur vive et changeante, étaient fiers comme de jeunes coqs, capables des expéditions les plus pénibles si elles flattaient leur vanité.

Aquarelle de Frances Ann Hopkins. D.R.

Les chiens donnent la chasse à l'ours polaire.

Archives oblates, dans *Aux glaces polaires.*

Le frère Larreault et l'une de ses victimes, dans *Cinquante ans au pays des neiges.*

L'ours est rapide et puissant ; s'il a souvent peur, son attaque peut être d'une violence rare.

Huile sur toile de Arthur Fitzwilliam Tait. 1856 ; collection Manoogian.

Les beautés des lacs du Nord n'ont d'égal que leur solitude.

Huile de F. Remington, 1905, « Soir sur un lac canadien » ; collection Manoogian.

Les descentes de rivières étaient une nécessité. Les pagayeurs n'avaient pas droit à l'erreur.

Peinture d'Arthur Heming, dans *Canoë*.

Les renards sont de toutes les couleurs. Les bleus sont les plus rares, mais peu recherchés car trop fragiles, les noirs sont les plus précieux.

Photo Archives oblates, dans *Aux glaces polaires.*

Les Indiens et les Inuit firent beaucoup d'échanges. Cette maquette représente un oumiak inuit d'Alaska, l'équipage porte un chapeau tissé de style tlingit et les pagaies sont plus indiennes qu'arctiques.

Document tiré du livre *Canoë.*

dans sa loge. L'esprit en émoi, il jeta son fusil à l'entrée et dégaina son couteau. Au moment où il pénétrait, le loup venait d'arracher un grand lambeau de chair dans le bras de sa jeune épouse. L'homme, voyant sa femme et sa mère couvertes de sang, se jeta sur l'animal et lui planta son couteau dans le ventre. Il reçut quelques coups de crocs qui le blessèrent un peu, mais il ne sentit rien dans le feu de l'action, et pourfendit l'animal en deux. Ensuite, il lui ouvrit l'estomac, rechercha les morceaux de chair que le loup venait d'arracher aux femmes, il les trouva et s'appliqua à les remettre en place.

Devant une attaque aussi féroce, les Indiens chassèrent les loups au fusil et la bande disparut.

L'hiver qui avait commencé tard n'en finissait plus et Monseigneur avait beau chanter : « Le mois de mai, c'est le mois le plus beau... », la glace ne voulait pas partir et la neige tombait encore aux alentours du 20 mai. C'est à cette période que Monseigneur, exerçant le métier de juge, s'apprêta à faire fouetter publiquement un homme dont la conduite scandaleuse risquait fort de mettre en péril la moralité du village.

La femme et les quatre petits enfants de ce « sauvage » étaient arrivés au camp complètement épuisés de faim et de fatigue, en plein mois d'avril. Le mari les avait abandonnés au début de l'hiver et, entre-temps, s'était « mis » avec une autre femme. La pauvre mère n'avait aucun moyen de se procurer le nécessaire pour vivre et nourrir ses enfants. Elle avait marché, traînant ses petits, de longues journées pendant deux mois. Ils s'étaient nourris de mauvais lièvres décharnés, seule proie facile à cette époque. Heureusement, l'hiver n'avait pas été trop rigoureux. Ils avaient pu s'abriter sous des branchages et passer ainsi les nuits sans mourir.

Le père des enfants était là. Il ne voulait pas voir sa femme, ni l'entendre.

Isidore sermonna l'homme tant et si bien qu'il rentra dans le bon sens et reprit sa place avec son épouse légitime et ses enfants.

A quelque temps de là, la justice divine s'abattit sur le mari. Cet homme tomba malade. A plusieurs jours de marche du camp, tout d'un coup, ses jambes et ses bras avaient enflé d'une manière telle qu'il ne pouvait plus remuer le petit doigt. Il aurait péri de faim et de misère si Monseigneur n'avait usé de tout son pouvoir pour envoyer des hommes chercher l'infortuné. Il resta assez longtemps sans bouger et sa femme le soigna avec toute l'attention d'une épouse pour le sauver.

La peur de mourir sembla convertir l'homme entièrement. Il versa d'abondantes larmes sur ses péchés passés et bientôt il guérit. Monseigneur ne manqua pas de faire le lien de sa mauvaise conduite avec sa maladie, aussi l'encouragea-t-il à remercier Dieu de l'avoir épargné.

Mais au lieu de cela, deux jours après sa guérison, sans raison apparente, il roua de coups sa femme légitime et courut auprès de sa concubine.

Les Indiens eux-mêmes, indignés par cette conduite, allèrent chercher Monseigneur. Isidore ordonna sur-le-champ de l'arrêter pour lui donner le fouet publiquement.

La femme demanda sa grâce avec une telle insistance, que le prélat fut ému par tant de générosité ; il se contenta de priver l'homme d'approcher de l'Eglise pendant six jours.

Mais cet être ingrat et sans scrupules recommença ses mauvais traitements si peu de temps après que Monseigneur jugea utile, pour faire réfléchir le coupable, le faire rentrer en lui-même, et lui imprimer une crainte salutaire dans l'esprit, de procéder enfin à l'exécution des coups de fouet, malgré les protestations de générosité de son épouse.

L'homme se sentit rabaissé au rang des chiens, mais tous comprirent que seule sa conduite lui valait cet affront et jamais plus Monseigneur n'eut à utiliser de tels procédés pour faire régner l'ordre.

Ce châtiment fit effectivement réfléchir le coupable : plusieurs années plus tard, il écrivait à l'évêque pour le remercier de l'avoir fait fouetter. Il avait ainsi beaucoup réfléchi…

La mission du « Fond du lac » s'acheva comme elle avait commencé, avec bonheur. L'évêque quitta Notre-Dame-des-Sept-Douleurs sous les ovations et les tirs de carabine de la petite communauté des Mangeurs de caribous. Le printemps était enfin au rendez-vous. La barque de Monseigneur se glissa dans les eaux bleues du lac, sans encombre jusqu'à la Nativité.

Une nouvelle désagréable venait d'arriver aux oreilles d'Isidore :

— Un Bishop anglican du nom de Reeves devait venir s'installer à Athabaska avec deux maîtres d'école, très prochainement.

Le sang d'Isidore ne fit qu'un tour. Il devait absolument créer une école catholique s'il ne voulait pas perdre l'influence catholique sur les Indiens. Il en était le partisan farouche lorsqu'il résidait à Athabaska. Maintenant venait le moment d'agir, et vite, avant qu'il ne soit trop tard ?

Comment faire ?

Monseigneur Faraud, en France, ne pouvait être joint rapidement ! Lui demander son avis était trop long !

Solliciter des sœurs auprès de leur administration générale prendrait plus d'une année. Le temps était compté. Isidore mesurait bien l'enjeu de sa décision, elle restait une décision personnelle et critiquable. Il savait que Monseigneur Faraud, dans le passé, s'était opposé à l'établissement des sœurs à Athabaska.

Une école coûtait très cher au vicariat qui devait construire et entretenir des bâtiments, et assumer tous les frais de voyage et de vie des religieuses sans parler du coût de fonctionnement du pensionnat pour nourrir, loger et habiller les enfants.

L'heure était grave. Isidore devait juger en son âme et conscience et délibérer seul. Comme chaque fois en pareil cas, il pria et décida. Il envoya un courrier pressant, conjurant la supérieure de l'école de la Providence de lui envoyer deux sœurs pour commencer d'urgence une classe et l'assurant qu'il s'entendrait au plus tôt avec la supérieure générale. Il ajoutait que la vie de l'Eglise était en jeu si l'on voulait tenir tête à l'avancée des protestants.

L'évêque posait un épineux problème aux pauvres sœurs. Pour satisfaire sa demande, elles devaient enfreindre les constitutions et les coutumes de leur Institut. Refuser sa requête, cela impliquait de désobéir à l'injonction d'un évêque et compromettre, peut-être irréparablement, l'avenir du catholicisme dans la région. Après avoir conclu que les circonstances les excuseraient largement, deux religieuses s'embarquèrent pour Athabaska.

Le récit de leur voyage en canot d'écorce ne manqua pas de faire sourire Monseigneur ; il faut bien s'amuser un peu dans ce Nord où tout est si périlleux et dramatique. Les événements seraient trop insupportablement tragiques si l'humour ne venait pas de temps en temps dégonfler la tristesse.

A ce sujet, le coureur des bois Vincent raconte :

« … Je descendais mon canot d'écorce bien lesté “comme çi” : un sauvage par le devant, une sœur avec une fillette en plein milieu et moi sur le gouvernail.

« A la traversée du lac, les choses ne s'étaient pas trop mal passées, la mer était plate. Juste que la bonne sœur, elle surveillait toujours si qu'on arrivait pas bientôt à la rivière.

« Pis ensuite de ça, on arrive dans un rapide, et un terrible par ma foi. Le canot i' dansait comme un mariolle. Mais malheur, à chaque saut que'i'faisait dans les grosses vagues, la sœur, a'le se mettait raide et elle voulait se l'ver comme pou' sauter su' la roche. Plusse que je lui disais de raster tranquille, plusse qu'alle devenait nerveuse et toute dérangée. A'le se crochetait à droite et à gauche du canot. A'le manquait de nous faire chavirer tout de bon, que j'en étais ben découragé. Pourtant, les sœurs, dans les voyages, a'les ont coutume d'être vaillantes et de point s'entraver de la sorte. Et pis après tout ça, a'le se mit à pleurer si fort qu'alle fa'sait grossir la rivière. Et pis, ça devenait pour sûr dangereux. On allait ben se faire poigner par les remous et verser tout de bon si qu'a'le se tenait pas tranquille.

« Alors je m'en suis souvenu d'une chose qu'elle était infaillible pour les sœurs quand que j'atais à l'école : c'était de “l'obéissance”. Alors comme ça, j'ai essayé et je me suis mis à crier avec une ben grosse voix du gosier :

— Ma sœur, au nom de l'obéissance de Dieu, ne grouillez plus !

« J'avais jamais vu ça. Le tonnerre l'a'rait frappé su' la tête qu'elle a'rait pas “écrasé” plus net. Elle s'est mise à caler au fond du canot, à plat, et pis après ça, elle a pas remué un p'tit doigt. C'est comme ça qu'nous sommes point encore morts. »

L'école d'Athabaska commença dans un hangar au milieu de morceaux de bois en guise de chaises et de tables. Le vent et la neige y entraient aussi facilement que les élèves et ce provisoire dura sept années. Les sœurs y enseignaient à une quinzaine d'enfants le cree et le montagnais, dans les caractères syllabiques créés spécialement pour ces langues par le pasteur Evans. De leur côté, les protestants montaient leur école en anglais avec pour seuls élèves quelques enfants du fort.

Monseigneur Clut jubilait de sa victoire, même si les Indiens ne comprenaient pas toujours la nécessité de l'école et réclamaient aux pères de leur verser en paiement un droit pour appropriation de leurs enfants pendant une saison.

Les sœurs avaient beau leur dire : nous allons le nourrir, l'habiller et l'instruire pendant que vous chassez dans les bois, il ne vous coûtera rien et nous, il ne nous rapportera aucune viande et aucun poisson !

Les parents répliquaient :

— Oui, mais pendant tout ce temps, vous posséderez son esprit. Et cela, je veux qu'on me le paye.

Parfois, les pères furent obligés de dédommager les plus pauvres pour accueillir leurs enfants. Ils agissaient ainsi par charité, et non pour rémunérer une dette destinée à payer, en quelque sorte, l'achat de l'enfant. Manifestement, là, deux cultures se rencontraient sans se comprendre. Chacune faisait l'effort d'admettre les valeurs de l'autre, celles qui lui semblaient les plus profitables ; il restait cependant beaucoup de points obscurs à éclairer pour chaque communauté.

Les Indiens, incapables d'expliquer aux Européens les arcanes de leur croyance et l'esprit occidental incapable de faire abstraction de son propre développement, rendaient la compréhension des mystères indiens totalement hermétique.

Isidore était persuadé de faire du bien en offrant de partager ce qu'avait de meilleur l'enseignement catholique et français ; il ne pouvait pas entendre ce que pouvait receler de sagesse les propos des Montagnais.

L'enseignement ne pouvait pas nuire à leur culture, puisqu'il était donné en montagnais et en cree. Il participait donc au contraire à graver dans l'histoire les langues autochtones. En imprimant à ses frais le cathéchisme et les prières en langue indienne, il ne pouvait qu'enrichir le peuple indien des nouvelles valeurs qu'apportait le christianisme. Bon nombre de ses propres valeurs n'étaient d'ailleurs pas contradictoires avec celles des Indiens. Les coutumes aux apparences barbares n'étaient en réalité que les effets négatifs de leur défense contre les duretés imposées par le climat et le manque de nourriture.

Monseigneur pouvait dormir tranquille. Pendant que les petits Indiens de son école dormaient sagement sur le plancher, les maîtres protestants, enseignant exclusivement en anglais, n'avaient pas un seul élève autochtone. La concurrence n'existait pas.

Hangar où était entreposé le butin des missions du Nord, de 1870 à 1890.

Ensemble de la mission, avec l'Evêché de Monseigneur Faraud, à gauche.

Photos Archives oblates, dans *Le frère Alexis Reynard.*

CHAPITRE VIII

L'AFFAIRE DU LAC LA BICHE

Lettre de désavœu de Monseigneur Faraud - Le frère Alexis est assassiné par Louis Lafrance - Isidore évêque de peine - Monseigneur Faraud lui retire ses pouvoirs - Humiliation par le père H.

En ce mois d'août 1874, Isidore, sur sa petite colline, scrutait l'horizon du lac Athabaska. Pourtant, il semblait ne pas voir la beauté extraordinaire du paysage en cette saison. Le bleu acier du lac, rehaussé par l'ocre rose des rochers et les camaïeux verts de la forêt, frissonnait de la douce vie des innombrables oiseaux migrateurs. Les outardes et les canards à col vert qui irisaient les eaux de perles argentées dans le silence de l'aube le laissaient indifférent. Il voulait voir une barque, un bateau, n'importe quoi venant du Sud : du lac La Biche. Il attendait avec impatience les recrues que Monseigneur Faraud lui avaient envoyées de France pour remplacer les pères défaillants du vicariat et chaque jour leur arrivée se faisait plus improbable.

Il entra précipitamment dans la mission :

— Je dois partir les chercher, dit-il au père Laity, je suis sûr qu'ils sont arrêtés au lac La Biche et n'ont trouvé personne pour les amener ici.

— C'est de la folie, Monseigneur, lui répondit le père, la saison est maintenant trop avancée, et vous allez vous ruiner la santé dans un voyage qui risque de vous bloquer là-bas, vous et les pères.

— Vous voulez rire. Depuis quand les eaux basses m'arrêteraient-elles ? J'ai fait ce voyage dans les pires conditions et nous ne serons pas trop chargés. Vous ne réalisez pas, mon cher père, que ce retard impliquerait la perte d'une année entière pour nos missions !

Si je ne vais pas les chercher maintenant, ils devront attendre les barges du printemps et ne seront pas rendus dans leur poste avant l'été !

Je prends avec moi Louis Lafrance et Alexandre. En prenant le chemin des canots d'écorce, nous pouvons être au lac La Biche en moins de vingt jours et il ne nous en faudra pas plus de dix pour revenir.

Le père Laity aurait bien voulu garder Monseigneur à la Nativité, car il doutait beaucoup de la réussite de son plan insensé, mais il savait maintenant que la décision était prise, que rien au monde n'aurait pu faire changer d'avis l'évêque d'Arindèle.

En effet, il ne fallut pas longtemps à Monseigneur pour préparer ses affaires. Le lendemain matin, l'équipe était sur pied, cosmopolite s'il en fut, car les cinq hommes qui la composaient appartenaient chacun à une nation différente. Monseigneur représentait la France, Alexandre, les Peau-de-Lièvre, Louison était cree, Jacob montagnais et Louis Lafrance iroquois. Tous étaient de forts gaillards, rompus aux voyages et depuis longtemps coureurs de bois confirmés.

Il ne pouvait pas s'empêcher de maudire ce lac La Biche qui lui imposait encore une de ses plus pénibles traversées ! Depuis que le vicariat en avait hérité pour remplacer le chemin du portage La Loche, cette mission, selon lui, ne faisait qu'allonger les voyages et augmenter l'incertitude des livraisons du butin.

Monseigneur n'aimait pas la mission du lac La Biche, non pour elle-même bien sûr, c'était une agréable maison avec beaucoup plus de confort et de commodité qu'aucune autre dans tout le reste du vicariat, mais pour le rôle qu'elle devait jouer dans l'approvisionnement du Nord. Elle était trop au sud.

Monseigneur Faraud protestait qu'il ne l'aimait pas non plus, mais il en avait fait sa résidence principale et tenait à ce poste qui lui assurait, selon ses dires, un minimum d'autonomie par rapport à la Compagnie de la Baie d'Hudson.

Monseigneur Faraud, trop souvent à la merci des ordres et des contre-ordres de messieurs les Anglais, tenait le lac La Biche comme la moins pire des alternatives.

Pour comble de malheur, cette mission se situait aussi sur le chemin qui allait de Saint-Boniface à Saint-Albert, l'évêché voisin. Pour cette raison, à la partition des territoires, Monseigneur Grandin aurait bien voulu conserver le lac La Biche qu'il appréciait fort et qu'il estimait lui revenir de droit, d'autant plus que la ferme procurait d'abondantes récoltes. Là-dessus, les deux prélats, Grandin et Faraud, n'étaient pas d'accord, et depuis 1868, la controverse autour de cette malheureuse mission ne finissait pas de s'envenimer.

Les cotes mal taillées n'avaient cessé de se multiplier et d'embrouiller les affaires. On avait décidé d'abord que la mission appartiendrait matériellement au Sud, le vicariat du Nord s'occuperait du spirituel, puisque Monseigneur Grandin semblait y tenir à cause du rapport de sa ferme et de son moulin. De fait, c'est le Nord qui avait besoin du lac La Biche comme point stratégique pour le passage de ses marchandises. Une série de quiproquos et de controverses exarcerbées par les difficultés de communication avait fini par créer une brouille entre les deux évêques qui resterait indestructible.

Isidore bravait avec fougue les rapides afin de remonter la rivière Athabaska. Son but était de redescendre immédiatement après cette expédition jusqu'à la Providence, avant la prise des glaces. Il fallait se dépêcher.

Au fort Mac-Murray, il ne s'arrêta que le temps de confesser, dire la messe, confirmer et repartir.

Arrivés sur la rivière La Biche, en un endroit où il est coutume de faire portage, non seulement de la cargaison, mais des canots, Louis Lafrance voulut essayer de monter avec la moitié de sa charge pour gagner du temps. Isidore s'aperçut bientôt qu'on se pressait trop et que ses hommes ne prenaient pas assez de précautions, cependant, il ne dit rien. Il souhaitait trop arriver rapidement.

Deux hommes halaient le canot pendant que Louis et Louison le conduisaient dans les eaux tumultueuses. L'ordre de haler entendu, Alexandre et Jacob s'arcboutèrent sur la cordelle et avancèrent le long du rivage.

Aussitôt, un tourniquet saisit le canot par l'arrière, le courant s'empara de l'avant et ces deux forces le firent tourner sans que les hommes n'y puissent rien. Dans un bruit sec, le cordeau se rompit et le canot partit à la dérive.

Sur le chemin de halage, Isidore se mordait les lèvres : jamais il n'aurait dû permettre une aussi dangereuse manœuvre. Ses hommes risquaient la mort. Le canot dérivait, irrémédiablement emporté vers une chute qui ne pouvait qu'être fatale. Il se signa et pria pour ses compagnons, les recommandant à la grâce de Dieu. Heureusement, Louis et Louison n'en étaient pas à leur première besogne sur l'eau et ils étaient aussi forts gaillards que bons mariniers. Sans se laisser décourager, ils cherchèrent à se mettre en mesure d'échapper à la mort et ramèrent avec la force du désespoir pour éviter la chute : vains espoirs. Ils furent propulsés au-dessus de l'abîme, quelques mètres plus bas grondaient les tourbillons, brassant des tonnes d'eau blanche. Les hommes, gardant tout leur sang-froid placèrent leur canot en travers, parallèle à la chute, pour que la secousse soit moins forte pour le canot. Isidore et ses compagnons coururent le long du chemin de halage, en proie au pire des affolements. Les hommes avaient disparu à leurs yeux, l'eau avait tout englouti !

— Paix à leur âme, murmura Monseigneur, que le Seigneur les bénisse et les prenne sous sa garde…

Quand les deux extrémités du canot pointèrent hors de l'eau bouillonnante, deux têtes se dirigèrent vers la rive. Rien de fâcheux ne leur était arrivé. Ils étaient saufs, sans une égratignure. On récupéra le canot : une barre brisée et la gomme arrachée. Isidore n'en pouvait plus de joie et félicita Louis et Louison pour leur courage et leur assurance.

Pendant que Jacob et Alexandre réparaient le canot, les deux rescapés s'adonnèrent à la chasse et ramenèrent un castor, deux outardes et trois canards. Le festin ne fut pas trop bon pour fêter la victoire sur le fleuve et sur la mort.

Le jour qui suivit fut encore à marquer d'une pierre faste avec une chasse à l'ours des plus faciles.

Louison était un fameux tireur et manquait rarement sa proie. Il portait le fusil à l'épaule en halant la ligne pour remonter la rivière quand Alexandre lui signala un gros ours femelle, de plusieurs centaines de kilos, venant à leur rencontre, suivie de ses deux petits.

Aussitôt, les hommes s'arrêtèrent. Devant eux, à une dizaine de mètres, la femelle s'immobilisa debout pour contempler ses adversaires avant de les charger. Louison épaula, tira, et l'ours tomba en poussant des cris lugubres et menaçants.

Comme elle se relevait, le chasseur rechargea son fusil et tira de nouveau pour ne pas s'exposer à un combat singulier. Le second coup étendit l'animal sans vie.

Les oursons, en voyant tomber leur mère, grimpèrent sur les plus hautes épinettes, sans se douter que là-haut, ils devenaient la proie facile des fusils. Immobiles et terrorisés, ils se transformèrent en cibles pour débutant, Alexandre n'eut qu'à les cueillir aux pieds des arbres.

La petite compagnie fut soudainement si riche en viande que le canot ne put pas tout porter. Au sommet de trois perches liées en faisceaux, les hommes bâtirent une cache, en prévision du retour. Ils avaient mis là leur provision de viande séchée, préférant prendre avec eux la viande fraîche qui attirerait trop le glouton, animal capable de détruire les caches les plus solides quand il sent la chair fraîche.

Le reste du voyage se passa sans autres difficultés. Le vingt août, ils rencontrèrent un chercheur d'or américain qui descendait tout seul la rivière La Biche dans l'intention de se rendre à la rivière La Paix.

On la disait remplie d'or. En réalité, on avait trouvé près de là un petit filon et quelques maigres traces dans les environs. Mais il n'en fallait pas plus pour que la réputation courût jusque dans les villes les plus lointaines.

L'Américain ne connaissait rien au pays ni à la navigation et prenait un chemin quatre fois plus long que nécessaire pour se rendre à Dunvegan.

Bien que Monseigneur l'eût instruit de la bonne route, il persévéra dans son erreur en descendant le cours de l'eau. Il courait plus au devant de la misère et de la mort qu'après l'or et la richesse.

Le 21, ils dégustèrent un lynx, à souper, pour se remettre des émotions du jour car ils avaient tous viré de bord dans les eaux basses. Cela présageait un retour difficile et dangereux.

Isidore pestait de plus en plus contre la mission du lac La Biche. Elle n'attirait que des ennuis. Depuis 1871 il y régnait une pénurie endémique de farine, le butin arrivait mal, en retard, et souvent en mauvais état. Ce voyage témoignait encore une fois contre elle.

Isidore regrettait le temps où la Compagnie s'occupait des transports.

Il ne pouvait pas admettre que le chemin de la prairie, qu'il avait trouvé si épouvantable en 1871, à son retour de France, pût être préféré à la voie fluviale par le portage La Loche. Si la Compagnie ne voulait plus transporter les affaires des missions, pourquoi ne fréteraient-ils pas une barge ou deux qui passeraient par le portage ? Cela ne coûterait pas davantage que de faire traverser le convoi de charrettes par le sud, jusqu'au lac La Biche, et ensuite d'encourir tous les risques d'une navigation hasardeuse en toute saison sur les rapides de la rivière Athabaska.

Il ignorait que, si les recrues n'étaient pas venues par le portage La Loche, ce n'était pas la faute de la Compagnie, mais le fait que les missionnaires étaient absents, au moment du départ des barges. Il oubliait aussi volontiers que la Compagnie avait décrété unilatéralement qu'elle ne transporterait plus le butin des missions, même si par la suite elle était revenue sur sa décision.

Isidore ne savait pas lire assez loin dans l'histoire. Bientôt, le chemin de fer viendrait jusqu'à Edmonton, à quelques jours de charrette du lac La Biche et alors l'acheminement par cette route deviendrait incontestablement plus simple et indispensable. La mission prendrait sa véritable importance stratégique. Hélas, Monseigneur, fatigué par les balbutiements présents de cette nouvelle voie, certain qu'elle constituait une erreur préjudiciable pour le Nord, préférait ne rien voir !

Isidore avait arrêté son idée. Il fallait se débarrasser une bonne fois pour toutes de ce maudit lac La Biche.

Au même moment, à Bordeaux, où il se soignait toujours, Monseigneur Faraud, loin de se douter de ce qui se passait au lac La Biche, écrivait :

« … Par rapport au lac La Biche, vous m'avez écrit plusieurs fois que vous désiriez qu'on le laissât, que les missions du Nord étaient plus mal depuis que nous l'avions. Vous me paraissez oublier que nous l'avons accepté comme un pis-aller et parce que toute autre voie nous était fermée. Vous n'avez pas oublié qu'on vous refusa le passage dans les barges à “Vous-même”. J'ai appris depuis longtemps à me méfier de la Compagnie et j'avoue qu'à moins d'une promesse écrite, qu'elle ne donnera point, je n'oserai pas me fier à elle.

« Sauf la difficulté où nous sommes, je ne tiens pas du tout au lac La Biche. J'y tiens d'autant moins que j'aimerais autant avoir à traiter avec le Grand Turc qu'avec Monseigneur Grandin. Il ne se doute probablement point de la plaie profonde qu'il a faite à mon cœur. Il y a des moments où l'on s'estimerait heureux de n'avoir pas l'esprit perspicace. C'est tout ce que je puis vous dire pour le moment. Là il y a des bassesses qu'on ne saurait oublier. Tout ce dont je vous prie, c'est de ne pas laisser paraître, ni devant Monseigneur Taché, ni, à plus forte raison, devant Monseigneur Grandin, le désir que vous auriez d'être débarrassé entièrement de cette mission. Nous sommes déjà éconduits plus qu'à moitié, il ne faudra pas un grand effort pour nous jeter dehors…

« Henri ev. d'Anemour. »

Tout nous laisse penser qu'Isidore se rendit au lac La Biche dans la seule intention d'y rechercher les recrues qu'il attendait et l'approvisionnement de l'année.

Or, en arrivant à la mission, exténué par vingt jours de pagaies à contre-courant, il entreprit de rapatrier vers le Nord, avec les recrues, tous les pères et frères qui dépendaient de son vicariat. Cette décision équivalait à un abandon, de fait, de la mission au diocèse de Saint-Albert.

Pourquoi a-t-il fait cela ? de quelle autorité ?

« L'affaire du lac La Biche » connaissait sa plus grande crise. Elle avait commencé par le partage incohérent de cette mission entre les deux vicariats. Chacun la tenait pour vitale et essentielle à son développement et refusait de l'abandonner.

Il fut dit, d'abord, que la mission dépendrait du Nord pour la direction spirituelle et du Sud pour le gouvernement matériel. Ainsi, Monseigneur Grandin gardait les bénéfices de la ferme et du moulin que, disait-il, il avait lui-même construits et développés, pendant que Monseigneur Faraud, dont c'était la résidence, fournissait les prêtres pour instruire et évangéliser les populations.

Cet accord laissait trop de sujets de mécontentement de part et d'autre. Après des années de discordes, les deux évêques en avaient appelé à l'arbitrage du supérieur des Oblats pour sceller de nouveaux arrangements. Si Isidore avait connaissance de la rencontre entre les prélats, que savait-il de leurs discussions ?

Par contre, il est certain qu'il apprit en arrivant au lac La Biche la rumeur, réelle celle-là, selon laquelle Monseigneur Faraud ne retournerait plus jamais en Amérique. Dans ce cas, il deviendrait responsable à part entière, et devrait organiser, seul, ses transports et la distribution de ses marchandises.

Monseigneur Clut avait toujours regardé la mission du lac La Biche comme un obstacle au développement du Nord. Elle était trop excentrée vers le sud. Homme de terrain rompu aux négociations directes, il entretenait de très bonnes relations parmi les dirigeants de la Compagnie qui l'admiraient et le respectaient.

Lorsqu'il décida de quitter le lac La Biche, il agit selon sa conscience certes, mais manœuvrait-il délibérément contre les vœux de Monseigneur Faraud ? Ou interprétait-il, à sa manière, la rumeur d'un nouvel arrangement ?

L'énigme demeure !

Son intrusion dans les affaires du lac La Biche n'apporta aucune solution. Elle attisa la querelle et provoqua le retour précipité de Monseigneur Faraud, pressé par la hiérarchie oblate de mettre un terme aux dérèglements provoqués par son impulsif auxiliaire.

Isidore donna des obédiences pour le Nord à tout le personnel dépendant de sa juridiction, ne laissant que les pères appartenant au diocèse de Saint-Albert.

En hâte, en toute hâte, comme à son habitude, pressé par la saison avancée, il fit démonter les installations du moulin pour les emporter à la Nativité où il était persuadé d'avoir plus de grains à moudre. Il emporta les outils les plus intéressants, tant pour la menuiserie que pour la ferme. Ces objets ordinaires, charrues, bêches ou scies de long constituaient, en ce temps, dans ces lieux, des richesses. Unilatéralement, il partageait le trésor : une varlope pour moi, une vrille pour lui...

Il débaucha le frère Alexis afin de lui faire construire l'école de la Nativité.

Bref, sa descente au lac La Biche ressemblait aux yeux de tous à une véritable mise à sac.

En quittant le lac La Biche, le 28 août 1874, l'évêque d'Arindèle, semant la confusion dans la mission démantelée, attribua les pleurs et les déchirements qu'il laissait derrière lui à l'attachement charitable des personnes qu'il enlevait à leur lieu de ministère. Le mal était encore plus profond, les pleurs, amers, coulaient devant la décision inconsidérée du supérieur, véritable fait du prince. A partir de là, l'autorité d'Isidore allait subir une dégradation croissante et douloureuse.

Isidore, à cent lieues de se douter des conséquences que cela pourrait avoir sur sa vie, ne voyait que son devoir et le besoin urgent de ce qu'il pensait être sa tâche envers les pères, trop souvent seuls dans les duretés d'un climat et d'un travail harassant. Il ne cherchait ni le pouvoir, ni la domination. Il ne tenait pas à faire selon sa volonté. Non ! Il succombait, victime de son sens trop étroit du devoir. Il voyait la pénuric présente et lui sacrifiait l'avenir, trop confiant dans ses jugements personnels. Il ne savait pas compter avec le temps.

Sa vie entière, il courut après le temps, manquant du recul nécessaire pour regarder au loin.

Au milieu de peuples pour lesquels le lendemain n'existe pas et qui profitent toujours du présent, Monseigneur Clut, anachroniquement, cherchait à échapper à la fatalité. Il pressait toujours le pas pour garder en main la situation, contre la neige, contre le froid, contre les hommes. Sans réaliser qu'il s'en rendait définitivement l'esclave, en voulant braver leur pouvoir.

Pour échapper au fatalisme auquel la nature et les gens l'invitaient, il tombait dans la fatalité des événements, victime de son impatience et de son sang-froid.

S'il avait pris le temps d'aller voir Monseigneur Grandin à Saint-Albert, bien des malentendus auraient pu être évités. En toute innocence, il lui fit savoir qu'il emportait ceci et cela, et envoyait un tel et un tel dans le Nord. Son incursion, fatale à la bonne entente entre les deux évêques, déjà passablement secouée, avait dépassé les limites de sa compétence et son avenir en fut changé. Son erreur lui coûterait cher !

Le voyage de retour du lac La Biche, comme prévu, fut des plus pénibles et des plus dangereux.

Cinquante fois, ils manquèrent de perdre bateaux, hommes et biens dans les rapides. La barge cogna tant de fois les rochers à fleur d'eau qu'il fallut plusieurs jours, à Mac Murray, pour la radouber complètement. Dans la dernière partie du voyage qui ne comportait plus d'obstacles majeurs, le vent, les tempêtes de neige et de pluie les empêchèrent d'avancer pendant cinq jours.

Les campements se montaient dans la boue jusqu'aux genoux, les tentes étaient sans cesse inondées. Les marchandises, passablement mouillées, commençaient à moisir, les feux ne voulaient plus prendre et refusaient de sécher quoi que ce soit. Les jeunes recrues grelottaient, trempées jusqu'aux os, l'âme déchirée par le désordre extérieur.

Isidore se souvenait de sa première montée vers le Nord et, compatissant, parlait à ses hommes de son mieux pour soutenir leur esprit et leur courage. Il affirmait, avec la conviction maligne d'un vieux baroudeur, qu'il n'en était pas toujours ainsi.

— Je vous assure, leur disait-il, que de toute ma vie, c'est le plus mauvais campement que j'ai jamais eu !

Combien de fois avait-il déjà dit cette même phrase ! Secrètement, il n'était pas mécontent de pouvoir observer ces hommes et juger de leur aptitude à la vie du Nord.

Isidore, pressé par l'hiver qui pouvait venir d'un jour à l'autre, s'arrêta peu au lac Athabaska. Il y abandonna personnes et biens et se dirigea tout de suite vers le nord, à la Providence où il s'était promis de passer la saison des glaces.

Du lac Athabaska à la Providence, ce n'était plus qu'une routine pour Isidore, mais son cortège de péripéties ne s'allégeait guère. Il affronta encore tempêtes, brouillard, chasses malheureuses, canot brisé…

Une nuit, un rêve obsédant le fit se retourner sur sa couche. Il vit avec insistance son canot se renverser et s'empaler sur des bois de grèves. Il s'éveilla. Le vent en furie claquait dans la nuit et formait sur le Grand Lac des Esclaves une houle grandissante. Il jeta un œil sur les canots. Ils étaient ballotés et projetés contre les bois auxquels on les avait attachés ; déjà, le sien était crevé en trois endroits.

Il rencontra aussi des bandes d'Indiens qu'il instruisit au passage. Heureux de pouvoir converser avec eux, il passa souvent la nuit à leur raconter des histoires édifiantes et repartit le lendemain.

Le 6 octobre, il arriva enfin à la Providence. La coqueluche tyrannisait la population, les enfants surtout mouraient en quelques jours.

Isidore marqua une pause et passa une partie de l'hiver à la Providence. Il repartit vers le nord-ouest dès le début du printemps.

Ce même printemps, Monseigneur Faraud lui écrit de Saint-Boniface où il venait d'arriver :

« Monseigneur et Cher Ami,

« Me voici de retour. Il ne faudrait pas conclure que je suis guéri. Ma goutte s'est un peu endormie, mais il faut peu de choses pour l'éveiller, je vais cependant un peu mieux.

« Les choses ont marché depuis mon départ et une foule de considérations, jointes à ma maladie, m'auraient décidé à vous remettre l'administration générale du vicariat en donnant ma démission.

« Nos pères résidant dans le vicariat, et ailleurs, le père Supérieur et son conseil, m'ont vivement pressé de retourner, étant dans l'opinion, erronée peut-être, que je pourrai ramener un peu d'ordre dans nos affaires.

« Je n'ai jamais un instant mis en doute votre désir de suivre l'impulsion que vous croyiez devoir donner à notre œuvre, votre zèle m'est connu et cependant, je vois avec peine que, sur une foule de points, nous n'avons pas les mêmes idées, nous ne nous plaçons pas au même point de vue. Cette considération pesait plus que tout autre dans la résolution que j'ai été à la veille de prendre : me retirer totalement.

« Il me répugne tellement de vous contredire, de vous contrebouter et cependant, tant que je reste le titulaire de ce diocèse, que je suis le vicaire régulier, j'ai le droit, et surtout le devoir d'agir d'après ma conscience et les lumières de mon intelligence, tant pour la direction des affaires que celle des sujets. Vous n'êtes et ne pouvez être, tant que je suis là, qu'un auxiliaire chargé d'accomplir mes ordres et non de diriger par vous-même.

« Sans doute, ma pensée a toujours été de vous donner et de vous laisser le plus de latitude possible, mais elle ne pouvait être de vous donner le droit d'agir d'une manière diamétralement opposée à mes désirs, à ma volonté connue.

« C'est pourtant ce que vous avez fait dans des circonstances très graves et votre attitude a été blâmée sur ces points et a excité une réprobation universelle. Laissant tout le reste de côté, j'en viens tout de suite à la question du lac La Biche. Je vous écrivais le printemps passé : quelle que puisse être votre opinion sur cette question, je vous prie de garder le silence sur ce point — j'ai de graves raisons pour cela — or, en réponse à cette prière, ou à cet ordre auquel vous paraissez du reste ne vous être même pas arrêté, vous m'écrivez du lac La Biche au mois d'août : “Je suis ici, vos arrangements me déplaisent, j'emporte tout, le personnel va me suivre. Je veux vous mettre dans l'impossibilité de suivre vos plans !...” et certaines autres phrases du même genre. Vous ne vous contentez pas de dire, vous faites, et vos lettres me racontent cela de la manière la plus simple du monde. Comme s'il s'agissait de la chose “la plus simple du monde”.

« Vous allez plus loin, admettant que tout ce que vous avez fait sera approuvé, vous avez la bonté de me désigner Athabaska comme ma résidence en cas que je revienne ; ce que vous, du reste, m'invitez à faire. Avouez que si dans tout cela, il n'y a pas de la simplicité et de la candeur, pour moi qui vous connaît et qui vous aime, il y a une légèreté inouïe et qui prouve, il faut bien le dire, que vous n'employez pas assez de temps à la réflexion.

« Pour ne pas vous contredire donc, je le répète, j'étais décidé à me retirer mais puisque je reviens, je reviens avec toutes mes idées, idées que partagent presque tous les pères du vicariat à même de les apprécier. Voyez et jugez combien cette position est pénible. A mon point de vue, c'est le seul moyen d'assurer l'avenir de nos missions. Puis-je y renoncer ?

« Je me dirigerai dans quelques jours vers le lac La Biche. J'y ferai rendre toutes nos pièces avant l'hiver. Il faudra trouver un moyen de faire remonter notre barge au printemps. La Compagnie ne veut rien promettre de positif et a refusé de porter même nos papiers. Je tenterai de nouveau de faire ouvrir le chemin.

« ... Aussitôt que les transports seront bien établis par là et que nos affaires pourront marcher, je quitterai le lac La Biche auquel je ne tiens et n'ai jamais tenu que comme moyen unique de ne pas laisser périr nos missions.

« Il y a ici et partout un désordre épouvantable dans nos affaires. Cela tient à ce que les demandes ne sont pas faites avec le soin judicieux qu'elles réclament. La même demande est faite à plusieurs places à la fois et aucun contrôle n'est exercé nulle part. Il n'y aura plus désormais d'autre procureur que moi. Je défends qu'on remplisse désormais aucune demande qui n'aura pas été contresignée par moi. Qu'on m'adresse durant l'hiver les listes au lac La Biche.

« Il résulte de cet état de choses des dépenses exorbitantes au-dessus de nos moyens. Où voulez-vous qu'on prenne l'argent pour couvrir le déficit ? Les cent et quelque mille francs d'aumônes que j'ai recueillis durant mon voyage seront bien vite dépensés. Nos affaires peuvent tourner mieux avec des dépenses moindres, mais il faut de l'ordre.

« Avertissez les pères et les frères qu'ils ne doivent pas s'attendre à recevoir directement des caisses ou paquets de leurs familles. J'annule toutes les autorisations qui auraient pu être données dans ce genre.

« Je suis convaincu qu'en fondant l'école d'Athabaska sans attendre ma décision, que vous réclamiez pourtant, vous avez agi dans la vue du plus grand bien, mais vous ne sauriez croire combien cette fondation m'a causé de troubles et de dépenses. La supérieure générale n'en voulait à aucun prix et elle est déterminée à punir la sœur Lapointe pour ses incartades. Enfin, trois sœurs sont ici et vont partir, elles ont l'air très bonnes mais ne connaissent pas un mot d'anglais.

« Le père Petitot a finalement fait imprimer ses compilations en langues sauvages malgré mon avis. Vous avez été tellement contradictoire sur ce point que vous m'avez attiré plus d'un désagrément. De grâce, Cher Ami, évitez les contradictions. Vous me paraissez trop agir et écrire sur l'impression du moment et vous oubliez ce que vous avez écrit antérieurement.

« ... J'espère durer encore quelques temps. Ne vous faites pas de la peine, Cher Ami, de tout ce que je vous ai dit ici. Mon affection vous est connue et mon estime aussi. Je regrette de ne pouvoir être de votre avis et puis c'est tout.

« Priez pour votre affectionné frère en JC et MI. »

(JC et MI sont les initiales de Jésus-Christ et Marie Immaculée.)

Le discrédit était total. Isidore, cette fois, ne pouvait s'y tromper et même si son père spirituel lui conservait encore un peu d'affection, il ne lui faisait plus confiance et lui retirait toute l'autorité qu'il avait déjà tant de mal à avoir.

Un autre événement allait sous peu jeter dans l'émoi toutes les missions et particulièrement les deux évêques.

Afin d'accueillir Monseigneur Faraud et selon ses indications, aller au devant des sœurs et des marchandises en provenance du lac La Biche, Monseigneur Clut donna ordre au frère Alexis de descendre d'Athabaska au lac La Biche.

Ainsi, en compagnie de Louis Lafrance, de deux familles de métis et d'une jeune orpheline qui se rendait chez les sœurs, le frère Alexis se mit en route pour le Sud, le 1er juin 1875. La petite troupe arriva au fort Mac

Murray avec beaucoup de difficultés car la rivière était grosse de la fonte des neiges et très difficile à remonter. Les deux familles décidèrent d'attendre là que les eaux baissent un peu mais le frère Alexis avait une tâche urgente à accomplir. Il devait construire la barge nécessaire au voyage du butin vers le nord et décida de remonter par le bord de la rivière pour rejoindre le chemin de Monseigneur Faraud. Louis Lafrance décida de l'accompagner, comme il était bon chasseur et connaissait le chemin, le frère se réjouit de sa venue. Mais l'Iroquois insista pour emmener avec eux l'orpheline. Le frère s'y opposa catégoriquement et une mauvaise querelle s'ensuivit. Louis était coléreux et n'aimait pas être contrarié.

— Elle ne sera pas capable de faire la route à pied, avait dit le frère.

— Je la porterai sur mon dos si c'est nécessaire, avait répondu l'Indien.

Voyant qu'il ne gagnerait rien avec cet entêté et ne voulant pas l'irriter davantage, le frère Alexis le laissa faire, mais à regret.

Ils partirent le long de la rivière avant de s'enfoncer dans la forêt.

Le 10 août, à son arrivée au lac La Biche, Monseigneur Faraud s'étonna de ne pas y voir le frère, quand il apprit par les familles métis ce qui lui était arrivé.

Les familles, en remontant la rivière trois semaines après Alexis, découvrirent sur le bord la couverte et la chaudière du frère, un peu plus loin, son fusil et son corps à moitié enseveli par le sable !

Que s'était-il passé ?

La lumière devait mettre plusieurs mois avant de dévoiler la vérité.

L'Iroquois, pourtant dévoué depuis quinze ans au service des missions, avait assassiné le frère qui s'opposait à sa convoitise sur la personne de l'orpheline. Il l'avait frappé à coups de hache avant de l'achever de son fusil et de se nourrir de ses membres. Le témoin gênant supprimé, il abusa de la jeune fille avant de lui faire subir le sort du frère. Les horribles détails furent révélés un à un, au fur et à mesure que les enquêtes successives s'approchaient de la vérité.

On dit que l'Iroquois, devenu fou, erra encore quelques mois dans la forêt avant d'être abattu par un groupe d'Indiens Castors qu'il avait probablement menacés. Monseigneur Faraud qui l'apprit le premier parlait de martyre :

« ... Il nous fallait une victime pour consolider notre œuvre ébranlée, vous l'avez bien choisie, Oh mon Dieu ! Vous l'avez préparée vous-même au sacrifice et elle s'y est soumise, dans sa douce confiance, précisément au moment suprême ! si je suivais le mouvement de mon esprit et de mon cœur, je vous dirais prenez-moi, moi qui ne suis qu'une ruine. Mais il vous faut de plus nobles victimes. Soit, mon Dieu, que votre volonté soit faite !... »

Ainsi parlait Henri Faraud. Le frère Alexis s'était préparé au martyre et il lui fut donné.

Isidore épouvanté avait servi d'intermédiaire à Dieu, il avait envoyé le pauvre frère à sa mort. Il versa d'amères larmes sur celui que tous considéraient comme le plus grand saint du vicariat et donna à ses restes réduits à la taille d'un enfant la sépulture la plus digne qui soit, mais plus que tout autre, il se morfondait de remords : il se sentait responsable de cette mort. La responsabilité des hommes qu'il fuyait comme la peste se retournait encore contre lui comme une fatalité. Pouvait-il vraiment se considérer comme le bras du destin dans une aussi funeste besogne ?

Si seulement il avait pu lire l'avenir, il serait parti lui-même à la place du frère ! et rien ne serait arrivé. Il connaissait bien Louis Lafrance : gros garçon, costaud comme un turc mais « bêta » comme un enfant. Il avait si souvent voyagé avec lui sans incident, parce qu'il savait le prendre, le gronder à propos, le flatter au besoin. C'était un homme dur et brutal, mais Isidore avait une force qui lui en remontrait. Alexis était trop saint pour jouer à ce jeu dangereux avec l'Iroquois.

Lui, l'évêque, aurait dû le savoir, s'en douter au moins. Suffisamment pour empêcher ce drame affreux. Tout était de sa faute. Mortifié dans son cœur, blessé dans son esprit, Isidore avait l'impression de détruire ce pourquoi il travaillait avec acharnement depuis tant d'années.

Tout avait commencé au Youkon, avec ses échecs cuisants, et ce voyage stérile qui n'avait engendré que souffrance et déception. Etait-ce là le résultat de son orgueil ? Il cherchait maintenant à comprendre : quelle force l'avait poussé dans cet abîme, l'ambition ou le zèle missionnaire ? Les choses étaient trop mêlées pour y voir clair. Il connaissait trop son être intime pour ignorer la part d'orgueil qui lui revenait, celle de la curiosité était plus délicate à trouver.

Pourtant son amour de la religion ne pouvait pas être mis en doute. Sa foi en un Dieu rédempteur était trop profonde, trop sincère pour n'être qu'un prétexte. Il croyait sincèrement se dévouer pour sauver les âmes des Indiens. Alors, pourquoi ces désavœux de toute part, pourquoi cette mort, pourquoi ces échecs cuisants, pourquoi ces calomnies ?

Si sa cause était bonne, si son cœur était pur, si sa vie était droite, alors, pourquoi ne pouvait-il pas dormir du sommeil du juste ?

Il pensa à Job sur son fumier, abandonné de tous. Il hésitait à se considérer comme injustement condamné. L'esprit torturé parce qu'il jugeait ses fautes, la confession ne réussissait plus à l'apaiser.

La vie rude du Nord, l'isolement forcé au milieu des mêmes personnes renforçaient les problèmes. Ils revenaient toujours, lancinantes redites de fautes passées qui ne pouvaient s'éteindre. Isidore passa l'année qui suivit le retour de Monseigneur Faraud en résidence forcée à la Providence. Bien qu'il sût que la raison en était l'absence du père Grouard, supérieur de cette mission parti se faire soigner en France, il ne put s'empêcher de penser que cette mise à l'écart lui avait été donnée pour purger sa faute.

Il se donna la permission de faire quelques petits voyages au fort Raë et au fort Nelson ; puis il s'accommoda du repos qu'il disait avoir bien mérité après ces années de voyages pénibles, redoutés, mais peut-être recherchés. Il préférait de beaucoup se battre contre le vent, la neige et les rapides plutôt que se retourner l'esprit contre un ennemi bien plus redoutable que les éléments : lui-même.

Cette retraite forcée l'obligeait à réfléchir sur le rôle qu'il devait jouer dans le vicariat.

Les honneurs lui étaient agréables, quel homme un peu sociable aurait pu les dédaigner dans ces contrées où ils ne sont jamais très contraignants ? Pourtant, il s'en serait volontiers débarrassé pour ne pas avoir les responsabilités qui accompagnaient la fonction. Ah ! le redoutable dilemme que de trancher dans le vif, faire mal aux uns pour sauver les autres, choisir telle solution plutôt que telle autre et dans tout cela engager l'avenir souvent d'une façon irrémédiable. Maintenant, il en avait peur.

Dans la même pensée, il se voyait mal en chapelain des sœurs. S'il l'acceptait pour l'heure, il ne pouvait y voir son avenir. Il venait juste d'entrer dans sa quarantaine, la décennie où se jouent les destins.

Son destin ne le préoccupait pas en lui-même, il cherchait seulement à être à sa place, être utile, et œuvrer pour la gloire de Dieu.

— Je ne suis pas homme de bureau, aimait-il à dire, après avoir passé des jours à écrire le courrier nécessaire pour les affaires. Et aussitôt, il se lançait dans une course effrénée avec son traîneau et sa chienne Youkon maintenant devenue la plus belle créature canine de tout le MacKenzie.

Sa réputation de dresseur de chien et de conducteur de traîneau avait considérablement augmenté depuis qu'il l'avait ramenée, tout le monde l'enviait et demandait un chien de sa chienne. C'était une des rares fiertés qu'il lui restait, mais elle n'était pas de nature à combler son désarroi.

Au fil des années qui suivirent, les pouvoirs d'Isidore s'effritèrent lentement. En reprenant d'une main de fer l'administration de son vicariat, Monseigneur Faraud rogna une à une les prérogatives et les attributions de son auxiliaire. Les erreurs répétées de ce dernier ajoutées au tempérament légèrement despotique d'Henri firent revenir tous les pouvoirs dans la main du vicaire apostolique qui pourrait plus aisément donner cohérence à cet immense royaume.

Isidore était aussi victime, car il lui revenait d'accomplir toutes les basses besognes : réprimander, contrôler et moucharder.

Les missionnaires, tout religieux qu'ils étaient, n'en étaient pas moins des hommes. Les conditions de vie, souvent inhumaines pour des occidentaux rarement préparés à l'insidieuse sauvagerie de la nature et de son climat, désiquilibraient les hommes, les jetaient dans des travers ou des perversités auxquels ils n'auraient jamais succombé dans leur pays d'origine.

Isidore n'en était pas responsable, mais il en témoignait auprès de la hiérarchie : témoin souvent gênant, empêcheur de tourner en rond, accusé de partialité. Comment n'aurait-il pas pu être haï par ceux qu'il prenait en défaut ? Son rôle de dénonciateur ne le rendait que plus odieux à ceux pour qui il était censé être un père. Les changements, les déplacements de personnes qu'il préconisait alors prenaient souvent des tournures pathétiques.

Isidore acceptait avec humilité sa condition d'évêque voyageur, exécuteur des sombres peines. Mais plus il avançait, plus il avait l'impression de desservir. Ses élans, ses impulsions toujours aussi vives rencontraient maintenant moins d'écho auprès de Monseigneur Faraud qui l'appelait sans cesse à temporiser, à attendre. Il comprenait de moins en moins son rôle. Le bruit courait partout, l'infâme rumeur classait Monseigneur Clut au rang des distributeurs de confirmation et non plus à celui d'un évêque à part entière.

Les pères, un peu partout, et même les civils, lui accordaient de moins en moins de déférence. De jour en jour, son autorité était battue en brèche. Ce qu'il disait était immédiatement contesté, ses ordres n'étaient exécutés que si les intéressés eux-mêmes y trouvaient avantage.

Isidore souffrait maintenant autant par ses amis que par ceux qu'il dérangeait dans leur mauvaise conduite.

En proie au doute, rongé par le malaise qui le suivait partout, Isidore, abreuvé d'insultes larvées, se demanda si son humilité était bien justifiée. N'y tenant plus, il écrivit à Monseigneur Faraud.

« ... Maintenant, je crois nécessaire de vous reparler d'une chose qui me répugne parce qu'elle me regarde. Mais pour le bien du vicariat et la plus grande gloire de Dieu, je ne puis la passer sous silence. Le bruit est devenu général que je ne suis qu'un donneur de confirmation, que vous ne me donnez aucun pouvoir et que, partant, je ne puis rien faire, rien décider, faire aucun changement ou placement, etc. La plupart de nos pères et de nos frères pensent ainsi. Ce qu'il y a de plus ennuyeux, c'est que les gens, les bourgeois même me le disent. Dernièrement Mac Farlane s'entretenait avec moi du R.P. H. Celui-ci aurait dit que je n'avais pas à me mêler de ses affaires et Mac Farlane ajoutait que c'était très fâcheux que je n'eusse pas “full power” au moins pour régler des cas urgents, en laissant à tous le pouvoir d'en appeler à vous. Il y a quelques temps, le R.P. L. ayant fait une boutade contre moi, avait donné sa démission comme économe, sous prétexte que je commandais quelquefois les frères. Alors, voyant cet état de chose, je lui dis que puisqu'il ne voulait rien faire à la mission, je l'enverrai au fort Smith, ce printemps, pour y donner la mission. Il me répondit :

— Monseigneur Faraud m'a placé ici.

— Oui, lui dis-je, mais Monseigneur Faraud m'a mis à même de vous envoyer au fort Smith, si je le jugeais à propos.

— Cela ne me plairait pas d'y aller, dit-il, ne sachant pas ensuite où l'on m'enverra.

« Il n'aurait pas été d'humeur d'y aller sur mes seuls ordres. Venant de lui, alors indisposé contre moi, la chose ne me surprenait pas beaucoup. Mais ayant dit au bon et excellent père J. que je le garderais peut-être ici et que j'enverrais le père L. au fort Smith, le père J. me répondit :

— Quant à rester ici, puisque Monseigneur Faraud m'a dit à moi aussi que vous pourriez m'y garder, je resterais bien, mais il m'a dit aussi d'aller à Saint-Joseph en barge, je dois lui obéir.

« J'avais beau lui dire que je vous préviendrais, il me répondit poliment

— J'aurais une grande répugnance à suivre cette direction après ce que Monseigneur Faraud m'a dit.

« Je reste interdit ! Que dire, que faire ?

« Vous voyez ce que dit ce père que j'estime et que j'aime beaucoup, qui a du bon sens. Que diront et que feront ceux qui auront quelque chose contre moi ou qui seront moins bien disposés ?

« Le bruit que je n'ai pas de pouvoir s'est répandu dans tout le Nord-Ouest et même en France auprès de l'administration générale. Monseigneur Grandin lui-même en me pressant d'accepter une division de son diocèse me donnait comme meilleure raison que je ne pouvais rien faire au MacKenzie. Inutile de vous dire que j'ai remercié Monseigneur Grandin de son offre et que je lui ai répondu que je me trouvais bien mieux d'être déchargé de la responsabilité.

« Cependant, Monseigneur, quoique la responsabilité me coûte beaucoup et que je la redoute, je crois cependant qu'il est nécessaire que vous me donniez d'assez amples pouvoirs, autrement, je me verrai quelquefois dans l'impossibilité de remédier à tel ou tel mal s'il faut vous consulter et attendre votre réponse pour le parti à prendre. Je sais bien qu'en particulier, vous m'avez donné la possibilité de faire des changements urgents, en disant aux sujets que ce n'était que pour un temps, en attendant que vous ayez réglé définitivement la chose. Mais les pères et les frères ne savent pas cela et me refusent obéissance.

« Je voudrais donc et je vous demande en grâce d'écrire une lettre circulaire à nos pères et frères et d'y définir jusqu'où vont mes pouvoirs. Alors eux et moi, nous saurons à quoi nous en tenir.

« Pour le moment, je crains soit un refus d'obéissance de la part des nôtres, soit d'être blâmé par votre grandeur pour avoir excédé mes pouvoirs.

« Faites donc cesser cet état de choses sans quoi la situation pourrait devenir très mauvaise.

« … Je termine en vous assurant de mon dévouement complet.

« Isidore OMI . »

Monseigneur Faraud savait trop combien il devait à son auxiliaire pour le placer dans une situation impossible et douloureuse, mais il savait aussi qu'avec plus de recul, il était plus à même de juger de l'opportunité de certaines décisions, aussi s'attacha-t-il à ne pas désavouer Monseigneur Clut, d'autant qu'il était malgré tout l'exécuteur de ses ordres. Laisser Isidore bafoué risquait fort de mettre en péril le vicariat lui-même. Il le soutiendrait donc et veillerait à ce que pères et frères lui obéissent comme à lui-même. Cependant, un gouvernement bicéphale mènerait à la ruine, il fallait donc un compromis. Monseigneur Faraud le cherchait, en attendant, dans sa lettre suivante, il rassura son ami et apaisa son cœur.

« Monseigneur et cher Ami,

« ... Il me reste à faire des vœux pour vous et vous assurer de ma constante et inaltérable amitié. Je ne saurais omettre non plus de vous remercier de toutes les peines que vous vous donnez, des fatigues incessantes auxquelles vous vous soumettez pour le bien de ce pauvre diocèse qui m'a été confié mais dont vous partagez la sollicitude. Je dois vous rappeler à ce sujet que les affaires sont les affaires, et que, parfois, sur ce terrain, j'ai dû et je devrai encore vous faire quelques observations, il ne faudrait pas qu'elles laissâssent sur votre cœur, si bon et si dévoué, l'impression que je vous estime moins ou que je vous affectionne moins. Il y a la nuit et le jour de différence entre les affaires, même au spirituel, et les sentiments de l'homme privé et même de l'évêque comme évêque.

« Laissons faire Dieu, il sait ce qu'il nous faut et ce qui convient à sa plus grande gloire. Vous voudriez que les hommes vous disent aussitôt ce que vous devez faire : vous les embarrassez et quand ils se décident à parler pour vous être agréable, ils vous mettent vous-même dans un état pire que le premier. Prions, c'est le remède à tous nos maux, la consolation de nos peines, la force dans nos faiblesses.

« Bon courage donc : faisons tout pour la plus grande gloire de Dieu, il fera le reste en suppléant à ce qui nous manque.

« Adieu, je vous embrasse.

« Henri, ev. d'Anemour OMI. »

Isidore, quelque peu rassuré par cette lettre, ému de la sollicitude de la part de son supérieur, sentait confusément que sa question n'avait pas été entendue. Il restait sur son malaise et s'en remettait à Dieu. Tel était son lot de souffrance pour la rédemption de ses péchés, pensait-il. Il était né intrépide voyageur, coureur de bois audacieux, tel devait être sa tâche et sa mission. Monseigneur Faraud serait toujours la tête et lui les jambes. Il l'avait bien compris ainsi au début, mais avec l'exercice du pouvoir, il lui était venu des idées personnelles, qu'il estimait comme des nécessités vitales pour la marche de l'œuvre.

Il se rendait à l'évidence maintenant qu'il devait accepter de ne pas en avoir, ou du moins de ne pas les exprimer et d'attendre les réponses d'en haut. Il ne lui appartenait pas de décider, mais seulement de voir, d'observer, de constater et de transmettre. Tout au plus devait-il administrer l'acheminement du marériel et gérer les finances de sa résidence.

Il se demandait si sa conscience n'était pas plongée dans le paradoxe de la fuite des responsabilités et celui de la volonté de commandement. Parce qu'il était dévoué lui-même corps et âme à la cause des missions, parce qu'il était doté d'une force peu commune et que son courage excédait la moyenne, il ne pouvait supporter d'attendre. Trop sensible à voir les faiblesses de la condition humaine, il n'admettait pas chez les autres ce qu'il s'interdisait à lui-même. Là résidait sa vraie faiblesse. Il avait la constitution que sa tâche exigeait. Taillé pour être l'infatigable visiteur des missions, il comprenait douloureusement qu'il devait se plier à l'humilité et se trouver heureux de pouvoir encore parcourir sans cesse les bois et les rivières, au prix des mille fatigues quotidiennes du trappeur ou de l'Indien. Tel était son lot. Il ne pouvait que souffrir s'il ne l'acceptait pas ainsi, comme un don de Dieu.

L'histoire faisait grand bruit dans le fort : les bourgeois de la rivière La Paix étaient très mécontents et menaçaient de ne plus jamais s'occuper des affaires des missions y compris du transport du courrier. Isidore tentait de son mieux de temporiser, de minimiser la rumeur qui, après tout, n'avait pas d'autre fondement que les dires des gens de la Compagnie de la Baie d'Hudson.

Cela durait depuis quelques années déjà. Les pères de la rivière La Paix favorisaient les petits traiteurs américains opposés à la célèbre Compagnie. Ils négociaient leurs affaires de fourrures avec eux et la puissante Compagnie les soupçonnait, ce qui était beaucoup plus grave, d'influencer les trappeurs pour qu'ils réservent toutes leurs pièces aux Américains.

Isidore s'inquiétait surtout parce qu'on disait que ces pères s'occupaient plus du commerce des fourrures, de la construction de leur maison et de l'entretien de leur ferme que de prêcher l'évangile parmi les Indiens Castors, depuis trop longtemps négligés.

Bien que la fin de l'hiver fût proche, l'évêque décida de se rendre dans la mission du père H. pour juger par lui-même ce qu'il en était. Malgré ses bonnes relations avec Mac Farlane, il ne pouvait pas faire une confiance absolue à son impartialité en la matière. L'attitude du père H. l'intriguait : depuis des années, celui-ci trouvait toujours un bon prétexte pour éviter de recevoir la visite canonique.

Cette année encore, il avait écrit à Monseigneur Clut en lui disant que sa présence serait totalement inutile parce que les Indiens ne passaient que très peu de temps, au cours de l'hiver, près du fort et partaient chasser sans arrêt. De plus, comme il possédait très peu de provisions, il préférait que le prélat remette à plus tard la visite pour les confirmations.

Dès son arrivée, sous une tempête de neige, incongrue en cette saison, le ton était donné. Les premières paroles du père H., après les salutations de politesse, servirent à demander à Monseigneur ce qu'il venait faire là. Lui, le père H., directeur de cette mission par ordre de Monseigneur Faraud, ne lui avait-il pas expressément écrit de ne pas venir ?

Isidore sentait la colère monter, mais il n'en laissa rien paraître et répondit en feignant de ne pas avoir saisi l'insolence du propos.

La maison était relativement grande pour une petite mission et l'étable ne comptait pas moins de neuf animaux.

— Je constate, cher père H, que vous n'avez pas perdu votre temps à la mission Saint-Henri, depuis votre venue, elle n'a cessé de prospérer.

Monseigneur laissa un petit temps de silence et reprit :

— Au moins sur le plan temporel... Aurai-je la chance de voir quelques unes de vos ouailles ?

Le père H., sans se décontenancer, lui répondit sèchement :

— Je vous ai écrit là-dessus, vous ne verrez personne, les Indiens restent en forêt à cause de la disette. Ici, nous ne pouvons attendre aucun secours de la part des sauvages qui préfèrent tous le « jeu de mains » à la religion. Ces dernières années, de graves maladies les ont dangereusement décimés.

— Je sais cela, Monseigneur Faraud m'en avait parlé au cours de ses premières visites, il y a très longtemps. Mais depuis, ce sont les Castors eux-mêmes qui ont demandé des prêtres sur la rivière La Paix. Ils ont promis d'abandonner le jeu de main.

Le père H. tournait autour de la table d'un pas nerveux.

Bâti comme un charpentier, il ressemblait en bien des points à Monseigneur Clut. Tous les deux étaient doués d'un courage et d'une endurance hors du commun. Mais alors qu'Isidore avait mis toute sa force au service de l'œuvre, H. semblait en grande partie avoir mis la sienne au service de lui-même et de son confort personnel.

Isidore approchait maintenant de la cinquantaine, son ardeur à condamner les faibles n'était plus aussi virulente qu'autrefois. Il regardait le jeune prêtre avec pitié. Il était seul depuis trois ans déjà, pour une première expérience de mission, l'épreuve était dure.

L'évêque se devait, de par son autorité, de réprimander le prêtre et de le remettre dans le droit chemin. Avant d'aller se coucher, il lui dit :

— Je ne resterai pas très longtemps auprès de vous, mais je suis obligé d'attendre la fonte des glaces !

Le jeune père, dans son arrogance, avait laissé le prélat partager la chambre du frère pendant que lui s'octroyait la plus belle pièce de la maison.

Isidore s'était plié sans dire un mot. Par malheur, cette année-là, l'hiver s'éternisa. Monseigneur était arrivé le 25 mars et un mois plus tard, le froid redoublait de violence et la neige ne cessait de tomber.

Les rapports entre le prélat et le prêtre s'envenimaient de jour en jour. Le père, pour cacher ce qu'il savait très bien être des manquements majeurs à sa charge, s'enferrait de plus en plus dans l'ignominie. Il en était venu à priver son hôte de nourriture, sous prétexte qu'il n'y en avait pas assez, pendant qu'il grignotait son lard secrètement tenu sous clé dans une cachette. Isidore, mortifié par ce stratagème qu'il avait vite identifié grâce aux émanations qui s'échappaient de la chambre du père, se taisait, tantôt par humilité, tantôt par orgueil.

Un jour, n'y tenant plus, il laissa percer une allusion car le frère, logé à la même enseigne que lui, perdait son énergie.

Le jeune père, au lieu de la honte et du remords qu'il aurait dû ressentir, entra dans une vive colère et alla jusqu'à menacer Monseigneur de le faire partir sur-le-champ.

Il s'appuyait sur l'autorité que lui avait donnée Monseigneur Faraud pour cette mission. Il avait même osé lancer à la figure du pauvre évêque « que tout le monde savait bien qu'il n'était qu'un simple donneur de confirmations, sans aucun pouvoir dans le vicariat », il se donnait le droit de ne pas lui obéir et d'en référer à l'autorité supérieure.

Isidore ravalait toutes les insultes et tentait de lui pardonner. La solitude prolongée devait être la cause de tout cela, pensa-t-il. Il lui parut urgent de placer ce père ailleurs, où il serait soutenu et repris par un confrère édifiant. Il n'y avait pas de mal à faire prospérer une mission sur le plan matériel, mais encore fallait-il que cela profite au service de Dieu et de son Eglise. Or, soit à cause du jeu, soit à cause du protestantisme, il était évident que les fidèles n'étaient ni nombreux, ni assidus aux offices et le père ne s'en préoccupait pas beaucoup ! Peut-être se réjouissait-il de sa tranquillité !

A partir de ce jour, ils ne s'adressèrent plus la parole. De sa vie, Isidore n'avait jamais essuyé pareille offense. Il essayait de comprendre sans laisser peser sur lui le déshonneur des attaques. Il voyait trop bien que l'autre jouait pour se disculper de ses propres défaillances ; mais voilà... il utilisait trop habilement la faille que Monseigneur Faraud avait laissé subsister dans le système de gouvernement. Cela et cela seulement blessait vraiment Isidore. Il fallait que cet état de choses cessât ou il donnerait sa démission.

Il attendait avec hâte la fonte des neiges, le dégel des glaces de la rivière, la voie libre. Mais, le premier mai, les glaces n'avaient toujours pas cédé.

Dans les jours qui suivirent, des Indiens Castors vinrent à la mission. Monseigneur donna deux confirmations. Il constata avec tristesse que le père ne pouvait même pas parler suffisamment le castor pour les instruire. Il ne prit pas la peine de le faire remarquer. Il savait d'avance que le père trouverait une esquive facile.

Chaque matin, au cours de sa messe, Isidore offrait ses souffrances pour la conversion des Castors. Il acceptait toutes les humiliations pour qu'elles soient magnifiées et transformées en sacrifice. Cela redonnait un sens à sa mission : s'il ne voyait pas très bien sa place et son rôle dans l'histoire, il pouvait offrir sa souffrance et cela justifiait qu'il fût là.

L'affaire avec la Compagnie de la Baie était plus délicate qu'il ne pensait. La Compagnie, sur la rivière La Paix, n'avait pas les services réguliers qu'elle offrait dans le reste du district. La mission pouvait donc se passer de ses services onéreux, dès lors que les autres traiteurs offraient beaucoup plus d'avantages. De surcroît, les employés de la Compagnie étaient tous de fanatiques protestants, qui ne concédaient rien au catholicisme, cela ne favorisait pas les bons rapports qu'ils auraient pu avoir entre eux.

Monseigneur Clut s'était laissé aller à l'idée que les missions de la rivière La Paix devaient être abandonnées, du moins momentanément : elles causaient bien plus de trouble qu'ailleurs et risquaient de mettre en péril la réputation de tout le vicariat. Ces missions demeuraient difficiles à approvisionner, pauvres en ressources naturelles (chasse et pêche), avec une implantation protestante trop marquée. Tout cela constituait un frein majeur à leur bon fonctionnement et à leur expansion. Il ne savait pas trop par quelle magie les Indiens Castors avaient transformé chaque prêtre qui leur avait été envoyé, en être peu digne de sa mission. Le père H. était le second à faire scandale et à causer le déshonneur de la religion sur cette rivière. Il était temps de remédier à cela.

Le 5 mai, enfin, la débâcle commença : dans un luxe de bruits infernaux, la glace craqua de toute part, se bouscula, s'ammoncela sur des dizaines de mètres de hauteur au front du dégel et poussa vers le nord ses débordements. On aurait dit que les eaux, trop longtemps retenues prisonnières, ne pouvaient plus attendre une seconde pour avancer vers la liberté. En quelques jours, le calme revint et la rivière La Paix reprit son cours paisible et majestueux, effaçant d'un coup son image de monstre impétueux capable de tous les ravages.

Isidore sentit dans ce printemps un parfum de délivrance. Il n'attendit pas un jour de plus : n'ayant pu trouver ni canot, ni une personne pour l'accompagner, peu importait. Il partit seul sur un « cajeu »* abandonné (radeau de troncs attachés ensemble). Une grande godille lui servit à la fois de gouvernail et de rame à l'occasion. Difficile à manier, inconfortable au possible, Isidore l'accepta avec plaisir.

Il ne s'attendait pas à recevoir des provisions, mais le père H., trop heureux de recouvrer enfin sa quiétude, lui fournit plus qu'il ne lui avait donné à manger pendant son séjour. Cela ne suffisait pas bien sûr, pour tout le voyage, mais Isidore espérait bien pouvoir s'approvisionner en route. Jamais il ne pourrait souffrir plus qu'il ne l'avait fait jusque-là, la faim toute seule n'était rien à côté de l'humiliation.

Au soleil, sur le courant puissant de la fonte des neiges, balloté comme un tronc à la dérive dans les méandres sinueux de la rivière, menacé de chavirements à tout instant, Isidore retrouvait la paix du cœur et la joie de vivre. Ces dernières semaines avaient été si pénibles que l'inconfort et le danger était pour lui un jeu d'enfant.

Le soir, auprès des rives, dans les roseaux, il s'arrangeait pour tordre le cou de quelques canards, puis s'endormait sur la berge.

Les huit jours qu'il passa sur son radeau lui apparurent comme un havre de félicité.

La nature revivait après le long hiver, les plantes s'ouvraient au soleil. Les oiseaux redonnaient la vie à la forêt, leur bruissement d'ailes accompagnait leur chant dans un continuo léger.

Isidore remerçiait Dieu pour la beauté et la joie après de si insidieuses souffrances.

Au confluent de la rivière Boucane, il rencontra une bande d'Indiens qui lui offrit des poires séchées. Sa faim assouvie, ses forces revenues, son cœur fondait, prêt à tout pardonner.

Il arriva au Vermillon dans la soirée, comme un trappeur solitaire. Contre toute attente, il reçut un accueil digne de son rang, aussi bien à la mission qu'au poste de traite. Il eut l'impression de sortir du purgatoire, et de retrouver par enchantement les prérogatives dues à sa charge. Il resta deux jours et abandonna son radeau pour un chaland de la Compagnie. Il eut encore le bonheur d'instruire et de baptiser le capitaine, un Américain qui désirait fortement travailler pour la gloire de Dieu.

A son arrivée sur le lac Athabaska, les Indiens, tous rassemblés pour la traite de printemps, le fêtèrent dans la joie et se pressèrent autour de lui pour l'entendre.

Isidore jubila intérieurement. Il avait traversé le désert, et retrouvait enfin sa raison de vivre et le but de son existence : prêcher, enseigner l'amour et la charité à des hommes et des femmes avides des paroles de la vérité.

En Athabaska MacKenzie, les chiens étaient toujours attelés en ligne. Il existe plusieurs types d'attelage : en éventail, en double ligne ou croisé.

De petits arceaux décorés de pompons et de grelots ornent les chiens de la traîne.

Photos Archives oblates, dans *Le frère Alexis Reynard.*

CHAPITRE IX

LA RIVIERE DES LIARDS

Voyage en neige lourde - La couverture de Monseigneur brûle - Le repas du chasseur - Vingt-huit heures de marche sans arrêt à cause de la fonte des neiges - Isidore capitaine d'une barque de la Compagnie - Mort d'une femme et de son bébé.

Les difficultés de gouvernement n'étaient pas finies pour Isidore. Les retards incessants du courrier, la perte de certaines lettres importantes continuaient à embrouiller les choses. Monseigneur Faraud réussit pourtant à rétablir l'autorité de Monseigneur Clut, et s'il ne lui laissa jamais de grandes prérogatives, il s'arrangea toujours pour ne pas le désavouer et réprimer la conduite de ceux qui auraient pu mettre en cause sa personne ou ses décisions.

Isidore ressentit toute sa vie l'épine du pouvoir dans sa chair. Homme de peine, il resterait jusqu'à la fin assis entre la chaise du supérieur et celle du sujet, maintenu dans l'inconfort permanent de l'exécuteur des basses œuvres. Il se sentait paralysé, incapable de prendre une décision de peur d'être quelques mois plus tard démenti, sciant ainsi de plus en plus la branche sur laquelle il avait été mis.

Plusieurs fois encore, il supplia son évêque de le libérer de ses fonctions ; ses prières ne furent pas entendues, il devait œuvrer dans l'ombre. Sa tâche obscure, mal définie, souvent ambiguë, était nécessaire, même si lui, Isidore, ne voyait pas clair. La santé de Monseigneur Faraud allait en s'affaiblissant et Monseigneur Clut n'avait qu'une peur : que le pape le nomme à la tête du vicariat.

Patiemment, en silence, il souffrit les contradictions de sa position : blâmé lorsqu'il n'agissait pas et réprimé quand il prenait trop d'initiatives. Au fil des ans, il offrit sa soumission à Dieu comme il aurait porté sa croix. Malheureusement, sa santé s'altérait vite, les voyages l'avaient usé avant l'âge. Il vécut encore quelques formidables épopées et ne s'avoua vaincu que beaucoup plus tard.

Cette année-là, Isidore avait passé l'hiver à la Providence sur le fleuve MacKenzie, la « Grande Rivière » comme disent les Indiens. Il avait, selon son expression, « fait bureau » pendant cinq mois pour travailler sur des dictionnaires et différents autres ouvrages en langue indienne. Il s'était ménagé quelques entraînements à la traîne à chiens : une heure par jour en semaine et cinq heures le dimanche. Malgré cela, il jugeait ses jambes très engourdies.

A la fin de l'hiver, il dut se rendre en visite apostolique dans la rivière des Liards qui n'avait jamais reçu d'évêque et où, par conséquent, il était urgent de confirmer les baptisés.

Il ne pouvait emmener avec lui sa chienne Youkon, elle était trop nécessaire à la mission pour le charriage du poisson qui nécessitait un attelage solide et infatigable.

La mission ne possédait plus que des chiens efflanqués et passablement usés à la tâche. Il n'avait pas le choix, mais savait parfaitement tirer le meilleur parti d'un mauvais attelage : ne pas le toucher du fouet et lui éviter toute dépense inutile garantissait un service minimum.

Le 20 mars, en compagnie du père Ladet et de deux métis, il quitte la Providence avec deux traînes et treize jours de provisions pour eux et pour les chiens. La disette décimait tous les forts auprès desquels ils auraient pu s'approvisionner dans les jours à venir. La neige tombait depuis des semaines et le chemin n'était tracé que sur une demi-journée de voyage.

Jamais on n'avait vu autant de neige. Les premiers jours, les religieux firent la trace devant les chiens, à tour de rôle, mais leurs raquettes, trop petites, les forçaient à piétiner à petits pas dans une neige abondante et lourde. Ils s'épuisaient.

Les traîneaux surchargés versaient à chaque instant. Les conducteurs, inlassablement, les relevaient à l'aide d'un grand levier. La progression était lente et Isidore s'inquiétait vivement :

— A ce train-là, nous n'aurons jamais assez de vivres pour arriver et nous serons à bout de forces avant la fin.

Le premier soir, au campement, ils eurent du mal à trouver le sommeil. En creusant le trou dans la neige pour dormir, ils n'avaient pas pu atteindre le sol et les branches de sapin qui devaient les isoler s'enfonçaient sous la neige. L'excès de fatigue leur ôtait l'appétit.

En quelques jours, les quatre hommes n'avancèrent presque pas, leur force déclinait considérablement.

Le quatrième jour, le courrier, profitant de leur trace, les rejoignit à mi-distance du fort Simpson. Pour leur donner un peu de répit, il passa devant pour faire la trace. Le jeune homme robuste qui dirigeait l'attelage partait retrouver sa famille laissée depuis longtemps au fort Simpson. Rien ne l'arrêtait pour aller plus vite. Le soir, ils se roulèrent dans leur couverture vers neuf heures et à minuit, notre homme sonnait le réveil.

Isidore semblait n'avoir jamais autant peiné dans un voyage. Ses muscles endoloris pendant de longues heures se rappelèrent à lui tout le matin, puis il n'y pensa plus et récita son chapelet jusqu'au milieu de l'après-midi quand, de nouveau, la fatigue alourdit ses jambes. Alors il attendit avec une impatience contenue de voir arrêter le traîneau de tête.

Le père Ladet, sortant de maladie, souffrait sans pouvoir prononcer un mot : son énergie se tarissait lentement. Isidore s'inquiétait pour lui. Heureusement, son voyage était plus court, mais parviendrait-il jusqu'à son but ?

Le courrier qui menait le train marcha encore plus longtemps le deuxième jour. Ils se couchèrent à dix heures, mais de nouveau, vers minuit, pour gagner du temps, ce Monsieur cria le traditionnel :

— Lève, lève !

Isidore avait si souvent fait la même chose dans le passé, il trouvait cela dur aujourd'hui ! Pourtant il sentait ses forces revenir et peinait moins qu'au premier jour. Grâce à ce régime forcé, ils arrivèrent le 26 mars au fort Simpson, premier poste de la Compagnie dans le MacKenzie.

Ce fort était un haut lieu du protestantisme, une seule famille catholique y vivait.

La réception réservée aux missionnaires fut froide mais acceptable. Le premier officier de la Compagnie offrit une chambre convenable aux deux oblats. Monseigneur y passa trois jours pour permettre au père Ladet de reprendre des forces. Isidore en profita pour répondre au courrier qu'il avait reçu en cours de route.

Le chef de poste du Fort des Liards se proposa d'accompagner les voyageurs jusque chez lui. La neige atteignait parfois un mètre cinquante et rendait très difficile le passage des traînes ; leur nombre répartirait le travail et la peine.

Monsieur Mac Dougal, moins matinal que son prédécesseur, ne laissait pourtant pas traîner son cuisinier sous les couvertures après une heure du matin, ce qui permettait aux voyageurs de se réveiller tranquillement devant un bon feu vers deux heures et de prendre la route à trois heures.

Le deuxième jour, le « cook » de la Compagnie fit un feu d'enfer ; en le regardant brûler, happé par la douce chaleur, le jeune homme sombra dans les bras du sommeil. Le vent soufflait en rafales et poussait des étincelles vers les voyageurs encore endormis. Une flammèche un peu plus grande que les autres atterrit sur la couverte de Monseigneur. Par ces froids secs, malgré la neige, le feu s'empare vite de tout ce qui peut le nourrir. La couverture épiscopale ne tarda pas à partir en une belle flamme jaune, mais comme tout le monde dormait...!

Lorsque le mocassin d'Isidore prit feu, Monseigneur ressentit un agréable chatouillement dans les doigts de pieds, puis hurla de douleur. Assis, il eut les yeux dans un rideau de flammes et n'eut que le temps de se rouler sur le côté pour éteindre l'incendie.

Couché sur une soutane en guise de matelas, il la retrouva parsemée d'aérations improvisées ; heureusement qu'il avait une paire de mocassins de rechange.

Il pleura surtout pour sa couverte molletonnée. Elle lui avait été offerte par des dames de Lyon et elle le suivait partout depuis six ans sans jamais faillir à donner une douce chaleur dans les rigueurs les plus extrêmes de l'hiver. Ce jour-là, la température devait osciller entre moins trentre-cinq et moins quarante degrés et sa couverture, réduite de moitié, ne pouvait pas être changée pour le reste du voyage.

Après douze jours de marche forcée, à raison de dix à quatorze heures par jour, la caravane arriva enfin près du fort des Liards. Au dernier campement, Mac Dougal annonça que si le lendemain, ils allongeaient le pas, ils pourraient tous coucher dans une maison bien chaude. Le père Ladet rêvait depuis longtemps à la fin de son voyage, aussi promit-il de faire un effort supplémentaire pour ne pas retarder le convoi et, sans plus tarder, il s'enroula dans sa couverture.

Monseigneur, depuis l'accident, partageait étroitement la couverte de son compagnon. Pendant la nuit, il tomba dix à quinze centimètres de neige, amoncelée indistinctement sur les arbres et les voyageurs. Au lever, suivant sa promesse, le père Ladet, ayant récupéré par une bonne nuit de sommeil, se leva d'un mouvement énergique, qui eut pour effet de verser toute la neige fraîche dans le cou et les sous-vêtements de son évêque. Isidore sursauta et se leva d'un bond pour ne pas étouffer. La journée commençait bien.

Mac Dougal voulait à tout prix arriver chez lui car il n'avait plus un morceau de viande, son serviteur avait nourri les chiens avec le dernier repas de son maître, et ses pieds sensibles, peu habitués aux raquettes, rougissaient de douleur. Sans le montrer, par amour-propre, le pauvre homme vivait le martyre.

Ils marchèrent donc en forçant l'allure, tantôt dans les bois, tantôt sur la rivière des Liards.

Vers le milieu de la journée, au détour d'une boucle du fleuve s'éleva une volute de fumée. Découvrant une hutte d'Indiens, ils décidèrent une halte.

Monseigneur était le seul à qui il restait encore un peu à manger. Il thésaurisait un carré noirâtre et peu appétissant : un kilo de viande séchée qui constituait pourtant un luxe dans la pénurie où ils étaient ! Il n'osait pas trop offrir sa pitance, elle n'avait pas fière allure et ne laisserait pas un gros morceau à chacun.

Dans l'espoir de trouver un remède à l'intérieur de la hutte indienne, Isidore entra sous les branchage. Une femme avec ses enfants attendait son mari parti à la chasse.

— De la viande, il n'y en a point ! avait-elle tout de suite répondu selon la coutume. Isidore qui voyait la marmite bouillonner ne s'inquiéta pas trop de cette réponse, sachant le chasseur absent, la femme ne pouvait rien offrir.

Il s'assit donc et entama la conversation.

Les orignaux étaient très difficiles à poursuivre. La neige fraîche recouvrait instantanément leurs traces et depuis des jours, le chasseur revenait bredouille.

Lorsqu'il souleva le couvercle de la marmite, Isidore aperçut quatre lièvres bien dodus. Devant les efforts qu'il leur restait à faire et la faim qui les tiraillait tous depuis quelques jours, il proposa un échange et, avant même que la pauvre femme ait pu donner une réponse, les hommes se partageaient les lapins et jetaient leur viande séchée dans la marmite.

A peine leur repas terminé, les os bien léchés, le chasseur arriva. Il ne dit pas un mot des lièvres qui lui avaient été soustraits et se servit une tasse de thé, mangea la vilaine viande qui flottait dans la marmite tout en discutant avec Mac Dougal. Il proposa même de les accompagner jusqu'au fort et de leur faire la trace pour y parvenir.

Telle est l'hospitalité de cette tribu qui vit dans les montagnes Rocheuses et ses abords, les Nahanais.

La caravane finit le voyage au pas de course. Tous voulaient, coûte que coûte, arriver avant la nuit. Le pauvre Mac Dougal souffrait tellement des pieds qu'il avait peur de ne pouvoir arriver chez lui s'il avait le malheur de s'arrêter.

La mission du fort des Liards n'avait pas été habitée depuis plusieurs années ; bien qu'il ne sache pas dans quel état il la trouverait, Isidore ne voulait surtout pas passer encore une nuit dehors avec sa moitié de couverture. Ils décidèrent tous d'ignorer les fatigues pour avancer.

Enfin, tard dans la soirée, ils aperçurent les bâtisses du fort au détour de la rivière. Isidore entra dans la petite maison-chapelle, construite par le père Grouard. Il tomba à genoux devant l'autel qui faisait face à l'entrée et chanta une prière pour l'heureux voyage qui les avait conduits sains et saufs malgré les embûches.

Rien n'était superflu dans cette maison : solide et harmonieuse, elle donnait immédiatement un sentiment de bien-être. Les proportions et le soin apporté aux détails donnaient une impression de confort. On sentait que l'architecte l'avait construite pour lui-même, il avait multiplié les petites commodités et les astuces pour rendre plus grand et plus pratique ce petit chalet de bois. La chapelle était finement décorée et rehaussée de peintures simples.

Isidore était ému devant cette simplicité profonde. Elle marquait si bien la présence divine, sans ostentation ni richesse, mais solide et belle. Il se prit à rêver que les missions fussent à cette image. Hélas ! Il revit toutes les messes qui ne pouvaient se célébrer ailleurs que sous la tente. Il était si difficile de leur donner grandeur et dignité quand on se cognait sans cesse à la toile, sans un mètre d'espace pour se retourner. Il savait que le Christ lui-même n'était pas venu dans un temple de richesse, il avait choisi une grotte probablement sale et sans confort, au milieu des bêtes... Mais l'heure était à l'Eglise triomphante et la foi s'exprimait alors par toutes les splendeurs et les richesses que l'homme pouvait offrir pour honorer son Dieu. « Rien n'est trop beau ou trop cher pour le Seigneur du monde. »

Isidore se sentait raffermi par ce voyage plus qu'il ne l'avait espéré. Il retrouvait une énergie et des forces nouvelles au lieu d'aller vers une fatigue croissante, il se sentait plus fort de jour en jour. Il reprenait courage, sa mission était bien là, dans les voyages et les fatigues corporelles, puisque Dieu lui donnait toujours l'énergie nécessaire même dans les pires conditions. Il rendit grâce à Dieu, ses doutes et ses difficultés de gouvernement lui paraissaient soudainement dérisoires.

Il laissa le père Ladet à la rivière des Liards et après une bonne nuit de sommeil, quitta le fort. Il aurait aimé se reposer quelques jours ! Le dégel semblait s'accélérer et il devait profiter de la glace sur les rivières car le chemin des bois demeurait beaucoup plus difficile à pratiquer.

Deux jeunes hommes accompagnaient Monseigneur avec le traîneau du courrier qui remontait lui aussi jusqu'à fort Nelson.

La première journée, le ciel plafonnait très bas, un petit vent chaud dégelait la rivière et rendait la progression difficile. Ils décidèrent de marcher la nuit, il gelait alors suffisamment.

Pendant trois nuits, ils remontèrent la rivière des Liards jusqu'à la fourche avec la rivière Nelson. Ils partaient vers six ou sept heures du soir et s'arrêtaient le lendemain vers dix ou onze heures du matin. Les jeunes gens robustes ne voulaient à aucun prix se laisser surprendre par le dégel. Malgré tout, les premières nuits, l'avancée piétinait : la neige, lourde et abondante, collait aux raquettes, l'obscurité cachait des glaçons durs sous la neige et les traînes se renversaient souvent.

La nourriture du voyage consistait en blocs de viande durcie qui devait servir aussi bien pour les chiens que pour les hommes. Malgré cela, il n'était pas question de prendre du temps pour la chasse, fort difficile en cette saison. Aussi Monseigneur était reconnaissant de pouvoir mettre tous les soirs deux carreaux de chocolat français dans sa poche pour se sustenter en cas de faiblesse durant le parcours. Il considérait le chocolat comme une sorte de pilule magique qui donnait instantanément énergie et courage. Ces malheureux carrés représentaient un luxe si grand qu'il les réservait aux situations de voyage particulièrement délicates. Il n'aurait pas osé dépenser l'argent du vicariat pour s'offrir une telle friandise, digne des rois, sans raison valable. Il espérait avec ardeur que de pieuses âmes puissent en offrir, au moins quelques tablettes chaque année, pour ne pas se trouver privé d'un viatique aussi puissant. Il partageait avec équité son trésor avec Johnny qui avait appris depuis longtemps à apprécier les pouvoirs de la « médecine brune ».

A partir de la rivière Nelson, la marche s'accéléra beaucoup. La rivière se dégageait, la neige fondait.

Si la viande séchée n'était pas venue à diminuer dangereusement, le voyage eût certainement gardé une allure normale, mais la chaleur et la puissance du soleil, dès son lever, brûlaient passablement nos hommes. Monseigneur, avec sa peau blanche, brunissait vite ; son teint écrevisse ne tarda pas à faire apparaître de grosses pustules autour des yeux. Brûlé par la réverbération autant que par le soleil lui-même, l'insolation le guettait dangereusement et son seul recours pour avoir un peu de graisse était de se frotter avec un petit morceau de cette viande, dont ils avaient déjà si peu ! Les Indiens n'étaient pas épargnés, leur peau devenait noire, un peu moins sensible sur le visage. Leurs yeux pleuraient souvent. Ils voyageaient au mois le bien nommé : « lune de l'ophtalmie des neiges ».

Le 10 avril, s'étant levés vers six heures du soir, ils prirent un repas frugal et les traînes démarrèrent vers huit heures.

La journée avait été chaude mais la nuit gelait encore. La neige fondue se recouvrait d'une croûte de glace, trop fine pour supporter la charge, mais assez épaisse pour gêner la marche des chiens qui perdaient pied. Les traîneaux s'enfonçaient. La couche inférieure encore assez épaisse mais molle à souhait happait littéralement les pieds. La lune se levait sur les montagnes Rocheuses qui se découpaient au loin, donnant de la nuit l'image trompeuse d'une paix truffée de pièges, tous plus dangereux les uns que les autres.

Vers trois heures du matin, harassés, les jeunes gens de même que Monseigneur furent tous d'accord pour boire un bon thé chaud et se reposer un peu. A peine le feu allumé, les quatre voyageurs s'endormirent sur les branches de sapin qu'ils avaient coupées pour s'asseoir. Isidore, plus vigilant, s'éveilla au bout d'une heure. Il secoua ses compagnons, déchira un morceau de viande, but le thé et les traînes repartirent. Ils marchèrent à grands pas jusqu'à midi, le soleil avait fait fondre la croûte de glace et le chemin était plus facile.

Enfin, tourmentés par leur estomac, ils s'arrêtèrent, firent du feu et avalèrent le dernier morceau de « pemican » qui leur restait. Isidore, en se préparant un petit siège, enfonça dans un trou d'eau jusqu'à la ceinture. Bien que le froid ne fût pas très intense, il valait mieux, dans ce cas, continuer à marcher pour ne pas ressentir les mille aiguilles qui percent les jambes. Les jeunes gens tombèrent d'accord pour continuer.

— Nous pourrions camper à la rivière des Iroquois, il y a toujours un campement d'Indiens par là-bas et ce serait bien le diable s'ils n'avaient pas un peu de viande pour nous !

— C'est encore loin, mais en allant vite on devrait y être dans quelques heures.

Cette dernière remarque troubla un peu Isidore, qui voulait réchauffer ses jambes. Il aurait également bien voulu aussi cacher son visage tuméfié par l'ardeur du soleil.

Ils n'arrivèrent que vers sept heures du soir à la rivière des Iroquois. Il n'y avait pas d'Indiens et pas de traces de campement. Isidore se disposait à camper malgré tout mais les jeunes gens, persuadés de rencontrer des amis et surtout de la viande fraîche un peu plus loin, décidèrent de poursuivre. Monseigneur étant seul de l'avis contraire ne put que se résigner à les suivre.

Isidore, épuisé, avait souvent la tentation de monter sur son traîneau, mais en voyant peiner ses vieux coursiers, et sachant ce qu'eux aussi avaient « dans les pattes », n'osait pas le faire. Ses pauvres chiens n'avaient pas eu de repos de plus de deux jours de tout l'hiver. Leur nourriture n'avait pas été plus abondante que celle de leur conducteur et leurs petites pattes avaient parcouru des milliers de kilomètres.

Vers neuf heures du soir, Isidore proposa une halte pour boire du thé, ils marchaient depuis vingt-quatre heures !... La jeunesse ne répondit même pas aux appels de l'évêque. Enfin, un peu plus loin, ils consentirent à prendre un peu de repos.

— Nous sommes presque arrivés au fort Nelson. Nous pourrons bientôt manger et dormir dans un lit. Il faut continuer, avait dit le porteur de courrier.

Malgré sa fatigue, Isidore, dont le visage avait encore enflé dans la journée, jugea effectivement plus prudent de poursuivre la route de nuit plutôt que de risquer encore une journée de soleil.

Ayant bu un bon thé chaud, ils repartirent à grands pas vers le fort.

Vers deux heures du matin, ils aperçurent la silhouette du fort qui hérissait sa palissade dans la nuit. Ils avaient marché plus de vingt-huit heures sans camper, sans s'arrêter, sauf pour le temps de grignoter des miettes de trois heures en trois heures, pendant cinq à dix minutes et cette heure de sommeil volée par la fatigue à leur insu dans la nuit du 11 avril.

Isidore, fourbu, défiguré, se réjouissait d'avoir pu suivre des jeunes d'une vingtaine d'années rompus à cet exercice. Sa santé et sa force l'étonnaient.

Il avait marché à la raquette, dans les conditions les plus pénibles pendant vingt jours, depuis la Providence, pour évangéliser quelques Indiens qui n'étaient pas encore là car la saison avait du retard.

Deux familles catholiques vivaient au fort Nelson. La mission, peu visitée, était encore à l'état naissant. Tout restait à faire. Les Indiens s'y rendraient quand la neige cesserait de tomber et que la débâcle dégagerait la rivière.

Isidore les attendit, il apprit à lire aux enfants du fort.

Le mois de mai arriva avant le beau temps. Quelques Indiens isolés parvinrent jusque-là. Les tribus habituelles n'avaient pas encore pu venir. Isidore parlait aux visiteurs de religion, il leur expliquait les vérités éternelles, leur enseignait les prières essentielles. Quand il les jugeait suffisamment instruits, il donnait le baptême.

Le 16 mai, jour de Pentecôte, il célébra au fort une messe pontificale : les protestants s'assirent à côté des deux familles catholiques, plus deux métis loucheux, qui avaient été rebaptisés, et quelques autres Indiens. Monseigneur eut le plaisir de voir trois premières communions et trois confirmations.

La semaine suivante, des chasseurs vinrent vendre leurs fourrures, leurs femmes et leurs enfants étaient restés dans les camps car la neige était encore haute.

Monseigneur commenca alors la vraie mission. Il aurait bien aimé que les femmes et les enfants fussent là mais il se résigna. L'évêque baptisa encore treize adultes, administra huit confirmations et reçut trois abjurations de protestants.

La tâche lui parut exaltante, loin des querelles intestines, des conflits de personnes, des problèmes d'administration et des décisions embarassantes. Il transmettait sa foi en Dieu, son espérance et sa charité à ces hommes proches de la prière, avides de savoir et de sagesse. Pour les Indiens, familiers avec les symboles, les images de la Vierge, Mère de tous les hommes, du Dieu amour universel ne bousculaient pas leur croyance antérieure mais confirmaient ce qu'ils pressentaient déjà en rejoignant leurs légendes et leurs valeurs essentielles.

Isidore, parlant en langue indienne, était transfiguré. Ce n'était plus le même homme, sa parole prenait des gestes, la langue se remplissait d'images et son sérieux habituel se transformait, se modelait dans une expression où la sécheresse des abstractions n'existait pas.

Il racontait des histoires, se servait des objets, des animaux, de la nature pour communiquer l'évangile et les Indiens entendaient vibrer l'ardeur de son âme. Comment aurait-il pu être entendu s'il n'avait pas parlé d'un Dieu dont ils avaient déjà connaissance, avec des accents et des images qui étaient propres à leur langue. Si Isidore n'avait pas parlé la langue indienne, il est probable qu'il n'aurait pas été entendu et n'aurait pas été reconnu homme digne de foi. Les valeurs chrétiennes pour la plupart, principes de base de l'humanité en marche, se reconnaissaient dans les mythes indiens.

Les chasseurs repartis, Isidore songea lui-même à redescendre vers le fort des Liards.

Les Indiens Sékanais* abandonnaient tous leur canot définitivement au fort et rentraient par la forêt. Comme Isidore s'en étonnait, on lui fit remarquer que les rivières dans la région étaient très tortueuses et très rapides. Les canots d'écorces résistent mal au traitement de ces eaux tumultueuses surtout à la descente, aussi les indigènes fabriquent-ils des embarcations sommaires pour remonter et s'en débarrassent ensuite.

Une simple écorce pliée et cousue à chaque extrémité suffisait à former un bateau. Des petites branches de la grosseur d'un doigt, pliées à la forme du canot, maintenaient l'ensemble tous les trente-cinq centimètres environ. En une petite journée, un homme le construit facilement. Chacun y entasse les pelleteries amassées pendant l'hiver et les emmène jusqu'au fort. Ils reviennent alors moins chargés. Ils ne se hasardent pas à descendre les rapides avec d'aussi frêles embarcations et passent par la forêt.

Isidore espérait bien pouvoir se procurer un bon canot pour retourner au Fort des Liards. Il se voyait déjà obligé de prendre une de ces fragiles écorces, quand on lui proposa de descendre une grosse barque de la Compagnie qui n'avait pas d'homme pour la diriger.

Voilà comment Monseigneur se mua en capitaine de barque !

Il quitta la mission Saint-Paul du fort Nelson le 31 mai. La neige avait complètement disparu et la nature rapidement repris sa vie grouillante du printemps.

Le courant était assez fort pour tirer la barque sans qu'il fût nécessaire de ramer ; les passagers de Monseigneur utilisaient leurs pagaies dans les rapides seulement. La plupart du temps, Isidore, debout à l'arrière, manœuvrait la godille pour aller dans le meilleur courant. Il devait constamment rester en alerte. Des troncs d'arbres, plantés dans le fond sablonneux, attendaient traîtreusement la barque pour l'empaler sans espoir. Quand les arbres émergeaient en surface, il n'était pas difficile de les éviter : le plus souvent, ils se tapissaient juste sous la surface. Il fallait savoir lire les eaux, le sens de ses remous et des imperceptibles vaguelettes. La puissante silhouette du prélat dominait le fleuve. De temps à autre, il jetait un œil distrait derrière la forêt infinie, interminable, où surgissaient les montagnes majestueuses, lointaines, encore toutes couronnées de neige…

Le premier soir, ils campèrent à la rivière des Iroquois où logeait un chef indien avec plusieurs familles. Pendant qu'on préparait le souper, Monseigneur fuma quelques pipes avec le chef et lui raconta des histoires édifiantes qu'il conclua par une veillée de prière à Marie en l'honneur du mois de mai.

Les hommes qui venaient de se rencontrer occupèrent toute la nuit à se conter leurs aventures de l'hiver et à palabrer sans fin ; le camp résonnait de leurs éclats de voix et le pauvre Isidore ne pouvait fermer l'œil. Vers une heure du matin, n'y tenant plus, il donna l'ordre du départ.

Le chef voulut se faire descendre sur la rivière avec ses femmes, ses enfants et ses chiens. Isidore ne pouvait refuser après l'hospitalité qu'il avait reçue, mais la barque se trouva si chargée que le bord affleurait juste au-dessus de l'eau.

Passager de l'ombre, Isidore scrutait à l'avant du bateau l'eau noire, pâlissante sous une grande lune blanche. Le bruit de la rivière remplissait le silence, les chiens blottis sur le plancher s'étaient tus. Vers sept heures, les Indiens débarquèrent et le soleil se leva.

La rivière des Liards n'était pas moins impétueuse que la rivière Nelson. Beaucoup plus large, elle formait des méandres gigantesques dans lesquels les bancs de sable se cachaient, traîtres et nombreux.

Un matin, peu après le lever du soleil, Isidore, toujours fidèle à son poste de timonier, récitait ses prières de Laudes. Les quatre hommes d'équipage dormaient, dans l'insouciance légendaire des habitants de la forêt, abandonnés à leur confiance dans le grand homme de la prière. Isidore s'était assis un instant, quand il entendit un grondement grandissant. La barque avançait à vive allure.

Il se leva et aperçut un rapide à quelques mètres de là, obstrué par d'énormes bois de grève.

— Lève, lève ! cria-t-il de sa voix la plus forte.

— A la rame, vite, vite !

Deux des hommes moins endormis ou plus vifs que leurs compagnons s'emparèrent des pagaies et tirèrent le bateau de toute leur force pour éviter l'obstacle. Déjà, ils arrivaient dans les eaux déferlantes. Bousculée dans les flots, la barque s'accrocha à une branche, qui heureusement se cassa et laissa filer l'embarcation. Derrière eux, le canot d'écorce attaché à la barque se renversa et partit dans la direction du bois. Isidore ne pouvait pas se retourner, mais il entendit l'écorce se briser comme du verre. La barge n'avait pas ressentie la moindre secousse, du canot, il ne restait qu'un morceau de la grosseur d'un bouchon attaché à la ficelle.

Ils étaient sauvés. Quelques secondes de plus et ils allaient se fracasser eux aussi contre les troncs. Poussée par le courant, la barque aurait à peine résisté plus que le canot, elle aurait été pulvérisée, précipitant ses passagers dans le milieu des eaux glacées. Mais le rapide n'était pas fini.

— Attention à l'avant, cria un des rameurs.

La barque passait sous un grand arbre suspendu en travers, il en effleura juste le dessus ; ceux qui dormaient au fond ne sentirent rien, mais Monseigneur n'eut que le temps de s'aplatir en avant pour l'éviter, un peu plus, il était balayé comme une plume. Deo gratias.

Le petit canot servait aux jeunes gens, le soir venu, pour chasser le gibier d'eau. Ils n'allaient plus pouvoir se glisser vers les canards, mais les provisions ne manquaient plus.

Si, durant le voyage aller, Isidore avait connu la disette, durant celui du retour, il jouissait de l'abondance. Depuis le départ, les hommes avaient tué neufs castors, deux lynx et une foule de canards. C'était plus qu'ils ne pouvaient consommer.

Ils arrivèrent par un après-midi radieux au fort des Liards et furent accueillis par une foule d'Indiens qui entouraient le père Ladet. Les hommes tiraient du fusil, gaspillant la poudre en abondance pour marquer leur joie. L'évêque eut grande difficulté à mettre pied à terre. Loin de s'attendre à une telle popularité, Monseigneur se prêta pendant plus d'une heure à la cérémonie du serrement de main et du baiser de l'anneau. Peu étaient familiers avec ce rite et les Nahanais en particulier croquaient la bague à belles dents ou lui donnaient un grand coup de langue. Isidore souriait, tout à la joie de rencontrer un si grand nombre de fidèles.

Quatre tribus différentes se réunissaient habituellement au fort des Liards. Les Nahanais, les Slavies*, les gens du Grand Lac, et les Montagnards. Isidore bénissait chacun d'eux, grands et petits, avant de leur serrer la main. Les Montagnards croyaient que l'évêque, en signe d'amitié, leur offrait son anneau aussi plusieurs voulurent le lui enlever. Monseigneur, ne connaissant pas leur langue, crochetait son doigt avec force en les regardant d'un sourire éloquent. Les plus petits enfants ayant touché le Grand Priant, tous se mirent à genoux en terre et l'évêque fit retentir dans le silence de la forêt une longue prière suivie d'un chant à la vierge Marie.

L'évêque donna douze jours d'instruction, le plus souvent en montagnais ; ce n'était pas leur langue, mais la plupart comprenaient assez bien. De temps en temps, Isidore émaillait ses histoires avec des mots nahanais qu'il avait glanés ici ou là au cours de son voyage.

Si Isidore réussit à faire passer le message, il lui était parfois plus difficile de faire comprendre des attitudes directement issues de la culture occidentale : se mettre à genoux pour recevoir la communion n'était pas une attitude indienne. Les vieux hésitaient et préféraient s'asseoir sur les talons. La religion de l'Indien l'invitait à se fondre dans la nature, l'homme était dans la nature et la nature était dans l'homme, comme Dieu est en nous... Mais la nature tue la créature inutile et cela la religion chrétienne ne pouvait l'accepter.

Isidore entendit deux histoires qu'il commenta souvent au cours de ses instructions :

— Durant l'hiver, une jeune femme avait mis un enfant au monde. Selon les habitudes, elle s'était séparée du camp, peu avant la naissance. Elle avait construit un abri sommaire pour accomplir, selon la nature, son enfantement. Hélas, un accouchement difficile laissa bientôt la mère sans vie. L'enfant criait avec tellement de vigueur qu'au camp, tout le monde fut averti de sa présence. Pour les Indiens, une femme est souillée par la naissance, elle est impure, aussi personne ne vint la voir. Personne n'osa toucher l'enfant de peur de contracter quelque impureté et on le laissa mourir. Les sachant morts tous les deux, la tribu fit tomber sur eux les branchages de l'abri et s'empressa de lever le camp de cet endroit maudit.

Isidore s'éleva contre cette coutume. Il la condamna avec virulence. L'impureté était affaire de cœur, la vie avait une valeur inestimable. Les Indiens, eux, avaient peur, une peur ancestrale. Isidore touchait là un tabou, une pratique qui relevait de l'indicible ; il ne comprenait pas bien ce qu'elle signifiait vraiment pour les Indiens. Eux-mêmes ne pouvaient pas expliquer et se contentaient d'être fortement troublés.

— Vers la fin de l'hiver, une jeune femme enceinte avait été rejetée par son mari. Furieuse de cette lâcheté, elle tua son enfant parce que c'était une fille.

Dans des temps plus anciens, avant l'arrivée des missionnaires, il était courant d'abandonner d'abord les vieillards et les petites filles en cas de famine car ils étaient impropres à la chasse. Même si cela avait changé, ce n'était pas réprimé comme un crime par la communauté.

Les femmes elles-mêmes avaient pris conscience grâce aux missionnaires qu'elles n'avaient pas à s'offrir en victimes consentantes pour toutes les ignominies. Elles voulaient bien s'atteler au traîneau lorsqu'il n'y avait pas de chiens, faire les tâches ingrates sur les animaux, mais désormais, elles avaient appris qu'elles possédaient une âme comme les hommes et leur force déjà grande malgré les apparences s'en était renforcée. Elles n'acceptaient plus qu'on les tuât et qu'on les mangeât en premier.

Monseigneur brandissait l'image de la Vierge, pour donner à la femme une dignité et un rang que la nature ne lui reconnaissait pas toujours.

La loi du chasseur ne pouvait pas ignorer le pouvoir de l'épouse et de la mère. Les Indiens le connaissaient et le reconnaissaient. Peut-être même se donnaient-ils ce droit de vie ou de mort parce qu'ils savaient qu'au fond la vie et la mort possédaient la vraie force.

L'évêque, sans bien comprendre toutes les ruses et les mystères qui se cachaient sous ces traditions, elles aussi séculaires, menaçait du feu de l'enfer ceux qui ne suivraient pas les lois de Dieu. Et cela faisait grande impression sur l'auditoire qui craignait plus les morts et leurs pouvoirs occultes sur les vivants que la mort elle-même.

Les Indiens aimaient par-dessus tout les cérémonies. Leur vie était en elle-même un symbole, chaque acte posé revêtait une forme religieuse, cérémonielle, reliée au Grand Esprit. De là, au Dieu tout puissant des chrétiens, que les prêtres vénéraient à toutes les heures de la journée par leur bréviaire, il n'y avait qu'un pas. Pour les Indiens, tout était signe, tout était symbole, ils entraient avec bonheur dans l'expression colorée de l'église catholique. Isidore avait bien compris qu'il touchait ces hommes par la pompe qu'il déployait, aussi ne manquait-il jamais de faire office pontifical, aussi souvent que cela lui était possible. Il leur apprenait les chants et les prières et tout un monde de rituels auxquels les Indiens se prêtaient.

Monseigneur était satisfait de sa mission : cinquante-cinq confirmations, vingt-neuf baptêmes dont dix-sept d'adultes, deux abjurations et sept mariages ! Sur une population de cinq cents personnes environ, qui ne voyaient le prêtre qu'une fois par an depuis seize ans, cela constituait un véritable succès.

Maintenant qu'il allait laisser le père Ladet à poste fixe au fort des Liards, il pourrait enfin suivre avec attention ces filles et ces fils de Dieu. Une seule ombre au tableau lui faisait redouter d'abandonner le jeune père : d'une santé fragile, celui-ci s'était effondré à l'idée du départ de Monseigneur ; supporterait-il la solitude et la rigueur de cette vie ? Il lui faudrait apprendre rapidement les langues indiennes pour pouvoir communiquer et être utile ; sans cela, l'œuvre serait perdue.

Isidore s'embarqua pour le retour vers la Providence, dans une navigation tranquille et sans histoire. Cela lui arrivait aussi. Ce pays connaissait aussi bien l'enfer que le paradis.

La répartition des charges pour un portage était très importante, car, de là, dépendait la paye de chacun.
Aquarelle par Ogden, 1861. Archives publiques du Canada.

CHAPITRE X

PARMI LES INDIENS

Dans un salon lyonnais - Voyage dans la prairie - Le père Joussard prend la barbe d'Isidore pour la queue de son cheval - Le lac La Biche - Randonnée en raquette au fort Raë - Monseigneur passe la veille de Noël sur un lac gelé - Isidore sauve une orpheline - La chasse aux caribous.

Au MacKenzie, les corps et les âmes s'épuisaient vite, vieillissaient avant l'âge. La congrégation ne fournissait plus assez de missionnaires.

En 1878, Isidore revient sur le Vieux Continent. Il y séjourne une bonne année pour rechercher des fonds et des recrues. Ses pouvoirs sont toujours aussi restreints, mais, en France, il peut faire illusion et jouir pleinement de la notoriété épiscopale et de l'héroïsme de ses missions dangereuses. Il est ici un prince de l'Eglise et un aventurier de Dieu. Dans la paix des salons lyonnais, s'il ne se prend pas vraiment au jeu des honneurs, il en goûte le plaisir en compensation de ses souffrances passées et à venir.

En racontant ses histoires, sa vie au milieu des Amérindiens, il regarde les lourdes tentures garnies de dentelles, passementeries et cordons, les faïences dorées, les meubles vernis au tampon et s'entend évoquer les indiens comme des êtres sauvages et primitifs. Les visages de ces hommes tournent dans sa tête. Il sait que les choses ne sont pas aussi simples. Ici, toutes les apparences sont contre ces pauvres Indiens sans culture, sans raffinement, que pourrait-il dire d'autre à ces Français bien éduqués ? Ils n'attendent que ce discours pour se gausser ou s'émouvoir.

Isidore pressent pourtant que le « Monde occidental » n'est pas ce qu'il prétend être. Comment oser l'affirmer sans passer pour un fou, un illuminé ?

La France elle-même, fille aînée de l'Eglise, s'est détournée des valeurs divines.

A cette époque, Jules Ferry s'acharne contre les congrégations religieuses et réussira à les bouter hors des frontières. Le positivisme repousse le royaume de Dieu avec beaucoup plus de perspicacité et de malice qu'il n'y paraît. Les hommes dits civilisés éloignent de plus en plus l'image de l'univers qu'avait tracé la chrétienté.

Policés par des siècles de cultures, les âmes noires et perverses cachent avec plus d'habileté leurs desseins inhumains. Au milieu de la richesse et de l'abondance fleurissent tant d'injustices et de bassesses déguisées dont les conséquences sont sans commune mesure avec les coutumes les plus sauvages.

Isidore constate avec déception que l'empire colonial de la France ne se préoccupe pas du Grand Nord américain. Cette terre n'a rien à offrir. Le pauvre évêque se bat contre des moulins à vent. On préfère se pencher sur l'Afrique et l'Indochine dont la nature moins sauvage offre des ressources incalculables et une main-d'œuvre facile. On cache cela sous d'habiles théories de civilisation. Les missionnaires n'échappent pas à la loi économique. Les régions arctiques sont et seront délaissées. Monseigneur Clut ne trouve pas de prêtres, pas de capitaux. Il a beau dire :

— Les Indiens ont autant besoin de notre civilisation que les noirs, nos écoles recueillent des orphelins et des enfants auxquels nous apprenons à lire et à écrire. Il faut de l'argent !

Il se heurte à un mur qu'il ne comprend pas, seuls quelques donateurs isolés, émus par l'éloquence du cœur de Monseigneur ouvrent timidement leur bourse... Les intérêts se portent ailleurs, Isidore se demande pourquoi !

Les Indiens avec l'intransigeance de leurs lois « sauvages » vont jusqu'à la mort dans la dignité, l'abnégation et le partage de la parole donnée, même s'ils tombent aussi dans l'abjection et l'ignominie. Leurs manières barbares sont souvent plus proches de Dieu que notre civilisation qui cache ses mensonges et ses crimes sous de nobles valeurs.

Isidore ne voudrait pas juger. Il goûte un repos mérité au milieu des siens. Sa lutte en pays civilisé est plus douce pour le corps mais plus amère que sa lutte contre les glaces et les rivières infernales.

Il repart en 1880 avec un maigre butin. Heureusement, quelques jeunes gens de son pays natal se sont laissés emporter par le tableau exaltant de cette œuvre exploratrice. La rencontre avec des êtres profondément croyants les a attirés, le goût de l'aventure les a peut-être illusionnés un peu sur les tourments qu'ils auront à endurer, mais ils partent, prêts au sacrifice. Monseigneur les emmène vers ses chers Indiens.

De nouveau, il prend le chemin de la prairie vers le lac La Biche. Aux difficultés de tous genres : mauvais chemins, fondrières, pluies incessantes, gelées nocturnes, charrettes embourbées, essieux cassés, engagés mécontents, recrues qui s'en retournent devant les difficultés, nourritures inmangeables, s'ajoute un fléau d'apparence bénigne, mais d'une réalité infernale : les maringouins.

Ce n'est pas un phénomène nouveau, mais épisodique. Si les poux sont toujours là, les moustiques s'éveillent en été. Ils résistent aux hivers les plus glacials et renaissent avec les chaleurs et les pluies. Qui n'a pas connu les maringouins du Nord ne peut pas se faire une idée du supplice qu'ils peuvent faire endurer.

Plus d'un pionnier est mort de folie ou de fièvre par le harcèlement de ces petits insectes. C'est à croire qu'ils ont une revanche à prendre sur le genre humain. Pour s'en protéger, il faut porter une moustiquaire sur la tête ou, lorsque ce n'est pas possible, s'enduire abondamment de graisse d'ours et se tenir dans la fumée des feux, sans avoir peur de se faire boucaner comme du hareng.

Les maringouins ne sont pas plus méchants qu'en Europe, mais ils sont plus nombreux, beaucoup plus nombreux et si vous échappez à certains, vous ne pouvez jamais échapper à tous, une morsure amène l'autre.

Au départ de la Chaussée des Castors, le 20 juillet, le wagon d'Isidore part un peu en avant pour éviter un chemin plein d'eau. Il s'embourbe et, lentement, s'enfonce jusqu'à se retourner. Patients, les maringouins attendent quelques parties charnues laissée découvertes pour se goinfrer de sang.

Comment voulez-vous conserver votre moustiquaire sous un chariot renversé quand tout vous tombe dessus ?

Une nuée d'insectes pullulants se précipite sur la victime et se régale. Tous font la queue et si certains se tuent (une bonne gifle en écrase quelques centaines), des milliers d'autres se pressent pour prendre la relève et attaquer à leur tour. Il reste aux bourreaux assez de temps pour agir entre deux taloches.

Le jeune père Joussard, compagnon de voiture de Monseigneur, plein de boue, se démène comme un pauvre diable, englué en bas, harcelé par le haut, il n'a plus le temps de réfléchir ni de penser ; ses actes deviennent désordonnés, incohérents. Il se tape, bat l'air, crie au secours, toujours plus vulnérable à l'ennemi insaisissable et insensible à ses coups. Dans ces sortes de situations, la folie guette avec la rapidité de l'éclair. Il faut réagir vite, se reprendre et stopper le carnage. Si vous n'avez pas un ami près de vous, ou un associé, votre peau n'a plus grande valeur. Heureusement, Isidore est là, plus protégé par sa barbe immense et plus expérimenté contre le fléau.

— Sortez-vous de là et courez !

— Je ne peux pas, j'ai de la boue jusqu'aux genoux

— Alors, laissez-les faire et attachez votre moustiquaire calmement, serrez les dents et ne vous occupez pas de leurs piqûres, empêchez une nouvelle armée d'aller jusqu'à vous. Après, vous tuerez ceux qui sont dedans.

Quelques instants plus tard, le pauvre père Joussard devient méconnaissable : boursouflé, maculé de boue de la tête aux pieds, en proie à des démangeaisons irritantes, il grinçe des dents. La grosse attaque est passée. Autour de lui, la multitude des suceurs le harcèle, l'exaspère encore de son bourdonnement tyrannique, elle ne peut plus rien contre lui. Il a l'impression de sortir de l'enfer, c'est presque un soulagement de savoir où frapper et tuer, trop tard, mais à coup sûr, la bestiole immonde.

La nuit suivante, le jeune père, en proie au délire ou à un rêve malicieux, croyait s'accrocher à la crinière de quelque cheval récalcitrant et criait :

— Hue, donc, en avant, hue !

Et de tirer sur ce qu'il croyait être la queue de son cheval, de toutes ses forces. Un cri le réveillait bien vite de son cauchemar. Quant à

Monseigneur Clut, il dégageait, non sans peine, sa barbe de l'emprise de son voisin et lui dit :

— Les maringouins vous ont tourné la tête, mon ami, que vous confondiez votre évêque avec un cheval sauvage !

Le jeune père Joussard, futur successeur de Monseigneur Clut, se perdit en confusion puis replongea dans un sommeil lourd.

Le voyage avec les barges jusqu'au lac Athabaska fut tout aussi périlleux que les précédents ; les rapides ne laissèrent aucun répit aux rameurs. Les dangers plus d'une fois évités de justesse, épargnèrent Isidore et ses compagnons de route.

Pour ménager son retour, Monseigneur Faraud assigna son auxiliaire aux bords du lac Athabaska qu'il affectionnait tant. Les problèmes d'administration restaient toujours liés aux distances et aux communications difficiles. Les lettres voyaient arriver leur réponse, sauf exeption, un ou deux ans après l'appel brûlant d'actualité.

Connaissant de mieux en mieux leur langue, Isidore se consacrait de plus en plus aux Indiens. L'école de la Providence avait maintenant plus de trente-cinq élèves et on songeait sérieusement à demander l'aide au gouvernement qui proposait quelques dollars par enfant recueilli. Ce n'était pas grand-chose car les écoles coûtaient très cher aux missions si peu fortunées, mais chaque centime trouvait son usage.

Le 17 décembre, au cœur d'un hiver rigoureux, Isidore s'apprêta à partir pour le fort Raë, au nord du Grand Lac des Esclaves. Les travaux de la Providence cette année-là nécessitaient tous les bras disponibles, et il n'était pas question pour Isidore de se faire accompagner par un frère ou même un engagé de la mission. Or se trouvait là Norbert Grosse Tête, Indien Peau de Lièvre qui habitait le fort Raë. Isidore passa donc une convention avec lui et le paya d'avance pour le voyage au fort Raë et ensuite pour le conduire jusqu'à l'île Orignal, chez le père Gascon.

L'évêque ne pouvait prendre les bons chiens de la Providence, trop utiles pour la survie de la mission. Il pensa faire un bon coup en prenant avec lui quatre vieux coursiers qui n'avaient pas été attelés de l'hiver. Ils devaient, pensait-il, se trouver frais et dispos !

La veille du départ, l'un d'eux mourut de rage ou d'une quelconque maladie. N'ayant plus le temps d'en entraîner un autre, il accepta un chien sauvage, particulièrement robuste qui aurait été assez fort pour tirer la traîne à lui tout seul, mais que personne n'avait encore apprivoisé. Isidore s'en réjouit plutôt, il aimait les chiens et les dompter n'avait pas de secret pour lui.

Le jour du départ, Norbert Grosse Tête traçait le chemin dans la neige, une épaisse couche molle venait de tomber. Elle collait aux raquettes et aux patins de la traîne. Jean-Baptiste Boucher transportait le courrier. Peu chargé, il marchait près de l'Indien sous les arbres blancs, tandis qu'Isidore suivait de loin. Son traîneau était lourd et son attelage désordonné.

La bête sauvage aurait pu faire un bon chien de tête mais il n'avait pas l'expérience et n'obéissait pas aux ordres. Isidore l'avait essayé, puis il l'avait vite remis au milieu pour éviter une catastrophe. Il courait dans tous les sens, se retournait, et la traîne chavirait à droite, à gauche. Maintenant, le meneur était un chien empâté, trop gras pour cette neige déjà lourde, le traîneau s'enfonçait, souvent bloqué par quelque grosse pierre. Sa progression cahotique fatiguait l'attelage autant que le conducteur.

Le premier soir, Norbert détela les bêtes de Monseigneur. Il les attacha chacune à un piquet pour qu'elles ne puissent s'entre-dévorer. Le chien sauvage vouait une haine farouche à ces vieux routiers qu'il estimait peut-être trop bien nourris. Les anciens, habitués depuis leur plus tendre jeunesse au travail de la traîne, l'auraient volontiers dévoré pour lui montrer la politesse envers des vieux.

Jean-Baptiste coupa deux arbres qu'il ébrancha rapidement pour préparer les couches.

Isidore alluma le feu, impatient de retrouver un peu de chaleur pour sécher la sueur refroidie qui lui glaçait le dos. La soupe bouillonnait, les flammes crépitaient, au loin, un concert de loups lançait son appel sinistre. Le froid figeait en glaçons cristallins l'haleine des hommes et des chiens. Chaque mouvement, chaque craquement de branche semblait s'étendre sur l'univers entier. Les sons dans l'air sec prenaient des proportions gigantesques, envahissaient le silence blanc de la forêt.

Le lendemain matin, Isidore ne vit que trois boules blanchâtres attachées aux piquets. La lanière, en un point, était coupée, les traces tout autour indiquaient que le chien avait tourné et tiré une bonne partie de la nuit sur son attache. Il regarda les autres et reconnut ses gros mâtins encore endormis.

— C'est le sauvage, lui cria Norbert.

Il est probablement retourné vers les loups, pour le meilleur ou pour le pire, pensa Isidore.

Il ne savait pas trop s'il fallait le pleurer ou s'en réjouir. Il perturbait l'attelage certes, mais il était la seule bête capable de tirer assez fort sur sa charge abondante.

Durant le jour, Isidore prit de plus en plus de retard sur Norbert et Jean-Baptiste. Les hommes prenaient froid à l'attendre, aussi Monseigneur leur dit de continuer jusqu'au campement sans s'occuper de lui.

— J'irai lentement à la mesure de mes bêtes. Vous n'avez qu'à préparer un bon feu et un bon dîner, j'arriverai juste pour goûter votre soupe.

Les chiens, fatigués de la veille, s'épuisaient de plus en plus et se couchaient souvent sur le côté. Le vent glacial tourmentait la neige, la transportait jusqu'à la cîme des arbres et fouettait les voyageurs. Le traîneau, trop chargé, tombait de droite et de gauche. Isidore, aveuglé et couvert de sueur, s'épuisait lui aussi à le relever sans cesse de son bâton.

Jamais évêque n'eut plus besoin que lui d'une crosse solide ! pensait -il.

Vers deux heures de l'après-midi, les chiens se découragèrent et refusèrent définitivement d'avancer. Isidore, jusque-là, claquait l'air de son fouet. La longue lanière en boyau de caribou parlait aux chiens sans jamais les frapper. Pour les attelages qui ont de l'expérience, la morsure du fouet fatigue plus qu'elle ne pousse les chiens. Pourtant, désespéré, le maître eut malgré lui recours à la force, il frappa à plusieurs reprises. Les vieux coursiers restèrent le museau dans la neige avec un grognement misérable. Isidore, touché par ces plaintes, s'en voulut d'avoir cédé à la violence, elle était inutile ; son attelage était à bout de forces, il ne pouvait rien y faire.

Comme le vent était tombé, il reprit son bâton, suivit la trace de ses compagnons et laissa son attelage se reposer. Il lui fallut deux bonnes heures pour arriver au campement.

Il s'assit près du feu, et tout en racontant son histoire, il avala goulûment un gros morceau de viande sèche, et but le fond de thé qui restait. La soif lui brûlait la gorge, il ne pouvait attendre que Norbert eût remis de la neige à fondre. Il prit un glaçon sur sa langue et expliqua sa situation. Soit il devait retourner, soit le courrier devait prendre la moitié de sa charge. Boucher accepta sans hésiter la deuxième solution.

Norbert partit aussitôt avec deux chiens pour aller chercher l'attelage de Monseigneur.

Isidore, rompu par la fatigue, acheva de se donner une indigestion avec son morceau de glace et ne profita pas longtemps de son repas qu'il remit aussitôt à la disposition des chiens. Là-dessus, une mauvaise nuit l'attendait. Le lendemain, la lourde fatigue ne l'avait pas quitté.

Il mit en cache la part du chien sauvage et suspendit une grosse couverture qu'il avait prise en secours. Boucher chargea sur son traîneau une partie des bagages du missionnaire, ses coursiers restaient de loin supérieurs à ceux de Monseigneur.

Isidore prenait chaque jour un peu plus de retard. Les chiens n'en pouvaient plus, insensibles aux injonctions du maître, ils avançaient lourdement, trébuchaient et haletaient sans cesse. Isidore changea plusieurs fois le chien de tête. Il rendit même la liberté au plus vieux — quelques heures par jour — pour lui permettre de récupérer. Il ne pouvait pas faire le sacrifice d'un seul animal.

Dans ces manœuvres, Isidore tantôt se gelait les mains, tantôt transpirait sous ses habits de peau, si bien qu'il arrivait toujours au campement des heures après les autres, gelé, les habits raides de glace. Le soir, il ne pouvait faire disparaître l'onglée pendant des heures, il crut même perdre un doigt : il en fut quitte pour la peur, la peau tomba et une chair rose, douleureuse, apparut.

Isidore redoutait de ne pouvoir arriver à la mission Saint-Michel pour célébrer la messe de Noël.

Le soir du 22 décembre, ils arrivèrent dans un camp de « Flancs de chien »*, une des tribus proche du fort Raë. On ne les attendait pas, mais lorsque Norbert Grosse Tête annonça qu'il emmenait avec lui le Grand Priant, tout le monde se réjouit. Aussitôt, le chef fit jeter de la viande dans la marmite en attendant l'arrivée de l'évêque.

Lorsqu'Isidore apparut, quelques heures après les autres, les hommes, les femmes et les enfants se pressèrent pour lui serrer la main. Une femme qui portait un enfant lui demanda sa bénédiction. Emu et heureux de cet accueil chaleureux, il ne put refuser et la jeune femme s'agenouilla dans la neige pour être bénie. Tous alors voulurent recevoir ce signe divin. Isidore, épuisé, pouvait tout juste se tenir debout. Il en bénit encore un, puis un autre et réalisa qu'il lui faudrait trop longtemps, il avait besoin de s'asseoir, de se reposer et de se réchauffer. Sa sueur lui glaçait le dos.

Il déclara qu'il ne pouvait plus bénir chacun d'eux maintenant. Des murmures et des protestations s'élevèrent :

— Comment ! Epu Yazi a reçu la main du Grand Priant sur la tête et Tthuzen aussi et nous, nous n'avons rien !

Isidore leur proposa une bénédiction générale : que tous se mettent à genoux et il allait les bénir tous ensemble. Mais cela ne satisfaisait personne, chacun avait besoin d'une bénédiction particulière, privée. Alors, le chef intervint :

— Le Grand Priant va venir chez moi, il va manger, et après il vous posera la main pour le Grand Esprit.

Il y eut encore quelques protestations, mais le chef fit entrer Isidore dans sa loge et la vie du camp reprit son ordre.

Le chef Eli Shaotsun, qui veut dire « Vieux Fou », fit étendre une peau de caribou pour son hôte, et, plein d'égards pour lui, il lui porposa de dîner. Pour s'assurer que la viande était bien cuite, il en retira un gros morceau de la chaudière, il le manipula d'une main, de l'autre, pour s'assurer de la cuisson. La jugeant à point, il rejeta le tout dans la marmite. Puis, avec précaution, il prit la fourchette de l'évêque et la plongea dans le récipient fumant pour retirer un morceau, qu'il déposa délicatement dans sa main gauche, avant de le mettre dans l'assiette. Il répéta ainsi à chaque morceau le même cérémonial.

Très flatté de se voir honoré ainsi, et surtout heureux de pouvoir se reposer, Isidore remarqua à peine que la main du chef n'avait rien de la propreté hygiénique qu'il s'efforçait lui-même d'entretenir et d'enseigner. « Vieux Fou » venait juste de se gratter la tête pour attraper quelques poux ! Isidore était trop fatigué et il avait trop faim pour faire la fine bouche : à la grâce de Dieu ! Il bénit la nourriture et mangea de bon appétit. Voyant qu'Isidore ne buvait pas, le chef trempa deux doigts dans son gobelet pour s'assurer qu'il contenait encore du thé.

— Tu ne bois pas, ta coupe est encore pleine ? demanda l'Indien.

Isidore regardait les deux doigts noirs et graisseux de « Vieux Fou » entrer et sortir du liquide brunâtre.

— Il est froid, grand-père, dit-il pour sauver la mise.

Vieux Fou renversa le thé dans la marmite et demanda à sa femme de le remplir de liquide chaud.

A peine Isidore eut-il fini sa viande bouillie, Vieux Fou prit aussitôt son assiette. Comme il cherchait des yeux un torchon pour l'essuyer, l'évêque n'eut que le temps de lui dire que ce n'était pas nécessaire. Il redoutait que l'ustensile ne soit caressé par la couverture crasseuse sur laquelle Vieux Fou était assis. Il y passa la main et la tendit à sa femme. Elle prit à pleines mains un bon morceau de gigot d'orignal grillé et le déposa dans l'assiette en disant :

— Tiens, mange, c'est de la bonne viande.

Pour le dessert, Isidore offrit une petite galette et un morceau de beurre.

Vieux Fou, très flatté, étala le beurre avec la paume de la main sur la galette et croqua dedans. Sa femme vint vers lui en minaudant et tous les deux croquèrent l'un après l'autre la galette beurrée en se léchant les doigts de plaisir.

La hutte était presque carrée, un mur de sapins non ébranchés formait deux côtés et de vieilles peaux fermaient les deux autres. Une misérable couverture servait de porte pour les gens.

Les arbres secs introduits par le pied pour alimenter le feu dépassaient au-dehors et laissaient entrer de grandes bourrasques d'air froid. Les uns sur les autres pour donner plus de tirage, on les avançait dans le foyer au fur et à mesure qu'ils se consumaient.

Une dizaine de personnes logeait dans ce palais. Cette nuit-là, Isidore regretta bien de n'avoir pas fait son campement tout seul. Dès que le feu fut éteint, l'air froid et le vent se sentirent plus à l'aise dans la hutte pour circuler que sous la neige. La nuit fut très courte, car, après les bénédictions, l'évêque confessa une bonne partie de la population, assis sur un tronc d'arbre. Il écoutait les pénitents qui annonçaient à haute voix leurs péchés sans crainte d'être entendu par tout le monde. Ils allaient être pardonnés, peu importait qu'on le sût !

Isidore eut tout le temps de faire provision de vermine avant d'aller s'étendre. La place manquait dans la hutte pour s'allonger complètement, chacun tenait chaud à l'autre, recroquevillé et serré sur son frère, collé à son père. Le pauvre évêque ne pouvait tenir en place, il était démangé par les poux qui se régalaient de sa chair blanche et fraîche. Il ne se reposa guère.

Il aurait du faire une halte d'un jour au moins dans ce camp, y laisser reposer ses chiens, reprendre haleine et poursuivre calmement son voyage. Le chef Vieux Fou et Norbert l'encourageaient à se reposer, mais Monseigneur était têtu. Il voulait célébrer lui-même la messe de minuit au fort Raë, quitte à se retrouver au milieu du lac en pleine nuit par un froid de moins cinquante degrés centigrades et risquer la mort avec ses chiens qui ne pouvaient plus avancer : il partirait.

Combien de trappeurs, de coureurs de bois confirmés se sont laissés prendre à ce jeu de la hâte…

Isidore avait la foi en son bon ange gardien et parvenait toujours à son but contre vents et marées. Cette fois encore, il frôla la catastrophe finale.

Isidore sonna le lever vers quatre heures du matin.

Boucher lui dit :

— Monseigneur, si que vos chiens allaient plus à la vitesse, peut-êt'e ben qu'on serait rendu avant la mi-nuit ?

— Je ferai tout pour les faire avancer. Mais attendez-moi avant de traverser le lac. Je ne connais pas le chemin et je pourrais bien m'y perdre. Faites un bon feu et préparez-moi du thé.

Quatre miles avant le lac, Boucher avait préparé le thé, et Isidore, mouillé de sueur malgré les quarante-six degrés de froid, fut bien heureux de pouvoir se sécher un peu. Ils ne s'attardèrent pas car le jour laissait place à une nuit sans lune. Isidore prit soin de recommander qu'on l'attende encore sur le lac, le vent y efface si vite les traces.

Au débouché des dernières sapinettes qui bordaient le lac, un vent glacial vint accueillir l'évêque. Il distinguait à peine quelques taches noires au milieu de la traverse. Boucher n'avait pas cru bon de s'arrêter tant qu'il pouvait voir Monseigneur. Mais l'écart se creusa bien vite et les ténèbres effacèrent les ombres de la nuit. Isidore laissait ses coursiers suivre la piste à l'instinct.

Devant lui les bordillons de glace se gonflaient, laissant l'horizon à quelques pas. Les blocs se dressaient les uns contre les autres jusqu'à former des montagnes. Isidore parlait aux bêtes, autant pour les encourager que pour se rassurer. Il avait mis tous ses espoirs dans son vieux chien de tête qui était à la merci de son flair.

Il n'a plus de forces pensait-il, grâce à son expérience, il s'en sortira et moi avec !

Ils avançaient à la vitesse des bœufs, encore fallait-il pousser le traîneau pour qu'il ne s'arrêtât pas. Le froid avait redoublé sur le lac. Isidore était au bord de son courage, il ne voyait plus rien. Il avait soif et il savait qu'il ne pourrait pas boire avant d'être arrivé. Il aurait voulu savoir l'heure ; sa montre, inaccessible sous ses pelures, ne lui servait à rien. Il recomptait le temps depuis les sapinettes. Il pouvait aussi bien être onze heures du soir que deux heures du matin. Qu'était-il donc en train de faire, seul, au milieu de ces étendues glacées, sans vie, sans âmes ? Pourquoi était-il obligé de courir ?

Il comprit un instant que lui seul s'imposait ce calvaire. Personne ne lui demandait de faire ce qu'aucun autre n'aurait voulu faire. Il se sentit oppressé et avala une grande bouffée d'air pour retrouver le sens de la vie, ressentir ce souffle qui lui venait de Dieu. Aussitôt, mille pointes d'acier lui transpercèrent la poitrine comme si un brutal vent d'hiver envahissait ses poumons, les brûlait d'un coup de chalumeau. Il étouffa un cri et toussa douloureusement. Chacune des petites bulles d'air glacial lui piquait la cage thoracique.

Pourquoi suis-je obligé d'endurer tant de morts ? Que j'inspire et l'haleine polaire me brûle l'intérieur ! Que j'expire et mon souffle couvre de glace mes narines et mes lèvres à les faire éclater !

Cette question remplaça l'image de ses douleurs. Pourquoi ? Un doute s'insinuait dans son esprit. Ses efforts, sa patience, ses privations lui paraissaient soudainement dénués de sens, inutiles, le fruit de l'orgueil peut-être ! Ne se voulait-il pas un martyre ? Ne se voyait-il pas gagner des mérites pour forcer l'admiration ?

Son haleine bruissait en s'exhalant, les jets de vapeur qui sortaient de sa bouche et de son nez pétillaient comme du champagne en se cristallisant dans l'air en minuscules billes de glace.

A qui mes sacrifices peuvent-ils bien être utiles ? Aux Indiens ? Il en venait à douter de cela même. Il leur apportait son exemple et son courage, un plus grand respect des êtres humains, une hygiène meilleure. Il le croyait profondément, pourtant il se demandait si ces êtres en avaient réellement besoin. Il vivait dans un autre monde. Etait-il possible que ces deux mondes se rencontrent ? Un seul pourrait régner ? Le plus fort ! L'autre devait mourir.

La civilisation devait remplacer les mœurs sauvages et l'ignorance. Le royaume de Dieu devait s'étendre à toute la terre. Le Christ n'était-il pas venu pour tous les hommes de bonne volonté ? Il fallait bien que quelqu'un leur apportât la Bonne Nouvelle !

Son rythme mollissait, les chiens aussi ralentissaient ; Isidore avait relâché la pression sur le traîneau. La nuit entravait tout espoir de distinguer la rive du lac, et encore moins la mission Saint-Michel. Ses yeux regardaient sans voir, les cils lourds, pris dans la glace, fermaient ses paupières malgré lui. Sans s'en rendre compte, il oubliait son corps, son traîneau.

Des images de famines, de corps décharnés, lui donnaient des frissons, aussitôt suivis de visions de soupe au lard dans la maison paternelle. Dans le désert glacé, il voyait le lit en bois ciré de sa jeunesse avec l'édredon de plumes d'oie flottant comme la neige s'étirer jusqu'à devenir immenses. Il se réveilla en sursaut devant un bordillon qui barrait le passage. Il trébucha sur une aspérité de la glace et se retrouva le visage dans la neige. Il était épuisé et profita de cette chute pour prendre quelques secondes de repos. Il détendit ses muscles et laissa son corps peser sur la glace.

— Mon Dieu, délivrez-moi du mal !

Combien de temps resta-t-il ainsi dans cette attitude de soumission, le nez contre le sol ? Il n'aurait pu le dire. Avait-il dormi ? Avait-il perdu conscience ? Un aboiement de chien parvint à ses oreilles. Le cri très lointain lui parvenait comme un faible écho dans l'air glacé. Isidore, lentement, commençait à croire qu'on le cherchait. Au fur et à mesure que cette idée devenait plus nette dans son esprit, l'aboiement se rapprochait, comme si sa sensation remontant d'ailleurs affleurait maintenant vers la surface. Isidore entendait ce chien tout près de lui ; il se réveilla et comprit qu'il était en train de sombrer dans la mort. Il releva la tête et vit l'un de ses chiens, le museau relevé vers le ciel, hurler comme un loup. Il sentit sa croix pectorale s'enfoncer dans ses côtes et revint tout à fait à la réalité. Malheur à celui qui s'endort, engourdi dans le froid, il ne se réveille plus !

Son vieux chien l'avait sauvé ! Il n'en revenait pas. Il se releva péniblement. Ses membres étaient gourds, sa tête lourde. Il remerçia le Seigneur et demanda pardon pour ses doutes et ses questions. Il était évident que Dieu seul menait la barque, il n'avait qu'à obéir jusqu'à la mort si c'était nécessaire.

Il alla vers ses chiens, leur parla amicalement, leur présence vivante dans cet univers froid et désert le rassura. Il pourrait bien passer la veillée de Noël avec eux.

Il relança ses coursiers. Après une heure encore, il avançait dans le brouillard laiteux, la tête vide, le corps perdu dans ses douleurs ; un infime atome au fond de lui-même, seul contre toutes les fibres épuisées de sa chair, s'accrochait à la vie et le tenait en éveil, vigilant… Ne pas tomber ! Ne pas s'endormir ! Ne pas s'arrêter !

Le crissement du traîneau s'étirait dans le vide et le froid sec du lac. Le grincement saccadé des raquettes, le halètement des chiens tentaient vainement de tromper sa solitude et son silence. Isidore n'avait aucune idée du temps qu'il lui faudrait encore pour traverser le lac. Il ne pouvait pas savoir s'il ne tournait pas en rond ; les traces étaient invisibles. Il ne savait pas où se diriger dans cet enfer blanc, sans aucun point de repère. Les bordillons de glace se ressemblaient tous et le chien de tête hésitait.

Isidore, inquiet, passa devant pour observer ce qui arrêtait son coursier. Très embarrassé, il opta pour un chemin à droite qui lui semblait plus en ligne droite, persuadé que la mission se trouvait de ce côté. Pendant ce temps, le chien flairant la neige, partit définitivement vers la gauche. Isidore n'avait même plus la force de réfléchir ! Pourquoi pensait-il que le fort se trouvait vers la droite alors qu'il ne connaissait pas les lieux ? Le chien avait certainement de meilleures raisons de vouloir suivre la piste de gauche, il le laissa filer.

— Mon ange gardien doit le guider ; jusqu'ici, il ne s'est jamais trompé.

La nuit paraissait interminable, Isidore s'arrêta un moment pour laisser souffler les chiens et alluma une petite pipe pour ne pas s'endormir. Il pria son ange avec ferveur pour être délivré de ce mauvais pas.

Il aurait volontiers allumé un feu, sur un lac gelé… il était chimérique d'en concevoir l'idée.

Somnolent, assis sur son traîneau, il goûtait la fumée tiède qui emplissait ses poumons quand il crut entendre une clochette, des grelots comme ceux qu'on attache souvent sur les attelages.

— Je rêve encore, il faut que je me réveille, pensa-t-il.

Il secoua la tête, mais les grelots continuaient à tintinnabuler dans ses oreilles. Ses chiens se mirent à aboyer. Il avait la preuve qu'il ne dormait pas, eux aussi avaient entendu les grelots. Il se redressa et regarda devant lui. Il ne voyait rien, mais d'autres chiens répondaient aux siens. Il était sauvé !

Quelques minutes plus tard, le petit père Roure et toute une équipe de Flancs de Chien l'entouraient et demandaient sa bénédiction. Il ne put la refuser.

Qui était-il donc ? Là, un être perdu dans l'immensité, en proie au désespoir, voué à une mort certaine, et ici, un prélat respecté, devant qui les hommes se mettaient à genoux.

Le père avait emmené une traîne pour le carrioler et des chiens pour tirer son traîneau. Ainsi Monseigneur finit sa course comme un prince. Il en fut quitte pour attraper un coup de froid épouvantable, car, tant qu'il poussait son traîneau, il se réchauffait le corps, mais laissé à l'inaction une demi-heure dans une carriole le transissait jusqu'à la moelle.

Il se voyait déjà dans un bon lit tout chaud.

Hélas, la mission n'était pas si bien lotie. Un châlit de planches dégrossies recouvert de lichen et de foin servait de mobilier. Cette chambre chapelle, ouverte à tous les vents, n'offrait pas beaucoup plus de confort qu'un campement sauvage. Seule la chaleur des cœurs offrait un véritable réconfort, Isidore l'accepta comme un trésor.

Comme à Bethléem, ici le Divin Maître était bien le Dieu pauvre s'adressant à des pauvres.

La foi des Flancs de Chien étonna l'évêque.

Alors qu'il parlait des rois mages suivant l'étoile jusqu'à Bethléem, un vieillard se leva et lui raconta l'histoire suivante :

« Avant l'arrivée des Européens, nos grands-pères nous disaient : jadis, dans un temps très ancien, il y eut dans le ciel une étoile flamboyante qui brûlait. C'était un feu qui s'élevait comme une queue et qui apparut dans le sud-ouest.

« Un grand conseil eut lieu et quelques hommes de notre tribu furent envoyés avec des présents pour aller dans la direction de l'étoile afin de découvrir de quoi il s'agissait.

« Les anciens étaient persuadés que cette étoile extraordinaire avait été envoyée par le Grand Esprit pour nous guider au pays des chasses éternelles. Les envoyés devaient reconnaître le chemin car il fallait aller vite, les femmes et les enfants n'auraient pas pu suivre. Ils allèrent à sa découverte, se dirigeant vers ce côté. Puis nous n'en entendîmes plus parler.

« Depuis cette époque, les Tchippewayans (Montagnais du lac Athabaska) et les Loucheux font bande à part. Je ne sais pas pourquoi.

« Avant l'apparition de cette comète, toutes les tribus étaient réunies en une seule et même nation et nous n'avions qu'une seule langue.

« Maintenant, juge de notre joie en t'entendant parler des trois sages venus de tous les pays. Certainement l'un d'eux venait de notre peuple. Tu es probablement de notre race, un descendant de ceux qui sont partis il y a bien longtemps à la suite de l'étoile. Tu es notre frère, Grand Priant, puisque tu possèdes la même histoire que nous. »

Isidore, heureux de l'intérêt de ses interlocuteurs, était embarrassé de la conclusion de cette histoire, et se demandait comment il pouvait raccorder cette fable aux écritures divines.

Il restait souvent perplexe sur ce point. Les Indiens semblaient presque toujours avoir une sorte de préconnaissance de ce qu'il leur annonçait.

Qui mieux qu'eux aurait pu croire à la résurrection ? Peuples constamment soumis à la mort de l'astre de lumière pendant la nuit polaire et à sa résurrection éclatante au printemps.

Ces hommes et ces femmes étaient rompus au jeûne, à la prière et même à la confession bien avant que les prêtres n'arrivent.

Les jongleurs-guérisseurs ne demandaient-ils pas aux malades de dire toutes leurs mauvaises actions, toutes leurs mauvaises pensées pour qu'ils puissent extirper le mal de leur poitrine !

Si les Indiens ne savaient pas lire les signes abstraits de l'écriture, ils savaient lire les symboles de la nature. Pour eux, toute chose avait une signification, le Grand Esprit se manifeste en tout. Dans les nuages, les traces d'animaux ou la position de tel arbre. Les Indiens lisaient le monde comme un grand livre ouvert.

Le lendemain de son arrivée, Isidore passa sa journée à confesser avant la veillée de Noël. Le père Roure et lui, chacun assis sur un billot à l'extrémité de la maison-chapelle, recevait les pénitents. Au bout d'un moment, Isidore s'aperçut que beaucoup d'Indiens passaient d'abord chez le père, venaient à lui ensuite.

— Pourquoi tu viens vers moi, si tu t'es confessé intégralement, dit-il à un vieux qui s'avançait vers lui?

— C'est égal, j'ai vu le petit père, mais toi tu es le Grand Priant, ta médecine est plus forte.

Une brave vieille arriva près d'Isidore et lui jeta une ficelle sur les genoux en disant :

— Voilà tous mes péchés, Grand Père.

Isidore la regarda, abasourdi.

— Comment, voilà tes péchés ! Explique-moi ! D'abord, tu dois me dire les manquements que tu as eus envers les préceptes de notre religion.

— Mais tu ne sais pas lire, répliqua la vieille, moi qui te vois toujours avec tes livres pleins de signes, pourquoi ne peux-tu pas les lire ?

Isidore ne voulait pas entrer dans une explication qui aurait pu durer tout l'après-midi et lui demanda ce que signifiaient les nœuds sur la ficelle.

— Eh bien, les gros nœuds représentent chaque fois que je me suis mise en colère contre mon mari. Comment veux-tu que je m'en rappelle autrement ? Les petits nœuds, c'est chaque fois que j'ai oublié ma prière. Voilà, c'est tout. Je n'ai pas autre chose.

— Tu es bien certaine de ne pas avoir autre chose à te reprocher, demanda l'évêque ?

— Non, je suis baptisée, j'ai promis à Dieu de me garder pour lui.

Isidore était émerveillé devant ces âmes pures et simples. Il n'avait jamais entendu une telle foi dans son pays natal.

D'autres pénitents auraient raconté pendant des heures leur vie entière tant ils étaient persuadés qu'une confession se devait, pour être complète, de faire revivre chaque événement de la vie pour y déceler le mauvais. Le prêtre se faisait un devoir d'enseigner, de trier l'ivraie du bon grain. A la fin du jour, Isidore, tombant de fatigue faillit s'endormir, mais des démangeaisons familières le réveillèrent bientôt.

— J'ai encore pris une bonne provision de vermine, pensa-t-il ! En se débarrassant du fardeau de leurs péchés, mes braves Indiens se libèrent un peu des poux qui les dévorent.

Après plus de vingt ans passés dans le Nord, Isidore avait tout accepté, sauf les poux. Non seulement, il n'en supportait pas les démangeaisons, mais la simple vue de la vermine grouillant dans les cheveux ou sur les habits de quelqu'un le dégoûtait. Or, il semblait qu'au fort Raë, la population fût particulièrement fournie en animaux de cette espèce.

Juste avant la messe de minuit, un couple arriva en se chamaillant auprès de l'évêque pour lui demander son arbitrage.

L'homme exposa l'affaire :

— Voilà, Grand Priant, j'ai demandé à ma femme de me trier les poux sur la tête, car j'en ai beaucoup. Elle en a trouvé une bonne quantité et elle les a mangés tous, sans m'en laisser un seul. Juge toi-même ! Ces poux étaient les miens puisqu'ils étaient sur ma tête. Elle devait me les donner : c'est moi qui avais le droit de les manger.

Isidore malgré lui entra dans une colère peu commune :

— Votre habitude de manger les poux est sale et dangereuse, vous devez vous laver plus souvent pour vous en débarrasser. C'est dégoûtant.

Aussitôt, un jeune homme qui était là se mit à fouiller ses caleçons et, sortant la vermine par poignées, la jeta tranquillement sur le plancher pour bien montrer à Monseigneur qu'il ne la mangeait pas.

De là à la longue soutane de l'évêque, il n'y avait qu'un saut... On eût dit que les petites bêtes s'étaient donné le mot pour y trouver refuge.

Isidore, sa vie durant, lutta contre les parasites sans jamais pouvoir s'en défaire !

Un jour, alors qu'un chef de tribu était invité à la table épiscopale pour débattre de sujets religieux, un grand cas de conscience tomba dans une assiette ! Le chef Elan Maigre, profitant de l'occasion, se pencha bien bas vers l'assiette du prélat, au risque d'y tremper ses cheveux gras dans la soupe, il demanda :

— Est-ce que manger ses poux rompait le jeûne eucharistique ?

Isidore, écœuré, pour en finir une bonne fois pour toutes, lui dit : oui !

Le chef, dépité, avait espéré que non ! Il argumenta que les bêtes étaient si petites, et que par ailleurs, c'était la seule manière de les éliminer sûrement.

Monseigneur eut l'appétit coupé et ne put finir son repas. Cela ne l'empêcha pas, quelque temps plus tard, d'autoriser une jeune fille à faire sa première communion alors qu'elle venait de croquer par mégarde un de ces parasites et pleurait à chaudes larmes car elle ne pourrait pas revoir le prêtre avant une autre année.

Trois jours après son arrivée au fort Raë, un homme Couteau Jaune* d'une quarantaine d'années entra dans la maison-chapelle. Il fit une prière et vint trouver Monseigneur. Il le renseigna sur sa position :

— Je suis veuf, Grand Priant, j'ai deux petits enfants et une belle-mère, j'ai en plus une petite orpheline à qui je donne à manger.

Ayant dit cela et bavardé quelque peu, il annonça qu'il retournait dans son pays, toucha la main de l'évêque et quitta le fort.

Quelques heures après, deux femmes Peau de Lièvre entrèrent dans la chapelle.

— Pourquoi, Grand Père, as-tu laissé partir Kay-Etti ? Il a avec lui une petite orpheline pas plus haute que mes hanches et il s'en sert de femme. Elle est bien trop jeune pour ça. Elle pleurait de te rencontrer pour te parler ; mais il ne l'a pas laissée t'approcher.

L'autre femme renchérit :

— C'est un méchant. Au printemps, il a noyé le frère de l'orpheline. Il battait sa femme et l'a fait périr en l'assommant avec sa hache après lui avoir coupé les deux oreilles.

— Hier, il voulait tuer Nomba, juste parce qu'il avait faim de tuer. Il ne l'a pas fait parce que tu étais là et il a eu peur.

Isidore admonesta les deux femmes :

— Pourquoi n'êtes-vous pas venues m'informer plus tôt. Je ne connaissais pas Kay-Etti ! Maintenant, il est trop tard pour lui courir après.

Ce n'est que quelques mois plus tard que Monseigneur rencontra de nouveau Kay-Etti au hasard d'un voyage.

L'évêque lui fit de graves reproches sur sa conduite relative à sa femme, au frère de l'orpheline et surtout au sujet de la petite. Il le menaça du feu de l'enfer et de la colère de Dieu s'il persistait dans sa mauvaise conduite et s'il ne se repentissait pas rapidement.

Kay-Etti avoua tout et promit de livrer la petite orpheline à Monseigneur à une condition :

— Je te la donne, mais il faut que tu me trouves une femme parce que je n'en ai pas et personne ne veut venir avec moi !

Isidore lui recommanda d'abord de régler sa vie.

— Sépare-toi de cette petite, et suis les préceptes de Dieu, alors, et alors seulement, tu pourras trouver une femme.

Kay-Etti changea très vite de conversation et offrit un échange de viande pour avoir un peu de tabac. Monseigneur acquiesca et lui remit une carotte de tabac d'une bonne valeur.

Le lendemain, la belle-mère et les deux enfants vinrent apporter de la viande à Monseigneur et lui demandèrent sa bénédiction. Monseigneur insista auprès de la vieille, une excellente femme, pour que son gendre lui envoie la petite orpheline. Mais la belle-mère lui dit qu'il ne devait pas y compter tant qu'il ne la remplacerait pas par une femme.

Isidore s'informa de la place où l'Indien avait planté sa loge et résolut d'aller lui faire une visite domiciliaire pour délivrer la petite captive.

Dès le lendemain, Isidore chaussa ses raquettes et marcha jusqu'à l'endroit où campait Kay-Etti. Mais celui-ci, du plus loin qu'il l'aperçut, leva le camp et partit en courant devant sa petite troupe. La neige était lourde. L'Indien faisait la trace avec un traîneau ; derrière suivaient les enfants, et plus loin, la vieille, avec un attelage, transportait le reste de leur bien. Monseigneur n'étant pas chargé eut tôt fait de les rattraper quelques heures après.

Au moment où il allait atteindre Kay-Etti, il cria quelques mots pour l'inviter à s'arrêter. Pour toute réponse, l'Indien, sans se retourner, prit son fusil et le chargea.

Jugeant inutile de s'exposer, Isidore rebroussa chemin à contre-cœur. Il rencontra la vieille qui pâtissait à suivre en arrière ; avec un seul chien, elle devait pousser constamment sa lourde traîne. Isidore parla longuement avec elle et s'en retourna. Confus de son insuccès, il pria pour cette pauvre famille de toute la force de son âme.

Arrivé au camp, son poisson n'était pas encore cuit que la vieille le surprit et lui dit sans préambule :

— Mon gendre commence à bien penser. Lorsqu'il t'a vu t'en retourner, tout à coup son cœur est devenu bon, il a réfléchi à tout ce que tu lui as dit l'autre jour et il veut bien vivre droitement si tu lui donnes quelque chose pour le soin qu'il a eu de la petite Anna.

— A moi aussi, tu donneras quelque chose, je fais pitié, ajouta la vieille. Tu n'as qu'à venir à l'endroit où tu nous as quittés. Mon gendre te fait dire d'aller chez lui.

Isidore bénit le ciel d'avoir opéré un changement si subit, toutefois, il estima qu'il s'était assez avancé dans cette affaire. Maintenant, c'était à Kay-Etti de lui rendre visite. Il fit donc répondre par la belle-mère qu'il attendrait ici-même.

Deux jours passèrent sans que l'Indien n'apparût. Isidore, prenant avec lui deux chiens, se rendit une fois de plus chez Kay-Etti. Il le trouva d'un côté du feu, les trois petites de l'autre.

Dès qu'il s'aperçut de l'arrivée de Monseigneur, Kay sauta sur sa hache, la mit à côté de lui et joua avec son grand couteau de chasse à pousser le bois dans le feu. Isidore s'assit sans un mot sur un sapin et regarda le feu.

Kay commença alors un long discours, illustré de maintes gesticulations. Il parla seul pendant presque une heure. La petite orpheline, ramassée comme un petit castor, ne laissait dépasser que ses yeux par-dessus ses bras. Elle allait de Kay à Isidore dans un mélange d'espoir et de crainte.

— Ta médecine est trop forte pour moi, dit Kay-Etti. Depuis que tu m'as parlé, je ne peux plus penser tranquille. Tes idées me tournent dans la tête. Tu as gagné, il faut que je me débarrasse de toi.

Il continua encore longtemps à parler sans formuler directement une proposition.

Monseigneur comprit que s'il voulait l'enfant, il fallait l'acheter et de plus il fallait absolument lui procurer une femme.

— Avec ton pouvoir, il doit être facile de faire obéir n'importe quelle femme ! avait dit Kay.

Isidore lui fit remarquer que les soins qu'il avait soi-disant donnés à la petite orpheline n'avaient pas été assez bons pour mériter un salaire. Cependant, eu égard à sa pauvreté, il consentait à le dédommager un peu, bien qu'il fût pauvre lui-même.

— Que veux-tu, demanda l'évêque ?

— Un pantalon.

— Mais je n'ai que celui que je porte, fit remarquer Isidore.

— Eh bien, donne-le moi.

— N'auras-tu pas honte de déculotter ton évêque ? Que diront les gens quand ils me verront arriver sans culotte à la mission ?

L'idée fit rire l'Indien, qui pour la première fois, se détendit et reconnut que la demande n'était pas réalisable.

Les tractations durèrent des heures. La belle-mère était entrée dans la discussion et chacun défendait âprement ce qu'il pourrait tirer de l'autre. Enfin, le marché fut conclu.

Monseigneur offrit à la vieille un chien qui n'avait plus que trois pattes et une couverture de laine un peu râpée. A Kay-Etti, il donna un vieux bonnet, un filet à poisson à raccommoder, la moitié de son peigne, un chapelet et dix balles.

Dans le soleil couchant, Isidore emmena l'orpheline sur sa traîne tandis que la vieille suivait derrière pour aller chercher son dû.

Isidore n'avait rien dit à ses compagnons de son expédition, mais tous étaient au courant. Au camp, on l'attendait avec impatience, persuadé que Kay tenterait d'en vouloir à sa vie, car sa réputation de criminel était connue de tous.

Ramenée à la mission du fort Raë, la petite Anna fut accueillie comme une fille prodigue. Les femmes la couvraient de baisers et d'attention comme si elle avait été sauvée d'une mort certaine.

Quelque temps après, Kay-Etti vint rôder autour du fort en quête d'une épouse. Il entrait dans les loges de veuve et leur disait que Monseigneur voulait qu'elle l'épousât. Les femmes éplorées s'en allaient au-devant de Monseigneur :

— Tu veux me faire mourir, Grand Priant, avec Kay-Etti, je ne vivrai pas deux jours avant d'être morte.

Isidore, craignant surtout pour la petite Anna, la fit emmener subrepticement vers l'école de la Providence.

Peu de temps après, Isidore quitta lui-même le fort Raë et retourna à la Providence.

En voyant son traîneau, les frères et les engagés qui étaient venus à sa rencontre lui firent grand honneur et le carriolèrent jusqu'à l'évêché. Mais Monseigneur arrivait pour apprendre de douloureuses nouvelles. La pénurie de viande durait depuis l'automne, les chasseurs ne donnaient même pas signe de vie et la mission était réduite à faire carême perpétuel. Les estomacs des enfants de l'école, des sœurs et de tous les habitants de la mission rapetissaient dangereusement.

Après quelques jours de repos, Isidore décida de se rendre lui-même dans les campements d'hiver de plusieurs clans pour se procurer un peu de caribou. Cette année-là ne passait pas pour être privée de gibier et Monseigneur se doutait qu'une autre raison devait empêcher les chasseurs de venir livrer de la viande à la mission.

Accompagné du frère Boisramé et d'Emile Nouel, il prit cette fois les meilleurs chiens et secoua sa traîne en direction du camp dont il connaissait bien le chef Petit Naskeg (Petit Marais).

Ils passèrent la première nuit en route par un froid insoutenable qui gela le menton et une joue du pauvre Nouel. Il en fut quitte pour voir sa peau tomber quelques jours plus tard.

Le lendemain, ils arrivèrent dans le clan indien, vers deux heures de l'après-midi au coucher du soleil. Cette bande faisait partie de la nation des Esclaves qui n'était pas des plus assidue à suivre la religion catholique.

Isidore, dès son arrivée au milieu des cinq ou six loges qui campaient là, se dirigea tout de suite vers celle du chef qu'il connaissait bien.

Petit Marais l'accueillit autour de son feu. Après avoir serré les mains de tous, Isidore s'assit sur une vieille peau de caribou, jetée sur des branches. Il sortit de sa poche un morceau de tabac qu'il écrasa dans la pipe que lui tendit le chef. En silence, ils fumèrent les premières bouffées rituelles à la lueur de la flamme. Il aurait été difficile de reconnaître le prélat français du chef indien.

Le chef indien était enveloppé dans une couverture sale et raide. Elle cachait une pelisse brodée, de couleur chatoyante qui indiquait son rang. Les dessins racontaient ses exploits. La vieille Kakepik l'avait amoureusement cousue, incluant des traits dont la signification était connue d'eux seuls. Hélas, la graisse avait quelque peu terni la peau mais les piquants de porc-épic, teints dans des bains de racines et de fleurs, brillaient d'une luminosité transparente ; patinés par la graisse et la poussière, ils revêtaient l'homme de force et de mystère.

En face de lui, Isidore, le grand chef de la prière, le calumet dans les mains, aurait pu faire illusion, vêtu de peau et de cuir, plus austère que son hôte, il portait des mocassins sertis d'aiguilles de porc-épic que lui avaient offert les jeunes filles de l'école.

Sous de tels habits, le monde n'avait pas le même sens.

Isidore ignorait tout de la signification des dessins sur ses mocassins et la réthorique de Petit Marais ne s'embarrassait pas des circonlocutions latines qui peuplaient celle d'Isidore.

L'évêque annonça qu'il était venu pour instruire, baptiser les enfants et chercher de la viande. Petit Marais répondit qu'il enverrait ses jeunes gens chasser jusqu'à ce que la viande soit suffisante ; puisque le Grand Priant était venu jusqu'à lui.

Le lendemain était un dimanche. Comme le grand chef de la prière était là, le clan resta en repos et suivit l'office religieux sous la tente de Petit Marais. Ce dernier n'avait jamais bien compris pourquoi il ne fallait pas chasser le dimanche.

Petit Marais, avec un œil malicieux, regardait autour de l'évêque comme s'il ne pouvait pas fixer son regard sur lui. Incidemment, il laissa tomber :

— Sais-tu qu'il est bien difficile de laisser passer un beau vol d'oies bien grasses au-dessus de sa tête quand on a rien dans le ventre ? Que ferais-tu si cela t'arrivait un dimanche et que tu n'aies pas mangé depuis trois jours ?

Isidore était bien embarrassé ; il savait que, s'il donnait la moindre dérogation, ce serait la porte ouverte à tous les abus. La Loi, Sa loi, interdisait le travail le jour du Seigneur. La chasse était le travail de l'Indien.

L'évêque avait appris à ruser lui aussi et il changea vite de sujet de conversation.

— Comment se fait-il que vous ne veniez plus à la mission. Les pères ne vous y ont pas encore vu de tout l'hiver ?

Petit Marais semblait réfléchir, sa peau lisse et huilée brillait sous l'effet des flammes. Il ne savait pas s'il devait répondre.

Pour lui, comme pour son peuple, la vérité n'avait pas le même sens que pour les blancs. Dans leur code d'honneur, on ne trahissait jamais une parole donnée, mais l'affabulation et la transformation des faits ne pouvaient pas entrer dans cette catégorie. Ils étaient trop habitués à lire les événements selon un ordre qui ne correspondait pas à la logique occidentale. Toutes leurs visions, tous leurs rêves avaient bien plus de réalité que les apparences sous leurs yeux.

Isidore répéta sa question comme s'il n'avait pas été entendu.

Petit Marais lui dit :

— La dernière fois que nous avons vu le père à la mission, il s'est mis en colère contre nous. Il a dit que nous étions menteurs, sans reconnaissance et bien d'autres choses encore. Il nous a insultés.

Nous pouvons aller au Ciel sans le secours des prêtres. Nous avons aussi des hommes puissants qui reçoivent des rêves. Chacun de nous a son animal protecteur. Nous savons aussi chasser les esprits mauvais !

Isidore tenta de lui expliquer qu'en les traitant de menteurs, le père n'avait pas voulu les offenser mais seulement leur montrer la voie de la perfection dans laquelle tout chrétien devait s'engager.

Les Indiens ne pouvaient pas comprendre la nuance, entre le reproche qui offense et l'instruction de la morale. Y en avait-il une d'ailleurs ?

Dire à quelqu'un qu'il était menteur, pour un Indien, revenait à l'enfermer dans cet état définitivement. Il fallait ensuite avoir recours à une purification.

Isidore sentait confusément que la difficulté se situait dans les mots eux-mêmes, comme si ils avaient été d'une nature différente pour chaque interlocuteur. Ce n'était pas une question de vocabulaire ou de traduction, mais une question de sémantique. Les images cachées sous les mots n'étaient pas les mêmes pour tous, elles se référaient à des expériences incompréhensibles à chacun des camps.

Ses arguments ne pouvaient rien à l'affaire. Il ne comprit pas plus la véritable raison pour laquelle Petit Marais avait refusé de porter de la viande à la mission qu'il ne comprenait pourquoi maintenant le chef lui disait :

— Toi, le Grand Priant, tu es venu parmi nous, tu nous as parlé, ton pouvoir est grand, alors je vais envoyer les jeunes hommes à la chasse et tout ce qu'ils ramèneront sera pour toi !

Le lendemain, les chasseurs quittèrent le camp avant l'aube, le frère Boisramé les accompagnait avec un traîneau tandis que Monseigneur restait au camp.

Le soir, le frère raconta comment cela s'était passé :

« Les chasseurs savaient où trouver le troupeau de caribous. La migration avait fait une halte. Nous avons retrouvé la horde non loin d'un étang gelé qui formait une belle clairière toute ronde dans la forêt. Dès que nous avons vu les premiers animaux, le plus âgé des chasseurs a donné à chacun le point précis où il devait se trouver. Cinq hommes ont abattu des épinettes pour barricader la clairière. Ils coupaient des buissons pour les recouvrir et bloquer toute sortie. En quelques heures, l'étang s'était transformé en un gigantesque piège.

« Lorsque ce travail fut terminé, j'entendis un chant étrange que j'attribuais d'abord à quelque oiseau. Je cherchais l'auteur du son sur les arbres, sans pouvoir localiser exactement d'où il provenait. Il me fallut plusieurs minutes pour comprendre que c'était un appel des chasseurs. Ce sifflement lancinant semblait former plusieurs notes en harmonie qui se répandaient furtivement dans le silence glacial de la forêt. En tendant l'oreille, je perçus qu'on répondait de loin à l'appel.

« Tout était calme et pur, seules ces quelques notes, comme une prière, montaient avec le soleil qui venait d'apparaître entre les arbres. Je remarquai une entrée en forme d'entonnoir pratiquée d'un côté de l'étang, la petite rivière gelée offrait un accès facile et assez large.

« Au loin, les chasseurs rabattaient le troupeau dans notre direction. Brusquement, j'entendis la rumeur du galop des caribous grandir rapidement tandis que des coups de feu les faisaient fuir. Les animaux se présentèrent bientôt devant le petit lac.

« Comprenant la ruse, les premiers caribous s'arrêtèrent net, tentèrent de rebrousser chemin ou de s'enfuir sur les côtés mais les chasseurs étaient là et veillaient à ne pas les laisser s'échapper.

« Maintenant, les Indiens crient de tout côté pour faire peur aux bêtes, la horde aux abois court en tous sens. Les sabots retentissent sur la glace, le grondement sourd s'approchait de moi. Quelques bêtes isolées s'empalaient dans les buissons plutôt que de se risquer à découvert. Leur instinct choisissait la lutte et le combat dans l'abri illusoire des taillis plutôt que de se livrer sans défense à l'ennemi.

« La majorité des caribous courent pourtant dans l'enclos, rasant les bords, cherchant désespérément une issue. Leurs gros yeux sombres trahissent leurs espoirs perdus. Les ramures de leurs bois s'entrechoquent et s'accrochent avec le bruit sec de brindilles qui craquent. A l'abri derrière leur rempart, les Indiens attendent, l'arme à la mai ; ils s'étaient placé patiemment tout autour de l'étang. Le dernier rabatteur referme soigneusement l'entrée sur la horde et la boucherie commence.

« Ils tirent dans le tas, n'importe comment : les animaux affolés courent en tous sens. La panique s'empare du troupeau. Les museaux écument, laissent échapper des brames de douleur. Le sang teinte la glace en gouttes rosées, puis en flaques rouges.

« Les caribous, de plus en plus nombreux, tentent une sortie désespérée dans la forêt. Les téméraires se brisent les pattes en essayant de sauter par-dessus les barrières d'épinette. Les autres renoncent et rejoignent le gros de la troupe en cherchant protection derrière leurs congénaires. Ils galopent en rond, changent de direction pour tromper l'ennemi. Ils s'épuisent. Les plus jeunes ont du mal à suivre et restent en arrière.

« Un premier caribou s'affale en glissant sur la glace, les pattes brisées par une balle. Il relève la tête en bramant. Puis un deuxième, blessé, abandonne la course. Les coups de feu continuent à semer la terreur. Un nuage de buée entoure le troupeau en sueur. Un pâle rayon jaune traverse la clairière et rend la scène encore plus irréelle.

« L'horreur et la souffrance de ces bêtes sera toujours dans ma mémoire. La mort et la vie se combattaient, chacune née de l'autre. Douze caribous gisaient, morts ou blessés, dans une mare de sang. Alors les chasseurs cessèrent de tirer.

« La horde s'immobilisa dans une anse de l'étang. Avec un calme et une sérénité qui contrastaient avec la furie précédente, comme si rien ne s'était passé, les hommes allèrent chercher leurs proies. Les animaux furent sur-le-champ dépecés et la viande coupée à coup de hache, avant que le gel ne la prenne dans son étau.

« Je remplis mon traîneau avec tout ce que je pouvais et le reste fut mis en cache, à l'abri des loups, des Carcajous* et des renards, pour que les femmes viennent le prendre plus tard. »

Isidore avait écouté le récit sans bouger, tirant lentement sur sa pipe. Ces carnages lui faisaient horreur, il n'aimait pas la chasse. Pourtant, elle était nécessaire, indispensable à la survie de ces peuples et à la sienne. Il savait bien qu'en dépit de tous ses essais d'agriculture, jamais elle ne pourrait subvenir aux besoins essentiels sous ces latitudes. Et il oublia vite son écœurement. Ce soir, ils ne mourraient pas de faim !

Il y eut repas de fête dans toutes les loges. Petit Marais tenait grande table. Sa femme servit les langues, le mets le plus fin de tout le Grand Nord. Le cœur et les rognons venaient en deuxième position pour les friandises, quant aux gigots, ils étaient pour les chiens.

Les femmes cassaient les os et les jetaient dans leurs marmites d'eau bouillante pour en extraire la graisse, celle-ci était considérée comme la plus fine pour la confection du pémican. Elle remontait vite à la surface d'où on la faisait couler dans des vessies pour la conserver.

Isidore surprit la femme de Petit Marais en train de se lécher les doigts avec volupté. Avec une petite branche d'épinette, elle écumait la surface de la marmite et pressait rapidement sa branche au-dessus de la vessie avant que la graisse ne refroidisse ; puis elle prenait sa part en passant sa langue entre ses doigts, avant de renouveler l'opération.

— Tu es content, Grand Chef de la Prière ? Tous les caribous que mes chasseurs ont tués aujourd'hui seront pour toi. Demain, nous irons chasser pour nous !

Isidore était fier, heureux de sa victoire. Ici, il avait réussi, gagné une bataille qui semblait perdue d'avance pour les pères.

Il ne pensait pas aux caribous. L'achat de la viande, si difficile qu'il ait pu être, restait une affaire de marché, une transaction commerciale qui demandait du tact, mais restait toujours dans le domaine du possible. Non, il songeait aux deux baptêmes qu'il venait de célébrer. Il pensait à ce clan qui retournerait se faire instruire à la mission. Il avait gagné des âmes à Dieu. C'était là sa tâche. Et ce pari lui donnait seul la vraie joie de son existence. Il se souriait à lui-même en rendant grâces à Dieu, quand il se demanda s'il pouvait s'attribuer les mérites de ce renversement de situation ?

Le frère Boisramé et un jeune Indien firent plusieurs voyages pour ramener toute la viande à la mission. Pendant ce temps, l'évêque repartit visiter un autre clan, car douze caribous n'étaient pas encore suffisants pour tenir le reste de l'hiver.

En chemin, la tourmente le prit, le froid et le vent soulevaient de furieuses poudreries cette année-là. Pendant ce temps, Isidore priait, son chapelet dans sa mitaine, insensible à la morsure du gel.

Habitué à l'errance, les tourments s'échappaient, lui paraissaient dérisoires devant la gloire de Dieu et l'exaltation de son ministère. Il avait baptisé deux enfants dans l'Eglise du Christ. Lentement, le royaume avançait !

Choisi par Mgr Grandin, au bord du fleuve MacKenzie, en 1861, la Providence bénéficiait d'un abordage aisé, d'une forêt proche et de champs fertiles faciles à défricher.
Photos Archives oblates, dans *Le frère Alexis Reynard.*

En arrière plan, la première maison à étage du Grand Nord. Au début, les Indiens n'osaient pas monter les escaliers.

CHAPITRE XI

LA PROVIDENCE

Affaire de gouvernement - Un bel anniversaire à la Providence - Les Barens Lands - Le Bishop Bompas échappe à la mort - Un meurtre chez les Mangeurs de Caribou - Le premier touriste du Grand Nord - Comment Isidore passe un rapide de nuit - La maladie des jambes cloue Isidore tout un hiver à Bonne-Espérance.

« ... Malgré le froid, j'étais trempé de sueur par la fatigue de la marche. Je n'avais point de couverture et mon sort n'eût pas été des plus rassurants, si je me fusse égaré. Cependant, je franchis mon lac et je parvins dans une rivière étroite à la place où nous avions fait notre premier dîner en allant. J'avais besoin de prendre quelque chose, de boire surtout. Le vent était violent, j'appréhendais de ne pouvoir allumer du feu. Dans cette appréhension, je commençais par faire une prière fervente et je réussis avec la première allumette.

« Dévoré par la soif et n'ayant point de chaudière, je coupais un gros moellon de neige et le mis à la broche avec une coupe dessous. A peine la coupe remplie, je dégustais cette eau comme un nectar. Je mangeais quelques bouchées de “pemican” arrosé de quelques gouttes d'eau. En allumant mon feu, je croyais d'après ma montre qu'il n'était que trois heures du soir, mais lorsque j'eus terminé mon dîner frugal et que je voulus repartir, les premières ténèbres se répandaient dans ces lieux déserts.

« Aussi, je fus bien fervent envers mon ange gardien. Je lui dis souvent sa prière "angel Dei" car bientôt il fit si sombre que je me conduisis comme un aveugle, en tâtonnant le sentier avec un petit bâton, faisant de plus en plus attention au moyen de mes raquettes. Lorsque j'enfonçais davantage dans le neige, ce m'était une preuve que je perdais le sentier. Outre la vieille neige, j'avais de six à huit pouces de la nouvelle à fouler au pied. Aussi, la marche était très fatigante. Pour ne pas m'exposer à m'égarer durant les ténèbres de la nuit, j'avais fait, depuis sept heures du matin, toute la diligence possible. Quelquefois, je n'en pouvais plus, mais mon courage suppléait alors le défaut de force.

« Cependant, j'arrivais à la Providence sain et sauf à sept heures trente. J'étais littéralement couvert de neige et de frimas ; le père Lecorre me dit qu'avec mon petit sac porté en bandoulière, j'avais l'air d'un vrai mendiant mais pas d'un évêque. Là se terminaient mes voyages d'hiver : j'avais encore couché soixante-trois nuits à la belle étoile par des températures allant de vingt-neuf à quarante-neuf degrés de froid. »

Isidore cacheta la lettre à sa nièce Marie et la rangea avec les autres dans un tiroir, en attendant le passage prochain des barges. Il sentait la fatigue le prendre en racontant ce dernier voyage. Les miroirs étaient rares dans le Nord, il remarqua dans la vitre que sa barbe de sapeur avait définitivement viré à la neige. On pouvait l'appeler grand-père désormais, il n'en sourirait plus.

Pourtant, malgré l'âge, l'expérience et son rang, la vie ne cessait de l'humilier. Il payait sa relative liberté de mouvement par l'incertitude de sa pitance.

Depuis le retour de Monseigneur Faraud, en 1875, le Vicariat avait prospéré sous son administration rigoureuse. L'état des finances s'améliorait progressivement. L'abondance était encore loin, mais la chasse au gaspillage portait ses fruits. Elle engendrait aussi des restrictions et donc des jalousies et des avarices.

Les caisses de butin perdues n'étaient plus remplacées. Malheur au destinataire qui devait attendre l'année suivante pour avoir son lot de farine, sa provision de bougies et ses deux savons annuels. Si la caisse disparaissait avant le lac La Biche, Monseigneur Faraud répartissait les arrivages restants entre tous… Si elle coulait dans la rivière Athabaska ou dans le MacKenzie, le missionnaire malchanceux devait se résigner.

Tout était compté, même les grains de riz. Si l'arrivage n'avait pas lieu, il n'était pas question de refaire la demande. Aussi, chaque mission veillait jalousement sur sa provision, et thésaurisait le moindre extra pour les années de disette.

Quant à l'arrivée de l'auxiliaire, si elle procurait le plaisir d'une présence fraternelle, elle ne manquait jamais de creuser les maigres provisions. Monseigneur Clut, dont on craignait, parfois à juste titre, le regard inquisiteur, était maintenant regardé comme un pique-assiette.

Dépité devant cet injuste sort, qui le jetait dans un carême permanent, Isidore implora son supérieur de remédier à son état. Décidément, aucune épine ne lui serait épargnée.

Monseigneur Faraud répondit à la plainte de son auxiliaire par une lettre qui ne laissait pas augurer de grandes largesses :

« Il est de règle que la mission que vous quittez doit payer vos dépenses jusqu'à celle où vous vous rendez, et ainsi successivement. Comme en somme, toutes les missions sont pauvres surtout en fait de provisions, je veux bien vous expédier à votre demande une certaine quantité de provisions dont vous userez comme vous le penserez bon. Mais il ne faut pas que ceci soit considéré comme une obligation, seulement comme un acte de bienveillance. J'ajoute que pour faciliter vos fonctions, vous pourriez disposer chaque année en cours de visite d'une somme de cent à cent cinquante dollars en faveur des missions qui vous paraîtront trop chargées de dettes ou que votre résidence prolongée aurait grevé davantage.

« Ceci vaut pour les visites régulières qu'on pourrait appeler canoniques, à caractère obligatoire. Quant aux visites extraordinaires, qui ne sont pas impérieusement réclamées, mais que vous feriez (quoique ayant en vue un bien réel), uniquement pour voyager, changer de place, etc., il n'est certainement pas concevable de faire payer la dépense de votre voyage par la résidence où vous ne faites que passer et repasser.

Je pourrais plus tard vous reparler de cette question… »

Cette réponse laissait encore beaucoup trop d'incertitude sur sa nourriture. Isidore attendait mieux. Une fois de plus, l'évêque d'Arindèle se retrouvait entre l'enclume et le marteau.

Cette année-là pourtant, il eut d'autres ennuis plus graves encore. La supérieure générale des sœurs venait d'envoyer un ordre irrévocable aux religieuses de la Providence : quitter cette mission pour mettre fin à cet insoutenable martyre.

Les sœurs de la Providence n'avaient jamais raconté la vérité entière sur leurs conditions de vie dans le Nord. Elles avaient tu les jeûnes répétés pendant des mois, avec, aux plus beaux jours, un poisson et une pomme de terre par personne à chaque repas. Elles ne s'étaient jamais plaintes d'être forcées de se tailler des robes dans la toile grise qui entourait les ballots sur les barges. Elles avaient gardé le silence sur leur mode de couchage : elles s'étendaient sur des planches avec un peu de paille en guise de matelas au milieu de leurs petits élèves. Mais le silence de leur misère avait trahi leur vertu et avait fait lever l'indignation à la maison mère.

Isidore, s'il avait l'autorité spirituelle, n'avait pas d'ordre à donner aux sœurs. Il ne pouvait intervenir. D'ailleurs ses frères, ses pères et les évêques logeaient à la même enseigne.

Les sœurs ne souhaitaient pas abandonner l'œuvre exaltante qu'elles avaient commençée au prix de tant d'efforts. Elles n'étaient pas découragées, et si elles avaient par malheur fait le récit de leurs privations, c'était plus par fierté que pour s'en plaindre. Heureusement, la lettre arriva trop tard pour qu'elles puissent embarquer sur les barges de l'automne ; elles pouvaient donc attendre le prochain convoi, l'année suivante. Entretemps, les choses pouvaient s'arranger. Les enfants de l'école pleuraient, les gens du fort protestaient, les pères et frères s'indignaient : ne s'imposaient-ils pas les mêmes conditions de vie !

Isidore, lui, se sentait coupable. Il avait voulu et appelé les sœurs, il voyait leur présence indispensable à l'équilibre des missions. Il ne trouvait pas l'argent ou les provisions nécessaires pour les nourrir convenablement. Elles coûtaient cher pour ses pauvres ressources et ne rapportaient rien, mais quel ouvrage accompli ! Avec elles, les enfants apprenaient à lire et écrire dans leur propre langue d'abord, puis en français et en anglais. Elles enseignaient les bases du calcul, des notions de géographie, d'histoire et des travaux pratiques : pour les filles, la peausserie, le tannage, la couture, la broderie. Pour les garçons, les frères enseignaient des rudiments de sciage, de charpente et de menuiserie.

A côté de l'école, les sœurs dispensaient des soins médicaux à tous les

Indiens, métis et Blancs du fort et des environs. Les malades marchaient parfois plusieurs jours pour se faire soigner.

L'évêque de peine se devait d'assumer l'entretien matériel des religieuses ! De convaincre la supérieure de les laisser et de trouver l'argent pour les maintenir décemment dans leurs fonctions. La mission de la Providence était si peu de choses, son évêché si simple : une petite chambre privée pour chacun, une pièce commune, l'église, la ferme et le couvent des sœurs réduit au plus strict nécessaire. Dans l'empire du Nord, c'était pourtant le bastion catholique le plus avancé de l'Eglise ; un lieu exemplaire, le point de mire de beaucoup de tribus indiennes et le centre du vicariat.

Isidore ne pouvait se résoudre à abandonner la partie sans réagir. Son opinion différait de celle de Monseigneur Faraud qui, lui, voyait l'ensemble et ne se trouvait pas sur place. Il avait tendance à regarder l'établissement des sœurs, dans la situation présente, comme une source d'inconvénients sans fin pour de maigres avantages. L'évêque d'Arindèle encore une fois dut se battre pour défendre sa cause.

Cette année 1881-1882 fit sentir encore cruellement la disette. Les récoltes de pommes de terre avaient gelé, le champ d'orge avait été mangé par les sauterelles, la moisson de blé, faute de semence, remplissait deux sacs et la glace avait interrompu la pêche d'automne avant que le hangar ne soit plein. Heureusement, les sauterelles dédaignaient les carottes et les navets, ces deux lopins de terre restaient leurs maigres raisons d'espérer.

Dans ces temps d'incertitude toutefois, toujours aux moments les plus noirs, quelques petites joies venaient tromper le désespoir.

Les cérémonies-anniversaires de ses vingt-cinq ans de sacerdoce, qui marquaient aussi ses cinquante ans furent une surprise totale pour Isidore, car sachant qu'il devait repartir, la petite communauté devança la date de la célébration de quelques semaines.

La journée fut marquée par des festivités bien modestes, mais à la latitude du silence, elles apparurent aussi brillantes et lumineuses que les fastes les plus colorés des fêtes romaines. Elles se déroulèrent au couvent des sœurs. Tout avait été préparé, dans le secret, depuis des semaines. Une décoration de guirlandes en chiffon, en papier, en écorce, transformait la petite salle commune en palais. Les orateurs, sans être célèbres, étaient les plus touchants.

Ils dressèrent devant Monseigneur un panégyrique de sa vie avec une ferveur et un respect sans mélange. Les petites filles et les petits garçons lisaient ou récitaient les vers qui retraçaient la vie de l'évêque, avec leur voix, au bel accent montagnais ou cree. Seul, Monseigneur goûtait ce parfum délicat. Qui, mieux que lui, aurait pu comprendre ce que ces petits orphelins pouvaient mettre sous les mots français choisis par les sœurs ?

Il regardait ces enfants comme sa plus grande fierté, son plus bel espoir. Il les avait pour la plupart choisis, amenés aux bons soins des religieuses, délivrés de l'état de servitude dans lequel leur statut d'orphelin les avait jetés sans qu'ils comprennent pourquoi.

Ils devenaient l'avenir du peuple indien, ceux qui propageraient la foi dans les tribus. Ceux-là mêmes qui avaient été rejetés par la nature et par les hommes en perdant leurs parents, avaient retrouvé avec les sœurs une famille en Dieu. Montréal menaçait leur petite existence. Où iraient-ils s'ils étaient renvoyés ? Qui les recueillerait ? De loin, ces quarante enfants ne représentaient rien par rapport aux centaines de dollars qu'il fallait dépenser pour eux. Mais ici, ils étaient un trésor qui risquait de se perdre ; si l'école fermait, ils deviendraient des enfants à qui on volerait une fois de plus leur enfance et ce serait le désespoir pour tous les orphelins à venir.

Isidore en était fermement convaincu, il s'était battu pour cette école, il avait lutté pour la maintenir, contre vents et marées, il se préparait encore à user d'autorité et outrepasser ses droits, pour eux.

Avec l'aide de Dieu, il trouverait l'argent pour l'entretenir. Et tant pis pour les blâmes qu'il ne manquerait pas d'encourir, il ferait ce qu'il croyait juste et bon pour le royaume de Dieu. Il garderait les sœurs à la Providence.

L'hommage de ces enfants, arrachés à l'ignorance, touchait son cœur sensible plus que les honneurs des grands de la terre.

Des chants et une petite représentation en langue indienne suivirent les compliments. La journée fut couronnée par une cérémonie à la chapelle où les bougies avaient été multipliées pour l'occasion.

Les frères et les porte-insignes, en habit de cérémonie, étaient venus chercher Monseigneur dans sa chambre, en procession, pour l'accomplissement de l'office pontifical. L'évêque, revêtu de la chape dorée, suivait la croix en chantant. Une Montagnaise s'avança près de lui, elle voulait lui offrir un lynx qu'elle venait d'écorcher. Elle tendait la bête sanguinolente vers le prélat, la portant à bout de bras comme un drapeau. Isidore lui tournait des yeux éloquents mais elle ne comprenait pas et brandissait son cadeau avec véhémence. Abandonnant son chant en latin, Isidore lui dit de le porter au magasin de la mission. Mais elle voulait qu'il le prenne, lui, et se planta au plein milieu de la procession. Isidore, craignant qu'elle n'entre à l'église, portant son trophée à côté de la croix, toucha l'animal et fit signe à quelqu'un de l'emporter à la cuisine. La scène n'avait pas manqué de faire rire et Isidore lui-même avait du mal à se contenir.

Dans l'après-midi, il avait confectionné lui-même un bouquet de branches d'épineux en faveur de la Vierge. Au beau milieu de la récitation du chapelet, chacun redoublait de ferveur, porté par la magie de la fête, les lumières consumèrent les fleurs sèches au risque de brûler l'édifice. Un frère se précipita pour l'éteindre.

Dans la soirée, Isidore repensa à ce triste présage. Il se souvint alors de la vertu d'Espérance. Tout en regardant la statue de la Vierge dont le voile était noirci, il pensa qu'elle lui demandait de se consumer lui aussi comme son bouquet d'épines, jusqu'au martyre. Il fallait garder, créer l'Espérance, contre toutes les apparences.

Le soir, le repas offrit un trésor inattendu. Un gigantesque « gâteau de Savoie ». Dans un temps où la farine était plus rare que l'or et les poules inconnues, cette pâtisserie était aussi imprévisible qu'une rose rouge sur un parterre de neige. Isidore et les convives le goûtèrent par petites miettes légères pour faire durer le plaisir… Sur le gâteau, en lettres de sucre, luxe suprême, Isidore lut :

« Tes noces d'argent, O Père Bien Aimé, sont pour tes enfants des Noces Dorées. »

Dans un transport de joie, au comble des honneurs, se sentant aussi puissant qu'un prince, Isidore répondit par une adresse dans laquelle il se flattait avec autant d'humour que d'ironie :

« …Ne suis-je pas plus honoré et plus riche que le Cardinal Archevêque de Paris lui-même ? Je l'ai vu, je vous assure. Il n'a qu'un seul coursier pour tirer sa voiture. J'en ai trois et souvent quatre qui filent à belle allure et je défie le cardinal d'aller voir ses ouailles plus vite que l'évêque du MacKenzie. Son palais est entouré de rues souillées, grouillantes de monde, tandis que le mien siège dans la blancheur immaculée du cristal, loin des curieux et des importuns.… »

La fête passée, la vie reprit son train à la Providence. Les enfants retournèrent à l'école ; les frères à la pêche sous la glace. La consommation de la petite communauté requérait chaque année plusieurs milliers de poissons.

Monseigneur reprit ses courses apostoliques. Il partait cette fois pour l'extrémité est du Grand Lac des Esclaves. Il ne s'était jamais rendu dans ce poste réputé glacial en bordure des « Barens Lands », à quelques jours de marche de ces terres désertes, parsemées d'eau, étendues sans l'ombre d'une épinette jusqu'à la baie d'Hudson.

Pour la première fois, eu égard à son âge avancé, il décida de se faire carrioler une partie du chemin. Le jeune frère Rousset lui servait de conducteur et courait la plupart du temps derrière le traîneau car la glace était bonne et le temps assez clair. Ils parcouraient de quarante-cinq à soixante kilomètres dans la journée.

Un des premiers campements eut lieu dans la maison d'un Montagnais. Comme l'évêque était attendu, la maîtresse de maison avait lavé le plancher et préparé un bon pemican à la graisse de moelle et au sucre. La petite caravane arriva dans la nuit chez Tête Noire. Le bruit s'était répandu que le Grand Priant devait passer par là, aussi plusieurs familles étaient accourues et se tenaient prêtes autour de la hutte.

Tête Noire avait étalé toutes les images qu'il possédait au-dessus de la table qui servirait d'autel. La visite serait courte.

A trois heures du matin, tous les Indiens réunis reçurent la communion. Monseigneur baptisa le fils de Ethizen et, bien avant l'aube, repartit pour traverser une baie du Grand Lac des Esclaves. La traversée par beau temps était facile car la baie était étroite, mais elle était très profonde, aussi une erreur d'orientation pouvait pousser le voyageur vers le milieu du lac sur des centaines de kilomètres ou vers le fond de la baie, à plusieurs jours de marche. Si la tourmente se levait, les risques se multipliaient.

Au lever du soleil, Isidore remarqua tout de suite le parhélie. Ce phénomène était fréquent mais toujours de mauvaise augure. Le soleil se reflétait dans la nuée de glace suspendue dans l'air. Un anneau horizontal, couronne surmontée de cierges rayonnants, entourait la boule solaire. Des taches lumineuses bordées de rouge irradiaient une lumière étrange et produisaient sur les hommes une étrange sensation. Lentement, la couronne se redressa en pâlissant pour se transformer en un halo, puis en arc-en-ciel qui enveloppa l'énorme soleil. Pendant un moment, le ciel devint un conte de fées, il ouvrait lentement aux humains la porte de l'aurore, il ne manquait plus que l'apparition de la terre enchantée.

Le guide, peu romantique, frissonnait de malaise devant ce spectacle.

— Cela ne présage rien de bon, annonça-t-il.

Isidore savait par expérience que la tempête accompagnait presque toujours les parhélies, mais cette manifestation était si belle qu'il aurait aimé la suspendre un instant.

La traverse de la baie risquait maintenant de devenir le piège sur lequel se refermerait la poudrerie. Ils hâtèrent le pas, les conducteurs jurant après les chiens. Les fouets claquaient dans l'air, les traînes gémissaient, poursuivies par l'invisible ennemi. Ils arrivèrent juste à temps sur une île en bordure du rivage.

La neige floconnait déjà, un vent violent suivit et la poudrerie fit rage si vite qu'ils décidèrent de camper sur place.

Monseigneur étendit entre deux arbres sa couverture neuve de Lyon. La neige tomba toute la nuit et l'abri se révéla très efficace. Au petit jour, la tourmente s'apaisa.

Isidore découvrit alors un spectacle inconnu. Les arbres rares formaient ici et là de petits bosquets. Perché sur un îlot de granit, il pouvait voir ce grand pays de lacs et d'îles innombrables : « les Terres Nues ».

Les îles avaient toutes sortes de formes et de dimensions. Par milliers, elles pointillaient la surface des eaux. L'étendue des lacs était égale à la surface de terre.

Dans cette vision grandiose et désolée, Isidore imaginait ce qu'aurait été ce paradis sous une autre latitude. Combien d'êtres nonchalants auraient profité de cette beauté ! Allongés sur ces merveilleuses plages dorées !

Quelques orignaux craintifs jouissaient, en solitaires, de cet eden glacé, broutaient les lichens et les quelques rares arbustes nains de sapins ou de bouleaux.

Le chasseur n'ayant aucun abri pour se dissimuler était repéré par le moindre son, des heures à l'avance. Il n'avait aucune chance avec ce renne là. Heureusement pour lui, les troupeaux de caribous traversaient ces terres plusieurs fois par an, et transformaient alors le désert en une gigantesque réserve de nourriture.

Trois jours durant, la petite troupe chemina au travers des îles, bien contente de ne pas se perdre dans ce dédale de monticules de granit, aussi inextricable pour le néophyte que le labyrinthe du Minotaure.

Le 22 décembre, peu avant le lever du soleil, ils arrivèrent au poste de King Beaulieu dit le « Fond du lac ». Renseignés par les clochettes et les aboiements des chiens, les habitants avaient longtemps à l'avance entendu venir les visiteurs.

Quand ils atteignirent le poste, toute la petite population s'était pressée autour des arrivants. Les visites fréquentaient rarement ce coin reculé du lac des Esclaves. La cérémonie du serrement de mains fut suivie d'une bénédiction particulière pour chacun, un genou dans la neige, soufflé par un vent glacial. Les quelques maisons du poste perché sur un bloc de granit très élevé dominaient le lac et les îles à cent lieues à la ronde et donnaient rendez-vous à tous les vents de la terre. Isidore eut peur d'être transformé en statue avant d'avoir pu bénir toutes ses ouailles.

La chambre de Monsieur Beaulieu servit de cathédrale, ni commodes, ni décentes, les trois pièces de la maison ne furent pas assez grandes pour recevoir tous les Indiens qui se pressaient à la messe de minuit. Les quatre-vingts assistants devaient faire une rotation pour laisser la place à ceux qui attendaient dans les maisons voisines pour communier. L'évêque siégeait à moins d'un pas de l'autel aussi la procession avec la crosse et la mitre se réduisit à une volte-face et Monseigneur dut encore baisser la tête pour ne pas être démitré par un soliveau.

Cela n'empêcha pas les Indiens de chanter les chants et les cantiques de Noël dans leur langue montagnaise. Les mélodies prenaient chez eux une allure très particulière. Le ton descendait toujours et malgré leurs puissantes voix, ils bémolisaient tous dès que le père ne les accompagnait plus. Alors les chants les plus enjoués revêtaient une solennité et une tristesse toutes particulières. Isidore avait l'habitude de la langue montagnaise et depuis qu'il la pratiquait, il goûtait la beauté majestueuse des sons gutturaux qui tiraient toutes les voix dans les tons de nos lamentations.

Le jour de Noël, il y eut beaucoup de confirmations. King Beaulieu rappela à Monseigneur le jour de la sienne à la rivière au Sel, chez son père, le vieux patriarche :

— Po'r moé, v'os savez. Le « jour que vous donnez des claques », a c'te moment que j'vous ai vu dans tous vos habits dorés, j'ai ben cru tout de bon qu'c'était vous le bon Dieu.

Isidore riait à gorge déployée. Il appréciait le charme supplémentaire du français coloré des métis, qui se rajoutait à la douceur des souvenirs.

Il ne put s'attarder chez les Beaulieu qu'il aimait beaucoup pour leur ferveur et la chaleur de leur accueil, car il avait promis de rentrer à la Provicence pour le jour de l'an.

Le frère Rousset attela les chiens et Isidore comme un seigneur dans sa traîne quitta le « Fond du lac » dont la beauté se bat avec les vents du nord pour garder la terre stérile et solitaire.

Le voyage du retour se fit rapidement. Les chiens bien nourris coururent de trois à cinq heures sans une halte. Une fine couche de neige recouvrait la glace blanche, juste assez pour ne pas déraper, sans entraver le glissement des traîneaux.

Les cornes du Grand Lac des Esclaves formaient parfois de véritables fjords norvégiens, les falaises hautes de cent à deux cents mètres sculptaient le paysage blanc dans un granit sombre. Isidore se levait alors de la traîne pour ne pas se transir. Dans ces passes, couloirs terrifiants, s'engouffraient les violents courants du Nord, à tel point parfois qu'ils renversaient les traînes. Les chiens ralentissaient, partaient en zigzag, tiraient des bords comme les marins, pour profiter de la force éolienne, plutôt que d'en être les victimes. Les conducteurs avaient bien du mal à maintenir le cap.

A son arrivée à la Providence, le frère Boisramé s'empressa de raconter à Monseigneur l'histoire qui courait de poste en poste sur le bishop Bompas :

« Vous savez, Monseigneur, qu'au camp des Plats Côtés de Chiens, il n'y a aucun protestant, cette tribu est entièrement catholique.

« Le bishop Bompas a essayé de s'y rendre en compagnie des serviteurs de la Baie du fort Simpson à la recherche de la viande.

« Le pauvre bishop n'avait pas de traîneau en propre. Cependant, quelqu'un de la caravane le traînait car il allait à vide. Il faisait grand froid. Le bishop resta longtemps dans la traîne sans faire de mouvements, et il était déjà troussé de froid lorsqu'il demanda à sortir et à se dégourdir les membres. Les traîneaux allaient de l'avant car la neige était mauvaise et les engagés du fort cherchaient à ne pas prendre de retard. Le bishop anglais se retrouva bientôt seul à marcher dans la forêt. Il se gelait et de plus fatiguait sérieusement.

« Alors il lui vint l'idée qu'il n'arriverait jamais au camp des Indiens. Le fort Simpson, lui, ne devait pas être très loin : en quatre heures de traîne, dans une neige épaisse, il l'atteindrait. Il jugea qu'il avait meilleur compte à rentrer au fort ; et il rebroussa chemin. Pendant ce temps, ses compagnons de voyage avaient fait halte pour le repas. Comme il ne voyait pas l'évêque venir, l'un d'eux se décida à courir à sa recherche avec les chiens.

« Il suivit les traces jusqu'au lieu où Monsieur Bompas avait quitté la traîne. Ne le voyant pas, le jeune homme repartit vers ses compagnons en pensant que peut-être il avait pu arriver entre-temps. Près du feu, les hommes lui demandèrent pourquoi il revenait seul. En apprenant que le bishop n'était pas sur le chemin, ils en conclurent qu'il avait rebroussé chemin et qu'il risquait fort de se geler s'il n'était pas secouru. La nuit noire se refroidissait, aussi sans attendre, le jeune homme reprit ses recherches.

« Après des heures de course, il vit une silhouette qui titubait dans la neige, tombait et se relevait péniblement. L'évêque anglais, transi, tombait de faiblesse, s'il n'avait pas été sauvé de justesse, il se serait gelé raide mort en peu de temps ! Le jeune homme l'ayant rejoint dans cet état, commença par le frictionner, fit du feu pour le réchauffer et lui fit boire de l'eau chaude. Comme Bompas se ranimait un peu, il le ramena au fort Simpson où il mit, dit-on, plusieurs semaines à se remettre.

« Les Indiens du camp, apprenant l'histoire, ont dit que c'était Dieu qui avait permis cela et puni le Grand Priant anglais. Le Bon Dieu ne voulait pas qu'il vienne les troubler dans leur croyance, alors, il l'a empêché d'arriver jusqu'à eux. »

Sans méchanceté véritable, Isidore se réjouissait secrètement de la défaite de son ennemi. En conclusion à l'histoire que venait de lui raconter le frère, il dit :

« Puisse la venette (la peur) qu'a dû avoir Bompas et sa chère moitié en le voyant revenir, empêcher celui-ci de courir après nos catholiques à temps et à contretemps, comme il le fait ordinairement en débitant toutes espèces de mensonges contre nous.

« Les cadeaux qu'ils dispensent à foison, la calomnie et le mensonge sont leurs armes favorites. Je ne comprends pas comment ils disent venir dans le pays pour faire du bien. Loin de tirer les Indiens de leurs mauvaises vies, ils les encouragent. Ainsi, ils attirent à eux tous ceux que nous excluons de nos réunions de prière parce qu'ils sont incestueux, ou en concubinage et sans désir de changer.

« Maintenant, lorsque nous sommes obligés de reprocher une vie scandaleuse à un sauvage, il menace de se faire protestant. Cela m'est arrivé à Sainte-Anne où un chef vivait avec son épouse légitime et les deux femmes de ses frères défunts. Comme je lui reprochais sa conduite, il me dit alors que “le protestantisme était bien supérieur à notre Sainte Religion.” Cela m'a causé beaucoup de peine, d'autant plus qu'étant le chef, il avait une grande influence sur les autres… »

L'évêque d'Arindèle passait ainsi ses jours à la Providence, courant d'une mission à l'autre, visitant les camps indigènes. Lorsqu'il restait à demeure, il travaillait au matériel comme au spirituel. Les constructions n'étaient jamais finies, la nécessité de refaire, d'agrandir ne laissait jamais de repos aux pères et aux frères qui devaient en plus approvisionner les cuisines. La ferme demandait souvent tous les bras disponibles et Monseigneur n'était pas exempt de corvée d'arrachage de pommes de terre, de moissons et autres travaux domestiques.

Le courrier constituait également un travail important en quantité et en qualité, car toutes les communications reposaient sur ces petites feuilles de papier. Elles arriveraient à destination si longtemps après qu'il aurait été nécessaire que l'auteur anticipe et imagine de quelle réponse il aurait besoin l'année suivante. Les lettres reçues risquaient souvent de devenir comme les images de ces étoiles qui nous arrivent des années-lumières après qu'elles soient éteintes.

Ainsi cette lettre du père Dupire qui lui parvenait après trois ans de pérégrinations diverses ! Elle racontait un voyage dont il était depuis longtemps revenu. Elle fit sourire Monseigneur qui la lut avec plaisir.

« … Les hommes étaient partis à la recherche du renne trop longtemps attendu. Je ne trouvais donc à mon arrivée à la rivière aux Rochers que le chef du quartier, sieur Benjamin, sa vieille, leurs enfants et quelques vieilles femmes. Ils exprimèrent tous une vive satisfaction de me voir et s'exprimaient longuement par paroles et par gestes. Je ne compris guère que les derniers. Ils aiment toujours à voir le prêtre. L'espoir de déguster quelques patates dont ils me savaient approvisionné entre peut-être aussi pour beaucoup dans la cause de leur joie car depuis quelques jours, ils jeûnaient bel et bien.

« Quoi qu'il en soit, mon arrivée leur était agréable et je n'étais pas mécontent de reposer mes jambes. Je ne désirais qu'un peu de repos et de sommeil.

« C'était difficile, tous m'entouraient, tous parlaient à la fois et maître Benjamin, grand bavard de profession, me fit force discours auxquels je ne compris rien, mais applaudis en m'endormant profondément. Notre homme qui ne s'en doutait pas, continuait son verbiage quand soudain, averti par ma respiration trop régulière que j'étais parti pour les songes, il m'éveilla brusquement, et dit :

— Tu as sommeil, je crois, tu t'endors. Le plus raisonnable est de dîner. Si tu as des provisions, tu peux les servir car nous n'avons que quelques poissons que tu n'aimeras pas vu que nous ne pouvons pas les manger nous-mêmes, il sont tout gâtés. En attendant, ouvre ton sac et mange bien.

« Je n'avais pour toutes provisions que quelques patates et de la viande sèche extrêmement dure que je gardais pour le retour. Cependant je les sortis de bonne grâce. Pendant que j'essayais péniblement de déchirer un morceau de viande avec mes pauvres dents malades, le bon Benjamin fit le renard. Le gaillard doué d'une excellente mâchoire comme tous les Indiens, fit disparaître en quelques instants tout ce que j'avais apporté et me remercia gentiment :

— J'ai très bien mangé, dit-il. Maintenant il est juste que tu te reposes, tu peux aller dormir.

« Je comptais bien le faire, mais hélas, le plaisir ne vient jamais seul en cette terre ! Le brave Benjamin qui, pour me rendre tous les honneurs de la guerre, m'avait cédé les quatre planches qui lui servaient de lit, m'obligea à faire la chasse. Vous devinez bien, Monseigneur, qu'il s'agit d'un gibier dont les sauvages sont toujours riches, fausses perles que j'étais peu jaloux d'acquérir. La seule crainte de récolter quelques vilains “Ya” (poux), comme ils les appellent, fut suffisante pour m'empêcher de fermer l'œil de la nuit.

« Le lendemain, pour la messe, j'avais chargé Benjamin, que je supposais d'une bonne oreille et d'une honnête voix, de l'office de grand chantre ; honneur qu'il fut heureux et fier d'accepter. Quand il entonna d'une voix nasillarde le cantique favori des Montagnais (Yedariye lesthesle), tous les assistants déroutés répondirent timidement en si bémol, transformant la messe en office funèbre. Je fus si charmé que je dus prier mon grand chantre de ne plus faire entendre sa belle voix. Mais, au moment de

Jean Lamoureux. Il était le charpentier de la mission de Providence.

Joseph King Beaulieu, né en 1836. Il fonda le poste du fond du Grand Lac des Esclaves.

Pierre Mercredi, grand ami des Indiens et des missions, travailla plus de 30 ans pour la Compagnie de la Baie. Sa femme, Marie Beaulieu, était une petite-fille du patriarche.

Crédits : photos tirées du livre *Our metis heritage.*

L'album de souvenirs des sœurs, à la mission Saint-Bernard.

Archives oblates de Mac Lennan.Photo de l'auteur.

Un fort de traite de la Compagnie de la Baie. Gravure. D.R.

Voyage d'été, soutane et sac à dos.

Photo Archives oblates, dans *Aux glaces polaires.*

Charles Philip Gaudet, le pourvoyeur des chrétiens de Good Hope et grand ami de Mgr Clut.

Photo Jane Gandet, dans *Our metis heritage.*

Les quatre évêques barbus du Nord, émules de Mgr Clut (au centre). Mgr Breynat pose sa main sur l'épaule de Mgr Grouard. Photo Archives oblates de Saint-Albert.

Mgr Grouard sciant de long.

Messe sous la tente, en forêt.

Deux scènes tirées du livre *Aux glaces polaires* .

Mgr Taché, le premier évêque de l'Ouest.
D.R.

Mgr Grandin, fondateur et évêque de Saint-Albert.
D.R.

Mgr Henri Faraud, premier vicaire apostolique d'Athabaska MacKenzie.
D.R.

Les bordillons, échoués sur la berge pendant la débâcle, détruisent tout sur leur passage.
Photo Archives oblates, dans *Aux glaces polaires.*

Les fameux remparts du fleuve MacKenzie. L'eau y atteint des profondeurs de plus de 100 mètres.
Photo William Firth, dans *Our metis heritage.*

Mgr Breynat, le successeur de Mgr Clut, en tournée apostolique.
Archives oblates, dans *Aux glaces polaires.*

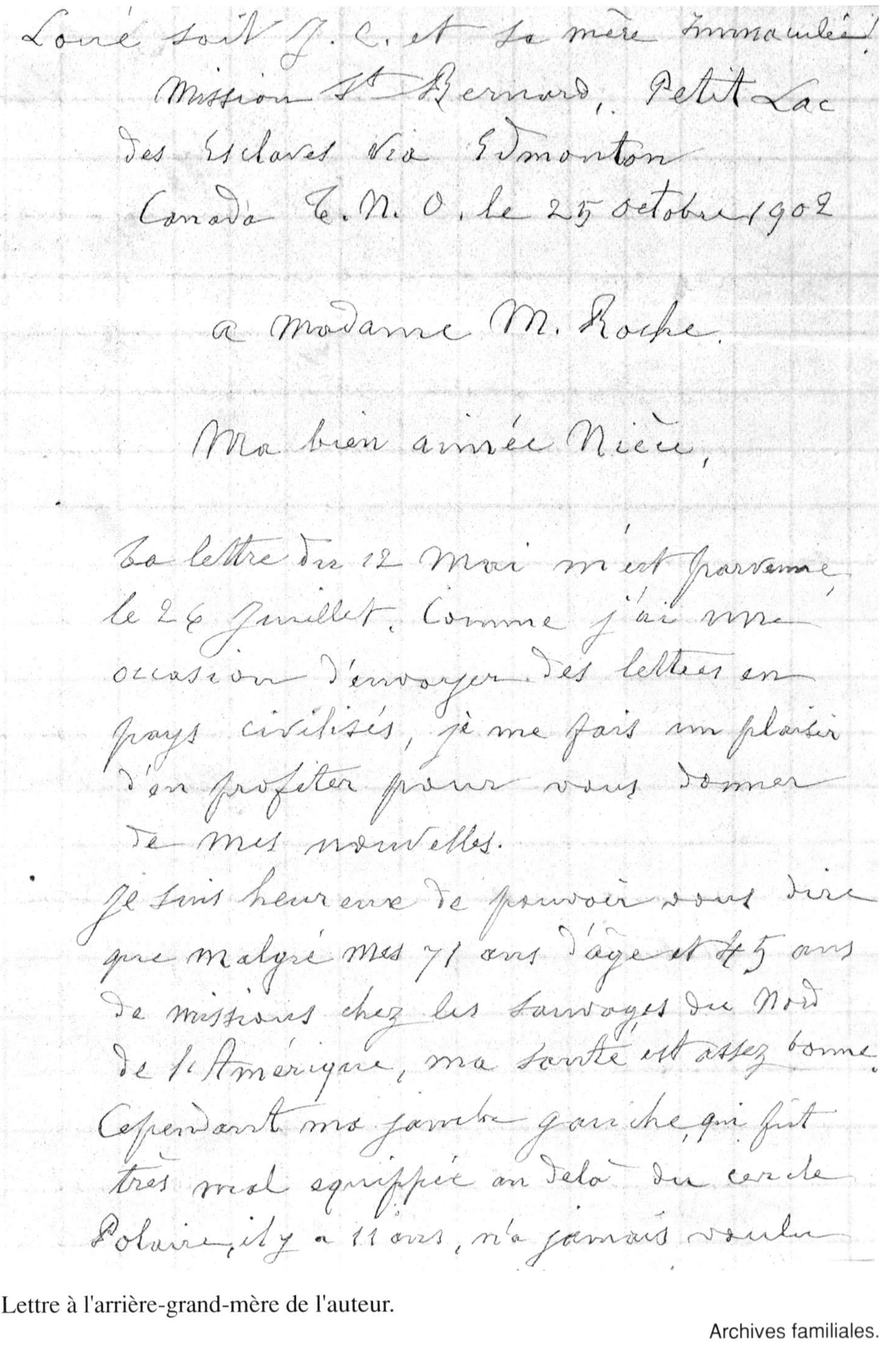
Loué soit J. C. et sa mère Immaculée!

Mission St Bernard, Petit Lac des Esclaves via Edmonton Canada T. N. O. le 25 octobre 1902

à Madame M. Roche.

Ma bien aimée Nièce,

Ta lettre du 12 Mai m'est parvenue le 26 Juillet. Comme j'ai une occasion d'envoyer des lettres en pays civilisés, je me fais un plaisir d'en profiter pour vous donner de mes nouvelles.

Je suis heureux de pouvoir vous dire que malgré mes 71 ans d'âge et 45 ans de missions chez les sauvages du Nord de l'Amérique, ma santé est assez bonne. Cependant ma jambe gauche qui fut très mal équippée au delà du cercle Polaire, il y a 11 ans, n'a jamais voulu

Lettre à l'arrière-grand-mère de l'auteur.

Archives familiales.

la communion, l'infatigable Benjamin ne demanda pas ma permission pour faire entendre son aigre fausset avec vigueur. Loin d'être ravi, je le laissais à son aise déployer sa voix, mais j'eus toutes les peines du monde à retenir un fou rire débordant… »

La lettre suivante décrivait de plus tristes et graves événements :

« Monseigneur et Bien-Aimé Père,

« … Déjà, je vous ai entretenu de l'affaire de Denekelyus, ma plume y revient et se refuse presque à vous décrire les suprêmes détails d'une comédie qui a fini par une barbare tragédie. Ce que j'ai à vous dire vous frappera de stupeur quand vous apprendrez la triste conduite de nos Mangeurs de Caribous.

« Voici le fait : A la mi-automne (vers le milieu de l'été indien), un dimanche, plusieurs sauvages cherchant des vivres, étaient allés à la chasse. A leur retour, le frénétique Denekelyus, armé d'une trique, attendait une victime. Théophile arrivait en tête de quatre jeunes gens.

« Le vieux menace Théophile et s'attaque à lui. La lutte est sérieuse, Théophile se défend du canon de son fusil et le brise tout à coup. L'arme est alors aussitôt retournée et la crosse sert à la défense. Blessé du plat de la crosse, le vieux fou tombe à la renverse, à demi-évanoui. Pendant la lutte, engagée au bord du campement, toutes les femmes accourent, excepté la femme de Théophile (Julie). Toutes crient à l'envi :

— Théo, Théo, le vieux Denekelius a tué ta Julie.

« Cette nouvelle, paraissant confirmée par l'absence de la femme, excite Théophile, déjà vif par nature et fortement échauffé par une lutte où sa vie semblait courir les plus grands dangers. A bout de forces et se voyant serré de près par son adversaire, il crie à ses compagnons de venir à son secours, personne ne bouge !

« Maintenant, le vieux gisait à terre, Théophile recule de frayeur ou de regret, mais le blessé, seulement abasourdi, commence quelques temps après, à revenir à la vie. C'est alors que Naldzil crie à Théophile :

— Achève-le, s'il revient, il n'en sera que pire et plus furieux.

« Théophile, reprenant son frénétique courage, frappe à coups recoublés sur la tête, sur la poitrine et sur les jambes du patient. Pendant cet acte de violence, deux haches sont apportées,... mais par qui ? (Nul n'a pu ou n'a voulu le dire).

« La première, émoussée, ne fit que mâcher les chairs, un billot fut passé sous le cou du malheureux et la seconde hache, mieux aiguisée, acheva le forfait et la tête du malheureux Denekelyus tomba en roulant ! quelle horreur ! Sur un mot tombé d'une furie édentée, la vieille Siadézéazé, qui proposa de brûler aussitôt le cadavre, cet avis fut adopté. Jean, son petit-fils, et Joseph s'empressèrent d'obéir à cette diabolique parole. Un bûcher fut préparé qui dura trois jours.

« La chair brûlait, la graisse fondait, alimentant la flamme et répandant une odeur infecte qui aurait dû soulever d'horreur et de regret le cœur d'un être tant soit peu humain, sans exciter les ricanements diaboliques de ces barbares insensés qui se disaient en riant : “Regarde la graisse du vieux qui fond, il était encore gras le crasseux !”

« Le feu ne s'éteignit qu'au troisième jour ; les responsables examinèrent les restes de leur victime, ayant trouvé le cœur calciné du malheureux, mais tout entier, ils le broyèrent, le pilèrent à coups de perches de loge !

« Et pas un souvenir pour l'âme de ce malheureux, pas une larme de regret pour un pareil crime. Quelle brutalité ! Quelle barbarie ! Aussi n'ai-je pu m'empêcher le dimanche suivant, et devant les témoins présents alors, de m'élever fortement contre un acte pareil. Et aux auteurs eux-mêmes, j'ai dit en public qu'en suivant une telle conduite, ils en viendraient vite à être des mangeurs d'hommes.

« Tous les Montagnais, qui ont du bon sens, réprouvent également le fait…

« DE CHAMBEUIL OMI. »

Isidore était partagé entre la fureur et les larmes. Comment un acte aussi monstrueux avait-il pu se produire après l'enseignement d'amour et de respect de la vie qu'il leur dispensait, et que tous les missionnaires donnaient en exemple. Le diable avait-il soufflé sur ces âmes rustres ou avait-il failli à sa mission. Il décida de prier pour eux et se dirigea vers l'église.

Plus tard, cette journée-là, le vieux lord anglais vint lui faire ses adieux. Il le regarda partir avec émotion et admiration. Il avait passé d'intenses moments en sa compagnie, il ne l'oublierait pas, sa générosité aiderait au besoin à se souvenir de lui.

Le lord était venu deux mois plus tôt à la Providence. Cette visite, sans nécesité commerciale ou missionnaire, était parfaitement insolite dans la contrée. Lord Garland ouvrait une voie inédite, en qualité de premier touriste des territoires du Nord-Ouest. Ce vieillard vigoureux avait fêté ses soixante-dix ans peu de temps avant son voyage.

Grand patron d'industrie, en Ecosse, il avait toute sa vie commandé et toujours réussi à faire plier son entourage. Il ne se souvenait pas d'un homme qui lui ait résisté, ni d'une entreprise qu'il n'ait menée à son terme. Lui-même se sentait une vigueur indomptable, il ne connaissait ni la fatigue ni la souffrance. Ces années écoulées dans le luxe et l'abondance lui avaient laissé un goût amer d'insatisfaction et d'inutilité. Il en voulait à la vie elle-même de ne pas lui avoir donné assez de sel. Maintenant, il s'ennuyait. Aussi avait-il décidé de parcourir le monde en quête de la souffrance salutaire qui lui ferait ressentir la nécessité de son existence. Il était décidé à mettre fin à ses jours s'il ne trouvait pas de véritables raisons d'exister.

Au cours d'une conversation, son ami le gouverneur lord Eden Colville, qui présidait à Londres aux destinées de la Compagnie de la Baie d'Hudson, lui avait vanté les invraisemblables morts qu'il risquait de rencontrer en se rendant dans les territoires du Nord-Ouest canadien. Lord Garland, frémissant de curiosité, s'était aussitôt embarqué pour l'Amérique. Remonté vers le Nord grâce aux établissements de la grande Compagnie, dès son arrivée à la Providence, il avait été surpris par la bienveillance des Indiens, émerveillé de voir que ceux-ci, pour plus de la moitié, savaient lire, écrire et s'habillaient souvent à l'européenne. Il n'était pas loin de penser que son ami, de Londres, avait une vision totalement erronée de ce qui se passait réellement dans ce pays.

« Un Européen ne peut s'imaginer ce que souffre un homme civilisé dans ce milieu sauvage, avait proclamé le gouverneur.

« Nos hommes reviennent toujours le plus rapidement possible une fois leur fortune faite. Jugez plutôt ce qu'ils doivent endurer quand ils vivent parmi les sauvages :

« Ils couchent entre des gens puants et pouilleux qui ne se lavent jamais le corps et ne changent jamais de linge, au milieu d'enfants sales, de chiens hargneux qui viennent se battre ou se poser sur eux pendant leur sommeil.

« Ils y mangent à terre, parmi les ordures, dans une vaisselle rudimentaire qui ne reçoit d'autre récurage que le coup de langue de l'hôtesse ou le torchon de sa robe de peau. Dans ces demeures indiennes, nos hommes s'imprègnent d'une boucane épaisse aux senteurs âcres de graisse brûlée et de bois pourri, qui les enfume et les roussit comme des harengs saurs. Ils sont dévorés de vermines pullulantes, que rien ne détruit et qui engendrent des nuits entières d'insomnie.

« Quand ils peuvent manger, ce sont des viandes à peine cuites dans un bouillon où nagent les crottes de lièvres, les feuilles amères de sapin et d'autres ordures adhérentes à la viande gelée que l'on a jetée dans le chaudron sans aucun lavage. Ils doivent lutter sans colère ni impatience contre une nuée d'importuns qui leur enlèveraient jusqu'à leur chemise s'ils prêtaient l'oreille à leurs demandes. Ils doivent souffrir sans broncher les grossièretés, le sans-gêne et même les obscénités les plus énormes. Ils doivent savoir dissimuler, fermer les yeux et souvent se soumettre à la fantaisie des sauvages.

« Je défie quiconque, bien élevé, ayant bon goût, de pouvoir rester plus de huit jours sans désirer ardemment revenir parmi les siens. C'est pourquoi nos forts sont fermés et réservés au peu de civilisation que l'on arrive à transporter là-bas… »

Lord Garland marcha à la raquette avec les gens de la Providence jusqu'au fort Raë, petit poste de traite où la mission était beaucoup plus importante que les installations de la Compagnie. De là, il avait accompagné Monseigneur dans une de ses courses d'hiver, dans un clan de Flancs de Chien.

Comme ils campaient en route, le froid devint si intense que l'immense brasier brûlant des arbres entiers ne suffisait pas à réchauffer le pauvre lord Garland qui s'était fait carrioler toute la journée. Il ne sentait plus la pointe de ses pieds, son serviteur avait beau le masser pour le revigorer, le sang ne voulait plus venir. Finalement, ses pieds devinrent sensibles, il ressentit alors les mille et une aiguilles de la douleur. Lorsqu'ils arrivèrent au camp des Indiens, une disette prolongée sévissait. Le chef dit à Monseigneur :

— Voilà presque une lune que je tiens la peau de mon ventre dans les mains. Les caribous ont pris une autre route cette année, et les lièvres sont partis !

Ils en étaient réduits à faire bouillir leurs mocassins pour en ronger le cuir. Lord Garland restait pétrifié à la vue de ces hommes et ces femmes sans forces, maigres à faire peur, dignement résignés à attendre quelques gibiers de la grâce divine.

A son arrivée, Isidore fut happé dans une loge où un homme se mourait de maladie et de faim. Comme il pleurait en voyant l'évêque, ses parents lui en demandèrent la raison.

— Oh ! si je pleure, c'est de bonheur, j'avais perdu l'espoir de me confesser et voilà que le Grand Priant lui-même vient m'assister pour me faire entrer au ciel.

Lord Garland, fortement impressionné, sortit sans dire un mot. Les visiteurs n'avaient pas une grande quantité de provisions et ce qu'ils avaient fut bien vite mangé. Lord Garland se vit réduit lui-même à la famine, livré à la morsure du froid avec encore plus d'acuité. Il commençait à sentir la vie lui échapper. Il se demandait ce qu'il était venu faire ici. Il mesurait subitement la précarité de sa situation. Il ne dominait plus la situation, il ne pouvait plus ordonner à son serviteur de lui présenter un bon plat chaud. Ses pièces d'or ne lui servaient plus à rien. Il se sentait pour la première fois abandonné entre les mains de la destinée.

Lui, qui avait su forger un empire, dont les ordres changeaient la vie de milliers de gens, ici, maintenant, n'était plus rien qu'une mouche sur le doigt d'un géant.

— Nous sommes peu de choses, dit-il à Isidore qui revenait d'administrer le malade.

— Nous sommes les enfants de Dieu, répondit le prélat, Lui seul a pouvoir sur nous. Il peut retirer quand il lui plaît ce qu'il a donné en abondance. Qu'un troupeau de rennes passe et ils mangent à satiété, que la migration leur échappe et ils meurent de faim !

Lord Garland avait envie de se révolter, de se battre.

— Mais il faut faire quelque chose, on ne peut pas accepter de se laisser mourir comme ça !

— Vous croyez que cela dépend de vous ? répliqua l'évêque.

— Nous pouvons repartir, retourner au fort !

— Oui, au risque de mourir de froid et de faim en route. N'oubliez pas que les chiens qui vous ont amené n'ont pas plus à manger que vous et si vous voulez repartir, il faudra leur donner ce que vous voudriez manger vous-même.

Isidore donnait les sacrements et instruisait. Tous priaient avec ferveur pour que la famine s'éloigne, mais, durant deux jours, ils n'attrapèrent qu'un lynx pour une vingtaine de personnes. Les enfants continuaient à ronger leur peau de caribou et leurs mocassins. Les mères cuisaient poils et cuirs pour en boire le bouillon et se maintenir en vie.

Le troisième jour, lord Garland se sentait de plus en plus atteint par la faiblesse, il résolut de partir.

—Je ne voudrais pas être plus longtemps à la charge de ces pauvres gens, je ne le mérite pas et je ne veux pas mourir sans tenter l'impossible. Je pars.

Alors que ses chiens faméliques languissaient devant son traîneau, on entendit des coups de fusil.

Trois hommes revenaient de la chasse avec une traîne chargée de viande.

Le sourire revint sur les lèvres de tous. Lord Garland était au comble de la joie, il trépignait de bonheur en mangeant cette viande sauvage, sale, sans sel ni apprêt. Jamais, de sa vie, il n'avait goûté avec autant de plaisir une horreur pareille ; il s'en goinfrait, le jus coulait sur ses joues. Il riait à tout propos, sans raison, pour un peu, il se serait vautré dans cette nourriture, pour la toucher, l'embrasser. Ses hôtes s'amusaient de le voir. Ils étaient calmes, sereins. Isidore rendait grâce à Dieu.

Dans un éclair, lord Garland se remémora la vision du Nord que lui avait décrite son ami, à Londres. Elle était juste, il l'avait constaté, mais elle n'était pas vraie. Il lui manquait le sens de la chaleur humaine et cette étincelle qui se trouve en tout être : la vie.

Lord Garland avait trouvé ce qu'il cherchait.

En 1885, devant les appels réitérés du père Seguin, Monseigneur Clut alors sur les bords du lac Athabaska se rendit à la mission de Bonne-Espérance, sur le cercle polaire, où il n'était pas retourné depuis 1873. Au cours de l'été, il était descendu jusqu'à la Nativité. En remontant vers le Nord, il passa une journée à la Providence et repartit.

L'automne avançait, mais la saison avait du retard, une douceur inhabituelle baignait le fleuve.

La deuxième rébellion de Louis Riel, sévèrement réprimée par la mort du « leader », avait laissé toutes sortes de fuyards se répandre dans le pays et le bruit courait qu'ils pillaient et assassinaient partout sur leur passage. Des entrepôts de la Compagnie avaient été saccagés dans le Sud. Mais si la rumeur remonta loin vers le Nord, les assassins n'allèrent pas jusque-là.

Sur le passage de Monseigneur, les gens se cachaient et s'éloignaient du fleuve, si bien que Monseigneur rencontra peu d'Indiens. Les barges tardaient, elles attendaient de nouvelles livraisons rendues soudainement possibles grâce au « transcanadien » qui traversait maintenant jusque dans l'Ouest.

A Fort Norman, Isidore ressentit une lancinante douleur dans les jambes. Le soir, il remarqua qu'elles étaient légèrement enflées. Le lendemain, tout rentra dans l'ordre.

Lassé d'attendre les barges et pour en finir avec ce voyage qui durait depuis des mois, il s'embarqua dans une petite pirogue d'écorce, avec un jeune Loucheux de Good Hope, pour descendre le grand fleuve Mackenzie. Chrysostome ramait ou hissait la voile, tandis que Monseigneur tenait le gouvernail.

Le vent, favorable au départ, changea bientôt de direction, obligeant le jeune Chrysostome à tirer sur les rames comme un forcené. Pressé de rentrer au pays, il ne s'épargnait aucune fatigue, il ne voulait même pas s'arrêter la nuit.

Le rapide « Sans Saut » faillit leur être fatal. Comme ils avançaient à la drosse, vers minuit, un bruit menaçant fit sortir Isidore de sa torpeur :

— N'cst-cc-pas lc grand rapidc quc lcs Blancs appellent « Sans Saut » demanda Monseigneur ?

— Non, répondit Chrysostome, il est plus loin. Ce doit être le rapide Tselé, mais j'aurais préféré le franchir de jour, bien qu'il ne soit pas dangereux.

— Comme je ne connais pas l'endroit, je te laisse la barre, je vais ramer, reprit Isidore.

Un bruit de cataracte s'enflait et laissait présager de terribles cascades. Il était encore temps de renoncer. Isidore lança un regard sur son compagnon anxieux. Il semblait hésiter.

—Nous pouvons attendre le jour, murmura Isidore !

— J'y ai passé souvent en grande barge, je crois reconnaître l'endroit. Je pense que nous passerons sans danger, répondit Chrysostome.

Les embruns les enveloppaient si bien qu'ils ne pouvaient plus voir, ni le passage, ni le danger. Chrysostome avançait en évitant de justesse les récifs qu'il ne distinguait qu'au dernier moment. Par une chance inespérée, ils ne furent pas projetés avec leur frêle embarcation dans le tourbillon ou sur les rochers. Les eaux basses rendaient le passage encore plus périlleux et ils l'avaient franchi au plus mauvais endroit.

Le danger derrière eux, en voyant la cascade, Monseigneur eut des frissons d'effroi et décida de terminer la nuit sur la berge. Ils arrivèrent le neuf octobre à Good Hope, sans autre difficulté. Isidore y passa un rude hiver.

L'automne avait laissé couler la chaleur pour mieux asséner un froid rigoureux et distiller une disette pernicieuse. Cela eut au moins un avantage : les barges accostèrent le 18 octobre dans la nuit.

Depuis plus d'un mois, les Indiens attendaient les munitions, le tabac et les vêtements avant de repartir dans la forêt. Quelques familles avaient dû s'éloigner, les autres maigrissaient à vue d'œil. Le soir, à l'instruction de Monseigneur, ils étaient distraits, plus occupés à écouter le clapotement de l'eau qui annoncerait le bruit des rames, ou la prise des glaces qui mettrait fin à leur attente.

Monseigneur admira beaucoup l'église construite par le père Seguin et le frère Kearney, parachevée par le frère Ancel et dont le père Petitot avait orné les murs de magnifiques peintures.

Elle attirait de loin le regard du voyageur habitué depuis des mois aux pointes de plus en plus basses des épinettes. La flèche jaillissait sur la rive du fleuve, signe insolite de la main de l'homme, un doigt pointé vers Dieu dans cette hostile nature. A l'intérieur, la richesse de la décoration bouleversait dès la première impression. Il semblait impossible de concevoir un tel foisonnement dans ce désert glacé. Comment une telle merveille avait-elle pu arriver au fond du monde ? Surgie du néant comme un palais des Mille et Une Nuits, l'église de Good Hope exprimait la foi et l'ingéniosité des missionnaires. Elle était le reflet tourmenté de leur solitude, la nostalgie de leur culture lointaine. Cette église naïve et romantique, témoin du siècle des lumières dans le pays de l'ombre, causait à juste titre une admiration unanime.

Isidore regarda les fenêtres avec un petit sourire d'amusement : dans un seul châssis, il compta trente-huit morceaux de verre ; ironique vitrail blanc dont il connaissait bien l'histoire. Elle avait commencé vingt ans plus tôt.

Le père Seguin connaissant la lenteur des expéditions de matériels avait demandé à son évêque de lui expédier des vitres en prévision de la construction de l'église. Oubli ? Perte ? Ou accident ? Trois ans s'écoulèrent sans que les vitres ne parviennent à Good Hope.

Le père Seguin réitère alors sa demande. Deux ans plus tard, une caisse de bois de dimensions inhabituelles arrive. Le père Seguin, ravi, l'ouvre avec une infinie précaution pour ne pas endommager le verre. Amère déception, sur les cent cinquante vitres, tout juste une vingtaine sont récupérables, encore ne sont-elles pas entières. Avec le reste, que faire ?

Il n'ose en commander d'autres, son allocation ne le lui permettrait pas. Il se contente de demander un diamant pour tailler les morceaux. En attendant, toutes les fenêtres de la mission sont en vessie de caribou, qui laisse à peine transparaître une lueur et que les loups arrachent en hiver.

Isidore se souvient de cela. Lors de son passage, en route pour l'Alaska, il avait alors donné des ordres pour que des vitres soient réexpédiées. Mais cet envoi se trouva débarqué pour un portage et oublié sur la berge au réembarquement ! Isidore voulant réparer cette nouvelle déconvenue, envoya un ordre pressant à Monseigneur Faraud, qui arriva quelques années en retard. De nouvelles vitres, bien emballées ; furent confiées aux soins attentifs du père Ducot qui se rendait à Good Hope.

— Vous ne les quitterez pas des yeux ! lui avait dit Monseigneur Faraud.

Le père Ducot les protégea attentivement pendant les longs mois du voyage. Arrivé à destination, trop heureux de toucher enfin la terre promise, il descendit de la barge, se laissa assaillir par tous, et se rendit auprès du père Seguin qui, ce jour-là, était malade. La journée passa, la barge repartit. Et le père Seguin demanda :

— Avez-vous les vitres ?

— Mon père, je n'ai cessé pendant des mois de veiller sur elles, elles sont là.

— Où, demande le père ?

— Dans la barge.

— Mais la barge est repartie, souligne le petit frère Kearney.

Le père Seguin en pleura.

— C'est fini, tout est perdu. Les engagés jetteront la caisse sur le rivage et encore une fois, tout sera brisé.

Depuis neuf ans, il attendait désespérement ses vitres, non pour le luxe, mais pour garder la maison à l'abri des vents violents et l'église à l'abri de la neige qui avait souvent raison du parchemin. Le père Ducot ne comprit que beaucoup plus tard la raison de cette amère tristesse. Lorsqu'il fit lui-même l'expérience répétée de ces déceptions, plus douloureuses que les privations elles-mêmes.

Ses efforts n'avaient pourtant pas été vains, et le bourgeois du fort renvoya précautionneusement la caisse, le lendemain, à la mission. Cette fois, le père Seguin pleura de joie : les verres étaient intacts. L'église regorgeait de lumière.

Le père Petitot avait représenté en peinture la faune du grand Nord en utilisant de la teinture végétale ou animale, trempée dans une base d'huile de poisson dont lui seul avait le secret. Ainsi, les teintes fauves et les images pieuses médusaient les Indiens. Il avait remplaçé la colombe du Saint-Esprit, inconnue dans le pays, par une gélinotte. Pendant les longues nuits d'hiver, il avait ouvragé le bois de la table de communion avec un petit couteau, jusqu'à en faire de la dentelle. Le frère Ancel lui succéda pour orner tout le chœur de l'église de frises de bois creusées patiemment.

Isidore, en voyant la merveille, regretta que le père Petitot n'ait pu rester à la mission. Il avait tant de talent ! Artiste éclectique, il touchait tout avec bonheur. Sa sensibilité avait été trop marquée par l'orgueil et devenait la proie de la déraison, c'était dommage.

Comme Monseigneur admirait l'ouvrage, son regard rencontra le visage du petit frère Kearney, la tête légèrement penchée quand soudain remonta en sa mémoire leur premier voyage commun jusqu'à Athabaska… Vingt-sept ans déjà ! Si Isidore avait l'impression de ne plus être le même, il lui semblait que le petit frère n'avait pas changé. Son doux sourire imposait un silence comme celui d'une ombre invisible et omniprésente, son humilité lui donnait une force discrète. Son œuvre ne brillait pas de mille feux, elle soutenait l'édifice. Il n'avait pas besoin de dire : « J'ai scié de long six cents planches pour le toit, quatre cents pour le plancher. J'ai bâti le clocher. » Il n'aurait pas eu plus de gloire. La joie se lisait dans ses yeux. Isidore savait bien la reconnaître.

Curieusement sa vie croisait celle du petit frère. Hommes de peine tous les deux, ils avaient eu à subir les mêmes contradictions de leurs supérieurs, les mêmes famines et le despotisme d'une vie qui chaque jour réclamait un abandon à Dieu qu'ils croyaient avoir fait une fois pour toutes.

L'hiver, dans cette mission, cultive l'Espérance, pensait Isidore. Une espérance qui pour lui semblait bien s'acheminer vers la fin.

Le 1er décembre, le soleil disparut de l'horizon. Blottis dans leur petite chaumière, les missionnaires travaillaient à quelque ouvrage en langue indienne. La vie prenait le ralenti. La température stationnait autour de moins quarante degrés.

Depuis ce jour de septembre où il avait ressenti des lourdeurs malignes dans les jambes, Isidore n'avait cessé de souffrir. Maintenant, il ne pouvait plus supporter la station debout et marchait avec difficulté. Le froid aggravait le mal, et l'absence du soleil rendait curieusement l'épreuve plus difficile.

La nature ankylosée dans la nuit polaire, il semblait que son corps ait voulu la suivre dans l'immobilité. Plus aucun mouvement, plus une trace de vie, sinon celle de ses compagnons enfermés dans la promiscuité de leur petite mission, ne trahissait le silence. Bientôt, il n'y eut plus que le petit frère Kearney et le père Ducot à se déplacer, le père Seguin, alité, ne bougeait plus.

Isidore souffrait autant de l'inaction que de ses jambes.

Il dut garder la chambre pendant sept mois, ne se levant qu'en de rares occasions pour célébrer avec douleur une cérémonie aussi pontificale que possible.

Le petit frère lui apporta des repas de carême tout au long de l'hiver. Le chasseur de la mission ne tua pas plus d'un orignal et quand il arriva, il n'en restait qu'un quart pour les pères. Les autres années, il ramenait jusqu'à une tonne et davantage de viande durant la saison. La pêche d'automne qui rapportait plusieurs milliers de poissons avait été insuffisante.

Heureusement, la Providence veillait sur ses enfants et il ne se passa pas un jour sans que le petit frère ne s'ingénia à accommoder quelque chose. Il allait jusqu'à faire des galettes avec de la poudre d'œufs de poissons broyés, personne n'eut l'idée de s'en plaindre. Et puis, toujours, il trouvait, au dernier moment, une poignée de farine oubliée, un morceau de viande sèche de deux ans ou un lièvre qui passait sous sa fenêtre. Les gens du fort, eux-mêmes dans la disette, offraient de temps à autre de partager leur maigre chère. Sans vraiment les rassasier, chaque jour apportait une portion suffisante pour qu'ils gardent la vie.

Les semaines ressemblaient à des veillées perpétuelles. Le père Seguin, quand il allait mieux, racontait ses missions à Monseigneur étendu sur son lit :

« … L'été dernier, en visitant les Loucheux à l'embouchure du MacKenzie, la saison était épouvantable, les Esquimaux s'entassaient très nombreux. Malgré leur désir de revenir à Tsikkatsig, ils avaient dû attendre car les traiteurs les payent toujours les derniers.

« Je vous assure que je les ai rendus contents en leur distribuant des livres dans leur langue.

« D'abord, ils ouvrirent les livres avec enthousiasme et se plongèrent dedans en riant, mais ils déchantèrent rapidement. Ils me regardaient désappointés, sans comprendre.

« Ils pensaient qu'il leur suffirait de regarder à l'intérieur pour lire et apprendre couramment les prières qui y sont écrites. Ils firent ensuite la grimace comme ils savent si bien le faire.

« Alors je leur ai appris à lire, mais malgré leur bonne volonté, lorsque je suis parti, deux seulement pouvaient se tirer d'affaire. Je les ai immédiatement institués maîtres d'école. Ils ont compris et appris l'alphabet en une semaine, mais pour l'application de ce dernier, le travail fut beaucoup plus long.

« J'étais très étonné par leur assiduité, aucun ne s'est laissé démonter par la difficulté, ils travaillaient tous les jours après la pêche. Ils m'ont promis de continuer jusqu'à ce qu'ils apprennent tous à lire.

« J'ai été obligé de partir trop tôt, la rivière ne me donnait plus assez de poissons. Je suis sûr que l'an prochain, ils sauront tous lire leur langue.

« Ils viennent souvent jusqu'ici pour assister aux cérémonies, mais cela ne plaît pas à la Compagnie, parce qu'ils appartiennent au fort de Peel's River. Le bourgeois se fâche contre eux et les menace de ne plus prendre leur fourrure. Alors, ils ne savent plus que faire. Ils m'ont demandé plusieurs fois d'avoir un prêtre avec eux, qui puisse les instruire. Ils disaient :

— Nous le traiterons bien, il n'aura jamais faim et nous ferons venir tous nos parents de Peel's River qui laisseront le ministre. Ce ministre est un homme ordinaire, comme nous, puisque sa femme est notre parente… »

Monseigneur, allongé, écoutait sans rien dire. Depuis des années, il réclamait inlassablement des pères et des frères à la congrégation qui en envoyait si peu ! Il aurait aimé se révolter, mais d'autre part, leurs ressources étaient tout juste suffisantes pour maintenir en vie les missionnaires présents, comment pourraient-elles en supporter d'autres ? Il était inutile de redire cela, il l'avait déjà dit si souvent !

Il se réjouissait du succès des livres. Il avait usé sa patience sur ces traductions, le père Grouard, pendant sa convalescence en France, avait appris la typographie et maintenant, au lac La Biche, il imprimait en plusieurs langues indiennes le cathéchisme et les prières. Ainsi, là où il n'existait pas d'école les pères pouvaient enseigner sans que le fruit de leurs efforts ne se perdît.

L'hiver passait, vers midi, l'obscurité s'ouvrait, les étoiles perdaient leur intensité. Isidore ne pouvait toujours pas quitter la chambre.

L'oisiveté s'ajoutait au silence, comme le froid à la ténèbre. Tout cela pesait lourd sur le cœur du coureur des bois qui se réfugiait dans la foi et la résignation.

Quand il s'était alité en décembre, il avait cru à une fatigue passagère liée au grand voyage qu'il venait d'accomplir, persuadé de reprendre ses courses après un repos, somme toute bien mérité. Il avait d'abord accueilli ce répit forcé presque avec soulagement, au moins, il n'aurait pas de remords à se laisser aller. Il ne souffrirait pas de la coupable paresse. Il remarqua bien vite que l'inaction ne diminuait pas le mal ; l'hydropisie des jambes empirait plutôt, ses pieds, ses mollets enflaient jusqu'aux genoux. Il avait mis un peu plus de paille pour les surélever, il n'était pas question de marcher plus de quelques minutes chaque jour.

Après un temps, l'inaction à laquelle il était réduit le déprima profondément.

Il recevait de temps en temps la visite des Gaudet, dont le père, Charles Philip, était le bourgeois de Good Hope et le bienfaiteur de la mission.

Isidore se réjouissait toujours de voir arriver la grande silhouette du père Gaudet, de quelques années son aîné.

Il avait la réputation d'être le meilleur homme du pays et le plus habile des marchands de fourrures. C'est lui qui avait créé le poste du fort Raë, devenu un des plus riches de la région au côté d'une mission florissante.

Le soir, après sa rude journée de travail, à diriger ses hommes, à compter les fourrures, les vérifier avec soin pour en déceler les défauts, choisir les perles rares, les passer sous la grosse presse, faire les ballots, il venait bavarder avec son évêque. Ses visites s'adressaient plus au coureur des bois qu'au prélat. Ce n'était pas un homme de convenance, mais sa réputation de dresseur de chiens équivalait celle de l'évêque.

Taillé comme un bûcheron, ce Français de Québec régnait sur le Nord par sa bonté, sa droiture et son courage. Le sourire goguenard sous sa grosse moustache, le nœud de cravate tombant sur le deuxième bouton de sa chemise, il s'asseyait sur la seule chaise de la chambre, en face du lit… Et ils causaient pendant des heures de leurs courses folles à travers la forêt. Charles riait souvent d'un grand éclat sonore, sa face joviale, ses petit yeux malicieux racontaient ses aventures et ses facéties avec les chiens, les traîneaux, les hommes.

Isidore reconnaissait en lui l'homme humble qui avait su parvenir grâce au courage et à l'intelligence. Comme l'évêque, il appartenait à cette terre, il n'irait pas mourir ailleurs. Il avait fait de ce territoire son domaine et il l'aimait de toutes ses fibres à l'inverse de beaucoup de chefs et petits chefs qui, venus d'Europe pour faire fortune, repartaient bien vite avec leur magot ou leur désillusion.

Charles Philip raillait Isidore avec affection :

— Vous vous êtes mis malade, Monseigneur, parce que vous ne voulez pas faire la course en traîneau avec moi, vous avez trop peur de perdre !

Isidore bouillant d'amertume devant son immobilité, ne pouvait se défendre. Il aurait aimé se mesurer à Charles et bien qu'il sût le jeu puéril, il n'eût pas dédaigné, un dimanche, de relever le défi.

— J'ai une revanche à prendre, repartit Charles, votre petit frère Kearney est imbattable. Voici des années que nous coursons ensemble, au moins deux ou trois fois par an, je n'ai jamais pu le rattraper.

Le frère Kearney était « fameux ». Il parlait plus facilement aux chiens qu'aux hommes. De loin, on lui amenait des bâtards, des demi-loups, des plus récalcitrants qu'il transformait sans difficulté en coursiers dociles.

Au fil des mois, Isidore se sentit mortifié de ne plus pouvoir vaquer à sa tâche. A quoi sa vie pourrait bien servir s'il n'avait plus ses jambes ? Le géant terrassé se réfugiait dans la prière et invoquait tous les jours Notre-Dame de Bonne-Espérance chez qui il était venu loger.

Le 11 janvier, le soleil reparut sur la mission, l'hiver n'était pas parti pour autant. Les températures descendaient encore. Le 10 février, le petit frère nota moins cinquante-deux sur son thermomètre. Avec le froid, l'état de Monseigneur ne s'améliorait pas. Il avait perdu l'appétit, il ne souffrait même plus de la disette, les bouillons que lui apportait le petit frère suffisaient à le sustenter.

Il désespérait de retourner chez les Esquimaux et les Loucheux. Pour Pâques, le vent d'ouest réchauffa un peu l'atmosphère jusqu'à moins onze degrés. Monseigneur se leva, célébra une messe pontificale magnifique, pour la consolation de tous les Indiens. Hélas, ses jambes ne le portèrent pas plus longtemps, il marcha jusqu'à son lit, soutenu par le petit frère. Il commençait à douter qu'il pût un jour remarcher normalement.

Le courrier d'hiver ne lui annonçait que de tristes nouvelles : son neveu et filleul Isidore Clut était mort du choléra à Toulon loin de sa mère et de sa sœur Marie-Roche.

Il pensa que le moment était venu de rendre son tablier. Sans ses jambes, Monseigneur Faraud ne pourrait plus administrer le vicariat.

Début juin, avec la chaleur retrouvée, sans être rétabli pour autant, Monseigneur se sentit beaucoup mieux.

Il s'embarqua sur les premières barges du printemps au milieu des ballots de fourrures, il les suivrait jusqu'en pays civilisé.

Le voyage fut doublement pénible. Cloué au fond de la barge, il souffrait autant de ne pouvoir bouger, que de se voir inutile en face de la peine de tout ceux qui l'accompagnaient.

Arrivé à Montréal, Isidore se présenta chez les sœurs de Saint-Joseph. Il n'avait rien d'autre que ses prières et ses messes pour payer les docteurs.

Le premier bateau à vapeur emprunté par Mgr Clut. Il partait de Mac Murray, descendait la rivière Athabaska, traversait le lac avant de prendre la rivière des Esclaves.

Photo Institut Glenbow d'Alberta, dans *Our metis heritage.*

Joseph King Beaulieu, à droite, né en 1860, fils de celui qui conduisit Mgr Clut de Fort-Smith à la Providence, en 1870. Il devint un des plus fameux capitaines du MacKenzie.

Photo François King Beaulieu, dans *Our metis heritage.*

CHAPITRE XII

LA RETRAITE DU COUREUR DES BOIS

Monseigneur sauve un protestant de la noyade, il se convertit - Isidore repasse sur le chemin de son arrivée au Nord - La charrette casse dans la montée - L'hôpital de Montréal - Voyage en France, mauvais accueil de ses frères en religion - Isidore est consolé par Henri Faraud - Dernière entrevue entre les deux amis - Recette pour faire du vin - Voyage en « vapeur » - Dernière visite aux Esquimaux - Cécile, la mère des Indiens catholiques - Une embauche à Good Hope.

Peu après la mission de la Providence, les barges remontaient le MacKenzie avec un furieux vent debout. Soudain, dans une manœuvre délicate, David Kirby, gouvernail de la première barge, tomba à l'eau dans un rapide. Il fut emporté à vive allure par le courant. Malgré de grands efforts pour maintenir sa tête hors de l'eau, il commençait à disparaître, lorsque la barge de Monseigneur arriva : juste à temps pour le sauver.

Hissé sur le pont, le jeune homme perdit connaissance. Isidore aussitôt se précipita. De vigoureuses claques le firent revenir à lui. Pour combattre la peur et le choc de l'eau froide, Isidore administra au pauvre Kirby une dose d'arnica. Un jeune ministre anglican voyant la scène fut si troublé et si effrayé à la vue du corps qu'il sauta dans une autre barge. Monseigneur était indigné devant cette lâcheté. Le ministre connaissait pourtant David Kirby et aurait dû, selon lui, le soutenir dans l'épreuve, mais son courage manqua. Après deux jours de convalescence, le jeune Kirby vint remercier Monseigneur et lui fit part de ses intentions de devenir catholique.

Isidore, très touché, lui enseigna depuis ce jour les rudiments de la religion chaque fois que cela était possible.

La brigade faisant halte à Fort-Résolution où se trouvait la mission Saint-Joseph, Monseigneur exprima le désir de dire sa messe au plus tôt. La barge accosta au beau milieu de la nuit. De nombreux Indiens logeaient dans les environs pour échanger les fourrures. Aussitôt qu'ils furent avertis de la présence du Grand Priant, ils s'empressèrent de se lever et de faire leur toilette pour assister à la messe de Monseigneur.

Le voyage se poursuivit à la voile chaque fois que cela était possible. Malheureusement, par deux fois, le vent tomba aussitôt. Non seulement les bateaux n'avançaient plus, mais des nuées de maringouins s'abattaient sur les navires. Les nuages d'insectes étaient si denses que les hommes respiraient difficilement sans avaler quelqu'une de ces « terreurs ».

Isidore subissait ces assauts avec plus de difficultés qu'autrefois. Ses nerfs mis à vifs par la douleur de ses jambes trouvaient à peine la force de résister. Il se serait volontiers laissé aller à la révolte, pourtant, il souffrit sans se plaindre.

Au fort Smith, il traversa le portage en charrette, bien que le cahot lui parût plus pénible que s'il avait marché. Là, il rencontra le père Joussard. Persuadé alors qu'il ne reviendrait jamais dans le Nord, il lui fit cadeau de tous ses vêtements d'hiver. Ses larmes retenues s'écoulèrent, à la joie prodiguée au jeune père qui n'avait d'autres pantalons que ceux qu'il portait sur lui. Isidore avait l'impression de passer le flambeau, mêlé au sentiment obscur d'abandonner sa tâche avant de l'avoir achevée.

Après le portage, il eut la consolation de monter pour la deuxième fois sur le premier « steamboat » du Nord, le Graham, qui reliait sur quelque mille kilomètres le fort Smith à Mac Murray.

Apporté en pièces détachées par le portage La Loche, le Graham avait été construit sur place par les gens de la Compagnie qui assurait ainsi, une fois encore, son hégémonie sur le Nord.

Isidore aurait aimé prendre la voie du lac La Biche, avec le nouveau chemin de fer, elle était devenue beaucoup plus rapide que le portage La Loche, car on évitait désormais le chemin de la prairie. Mais la Compagnie passait encore par l'ancienne voie fluviale avec ses multiples portages et Isidore fut contraint de la suivre.

Au pied du portage La Loche, des tentes d'Indiens attendaient les barges. Isidore ressentit un picotement au cœur en revoyant le camp qu'il avait visité presque trente ans plus tôt. Il avait l'air de ne pas avoir bougé. Les mêmes tentes campaient, les mêmes odeurs s'exhalaient, les mêmes enfants jouaient dans l'herbe au milieu des bois ; des peaux tendues pour le séchage et des échafauds à poisson étaient là comme par le passé.

On campa plusieurs jours avec les Indiens. Isidore fit mâter sa tente avec celle des membres de la Compagnie.

Il était exténué par les petits portages qui se succédaient sur la rivière Claire.

Contrairement à l'habitude, Elan Rouge, le chef de la bande indienne, visita le prélat sous sa tente. Elan Rouge se souvenait du premier passage de l'évêque, il était un enfant alors, et le malade que le jeune père Clut avait administré était son grand-père.

Isidore était ému à la vue de cet homme. Son teint cuivré par la morsure du soleil d'été laissait apparaître des rides sur ses joues creusées par les années de jeûnes. L'évêque ne se souvenait plus du visage d'enfant qu'il avait dû voir alors. Il sentait devant lui le poids des années et comprit qu'il ne reviendrait plus parmi ses chers Montagnais.

Peut-être Elan Rouge serait-il le dernier auquel il adressait la parole ? Tous les siens voulaient se confesser et communier. Isidore était mortifié de ne pouvoir accéder à leur demande, mais il devrait le lendemain gravir lui-même la montagne du portage La Loche, et il savait que toutes ses forces seraient nécessaires.

Le chef passait la pipe à l'évêque avec déférence. Ce rite montrait combien la confiance était totale entre les deux hommes, aucune arrière-pensée ne venait troubler leur entretien muet. Malgré la différence de culture, au-delà des mots, ils se reconnaissaient. Isidore était fier des progrès accomplis en trente ans.

Il avait contribué de toutes ses forces et de tout son courage à cette conversion. Il regrettait maintenant de n'avoir pas assez ménagé ses jambes, car il sentait en lui une force, une énergie capables d'accomplir encore de grandes choses. Mais, dans ce pays, les jambes constituaient la principale force motrice pour se déplacer, surtout en hiver, les perdre signifiait la mort.

La montée fut pénible, un véritable calvaire. Un bâton dans chaque main, Isidore gravit le chemin comme s'il portait deux cents kilos. Chaque pas lui lançait des douleurs aiguës. Aux porteurs qui le dépassaient malgré leur charge, il envoyait un sourire d'encouragement mâchant une pointe d'humiliation.

Au détour d'un lacet du chemin, une petite croix vermoulue le fit tressaillir. Il avait prononcé là sa première oraison funèbre. Un flot de souvenirs l'envahit :

— Quelle naïveté avais-je alors, pensa-t-il. J'ignorais tout de ce qui m'attendait. J'étais venu combattre l'idolâtrerie, je me préparais à vivre « LA » mission, une cabane au Canada, partagé entre la prière et l'enseignement, reclus parmi les sauvages.

Ma vie, emportée par un tourbillon de voyages, pétrie dans les responsabilités et les choix douloureux, entachée par les contradictions et les pouvoirs sans cesse infirmés, remplit aujourd'hui des cahiers où les honneurs se mêlent aux humiliations.

Où est la vie claire et limpide que j'avais rêvée, le sacrifice univoque auquel j'aspirais ?...

Au sommet de la côte, Isidore éprouva une étrange douleur dans la poitrine, il luttait pour ne pas défaillir. Il s'assit un long moment. Tourné face à l'Arctique, il contemplait la fin de sa mission ; il devrait vivre autrement désormais. Sa vie n'était pas encore obscure. Ses forces et son énergie bouillonnaient, mais il doutait fort que ses jambes puissent encore le porter.

Les méandres paisibles de la rivière Claire, qu'il avait vus avec espoir et passion aux premiers jours, semblaient ouvrir les portes d'un paradis. Trompeuse apparence qui plonge l'innocent vers les dédales d'un monde subtilement infernal, comme le froid endort l'homme par les douceurs du sommeil pour mieux l'étreindre dans la mort.

Isidore avait gravi les derniers pas de son vicariat, le sommet du portage La Loche en marquait la limite sud-est. Dans un dernier émoi, il lui dit adieu, certain de ne plus le revoir.

Réalisant qu'il ne pouvait plus maintenir son courage, sur cette terre étrangère, il accepta de monter dans une charrette pour redescendre sur le versant atlantique. Le soulagement était pervers, si ses jambes purent se reposer, son corps fut cahoté, tiré par des bœufs aveugles et sourds.

Au bas de la colline, il reprit dignité et reposa dans sa tente. Le lendemain, il célébra la messe sur une petite table dans la cabane du trappeur Paul Fontaine. Désormais, il était un évêque en exil, loin de son peuple. Déjà, la nostalgie de son royaume le gagnait.

Le portage n'étant pas fini, il eut le temps de se reposer et de sortir sa crosse pour confirmer.

Durant tout le reste du voyage, il fut l'hôte d'une bienveillante famille protestante, qui, le voyant seul et malade, l'admit chaque jour à sa table, ou plutôt autour de sa chaudière. Il en éprouva une vive reconnaissance.

A son grand regret, les cérémonies du dix-neuvième anniversaire de sa consécration épiscopale eurent lieu dans la plus stricte intimité, sous sa tente au bord de l'eau, avec neuf Indiens catholiques. Décidément, la Providence ne le gâtait pas : ce jour-là, un violent vent debout souffla toute la journée et les eaux basses mettaient partout à jour des rapides.

Arrivés au lac Vert, les voyageurs laissèrent les barges.

Sur le quai, il visita les hangars à provisions presque vides, que les révoltés avaient pillés et brûlés un an plus tôt. Les missions du MacKenzie y avaient perdu deux tonnes de marchandises amassées avec peine. Jusque-là, Monseigneur, excepté dans les portages, n'avait pas trop souffert du voyage, le wagon à cheval s'avérait des plus inconfortables.

Isidore, pris en affection par la famille Reid depuis le portage La Loche, partagea leur charrette.

Pour ne pas être à charge, il servit de cocher la plupart du temps. La place, à l'intérieur, se réduisait au minimum. Lorsque ses jambes lui lançaient de trop fortes douleurs et que le chemin ne présentait pas de grosses difficultés, il cédait les rênes à la plus âgée des filles Reid. Il en profitait pour s'étendre un peu sous la bâche.

Le chemin était le plus souvent en piteux état, certaines ornières montaient jusqu'aux essieux, en d'autres endroits, d'énormes troncs jonchaient le passage obligeant les voyageurs à se frayer une voie dans la forêt.

La charrette de Monseigneur n'était pas neuve, chaque soir la séance de réparation prenait une ou deux heures, quand l'urgence n'obligeait pas à réparer sur le moment même.

Le bat-cul, grosse pièce de bois qui relie le cheval à la voiture, se brisait régulièrement. Les hommes de la Compagnie le remplaçaient par un tronc de bouleau taillé à la hache, mais le bouleau, trop tendre, ne tenait pas très longtemps.

Une fois, Monseigneur s'étant aperçu que le bat-cul allait encore casser, avertit le guide qui lui répondit :

— J'a point vu de bouleau par icite, Monseigneur, faudra vouér quelque part ailleurs.

Là-dessus vint une côte raide, les chevaux halaient de toutes leurs forces et le bat-cul se brisa. Les bêtes, perdant leur résistance, s'emballèrent, Isidore retint les rênes à s'en couper les mains. Heureusement pour lui, le cuir cassa, il fut projeté en avant sur la ridelle. La voiture partit en arrière, prit de la vitesse, cahota sur les pierres. Apeuré, un cheval de la voiture suivante fit un écart, frappé à la tête, il se tordit le cou, mais réussit à esquiver le wagon fou qui poursuivit son chemin dans la descente jusqu'en bas de la côte. Isidore regarda la trajectoire, il allait conseiller à tous de sauter, mais il jugea le danger écarté, la pente se terminait dans une prairie. Il espérait que la voiture ne se disloquerait pas avant. Tout s'immobilisa brutalement, sans casser. Ils en furent quittes pour la peur et quelques heures de réparation.

Bien d'autres péripéties déjouèrent la monotonie de la caravane avant Qu'Appelle où se trouvait une station de chemin de fer. Dans ce pays, les voyages réservaient encore une grande part au hasard et au danger. L'aventure jalonnait tous les chemins.

Le 24 septembre, trois mois et huit jours après avoir quitté Good Hope, Monseigneur arrivait à Montréal, épuisé et heureux d'être enfin au port.

Les sœurs de l'Hôtel-Dieu l'accueillirent « gratis » et le conduisirent dans l'appartement réservé à l'archevêque de Montréal.

Une existence nouvelle devait alors commencer pour Monseigneur Clut. La maladie le terrassait en pleine force de l'âge, et le contraignait ainsi à beaucoup de sacrifices.

Le scrupuleux évêque se sentit bientôt comme un déserteur. De quel droit avait-il quitté son poste ? Il ne pouvait plus longtemps supporter de ne rien faire. Il demandait chaque jour au médecin quand il pourrait repartir vers ses chères missions, ou s'il devait aller en Europe chercher les bienfaits d'un spécialiste pour une plus prompte guérison. Indécis, anxieux, il cherchait à savoir !

Le gouvernement du vicariat ne tarderait pas à lui échoir car Monseigneur Faraud, non content de ne plus le contredire, lui demandait maintenant son avis sur beaucoup de sujets et parlait sans cesse de se retirer.

Au fond du cœur, Isidore n'osait pas désirer une maladie incurable. Pourtant, s'il devait en être ainsi, la responsabilité du vicariat serait donnée à un autre. Il voulait plus que tout fuir cet honneur dont il savait que la tâche dépassait ses moyens.

Isidore écrivit très vite à Henri pour lui demander conseil, manière détournée pour l'avertir de se choisir un successeur autre que lui.

Il se savait hors de danger mais affaibli.

Son indécision présente tournait à l'angoisse. Le chapitre général des Oblats allait avoir lieu en France, en s'y rendant, il pourrait faire d'une pierre deux coups. Mais, encore une fois, sa position était contradictoire. S'il participait au chapitre, il serait renforcé dans son pouvoir, et s'il se rendait en France sans aller au chapitre, il entraînerait des dépenses lourdes pour le vicariat.

Quelque temps plus tard, Henri lui répondit :

« … La consultation de vos médecins ne me dit rien de bon. Le fait douloureux est que vous êtes bien malade et bien affaibli. Je vous désirais beaucoup auprès de moi, mais patience, laissons faire Dieu. Il sait ce qu'il nous faut et ce qui convient à sa plus grande gloire. Prions !

« Si notre bon Père du Ciel décide que votre mission est finie, nous nous soumettrons à son arrêt, le cœur affligé, et nous viserons à organiser l'avenir. Mais pas d'inquiétude, je vous prie.

« Voici mon avis : le plus longtemps vous resterez tranquille dans l'asile que la charité vous offre, le mieux vous ferez ! Des courses, même courtes, et surtout, un voyage transatlantique dans l'état où vous êtes ne peuvent qu'être dangereux.

« Ces considérations génèrent en moi un embarras relatif au chapitre qui doit se tenir à Paris car vous auriez pu représenter à la congrégation les intérêts du vicariat et faire redresser les griefs et les injustices dont nous souffrons depuis trop longtemps. Attendez donc encore un peu avant de prendre une décision.

« Adieu, Cher Ami, bonne santé et priez pour nous, vous n'êtes pas oublié.

« Henri. »

Les premiers mois de soins furent bien nécessaires au rétablissement du prélat. Durant l'hiver gris et blanc du Saint-Laurent, il garda la chambre. Le médecin avait des doutes sur ce qui empêchait la guérison : s'agissait-il de l'inaction totale, pour cette force de la nature habituée à parcourir les forêts ? D'un organisme usé avant l'âge ? Ou d'un homme partagé entre le sens du devoir et la fatigue morale ?

Lorsque les jambes allèrent mieux, le foie tomba malade, puis la gravelle se réveilla… et les poumons flanchèrent.

Pourtant, au printemps, Isidore recommença à sortir, à faire des visites à ses amis, puis à s'occuper des affaires du vicariat. De loin, il pouvait encore prêcher, récolter des fonds et même des missionnaires pour le MacKenzie. Il pouvait gérer les sommes des donateurs, faire des placements, faire des achats, servir de relais.

Ainsi, il confirme, ordonne des diacres, des prêtres, reprend une vie active, citadine. Mais sa santé reste précaire, il bouillonne intérieurement. Ce qu'il peut faire ici, pourquoi ne le ferait-il pas ailleurs ?

— J'ai contracté un rhume opiniâtre, écrit-il à Monseigneur Faraud, mon médecin me conseille le repos, mais je peux encore servir !

— Je me méfie de vos excès de langage, lui répond son ami, j'ai bien peur que ce ne soit plus grave que vous ne le dites. Ménagez le peu de forces qui vous reste.

Isidore, à peu d'intervalle, apprend la mort de ses frères et sœurs et de beaucoup de ses amis de France. Serait-ce pour le ménager au plus fort de sa maladie que la lettre annonçant la mort de sa sœur aînée si tendrement aimée est allée se promener au cap de Bonne-Espérance avant de lui parvenir quelques mois plus tard ?

La nostalgie le prend. Il demande à son docteur de lui révéler ce qu'il pense réellement de son état.

— Si vous retournez dans le Nord, avec les froids qu'on y rencontre et la nourriture que vous y prenez, je ne vous donne pas plus de trois mois, répond le médecin.

Pourtant, son Métropolitain lui conseille, au moins à titre d'exemple, de revenir au MacKenzie. Le révérend père Général à qui Monseigneur

Clut demande la permission de rentrer en France se déclare incompétent au lieu de dire franchement : Non, vous devez rester où vous êtes !

Son ami, Monseigneur Faraud, sait bien ce qu'Isidore veut entendre. Comment refuser à cet infatigable compagnon qui s'est ruiné la santé sans compter pendant tant d'années, ce petit viatique qui pourrait bien le sauver après tout. Henri est lui-même si malade, il connaît la souffrance depuis si longtemps. Isidore a couru pour lui si souvent ! Son cœur sensible a besoin d'un peu de baume, aussi il se fait un plaisir de le lui donner, tout en lui prodiguant de paternels conseils afin qu'il se ménage.

Isidore accepte alors avec joie de partir pour la France soigner son estomac délabré, ses poumons fragiles et ses jambes qui n'en finissent pas de gonfler comme des baudruches.

En 1889, Monseigneur Clut traverse donc l'océan. Il n'est plus cet évêque triomphant, ce héros de retour, cet ardent et bouillonnant jeune prélat de jadis : il est un homme fatigué, usé par les privations, par les nuits dans la neige et par les angoisses du pouvoir.

Arrivé à Paris, il est reçu comme le dernier des novices. Partout, il est indésirable. Le R.P. général ne veut pas le voir et le somme de repartir immédiatement pour ses missions.

Isidore reçoit cette humiliation en plein visage, son cœur était déjà meurtri par sa situation délicate. A Montréal, après plus d'un an passé à l'Hôtel-Dieu, les sœurs lui avaient aimablement mais fermement demandé de partir. L'évêque était trop turbulent à leur goût, pas assez malade pour mourir, pas assez sain pour guérir. Elles lui avaient conseillé de prendre pension ailleurs et de revenir de temps en temps pour les soins.

Il avait demandé à être relevé de ses fonctions. Il ne voulait plus retourner dans son vicariat, l'idée de ne pas pouvoir se déplacer quand des missions n'avaient pas vu d'évêque depuis plus de quinze ans lui était insupportable. Mais les autorités demeuraient sourdes à sa demande. Il restait auxiliaire d'Athabaska MacKenzie. A Paris, on entendait bien le lui faire comprendre. Tout se passait comme si la congrégation le prenait pour un hypocondriaque trop heureux de se soustraire à son devoir.

Isidore se révolta. Comment pouvait-il être soupçonné d'une telle forfaiture après le dévouement sans bornes dont il avait fait preuve toute sa vie durant ? Comment un évêque pouvait-il être traité de cette manière sans plus d'égard pour ses états de service ? Pourquoi lui refusait-on même l'hospitalité qu'on aurait offerte à un pauvre étranger ?

Il quitta Paris, ému jusqu'aux larmes, incompris par ceux qui formaient sa famille spirituelle, et n'avaient d'autres souffrances à endurer que les petites tracasseries citadines. Qui pourrait le comprendre et le soutenir ?

Il ressentit une vive injustice. Blessé dans son corps, il devait aussi recevoir les coups dans son âme. A Royat, en Puy-de-Dôme où il partit se soigner, il ravala son déshonneur, au nom de l'obéissance. Son plus grand désespoir restait qu'on lui interdise de prêcher, de rechercher des fonds et des recrues. Si seulement le R.P. Général avait eu le courage de lui dire cela quand il était encore à Montréal !

A son ami de toujours, le seul consolateur sur qui il pouvait s'appuyer, il se plaignit en ces termes :

« … Voilà que le R.P. Général est très mécontent. Il ne veut pas que je cherche des sujets d'aucune sorte, ni frère, ni père. Il me refuse même de consentir aux demandes pressantes des évêques, des supérieurs de grands ou petits séminaires. Il me refuse d'adresser la parole aux séminaristes.

« J'ai beau promettre que je m'abstiendrai absolument de ne rien demander, le Père Général dit que “ma présence est une demande”. Il voudrait que je m'enferme dans une maison, que j'y habite en ermite. Cette inaction me rendrait plus malade que je ne suis. Si le Supérieur Général, eu égard aux circonstances, craint trop le gouvernement français par rapport aux sujets que je pourrais emmener, qu'il me laisse au moins faire une tentative en Belgique.

« J'ai le cœur découragé et très peiné, car on me refuse une chose que je crois légitime. Nos pères le seraient aussi certainement, s'ils savaient que ceux qui devraient nous procurer les moyens de faire marcher nos missions, y mettent au contraire de sérieux obstacles. Le traitement que j'achève ici à Royat me fait beaucoup de bien et j'envisage de pouvoir rentrer dans notre vicariat l'été prochain.

« Mon désir est de me sacrifier jusqu'à la mort pour nos pauvres missions et cela parce que j'y ai beaucoup souffert. Il ne me sera plus permis de continuer ma vie de voyages et de privations d'autrefois, mais je ferai encore tout ce que je peux pour être un peu utile. Que vais-je dire à nos pères lorsque je retournerai chez nous, si je ne ramène personne ?… »

La consolation vint encore de son cher ami Henri :

« Cher Seigneur,

« J'ai reçu votre lettre hier soir. Depuis que vous nous avez laissés, vous n'avez trouvé partout que des lois d'exclusion. Espérons d'une espérance robuste que si les portes de la terre se ferment pour nous, celles du ciel s'ouvrent à deux battants.

« Ne nous confions pas aux bras de chair peut-être plus faibles que les nôtres, confions-nous à Dieu, notre Père éternel, notre seul consolateur. Il est amour, Il est charité par essence et nous sommes ses fils de prédilection.

« Ceci dit, je ne peux que m'attrister du sans-façon avec lequel on vous a mis à la porte.

« C'est le Père de notre famille religieuse qui est le grand coupable, je respecte ses raisons. Je vous le rappelle, n'en parlons plus.

« J'espérais avec vous qu'en Canada au moins vous éprouveriez un peu la consolation du repos dont votre esprit et votre cœur si sensibles ont surtout besoin. Là encore, on vous invite poliment à ne pas vous montrer. Vous avez un prêtre ami qui vous offre l'hospitalité. Vous ne pourrez rester là longtemps sans indiscrétion. Coupez court et venez ici loger chez vous.

« J'ai fait l'acquisition d'une maison à Saint-Boniface, moins pour moi que pour tous les preux, les vieux, les infirmes et les épuisés de fatigue de notre triste Nord. Je ne serais plus un père le jour où par manque de prévoyance, j'aurais exposé mes enfants, les braves des braves, à devenir le rebut de leurs frères. Ils ont bien fait leur journée de travail, payons-les généreusement.

« Je sais que cela ne réduira pas les qu'en dira-t-on, mais je pourrais voir passer la foudre au-dessus de ma tête.

« J'étais résolu à tenter un établissement au Petit Lac des Esclaves, mais ma santé se dégrade de jour en jour. Mes infirmités passées auraient dû me donner plus de méfiance, elles m'ont obligé à venir plus au sud pour y mourir en paix. En achetant cette maison, j'ai beaucoup pensé à vous, comment pourriez-vous en douter !

« Je vous attends avec la plus vive impatience.

« Henri »

Isidore séjourna treize jours auprès de son ami, à Saint-Boniface. Il fut bouleversé de le voir amaigri, voûté, torturé par ses rhumatismes et en proie à des évanouissements fréquents. Sa propre santé, sans être bonne, n'était pas si mauvaise. Il se sentit plus fort, s'il refusait catégoriquement de devenir le maître de maison, il ferait tout pour en assurer l'intérim. Il repartirait vers le Nord et se sacrifierait sans compter.

Les deux prélats se concertèrent une dernière fois sur les affaires en cours, sur la succession de Monseigneur Faraud.

Les larmes aux yeux, ils s'étreignirent une dernière fois dans un adieu silencieux. Henri, de son regard scrutateur, observait le départ de son « Poupa » avec confiance : le sentiment qu'ils se retrouveraient bientôt, mais ailleurs… le soulagea. Il se réjouissait d'avoir déjà un pied là-bas, au-delà de la souffrance ; la paix et la tranquillité ne leur appartenaient pas ici-bas !

Au MacKenzie, tout irait pour le mieux, leur œuvre était accomplie. D'autres, plus jeunes, reprendraient la suite.

Isidore regarda le terrible chemin de la prairie. Cette ère s'achevait avec le nouveau chemin de fer transcanadien. Le char à vapeur roulait jusqu'à Calgary, au pied des montagnes Rocheuses. Tous les espoirs étaient permis aux pionniers de l'ouest.

La remontée vers le Nord empruntait encore pour un temps des charrettes, puis les « steamboats », construits patiemment sur les fleuves pour circuler entre les rapides, prenaient peu à peu le relais des barges.

Ainsi, accoudé au bastingage du Graham, le prélat retrouva avec plaisir le lac Athabaska. Désormais, le sifflet à vapeur remplaçait les tirs de mousqueterie pour annoncer les arrivées.

Au fort Chippewyan, la sirène était déjà familière. On l'attendait avec la même impatience et la même curiosité, avide des dernières nouvelles du monde.

En rentrant à la mission de la Nativité, Isidore eut l'impression de revenir à la maison après une très longue absence. Le sentiment de retrouver les murs, le paysage, les objets familiers, témoins de ses joies et des ses souffrances, le renforçaient dans la sérénité. Il pouvait maintenant approcher la mort plus tranquillement.

Quelques jours après son retour, il célébra l'anniversaire de son sacre, dans la joie. Puis la nouvelle tomba sous forme de télégramme en date du 2 septembre.

« Monseigneur Faraud décédé ce matin — informer Monseigneur Clut et autres. »

Isidore regarda avec une vive émotion cette maison de la Nativité construite par son ami et père. Il était partagé entre la douleur que lui causait le départ de son ami et la joie secrète de jouir de tout ce qu'il avait accompli. Plus que jamais, il se sentait fils de Monseigneur Faraud et indigne de son héritage.

De son bréviaire tomba une lettre. C'était la dernière qu'il avait reçue de Monseigneur Faraud à Montréal.

« … Ce ne sera pas sans inquiétude que je vous verrai partir. Vous serez jusqu'au bout victime de votre dévouement. Je vous aime d'une tendresse de mère. Et on ne tranche pas ces liens sans que le sang coule. Cette séparation sera un pur sacrifice. »

Mais, quelques lignes plus loin, toujours soucieux du moindre détail, il ajoutait :

« … Nous parvenons ici à faire du vin de première qualité et à peu de frais. Je n'en ai jamais bu qui aille si bien avec mon estomac. L'arôme même en est délicat. Notre vin de Corinthe est parfait. Dans mon humble opinion, ce vin contribuerait plus que toutes les autres douceurs que vous pourrez vous procurer à soutenir votre estomac délabré. La facture est simple :

« Trois kilos de raisin de Corinthe pour un gallon d'eau naturelle (de pluie) avec une chaleur de quinze à vingt degrés. La fermentation commence. Trois semaines après, on a du vin. Il est important que le fût dont on se sert ait une ouverture la plus étroite possible (1 pouce 1/2). Pour laisser échapper le moins d'air possible, on met une grosse toile sur l'ouverture et un bouchon un peu lâche : l'espace est assez grand et le liquide ne diminue pas pour la peine. En le collant, avec des blancs d'œufs ou de la colle d'esturgeon pulvérisée, il devient clair comme du cristal. Dans tout ceci, je ne vois rien que de très praticable par n'importe quel père ou frère. Méfiez-vous, il y a des hommes assez maladroits pour se noyer dans un verre d'eau, à plus forte raison dans un verre de vin ! Vous verrez et vous agirez. Nous avons trop longtemps perdu nos barriques de vin en voyage, du fait de la multiplication des ivrognes. En transportant les raisins, nous n'exciterons plus les convoitises et nos pères pourront toujours dire la messe… »

Cette tendresse envers les êtres et cette attention pratique fascinaient Isidore. Il voyait là les véritables clés du commandement et de la réussite de Monseigneur Faraud. Il avait su réunir deux qualités essentielles et d'apparence souvent contradictoire.

Si Isidore laissait volontiers les détails matériels de côté, il était maintenant le dépositaire de la tendresse paternelle de l'évêque et cela lui redonnait un nouvel élan, il ne pouvait pas faiblir.

Son diabète s'était endormi et ses jambes le laissaient en repos. Soulagé de ne pas avoir à porter le fardeau du vicariat sur ses épaules qu'il savait fragiles, il se reposa sur l'Espérance ; la lignée était assurée.

Le père Grouard, son ancien novice, formé dans cette même maison, était préconisé Vicaire apostolique, successeur de Monseigneur Faraud. Le nouvel élu, averti de la tâche qui allait lui échoir, s'était enfui, dès l'arrivée de Monseigneur Clut, à la mission du « Fond du lac », afin de retarder une échance qu'il redoutait. Cela n'empêcha pas que les Bulles pontificales le nommant évêque d'Ibora, titulaire du vicariat, préparées bien avant la mort de Monseigneur Faraud, le rattrapent dans le courant de l'hiver. Monseigneur Clut adjoignit une lettre de félicitations dans laquelle il se soumettait à son autorité et sollicitait humblement ses ordres.

Isidore dormait en paix. Ne pouvant plus voyager derrière les chiens en hiver, de peur de réveiller son hydropisie des jambes, il enseigna les jeunes et les enfants en montagnais pendant tout l'hiver, à Athabaska. Il distribua aux adultes qui voulaient bien apprendre à lire les livres en montagnais qu'il avait fait imprimer à Montréal.

Les glaces fondues, les outardes ayant lancé leurs cris de trompettes dans le ciel bleu d'Athabaska, le 3 juin, Isidore prit place sur le vapeur jusqu'au fort Mac-Murray, vers le sud. Il missionna, prêcha et confirma, tout au long du fleuve. Il regrettait de ne pas pouvoir séjourner plus longtemps à chaque arrêt. La machine, indépendante de la fatigue des hommes, s'arrêtait peu à chaque endroit. Sa cabine avait beau être plus confortable que le pont des barges, ces pauvres Indiens ne voyaient pas plus de quelques heures leur évêque - le temps était désormais compté.

Puis le bateau redescendit vers le nord. Isidore l'emprunta jusqu'au portage de Fort-Smith. Là, une charrette le fit traverser la colline et l'emmena ausitôt sur l'autre vapeur à aube : le « Wrigley » qui attendait avec impatience marchandises et passagers pour descendre le MacKenzie. Isidore n'eut pas le temps de faire halte, comme jadis, à la rivière au Sel, chez les Beaulieu. La vapeur n'attendait pas !

Très souvent, le bateau abordait au fort, tard dans la soirée et repartait dès les premières heures du jour.

Prisonnier de ces machines infernales, conçues pour le commerce et la rentabilité, Isidore était contraint, dès son arrivée dans une mission, de presser les missionnaires de préparer les confirmants.

— La messe aura lieu à minuit et la confirmation suivra aussitôt, je ne peux pas manquer le départ vers deux heures du matin.

Les rubriques stipulaient qu'on n'avait pas le droit de dire la messe plus de deux heures avant l'aube ; mais heureusement pour Isidore, elles n'avaient pas prévu qu'en cette saison, le crépuscule et l'aube se touchent la main, sans laisser place à la nuit !

Isidore était subjugué par ce voyage éclair, jamais il n'avait imaginé qu'un jour, il parcourrait tout son diocèse en si peu de temps. Ce qu'il avait si souvent rêvé, dans ses canots fragiles ou dans les barges hasardeuses, devenait réalité.

Les dangers objectifs avaient reculé. Les traversées du Grand Lac des Esclaves seraient plus rapides et moins sujettes aux caprices des vents et des tempêtes. Les missions pourraient enfin se développer !

Plus que jamais pourtant il se sentait l'otage des traiteurs, soumis aux caprices de leurs intérêts !

Si les transports étaient devenus plus rapides et plus sûrs, les tarifs avaient considérablement augmenté et ne manqueraient pas de ruiner le vicariat. Quand les missions pourraient-elles s'affranchir du joug de la Compagnie ?

Le « Wrigley » arriva le 13 juillet à Good Hope. Six ans plus tôt, allongé dans une barge, sans l'espoir de revoir jamais cette mission, Isidore l'avait quittée les larmes aux yeux. Aujourd'hui, il contemplait à nouveau la plus belle église polaire. Très longtemps la plus au nord du vicariat, elle comptait à ce jour deux dessertes, une chez les Esquimaux, l'autre chez les Loucheux. Isidore promit de les visiter. Il ne resta donc qu'une nuit à la Bonne Espérance et reprit le vapeur pour remonter encore quatre cent cinquante kilomètres vers l'embouchure du MacKenzie, jusqu'à Artic Red River où se trouvait le père Giroux.

Le vapeur le conduisit jusqu'à la mission du Saint-Nom-de-Marie, sur la rivière Plumée et il fut bien surpris de voir le travail accompli depuis son passage en 1873.

Le père lui raconta les événements de l'hiver.

« La famine a ravagé le pays, mais la foi des Indiens Loucheux leur donne la force, et l'espérance les garde en vie. Certains, dans le plus gros de la disette, sont venus jusqu'à la mission pour chercher secours.

— Mais pourquoi êtes-vous venus là, leur ai-je demandé, vous savez bien que je n'ai pas plus à manger que vous ?

— Nous savons, mais comme dans la forêt, nous n'avions rien de plus qu'ici, nous sommes venus entendre encore une fois les prières, comme ça, nous pourrons mourir en paix avec Dieu.

« Beaucoup ont les yeux malades, aveuglés par les six mois de jours incessants dans les neiges brillantes.

« Cécile, la mère des Loucheux, dont l'âge se perd dans la forêt, a été instruite par Madame Gaudet de Good Hope. Baptisée et devenue chef de clan, elle enseigne le catéchisme qu'elle connaît par cœur. Durant quarante ans, elle a été la plus ardente dispensatrice de la foi dans cette région polaire.

« Déjà très âgée, elle apprend un jour qu'un de ses petits-fils, un jeune gaillard puissant et redouté, devenu chef d'une tribu voisine, est sur le point de se laisser convaincre par le ministre protestant. Elle se fait aussitôt conduire auprès de lui :

— Comment, toi, un de mes enfants, tu abandonnerais la foi catholique ! Entends-le bien, tant que Cécile sera capable de tenir un bâton, pas un Loucheux de nos tribus ne deviendra apostat !

« Et aussitôt la vieille lui assène quelques coups de gourdin sur la tête. Le chef, tout penaud devant son peuple, crie grâce et se repentit amèrement.

« Maintenant, si vous voulez bien, Monseigneur, nous pouvons aller visiter cette âme ardente : devenue impotente et aveugle, elle vit dans un dénuement total car tous les siens sont partis au fond de la forêt pour s'éloigner de l'épidémie de grippe qui décime le fort. »

Isidore acquiesça et ils partirent en direction de sa loge. La vieille n'avait plus rien, les peaux qui l'entouraient, depuis longtemps usées et mangées par la vermine, ne protégeaient pas grand-chose, pourtant, elle sourit, elle serrait entre ses doigts noueux un chapelet auquel il manquait la croix. Isidore, ému par tant d'abandon, lui laissa sa chemise de flanelle et sortit de la loge, les larmes aux yeux. Le père Giroux retrouva la centenaire gelée, quelques semaines plus tard. Elle avait le sourire figé dans la béatitude.

Isidore retourna à Good Hope en canot, abandonné aux vagues et à l'incompétence d'un mauvais marin. Sous la pluie et la tempête, l'embarcation manqua plusieurs fois d'envoyer ses passagers par le fond. Devant le danger, Isidore aurait bien pris la barre, mais il ne pouvait bouger sans risquer de faire chavirer l'embarcation.

Il se résigna et une fois encore, pria son ange gardien de le maintenir en vie. L'Indien, lui, n'eut pas d'inquiétude.

— Le Grand Priant est avec nous. Il ne peut rien arriver. Le Bon Dieu ne peut pas le faire périr, lui.

Ils ne virent que le ciel gris et les eaux blanches, mais finirent par arriver sains et saufs, trempés jusqu'aux os.

Le 15 août suivant, Isidore célébra ses noces d'argent épiscopales. Heureux de se trouver aux confins de son vicariat, il savourait, après des années d'inaction, le profond sentiment du devoir accompli.

Dans la belle église de Good Hope résonnaient les cantiques à Marie. Les hymnes en langue indienne retentissaient avec force et répandaient leur écho jusqu'au bout de la terre.

Beaucoup de jeunes gens, tant Blancs qu'Indiens, avaient été élevés par les sœurs de la Providence et montraient maintenant un attachement et un respect pour la religion, ce qui embaumait l'âme du vieil évêque.

L'éducation n'avait pas attristé les Indiens de Good Hope, farceurs de nature, mais leurs plaisanteries changeaient peu à peu d'objet. Autrefois, ils ne se privaient pas de s'amuser pendant la messe. Ils cherchaient tous les moyens pour faire rire le prêtre. Imitant le cri des canards, d'autres remplaçaient les fusils : pan, pan. Il n'était pas rare, pendant le sermon, d'entendre lancer des questions, comme :

— Est-il permis de pisser devant le soleil ?

— Le Christ et le diable ne sont-ils pas deux frères du même père ?

— Est-ce que Dieu préfère le temps clair ou le temps couvert ?

Isidore constatait avec plaisir que ces plaisanteries déplacées n'avaient plus cours. L'éducation n'avait pas été vaine. Le Grand Nord se civilisait !

L'automne passa vite à Good Hope. Les distractions rares, on savait savourer les petits détails de la vie.

Isidore, en visite chez son ami Monsieur Gaudet, assiste un jour à l'embauche d'un coureur de bois, sorti d'on ne savait où. Il arriva devant le brave Monsieur Gaudet.

—Sauf vot' respect, Mô'ssieur, c'est une Seigneurie que vot' ma'son !

— Que sais-tu faire, mon brave ? lui demanda le chef de poste.

— Ah dame, j'abas, je pique, j'équarris, je monte en cage les charpentes. J'saute les rapides, j'conduis un train de barge dans le bouillon, un canot à travers les roches. R'en que ça !

J'n's'is pas brave dans les grandes traverses sur les lacs. Dame, c'est l'accoutumance qui m'manque et j'sais pas plus nager qu'un petit chien de plomb.

Pis j' marche comme un carcajou. Mais y faut pas que j' seye à jun. Rapport que s'is t'un gros homme, sauf vot' respect et j'ai l'estomac faib'e, bonté faib'e.

Regardant le gaillard, Monsieur Gaudet demanda :

— T'as bon appétit ?

— Comme trent-six loups, mon seigneur. Pis j'monte pas à cheval, mais j' sais conduire une carriole, une malle ou un sleigh, raccommoder une charrette et les serrures !

J'fais aussi la poutine, le pudding, les crêpes et le rababon (le pemican), j' boulange et j'peux couper les chiens !

Isidore et Monsieur Gaudet serrèrent les lèvres pour ne pas éclater de rire à l'énumération du métis. Puis, avec un sourire narquois, il finit son énumération en disant :

— J'sais pas écrire, à quoi que ça me servirait ; j's'is pas taillé pour faire un commis.

— Aurais-tu commis un forfait, par hasard, que tu viennes t'enterrer si loin du monde, lui demanda Monsieur Gaudet ?

— Qu'que fort fait, que vous dites ? Comment que vous appelez c'te fort là ?

— Je te parle de "forfait" reprit Monsieur Gaudet.

— Connais pas, j'a jamais fait de fort moé, mais dâme j'sis capable d'en faire un.

Devant une telle ingénuité, Monsieur Gaudet lui dit :

— Je t'engage pour deux cent cinquante pelus par an, ça te va ?

— Comme un gant su' la main, Msieu.

Et il sortit de la pièce en riant.

Sa force légendaire et sa bonne humeur inaltérable en firent un des meilleurs factotums que le fort ait jamais connu.

Il devint aussi le bedeau de la mission.

L'hiver arriva bien vite, le soleil polaire, sur la glace encore faible, descendit et chemina sous la terre. Le froid redevint intense.

Le nom du soleil est tabou chez les Loucheux, il ne faut pas le prononcer lorsqu'il n'est pas là. On parle alors de « l'être beau et rond », de « celui qui va revenir », en attendant qu'il arrive, quand la terre lui redonne sa jeunesse.

Avec le froid, la perdrix blanche devient « pigre » et gourde, on peut la tirer facilement, mais l'on n'y voit souvent pas plus que dans l'antre d'un ours, bien que la nuit rutile de mille feux, d'étoiles, de météorites et d'aurores boréales.

Isidore, dont les jambes étaient toujours fragiles, entreprit d'enseigner les caractères syllabiques aux enfants. Tous les jours, il leur apprenait à lire et à écrire leur langue. Il leur faisait chanter des hymnes et des cantiques.

Dans le courant de janvier, l'hydropisie lui envahit de nouveau les jarrets. Il dut se maintenir au chaud et ne plus bouger. Pour ses soixante-deux ans, le 11 février, il ressentit un léger mieux, put redire la messe. Mais la fin de l'hiver fut très dure, et une fois de plus, il quitta Good Hope en proie à la souffrance, désespéré de laisser définitivement un peuple auquel il s'était attaché. Leur bon esprit et leur foi le comblaient de bonheur.

Il lui semblait que plus il s'éloignait de la civilisation, plus il remontait vers le nord et plus les hommes étaient plaisants, de mœurs agréables et capables d'amitié. Il regrettait aussi l'affection du père Seguin qu'il appréciait beaucoup, celle de la famille Gaudet qui était exemplaire, celle des Indiens, de leurs enfants et de leurs chefs qui lui étaient tous dévoués.

Le voyage lui redonna un peu d'espoir. En remontant lentement le grand fleuve, ses jambes perdirent un peu d'eau en retrouvant la chaleur. Le « Wrigley » s'arrêtait plus souvent et plus longtemps pour faire le plein de bois car il en brûlait beaucoup plus pour remonter le courant. Le ramassage des fourrures donnait lieu à de longues tractations. Isidore disposait de plus de temps auprès des Indiens que l'année précédente. Il eut l'impression de faire une véritable tournée triomphale. Partout, on accourait sur son passage et sa vénérable barbe blanche inspirait à tous un profond respect.

Depuis tant d'années, le récit de ses actes de courage avait circulé dans tous les camps. Il pouvait s'entretenir avec chacun dans sa propre langue, il était devenu un patriarche incontesté. Son pouvoir n'avait pourtant pas été renforcé, au contraire, la présence active du jeune Monseigneur Grouard le rendait moins utile qu'autrefois, mais sa personne et son âge lui donnaient désormais l'autorité suffisante pour se faire respecter.

Il nota même chez les Indiens une hygiène grandissante. Affublés de vêtements européens dépareillés, ils étaient moins sales qu'à sa première arrivée dans le vicariat. Il lui arrivait de sourire en voyant un grand chef s'avancer dignement vers lui, vêtu d'une redingote sans boutons, sans chemise, et coiffé, avec un air de majesté, d'un haut de forme branlant. Il avait peur de ce que la civilisation leur avait apporté. Heureusement, dès qu'il entrait en conversation, il reconnaissait la déférence que ces hommes portaient à Dieu. Il rendait grâce alors, pour le travail des missionnaires qui s'étaient dévoués à leur cause et éprouvait une profonde joie.

En chemin, il rencontra Monseigneur Grouard qui revenait de son sacre à Saint-Boniface et remontait à la Providence. Il lui demanda la permission d'aller se faire soigner à Montréal.

Certain cette fois ne ne plus jamais revenir, Isidore lui remit tous ses effets d'évêque : soutane violette, mitres, gants et même ses vêtements ordinaires appropriés aux voyages d'hiver dans les contrées hostiles.

— Là où je vais, je n'en aurai plus besoin, tandis que vous, Monseigneur, tout cela vous sera bien nécessaire.

Monseigneur Grouard, attendri par son cher maître, regardait le pauvre évêque. Il tenait tant à se dépouiller de tout ce qui aurait pu faire croire à un quelconque pouvoir. Isidore jouissait de se démettre de ce qu'il lui restait ; il sentait sa tâche derrière lui, il se préparait pour le dernier voyage… Il devait encore se tromper.

Il arriva à Montréal le 6 septembre, moins fatigué qu'au départ. Trois mois de soins intensifs le remirent sur pied. Il envisageait de nouveau de repartir pour la France, quand le supérieur des Oblats, en visite en Canada, le fit appeler pour une audience privée…

Dernière demeure de Monseigneur Clut à côté de l'église qu'il a consacrée, en 1902, et dont il avait scié beaucoup de planches...

La mission Saint-Bernard, avec le couvent des sœurs, en haut à gauche. Aujourd'hui, seule l'église demeure au centre du village qui a pris le nom de Grouard. Dans le petit cimetière, à l'emplacement de l'ancienne maison de Monseigneur, reposent côte à côte Mgr Clut et Mgr Grouard.

Photos Archives oblates de Mac Lennan.

CHAPITRE XIII

SAINT-BERNARD

La retraite - Chapelain et fermier - Isidore se perd en allant au sacre de Monseigneur Legal - Retour à la ferme - Une nuit seul sur la glace - Les Witigos - Le traité avec les Indiens - Isidore refuse le diocèse de l'Athabaska.

Le père supérieur des oblats intima fermement à Sa Grandeur Monseigneur Clut l'ordre de renoncer à venir en France et de retourner dans son vicariat puisqu'il était guéri. Comme le froid était préjudiciable à sa santé, il n'aurait qu'à se fixer sur les bords du Petit Lac des Esclaves, à la mission Saint-Bernard puisqu'elle était la plus méridionale de tout le vicariat.

Isidore, quelque peu décontenancé, acquiesça et, trois jours plus tard, monta dans le train pour Edmonton via Calgary.

Cinq jours suffisaient maintenant pour traverser la prairie qu'il avait parcourue pendant des mois lors de ses précédents voyages. Après Edmonton, deux jours de charrette menaient à Athabaska Landing d'où une barge remontait jusqu'au Petit Lac des Esclaves.

Isidore avait imaginé le Petit Lac des Esclaves plus court, mais une tempête lui démontra qu'avec ses soixante-quinze kilomètres de long et ses quinze kilomètres de large, il pouvait très facilement engloutir quelques barges sans sourciller.

Le 16 juin 1894, Monseigneur Clut et les sœurs qui l'accompagnent sont accueillis en grande pompe par un père et une petite population d'Indiens.

Deux petites masures s'élèvent sur le pré en pente douce, elle regardent les méandres d'une rivière. Un dérisoire arc de triomphe en épinette souhaite la bienvenue à Monseigneur pour sa dernière résidence. Misérable retraite pour un seigneur de l'Eglise romaine, cette cabane en bois mal équarri est un palais plus confortable que ceux qu'il a connus jusque-là.

Ici, le luxe ne se voit pas, Isidore le reconnaît. Le lac gèle plus tard qu'à Good Hope, le soleil ne disparaît jamais complètement. La terre est propice à la culture et le pays civilisé est tout proche. Le chemin de fer court à moins d'une semaine de barque ou de traîne à chiens.

L'évêque s'installe, il devient officiellement chapelain du couvent des sœurs qui s'établissent en même temps que lui sur les bords du lac. Il va poursuivre ses courriers pour encourager à la foi, s'entretenir avec ceux qu'il a connus ; son occupation favorite reste l'agriculture. Malgré ses maladies diverses, Isidore a besoin de mouvement. Il n'a jamais été un homme de bureau, il ne le deviendra pas plus sur ses vieux jours. Sa contemplation passe par l'action.

Désormais, il mène la vie simple et laborieuse des pionniers.

Il défriche, méticuleux, il compte les sacs de pommes de terre, de navets, d'oignons, d'orge. Les premiers à sortir de cette terre d'épinette. Isidore n'abandonne pas ses missions, s'il ne peut plus les servir par ses voyages, il peut encore nourrir les plus jeunes.

Depuis la mort de Monseigneur Faraud, la mission du lac La Biche a été abandonnée au diocèse de Saint-Albert. La voie du nord délaisse la rivière La Biche, la Compagnie a construit un nouveau port : Athabaska Landing, sur la rivière Athabaska. Sur place, Monseigneur Clut, en 1890, a acheté un terrain pour établir des entrepôts. Depuis l'arrivée du train à Edmonton, le butin y est acheminé en charrette et s'embarque directement sur les vapeurs qui descendent vers le pôle.

Le Petit Lac des Esclaves est tout proche d'Athabaska Landing, aussi la mission Saint-Bernard est désormais la première en entrant dans le vicariat.

Monseigneur Grouard vient souvent consulter Monseigneur Clut pour les affaires du vicariat.

Les moyens de transport autorisent de plus fréquents passages. Le courrier s'achemine plus vite, la civilisation avance à grand pas ; les steamers permettent d'augmenter la quantité de marchandises transportées, hélas, les prix deviennent exorbitants. La vie du Nord se transforme.

Un rapport de l'inspecteur de la Compagnie, de passage à Saint-Boniface, dit ceci : «... Les catholiques sont riches, ils peuvent payer, nous pouvons doubler le prix des transports... »

La Compagnie s'imagine que la disparition de Monseigneur Faraud, farouche défenseur de ses intérêts, leur laisse le champ libre.

Monseigneur Grouard s'inquiète, se rend à la direction canadienne de la Compagnie à Winnipeg, implore en vain le nouveau directeur :

— Alors, nous devrons nous transporter sans votre aide, nous nous passerons de la Compagnie.

L'inspecteur, persuadé que les missions catholiques ne pourront jamais être autonomes, se frotte les mains... pour peu de temps !

Monseigneur Grouard prend ses dispositions. Il se rend en France, réunit des fonds, embauche des charpentiers, des marins, fait venir des machines, monte une scierie à Athabaska, construit des barges et un bateau à vapeur. En quelques années, les transports des missions sont entiérement assurés par les missionnaires.

La direction de la Compagnie a, cette fois, perdu la bataille sans espoir de retour.

Isidore se réjouit de ce nouvel ordre : il favorisera le développement de la religion vers le nord, l'établissement des écoles et évitera sans doute bien des famines.

Isidore est loin de se douter que ce n'est qu'une étape : à peine trente ans plus tard, son successeur au MacKenzie, recruté par ses soins à côté de sa maison natale à Saint-Vallier, Monseigneur Breynat, dépassant encore les bateaux de Monseigneur Grouard, possédera un avion pour effectuer les visites épiscopales.

L'histoire tournait la page des amitiés et des querelles entre les missionnaires et les chefs de poste qui avaient rempli la vie d'Isidore.

L'évêque vieillit, ses oreilles n'entendent plus très bien, sa vue décline. Dès que la terre dégèle, il sort tous les jours ses outils, gravit le grand champ derrière la maison et défriche ou cultive. Pendant l'hiver, il manie la scie de long, patiemment, pour préparer les planches de la nouvelle église.

Le printemps tardif de 1897 lui amène une invitation pour les sacres de Monseigneur Legal et Monseigneur Dontenwill, deux oblats de Marie destinés aux diocèses de Saint-Albert et de Vancouver. Isidore hésite, et, pour goûter encore le plaisir du voyage, sort de sa retraite.

Début juin, il s'embarque pour Saint-Albert à côté d'Edmonton.

Cela devrait prendre normalement huit jours tout au plus.

Cette fois encore, Monseigneur manque de chance. Aux abords de la rivière Athabaska, la forêt en feu couvre l'eau d'épaisses fumées.

Deux jours et deux nuits de navigation à l'aveuglette plongent Isidore dans l'angoisse. Il a reçu l'invitation très tard, il ne lui reste plus que trois jours pour arriver avant la cérémonie. Enfin, on reconnaît Athabaska Landing, le 14 juin, il ne reste plus que deux jours.

Isidore trouve à sa disposition un vieux wagon de pionnier, sans ressorts, ni siège. Il part, accompagné par un métis qui prétend connaître le chemin. Balloté sur une route pierreuse inconnue du cantonnier, ils cahotent sur quarante et un miles, puis passent la nuit chez un fermier catholique, tout juste installé dans une cabane en planches.

Après avoir traversé la rivière Vermillon, le guide semble hésiter.

— Est-ce que vous reconnaissez le passage ? interroge Monseigneur.

— C'est que, vot' seigneurie, j'y ai jamais passé !

— Comment ! Vous ne connaissez pas le chemin pour se rendre à Saint-Albert ?

— Oh, j'sais ben que c'est par là-bas, eux-autres y m'l'ont causé !

Comme il hésitait trop et qu'il était perdu avant d'arriver au « Lac aux Œufs », Isidore prit le commandement.

Par comble de malchance, il pleuvait et le sentier détrempé empêchait de voir les traces. Les saules ne manquaient jamais d'asperger le cocher et son voyageur. Ils arrivèrent bien en bordure du Lac aux Œufs, mais sur la rive opposée à celle où se trouvait la route.

Enfin, ils se renseignèrent à une masure : il restait encore huit miles avant le prochain village où ils pourraient coucher chez le curé. Leurs chevaux n'en pouvaient plus et avançaient lentement.

La nuit tombait déjà quand ils aperçurent un grand rassemblement de gens autour d'une maison. C'était une noce.

— Ah, vous allez au sacre de l'évêque, dit une bonne femme, mais le curé est parti ce matin et sa maison est toute fermée !

Monseigneur jugea à propos d'aller plus avant et de demander l'hospitalité ailleurs.

Alors un fermier de la noce dit à son tour :

— Vous allez vous perdre et avec votre wagon, vous n'êtes pas arrivé à Saint-Albert. Venez donc coucher chez moi et demain, je vous emmènerai moi-même au Sacre.

Tout d'abord, Isidore refusa et voulut partir. L'inquiétude le gagnait de plus en plus. Aurait-il fait tout ce chemin pour arriver quelques heures trop tard ? Non, il préférait voyager toute la nuit s'il le fallait.

Au carrefour suivant, il hésita encore sur le chemin à prendre. Le fermier l'ayant vu de loin, prit son cheval et les rattrapa :

— Pour l'amour du Bon Dieu, Monseigneur, venez donc vous reposer chez moi, en partant à cinq heures du matin, je vous garantis qu'à onze heures, je vous pose devant la cathédrale de Saint-Albert, tandis que vous allez vous exposer toute la nuit à l'orage et vous perdre dans la forêt.

Isidore se laissa convaincre et le lendemain, arriva juste à temps pour revêtir les habits de cérémonie et servir d'évêque assistant à Monseigneur Legal.

Profitant d'un bon mois avant le sacre de Monseigneur Dontenwill, Isidore prit le train pour Montréal. Ce voyage avait des allures de promenade comparé à ce qu'il avait connu autrefois.

A Montréal, il fit soigner ses jambes et ne perdit pas un instant pour user de son âge et de son expérience afin de récolter des fonds.

Puis il reprit la bête de fer, repassa à Winnipeg où s'étaient éteints ses pères Monseigneur Faraud et Monseigneur Taché. Dans la grande cathédrale, pour le trentième anniversaire de son sacre, il reçut du nouvel archevêque des éloges qui le confondirent :

« ... Voici l'infatigable voyageur de Dieu qui, pendant trente années s'est dévoué dans l'ombre, qui pendant trente années a déployé son zèle dans nos déserts du nord. Combien d'autres auraient crié grâce devant l'épreuve, combien auraient abandonné cette humiliante besogne ? Combien auraient succombé ?...

« Pèlerin exilé, pendant trente ans il a donné ses jambes, aujourd'hui malades, pour extirper de l'étreinte de l'ignorance et de l'erreur les peuples que lui avait confiés notre Sainte Mère l'Eglise.

« Vous ne le connaissez pas, il n'est pas un homme puissant, avide d'honneurs et de gloire, mais pas un Indien du MacKenzie ou de l'Athabaska n'ignore son visage. Dans l'immensité de ces territoires, il est l'ami des humbles, des deshérités, et des plus pauvres enfants de Dieu...

« Qu'il soit notre modèle en courage, en zèle, et en piété. Seule la Foi, l'Espérance et la Charité peuvent donner à un homme la force d'accomplir ce qu'a vécu Sa Grandeur Monseigneur Clut... »

Isidore, rouge de confusion, s'était immobilisé dans son fauteuil, pour ne pas montrer son émotion. Ses mains tremblaient, il ne voulait pas entendre, il partait dans ses pensées.

Il savait trop bien que son orgueil l'avait souvent poussé, même s'il avait rattrapé la chose en offrant ses faiblesses à Dieu. Il s'étonnait aujourd'hui d'avoir mérité des louanges.

Cet éloge était vrai, il n'avait accompli que son devoir. Il ne savait pas gouverner ! On ne l'avait pas laissé faire. Chaque fois qu'il avait voulu prendre une initiative personnelle, il s'était fait douloureusement remettre à sa place. Là était son vrai mérite, il le savait bien.

Il se mit à sourire en regardant l'évêque qui continuait son panégyrique. Isidore ne l'écoutait plus.

Isidore termina son voyage en visitant l'île de Vancouver avant de servir d'évêque assistant à Monseigneur Dontenwill. Il goûtait, pour la première fois de sa vie, une promenade pure. Il n'avait pas d'autre but que de visiter, découvrir les paysages du train, du bateau, d'une voiture.

Il se sentit étranger, tout à coup. Un malaise le prit : une insidieuse vague refluait dans son esprit, le submergeait. Un sentiment nouveau l'empêchait d'apprécier la luxuriance magnifique des îles du Pacifique. Une impression d'étouffement lui serrait la gorge. Il se demanda ce qu'il faisait là.

Tout en goûtant l'hospitalité généreuse des couvents qui l'accueillaient, il ne pouvait pas en apprécier tous les bienfaits. Il se sentait inutile. Il se voyait invalide. Il avait souvent aspiré à se faire servir. Par le passé, il avait souvent sollicité qu'on attachât à sa personne un frère pour l'accompagner, pour l'aider à accomplir sa tâche, son œuvre, alors qu'à Vancouver, il ne faisait plus rien, et cela lui était insupportable.

Il rentra aussi vite que possible à la mission Saint-Bernard et poursuivit « la défriche » de la forêt.

L'automne arrivait, les petits bouleaux abandonnaient leurs petites feuilles brunes dans un gémissement glacé.

Le jour s'éteignait sur la pointe des épinettes. De la fenêtre de sa petite maison Isidore, les yeux un peu vagues, voyait la rivière serpenter lassivement dans les herbes hautes et regardait vers le nord, jusqu'à Good Hope à des milliers de kilomètres.

De ses mains tremblantes, il écrivit à sa nièce Marie, là-bas à Annonay :

« … Je suis heureux. J'exerce tous les travaux de la ferme et du ménage. Je trais les vaches, je les soigne, j'enlève le fumier, je fais les foins, je le charroie. Je bûche le bois, je plante des clôtures, je fais de la terre neuve pour les sœurs. Je fais ma cuisine, je lave mes plats et mes assiettes. Le reste du temps se passe en étude et en prière.

« De temps à autre, des chercheurs d'or égarés passent par notre maison. Que de misère ils vont chercher et souvent n'en reviendront pas. Ils sont pleins d'espérances.

« Un Américain est arrivé ici bien malade, comme les pères étaient partis, nous avons pu le coucher : il est mort ce matin. Ce pauvre avait roulé sa bosse çà et là, négligeant tout devoir religieux. Il avait reçu une lettre lui annonçant la mort de son épouse. Cette femme catholique ainsi que ses quatre enfants lui avaient fait promettre de vivre religieusement. La mort de celle qu'il aimait l'a beaucoup affecté et il s'est bien préparé à la mort ; je l'ai baptisé avant son grand départ… »

Les années passèrent sur les travaux des champs, et l'administration des missions d'Athabaska les plus proches de Saint-Bernard. Le pays se développait, les premiers fermiers n'étaient pas loin au sud et tôt ou tard, remonteraient un peu plus au nord. Les oblats implantaient lentement leurs missions.

Durant l'hiver, il passait l'essentiel de son temps à bûcher le bois. Il arriva qu'un jour, il manquait quelqu'un pour aller à la maison de pêche chercher le poisson. Le frère y était et ne revenait pas tandis que les pères étaient tous en mission.

Isidore, une petite joie au cœur, mêlée d'appréhension, attela les chiens qui restaient à la mission. Ce n'étaient pas les meilleurs, l'un, borgne, avait blanchi sous le harnais et l'autre, lourdaud et paresseux, montrait les dents chaque fois qu'on voulait l'harnacher. Mais Monseigneur était devenu patient. Il vint à bout des deux mâtins et glissa sur le lac dans la lueur grise du jour. Il avait pris une couverture par précaution bien qu'il ne fût pas nécessaire de coucher avant d'arriver.

Le Petit Lac des Esclaves avait figé ses vagues. Isidore se laissa carrioler un moment dans la traîne presque vide. Après une heure de cahots, sentant le froid engourdir tous ses membres, il décida de marcher. Vers le soir, la neige se mit à tomber à gros flocons humides. Bientôt, Isidore ne vit plus le sentier. Les chiens suivaient la piste au ralenti, la nuit avançait. Isidore se vit obligé de camper.

Depuis qu'il était dans le Nord, c'était la première fois qu'il allait devoir passer une nuit absolument seul à la belle étoile. La perspective de coucher dehors par un froid de plusieurs degrés en dessous de zéro ne l'effrayait pas, mais il avait la bizarre sensation d'être abandonné. Comme ces vieux Indiens qui se retirent pour mourir.

Il entrait dans la surdité, son monde intérieur devenait plus riche. Il vivait avec les souvenirs qui souvent se présentaient plus vivants que les scènes de la veille. Il dirigea ses chiens vers la forêt pour se mettre à l'abri. La neige était si lourde qu'il recevait continuellement des “avalanches” sur la tête et dans le cou lorsque les branches ne le giflaient pas en pleine figure. Il se dit qu'en quarante ans de mission, il n'avait jamais vu chose pareille.

Il est vrai que dans le Nord, le froid plus rigoureux mène ses attaques d'une autre manière.

Il se choisit un campement et coupa deux épinettes. Il tenta aussitôt de faire du feu, son sport favori, mais les allumettes étaient humides. Les chiens grognaient et voulaient manger. Il les avait libérés de leurs pompons et essuyés de son mieux, ils avaient peiné si durement dans cette neige lourde. Aussi vieux que lui, ils avaient droit à quelques égards, surtout s'il devait faire une route plus longue que prévue.

Au bout d'une heure, le feu se mit à rougeoyer. A la chaleur, ses doigts gourds ressentirent la morsure du froid. Il fit chauffer un peu de thé et tenta de dormir. Une bourrasque lui envoya un gros paquet de neige sur le visage comme il se retournait. Il plaça un chien de chaque côté pour qu'ils ne se battent pas et profita un peu de leur chaleur. Le sommeil ne vint pas.

Isidore était inquiet. Si la neige continuait de tomber encore longtemps, il risquait bien de manquer la maison Saint-Anne où se trouvait le frère.

Avant le jour, il ranima le feu, la neige avait cessé. Il remit son traîneau sur le chemin pour retrouver le lac.

En arrivant au lac, il aperçut au loin un homme à cheval. Il fit aussitôt des gestes pour signaler sa présence, et le cavalier se dirigea vers lui. C'était Flora, une indienne du lac Wabaska, tenant dans ses bras un bébé tandis qu'un autre petit garçon était assis dans le travois de sa mikiwap (nom de la loge indienne dans cette région).

— Que fais-tu là avec tes enfants ? demanda Monseigneur.

— Je fuis le Witigo, répondit-elle. Il s'est passé des événements terribles au lac Esturgeon.

Isidore n'avait pas entendu parler de ces witigos avant de venir dans ce bas pays, c'était l'une des légendes les plus horribles du patrimoine des Indiens cree.

Tout homme ou femme peut devenir witigo. Il devient alors hagard, les dents en avant, menaçant, il erre à moitié nu à la recherche d'une proie.

Son cœur s'est transformé en un bloc de glace, il ne connaît plus ni parent, ni ami. Une soif inextinguible l'oblige à boire du sang humain encore chaud.

La jeune Indienne raconta à Isidore ce qui s'était passé :

« Une bande, indifférente à la religion, a prétendu qu'il y avait parmi eux des witigos. Alors la peur, une peur folle s'est emparée d'eux et avec cela, ils se sont enivrés. Affolés par l'alcool autant que par la peur, ils ont mutilé l'un des leurs qu'ils prenaient pour un witigo. Ils voulaient lui faire vomir la glace de sa poitrine. Pour ça, l'un d'eux, armé d'un coutelas, par quatre coups successifs, faisait semblant de lui transpercer la poitrine. Lorsque le dernier coup de menace fut porté, un autre homme armé d'une grosse hache lui en porta deux coups en pleine tête. Il lui avait fendu le crâne en deux ; puis on lui ouvrit la poitrine et on y versa de l'eau bouillante pour faire fondre la glace.

« Les meurtriers, après ce traitement, craignant que le défunt ne revienne à la vie et ne les dévore, l'ont cloué au sol avec de grosses chevilles de bois. »

Isidore avait déjà entendu parler de ce phénomène. Peu de temps avant qu'il ne s'installe dans la région, une vieille femme se déclarant elle-même Witigo avait supplié son mari et ses enfants de la tuer, leur disant que s'ils ne le faisaient pas immédiatement, elle les tuerait et les mangerait. Elle faisait voir son cœur à son mari et lui disait :

— Frappe là.

Au désespoir, le vieux avait frappé à coups de couteau et de hache tout en pleurant à chaudes larmes.

Quelle folie !

Isidore en avait le dos glacé !

— N'as-tu pas vu notre maison de pêche ? demanda l'évêque à Flora.

— Si, à moins d'une heure d'ici, tu la trouveras dans une baie un peu plus loin.

Isidore fut bien heureux de retrouver le frère en train de pêcher sous la glace.

Quelque temps plus tard, la police vint chercher les meurtriers du prétendu witigo. En partant ces pauvres gens pleuraient. Mayapew, le chef de la bande qui campait aux abords de la mission Saint-Bernard, vint demander au Grand Priant de bien vouloir intercéder auprès des autorités pour adoucir la peine des trois coupables. Mayapew fit remarquer que ces scènes de witigos n'arrivaient plus que chez les non-croyants ou les mauvais priants. Il promit de poursuivre ses efforts auprès de tous les Indiens pour qu'ils deviennent de bons catholiques et de bons priants.

Le 6 juin 1899, Isidore, de plus en plus retiré dans le silence, assista, muet, au premier traité que le gouvernement canadien signait avec les Indiens du Nord.

Le père Lacombe, un oblat de Saint-Albert, très versé dans les affaires indiennes, faisait partie de la commission gouvernementale au côté de Monsieur Ross, le représentant légal du gouvernement. Le père Lacombe était l'auteur et le garant pour les Indiens de plusieurs traités dans le Sud. Isidore, qui le connaissait bien, se réjouissait de voir en lui le défenseur des pauvres en face de la cupidité des hommes d'affaires et des hommes politiques. Il ne se douta pas un instant que ce traité ne serait pratiquement jamais honoré.

Isidore était fier de voir, réunis là, tous les chefs indiens des environs, dont une bonne partie savait lire et écrire grâce aux missionnaires et à l'école des sœurs. Il se réjouissait de l'avènement du règne de la paix entre les hommes.

A l'aube du siècle, la hiérarchie décida de séparer le vicariat en deux : au nord, le MacKenzie auquel se rattachait le pays de l'or, le Klondike, et au sud, l'Athabaska qui se développait de plus en plus avec l'arrivée des fermiers.

Monseigneur Grouard demanda alors à Monseigneur Clut de prendre l'Atahabaska, se réservant le nord.

Isidore une fois de plus refuse :

— Non, c'est au-dessus de mes forces. Il faut choisir un sujet plus jeune. Mais si vous me l'imposez, je dirai “Fiat”.

Isidore propose son compatriote de Saint-Vallier, le jeune père Breynat, « le petit priant neuf » comme disaient les Mangeurs de caribou.

Il fut accepté à l'unanimité.

Il repart à Montréal sur les instances de Monseigneur Grouard pour tenter de récolter encore quelques fonds en jumelant chacune des missions du nord avec une paroisse du Québec. Il pense un instant revoir une dernière fois les siens en France. Mais le Québec lui réserve de mauvaises surprises, la conjoncture économique n'est pas favorable, les fonds sont difficiles à trouver. Une attaque de phlébite le conduit à l'hôpital où il croit bien voir la fin de son séjour terrestre. Il en sort seulement affaibli, exsangue. Il renonce définitivement à venir en France, comme l'en presse sa famille ; il n'en a plus envie. Il est fatigué.

Il repart pour l'Athabaska.

En passant à Saint-Albert, le 6 avril 1902, en qualité de co-consécrateur, il sacre évêque Monseigneur Breynat, en compagnie de Monseigneur Pascal, originaire de Joyeuse, en Ardèche, une autre de ses recrues devenu évêque de Prince-Albert. Il est heureux d'avoir obtenu de Rome la nomination du nouvel élu. Il ne prononcera aucun discours, bien que le plus âgé, il se contente de montrer une béatitude toute simple. Il y a, là encore, une grande assemblée de prélats prestigieux qui l'intimide.

Dans le chœur, les évêques, en habits de cérémonie, bénissent la foule. Isidore, le dernier, silencieux, murmure sa bénédiction. Il domine par sa taille, son regard lointain, le visage doux, la tête légèrement inclinée. Isidore est déjà témoin d'un autre monde.

Il fait figure de grand-père avec sa barbe blanche qui descend sur sa poitrine. Les trois autres prélats sont tous ses enfants. Comment ne pas les reconnaître, ils portent tous la même barbe. La famille des quatre barbus, les évêques du Nord, pourrait-on dire.

Isidore demeure encore quelque temps à Saint-Albert, juste pour y accompagner à sa dernière demeure Monseigneur Grandin.

Après cette disparition, il reste le seul témoin vivant de sa génération épiscopale.

Il reprend une charrette et remonte vers le Petit Lac des Esclaves. Il y consacre la nouvelle église qui regarde encore aujourd'hui serpenter l'eau à ses pieds.

Puis il compte les récoltes : neuf cents barils de pommes de terre, mille barils de grains. Il regarde tomber la pluie, venir la neige. Il sent la glace, se chauffe au soleil quand il paraît.

Dans sa cuisine, le soir, les petits Indiens jouent près de son feu. Avec eux, il chante des cantiques en langue cree. Son oreille ne perçoit plus qu'un faible murmure.

Le dégel revient et le grand soleil de juillet le trouve prêt pour son ultime voyage, sans les raquettes cette fois.

Fidèle à Saint Isidore, son patron toujours représenté avec sa charrue, il aura porté jusqu'à la fin sa devise : « Mon joug est doux et mon fardeau léger. »

EPILOGUE

La vie et la lumière d'Athabaska n'ont pas beaucoup changé depuis cent ans. Pourtant les appareils ne photographient plus les mêmes images ! Les yeux du dix-neuvième siècle sont à jamais éteints. Si l'apparence demeure la même, la perception que nous en avons ne pourra jamais nous faire voir ce qu'ils ont vu. L'intérieur des choses nous sera à tout jamais caché. La conscience des époques antérieures nous est étrangère. Nous pouvons l'approcher, l'imaginer, mais notre compréhension sera toujours partielle. Et plus le temps s'éloigne et plus les possibilités de percevoir de la même façon les objets, les paysages, diminuent.

Pourtant, l'historien, par sa vue d'ensemble et surtout sa connaissance de ce qui était l'avenir pour un personnage peut déceler la naissance des mouvements de l'histoire, le pourquoi et le comment des choses mieux que ne pouvaient le faire les acteurs des événements.

De ce paradoxe irréductible naît l'intérêt et la limite d'une biographie comme celle que vous venez de lire.

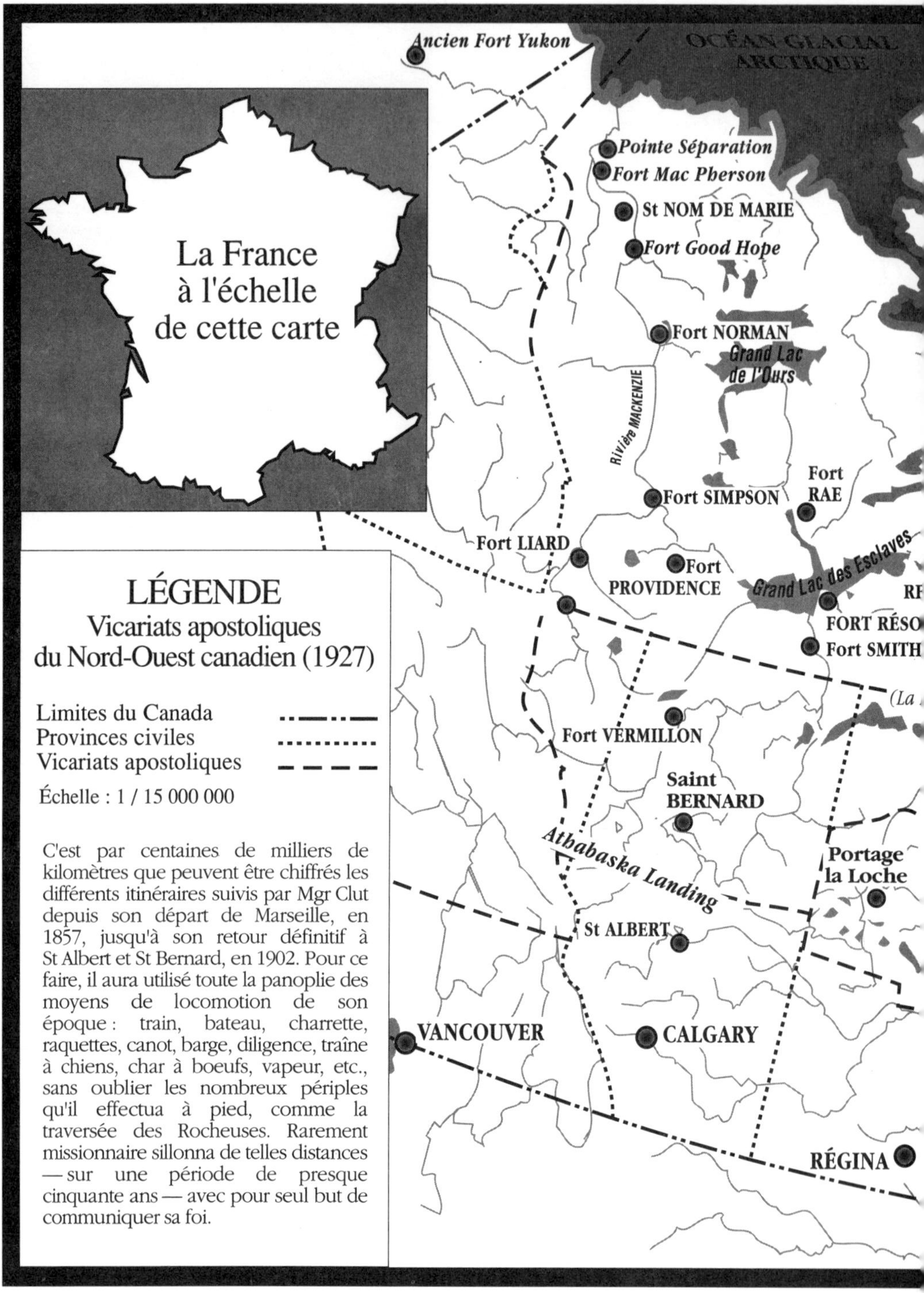

C'est par centaines de milliers de kilomètres que peuvent être chiffrés les différents itinéraires suivis par Mgr Clut depuis son départ de Marseille, en 1857, jusqu'à son retour définitif à St Albert et St Bernard, en 1902. Pour ce faire, il aura utilisé toute la panoplie des moyens de locomotion de son époque : train, bateau, charrette, raquettes, canot, barge, diligence, traîne à chiens, char à boeufs, vapeur, etc., sans oublier les nombreux périples qu'il effectua à pied, comme la traversée des Rocheuses. Rarement missionnaire sillonna de telles distances — sur une période de presque cinquante ans — avec pour seul but de communiquer sa foi.

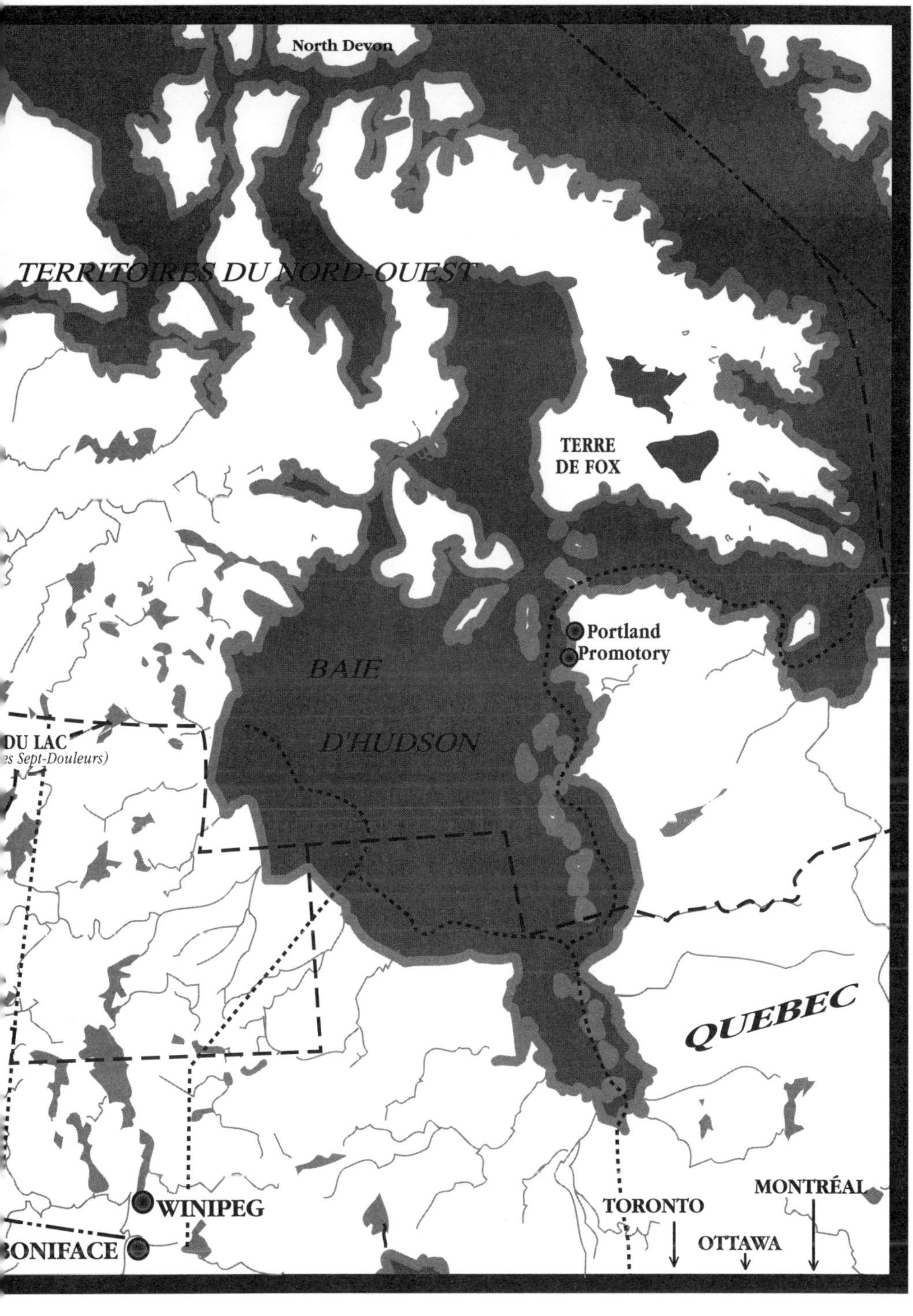
North Devon
TERRITOIRES DU NORD-OUEST
TERRE DE FOX
Portland
Promotory
BAIE
D'HUDSON
DU LAC
(…s Sept-Douleurs)
QUEBEC
WINIPEG
…ONIFACE
TORONTO
MONTRÉAL
OTTAWA

REMERCIEMENTS :

à Alain Rastoin qui par sa connaissance du Grand Nord, a su orienter ma mémoire sur les traces de mes ancêtres ; aux pères oblats des provinces du Nord-Ouest canadien et particulièrement au père Jean Marsan qui veille jalousement sur le journal de Monseigneur Clut, à Mac Lennan ; à monsieur Guy Lacombe, qui, dès les premiers jours, s'est vivement intéressé à mon projet, à Jeanine Roche qui s'est usé les oreilles à écouter la lecture du journal de Monseigneur pour le transcrire sur ordinateur, et enfin, à Anne Fabre qui, délicatement et avec patience, a su remettre dans le droit chemin de la langue française les méandres de cette histoire canadienne.

LEXIQUE

BISHOP : traduction anglaise d'évêque. Dans le texte, le terme est employé pour désigner l'évêque anglican.

BOMPAS : ministre anglican devenu Bishop des territoires Athabaska-MacKenzie. Cet homme fut réputé pour son courage et son zèle auprès des Indiens. Il est considéré comme un saint homme parmi ses frères de religion. La ressemblance de son parcours de missionnaire avec celui de Monseigneur Clut est frappante. Sa biographie a été écrite par H.A. Cody et publiée à Toronto en 1908 « Apostle of the North ». Sa femme a également eu un destin exceptionnel dans ces territoires, on peut le lire dans « A héroine of the North » écrit par S.A. Archer (Londres 1929).

BORDILLON : lorsque la glace se fixe sur l'eau, elle ne le fait pas par gradation. L'eau monte sur la surface gelée, accumule les glaçons qu'elle a entraînés et forme de véritables montagnes de ces morceaux qui souvent se redressent en paroi verticale de plusieurs mètres. Les glaçons entrechoqués présentent aux pieds des voyageurs des arêtes vives et acérées comme des lames de sabre.

BOUCANES, BOUCANER : mot venu des Caraïbes qui désigne l'action de fumer le poisson. Au Canada, il désigne tout ce qui se rapporte à la fumée. Ainsi, en Athabaska, il existe des émanations naturelles de goudron en fusion qui font fumer la terre et sont appelées BOUCANES. On peut boucaner aussi bien le poisson que la viande (ou soi-même si l'on veut éviter les piqûres des insectes).

BUTIN : dans les missions du Nord, le butin désignait les marchandises qui arrivaient d'Europe ou du Canada. Elles servaient aussi bien à l'approvisionnement des missions que de monnaie d'échange pour se procurer auprès des Indiens les denrées qui leur étaient nécessaires.

CAJEU, CARCAJOU (WOLVERINE) : animal très vorace et rusé qui détecte souvent les pièges, attend qu'une proie s'y attrape et la mange. Les Indiens l'appellent le mauvais chien. C'est un de leur pire ennemi, car c'est un voleur rusé. Traiter quelqu'un de carcajou est une grave insulte. Un cajeu est aussi un radeau en tronc.

CARIBOU : c'est le renne. Il se déplace en « harde », grand troupeau pouvant compter plusieurs milliers de têtes. Ils remontent vers le nord au-delà des terres habitées au printemps et redescendent vers le sud en automne. C'est la principale source de nourriture de beaucoup de tribus indiennes.

CASTOR : animal de rivière très commun et facile à prendre. La peau de castor servait d'étalon pour les échanges. Les meilleures peaux provenaient des chasses d'octobre. Les chapeaux (haut de forme en particulier) étaient souvent en peau de castor, à cause de sa résistance à l'eau.

CHIEF FACTOR : c'est le plus haut grade que l'on peut atteindre dans la hiérarchie de la Compagnie de la Baie d'Hudson sur le terrain. Le chief factor commande toute une région. En dessous viennent : le chief trader, le clerck, l'apprenti clerck, le post master, l'interprète, et en bas de l'échelle, l'engagé.

CORDELLE : nom de la corde dont on se sert pour le halage des bateaux sur les rivières. On allait « à la cordelle » pour remonter les passages difficiles quand les rames ne suffisaient pas.

COUTEAUX JAUNES : voir Indiens.

CREE OU CRI : voir Indiens.

DENE : voir Indiens.

DROSSER - ALLER A LA DROSSE : terme de navigation fluviale qui dans notre récit veut dire laisser aller la barque dans le courant.

EPINETTES : nom populaire de plusieurs espèces de sapin.

ESCLAVES : voir Indiens.

EXTRACTUM CARNIS : médicament homéopathique en dilution infinitésimale.

FARAUD (Mgr Henri) : né dans le Vaucluse en 1823, il arrive à Saint-Boniface en 1846 et s'élance vers le nord, encore inconnu des missionnaires, en 1849. Homme de caractère et de constitution robuste, il est très vite terrassé par des rhumatismes. Il reste dix ans à Athabaska où il construit les bâtiments, maisons, ferme, église et défriche les champs. Nommé évêque, il part à Rome pour refuser l'épiscopat à cause de sa santé. Le pape lui accorde de se choisir lui-même un auxiliaire. Administrateur-né, il adopta pour principe de base d'assurer les recettes avant tout, et de limiter les dépenses à priori, sans jamais répartir les surplus qui constituaient un fond de réserve en cas de nécessité imprévue.

FLANCS DE CHIENS : voir Indiens.

FORT DE TRAITE : poste de la Compagnie de la Baie d'Hudson. Ces forts, bâtis sur le bord des rivières, hérissaient de grandes palissades pour se protéger, non des Indiens qui étaient les seuls interlocuteurs des marchands de fourrures, mais des bêtes et des intempéries. Il existait des forts plus ou moins importants. Une dizaine de cabanes tout au plus servaient de station de ravitaillement et de comptoirs d'échange pour les fourrures.

FRAZI : aiguillettes de glace qui se forme sur les lacs et les rivières au début de la prise des glaces. Le frazi s'accumule en éléments semi-fluides qui entrave la progression des bateaux.

GRANDIN (Mgr Vital) : né en 1829 dans une famille pauvre de paysans en Mayenne, arrive à Saint-Boniface en 1854. Après avoir été l'assistant du père Faraud, il est nommé évêque auxiliaire de Monseigneur Taché à l'époque où le vicariat s'étend de la frontière des Etats-Unis au sud, Saint-Boniface à l'est et l'océan Arctique au nord. En 1869, il devient évêque titulaire du nouvel évêché de Saint-Albert, l'actuelle province de l'Alberta. Considéré comme un saint, sa cause est introduite à Rome depuis quelques années.

INDIENS : les Indiens des Territoires du Nord-Ouest sont vraisemblablement d'origine asiatique.

Les Dénés s'opposent aux Esquimaux dont l'origine est sans doute semblable, mais dont la migration a eu lieu à une toute autre époque. Les Dénés se partagent en huit grandes tribus : les Montagnais, très répandus, vivent surtout dans l'Athabaska, mais ont émigré jusqu'à la baie d'Hudson. Les Esclaves, ou Slavey, sont une branche de cette tribu et peuplent les bords sud, sud-ouest du Grand Lac des Esclaves et le haut du MacKenzie. Ils n'ont jamais été en esclavage, mais leur caractère apathique et indolent les a rendus plus serviles que d'autres. Les autres Indiens les nomment : « ceux qu'on laisse vivre ».

Les Mangeurs de Caribou, peu nombreux, vivent aux confins est du lac Athabaska.

Les Castors peuplent la rivière La Paix. A cause du jeu qui leur faisait négliger les règles les plus élémentaires de la vie, cette tribu a pratiquement disparu.

Les Couteaux Jaunes habitent le nord du Grand Lac des Esclaves. Actuellement, la capitale des Territoires du Nord-Ouest s'appelle Yellow Knife.

Les Plats Côtés de Chiens ou Flancs de Chien vivent au nord du Grand Lac des Esclaves (Fort Raë). L'origine de leur nom vient d'une légende selon laquelle cette tribu descendrait d'un homme qui se transformait en chien la nuit venue. Trois de ses enfants furent délivrés par leur mère de cette magie et engendrèrent les « Dogribs ».

Les Peaux de Lièvre et les Loucheux vivent dans les régions les plus septentrionales, à l'embouchure du MacKenzie au Youkon et en Alaska.

Les Sékanais, les Montagnards et les Mauvais Monde vivent le long des montagnes Rocheuses.

Les Crees ou Cris sont une autre famille d'Indiens vivant plus au sud.

On les trouve à partir de la rivière La Paix, la rivière Athabaska, la rivière La Biche, le Petit Lac des Esclaves et plus au sud et au sud-est encore. Plus passionnés et plus belliqueux que les Dénés, ils furent moins indolents et inconstants que leurs frères du Nord. La langue cree est très sonore et mélodieuse (l'italien de l'Amérique), elle ne comporte que quinze lettres et les consonnes y sont rares.

JEU DE MAIN : les joueurs (au moins dix personnes) se placent à genoux, corps contre corps, en deux rangs face à face, les mains dissimulées dans le dos ou sous une peau. Un osselet se trouve dans une main. Au signal, l'agitation commence. Des tambourins scandent des rythmes de plus en plus accélérés. Le camp qui détient l'osselet se secoue, se renverse, se penche en saccades et spasmes étonnamment rapides. Des hurlements vocalisés sur des airs guerriers accompagnent les trépidations des membres, des têtes et des torses. Le chef adverse arrête la sarabande en désignant, d'un geste imperceptible aux profanes, la main qui étreint l'osselet. S'il dit juste, le jeu et les enjeux changent de côté. S'il dit faux, les vainqueurs recommencent dans le vacarme redoublé. Le jeu durait des jours et des nuits jusqu'à épuisement des joueurs et des assistants.

JONGLEUR : c'est l'homme médecine, le sorcier, le chaman. Les missionnaires ne font pas de différences et n'entrent pas dans le détail des cultures indiennes qui pourtant sont très complexes. Il existait toutes sortes de magies, outre la positive et la négative, pratiquées par des spécialistes de charmes pour diverses occasions : la maladie, les accidents, la chasse, la fécondité, etc. Ils ont obtenu leurs pouvoirs au cours de rêves. Les missionnaires ont toujours combattu ces hommes ou ces femmes dont les pouvoirs occultes leur semblaient contraires à la religion.

MARINGOUIN : nom de toutes les espèces de moustiques que l'on rencontre en quantité astronomique dans les forêts du Nord.

MITASSES : sorte de surpantalon en fourrure. Souvent ce ne sont que deux manchons dans lesquels on enfilait les jambes pour se protéger des grands froids en hiver.

MONTAGNAIS : voir Indiens.

OMI : abréviation de Oblats de Marie Immaculée.

ORIGNAL : animal de la famille des cerfs. C'est le moose des Américains. Il est caractéristique, avec ses bois en forme de paume plate et sa tête ingrate. Contrairement au caribou, il vit seul ou en couple. Très difficile à attraper, il est doué d'un odorat particulièrement fin.

OUTARDE : nom générique d'oiseaux de l'ordre des échassiers dont certaines familles sont migrateurs ; ce sont pour la plupart de grands oiseaux lourds (de 2 à 15 kilos) dont la chair est excellente.

PELU : le pelu, ou peau de castor, est la monnaie d'échange du Nord. Ainsi, un fusil vaut onze pelus, une couverture de laine huit pelus, une hache deux pelus, un yard de tissu trois pelus, etc. Les fourrures sont elles-mêmes évaluées en pelu. Le renard noir est la peau la plus précieuse et peut valoir plusieurs dizaines de pelus, ensuite viennent le renard argenté, le rouge puis le blanc. Le renard bleu est rare mais peu recherché car trop fragile.

PEMICAN ou pemmican : c'est la nourriture de base des voyages. Pour sa préparation, on prend de préférence la viande qui recouvre les côtes et on la fait sécher au-dessus du feu. Séchée, elle est pulvérisée sur une roche avec le dos d'une hache, puis mélangée avec le tiers ou la moitié de son volume de graisse. Le pemican ainsi obtenu peut se conserver un an ou deux. Il se mange sans autre cuisson, le voyageur qui traverse un lac et ne peut faire de feu le mettra dans sa poche et en croquera des morceaux à l'occasion.

PIPE : elle sert bien sûr à fumer le tabac. Mais c'est aussi l'unité de mesure de marche courante dans le grand nord canadien. Elle varie en distance en fonction de la difficulté de la progression. Elle mesure la distance parcourue entre deux arrêts pendant lesquels on fume la pipe en hiver pour se réchauffer et en été pour se protéger des moustiques.

PORTAGE : pendant l'été, tous les transports se font par voie d'eau. Lorsque la rivière est impraticable où qu'il faut changer de cours d'eau, il est nécessaire de faire un portage qui peut aller de quelques centaines de mètres à une dizaine de kilomètres. Le portage La Loche passait la ligne de partage des eaux entre celles qui coulent vers le sud-est et se jettent dans l'océan Atlantique et celles qui coulent vers le nord et se jettent dans l'océan Arctique. Il était le plus long (treize kilomètres) et le plus difficile.

RIVIERE ROUGE : nom de rivière assez répandu. Deux plus particulièrement interviennent dans notre récit. Saint-Boniface, lieu de départ de toutes les missions, actuellement dans les faubourgs de Winnipeg, est situé sur la rivière Rouge. L'origine est controversée, on parle de sa couleur habituelle, mais aussi d'une référence à un massacre d'Indiens de la prairie.

La seconde rivière Rouge se situe sous le cercle polaire et se jette dans le MacKenzie à « Separation Point ». Il fallait la remonter pour passer du MacKenzie dans le Klondike.

SASHE : ceinture en flanelle très longue, souvent brodée finement, que portaient les métis essentiellement. Emblème de ces derniers.

SEKANAIS : voir Indiens.

SQUIF : petit canot d'écorce équivalent de nos canoës d'aujourd'hui.

TACHE (Mgr Alexandre) : né dans la province de Québec en 1823. Il meurt en 1894 à Saint-Boniface dont il fut le premier évêque. Sans doute un des plus jeunes évêques de l'Eglise, il fut consacré avant ses vingt-sept ans à Viviers en Ardèche par le fondateur des Oblats de Marie.

Doué d'une intelligence remarquable, il est véritablement le père des missions du Nord. Il fut un des premiers à bien connaître les langues indiennes et le problème indien. Au tout début de la révolte des métis, il était partisan d'un Etat indépendant indien-métis. Il aurait par la suite pu, par son influence considérable, faire flotter le drapeau américain sur cette partie du monde, mais jugeant sans doute préférable pour les populations indiennes un gouvernement anglais, il accepta de négocier avec Ottawa.

TOUREAU : sorte de pémican un peu plus fin et congelé.

VICARIAT : le monde catholique est divisé en provinces sous la juridiction d'un évêque. Ces provinces s'appellent des diocèses. Les diocèses ont un financement propre, de par leurs propriétés et une part du denier du culte que chaque fidèle verse à l'Eglise. Dans les terres de mission, les fidèles, soit trop peu nombreux, soit inexistants, ne peuvent subvenir aux besoins des prêtres et de l'évêque. Ces terres dépendent alors sur le plan financier du service de la propagation de la foi et reçoivent une allocation annuelle du Vatican. Elles prennent le nom de vicariat apostolique et l'évêque à leur tête est un vicaire apostolique.

LES OBLATS DE MARIE IMMACULÉE

Fondé à Aix-en-Provence en 1816, par le père Eugène de Mazenod, la congrégation avait pour but d'évangéliser les campagnes françaises, dévastées et de reconstituer le clergé décimé par la Révolution française.

La communauté devait se consacrer aux pauvres et aux indigents puis à la formation de la jeunesse. Dès 1830 les Oblats de Marie Immaculée s'étendent à l'étranger, évangélisent les diocèses de Lausanne et de Genève. En 1840 c'est l'Angleterre, l'Ecosse et l'Irlande. En 1841 Monseigneur Bourget, évêque de Montréal, au Canada, demande des missionnaires pour les territoires du Nord-Ouest américain afin d'évangéliser les Indiens et les métis qui y vivent. Bientôt les Oblats couvriront de missions tous les territoires non encore civilisés jusqu'au bord des trois océans.

En 1847, l'île de Ceylan, la perle de l'océan Indien, les réclame à son tour.

En 1851, ils débarquèrent au sud de l'Afrique et un peu plus tard ils établirent des diocèses en Amérique du Sud et en Océanie.

Aujourd'hui les Oblats de Marie Immaculée sont encore présents sur tous les continents.

Leur histoire, pour ce qui concerne l'Amérique du Nord, est en train de faire l'objet d'une étude systématique avec publication d'ouvrages biographiques et thématiques pour corriger des erreurs qui persistent depuis longtemps ou des inexactitudes et par là même pour fournir aux historiens et au public une information utile et digne de confiance. Cette étude a été confiée à la Western Canadian Publischers Ldt (5, avenue Saint-Vital, Saint-Albert, ALBERTA T8N 1K1 Canada), propriété des huit provinces canadiennes.

Ce livre fait partie des biographies qui viennent éclairer d'une manière encore inédite l'histoire canadienne et a reçu une bourse pour sa contribution à l'étude des oblats.

CHRONOLOGIE COMPARÉE

CLUT. S.E. MONSEIGNEUR ISIDORE, O.M.I.

1832,11 février :	Naissance à Saint-Rambert d'Albon-sur-Rhône Parents : Nicolas Clut Elizabeth Guilhermet
12 février	Baptême à Saint-Rambert, diocèse de Valence Parrain : son frère Charles Marraine : sa sœur Marie
1842, 21 décembre :	Première communion à Saint-Rambert
1847	Il commence le latin avec son cousin Eugène Petit, instituteur, puis durant trois mois auprès de monsieur Chaumont, curé de Saint-Rambert
1848, 18 octobre :	Il entre au Petit Séminaire Notre-Dame, à Valence Confirmation des mains de Monseigneur Chatrousse, évêque de Valence

ÉVÉNEMENTS HISTORIQUES

1832	Louis-Philippe est au pouvoir
1833	Loi de Guizot sur l'enseignement communal Balzac : « Le Père Goriot »
1840	Les Anglais accordent l'autonomie au Canada, comprenant le Nouveau-Brunswick, la Nouvelle-Ecosse, le haut et bas Canada
1841	Victor Hugo à l'Académie française.
1842	Loi sur les chemins de fer en France qui donne à l'Etat la charge d'établir les voies et permet un grand développement du train vers toutes les frontières à partir de Paris
1844	Le premier vapeur traverse l'Atlantique. Samuel Morse transmet le premier télégramme
1847	Naissance officielle du régime parlementaire au Canada. Marx fonde la ligue des communistes
1848	Abdication de Louis-Philippe, proclamation de la république. Adoption du suffrage universel. Insurrection ouvrière à Paris

1849	Il devient membre de la Congrégation de l'Immaculée Conception dans laquelle il ne tarde pas à avoir des charges (zélateur, sacristain, trésorier)
1853	Au début de l'année scolaire, la retraite prêchée par le Père Vincent l'oriente vers la vie religieuse et les missions lointaines
3 décembre :	Il entre au noviciat de Notre-Dame-de-l'Osier (Père Vanderberghe, maître des novices)
7 décembre :	Prise d'habit
1854, 8 décembre :	Premiers vœux perpétuels au scolasticat de Montolivet, près de Marseille
1855, 24 juin :	Tonsure dans la chapelle privée de Monseigneur De Mazenod, et de ses mains
1856, 8 juin :	Quatre ordres mineurs dans l'église Saint-Martin, des mains de Monseigneur De Mazenod
1857, 21 mai :	Obédience pour les Missions de Saint-Boniface
22 mai :	Visite à Notre-Dame-de-la-Garde
23 mai :	Visite d'adieu à sa famille à Saint-Rambert (trois jours et demi)
3 juin :	Embarquement à Liverpool sur le *North American*
14 juin	Arrivée à Québec
29 juin :	Sous-diaconat des mains de Monseigneur Taché à Saint-Pierre de Montréal
9 août :	Arrivée à Saint-Boniface avec le Père Laurent Lefloch, les frères Sallace et Perréard (le 14 août selon les chroniques des Sœurs)

1850	Dickens fait paraître « David Copperfield ». On dit que Monsieur Pickwick aurait eu comme modèle l'ami de Dickens, Bompas, le père du futur évêque anglican du MacKenzie
1851	Coup d'Etat de Napoléon III
1852	Wells et Fargo fondent une société de transport entre New York et San Francisco

29 novembre :	Diaconat des mains de Monseigneur Taché dans l'église de Saint-Norbert, érigée ce même jour en paroisse
20 décembre :	Ordination à la prêtrise par Monseigneur Taché dans la Cathédrale de Saint-Boniface
1858, 4 juin :	Départ de Saint-Boniface pour la Nativité sur les « barges » de la Compagnie de la Baie d'Hudson, avec le frère Kearney
7 août	Arrivée à La Nativité. Il est reçu par le Père Faraud. Il apprend le montagnais, ayant déjà appris le cree.
1859, mars - 24 juin :	Il donne la mission aux Mangeurs de Caribou au Fond du Lac (mission Notre-Dame-des-Sept-Douleurs)
1860, printemps :	Il retourne au Fond du Lac
1861, printemps :	Il fait de nouveau la mission au Fond du Lac
15 juin :	Visite de Monseigneur Grandin. Le Père Faraud va à L'Ile-à-la-Crosse et le Père Clut devient directeur de la mission de La Nativité
1862, printemps :	Nouvelle visite à Notre-Dame-des-Sept-Douleurs Maladie quasi mortelle du Père Clut, soigné par Monseigneur Grandin, en visite. Arrivée du Père Emile Grouard, novice. Il devient maître des novices du Père Grouard.
1863, printemps :	Visite à Notre-Dame-des-Sept-Douleurs
21 juin :	Décès de son père, âgé de soixante-deux ans et demi
1864, printemps :	Mission au Fond du lac. Il se blesse au genou d'un coup de hache. Portant des béquilles, il visite et enterre des Indiens frappés d'une épidémie
3 août :	Pie IX signe des bulles « blanches » pour un auxiliaire à Monseigneur Faraud.
1865 :	Le Père Tissier devient son compagnon à la Nativité.
décembre :	Il se rend à la Providence pour voir Monseigneur Faraud
1866, 3 janvier :	Il apprend sa nomination à l'épiscopat (évêque d'Arindèle)

1858	Premier miracle à Lourdes
1860	Aux U.S.A. : élection de Lincoln, loi favorisant l'émigration, les pionniers vers l'Ouest, début de la guerre de Sécession
1865	Assassinat de Lincoln, fin de la guerre de Sécession et abolition de l'esclavage

1867,	15 août :	Consécration épiscopale à la Nativité. Devise : « Jugum meum suave est et onus meum live »
1868,	3 mars :	Il va au fort Vermilion (précédé par le ministre Bompas). Pied-à-terre fourni par la Compagnie de la Baie d'Hudson
	12 mai :	Il revient à Athabaska
1869,	26 mars - 13 mai :	Deuxième visite au Fort Vermilion (voyage pénible de onze jours). Il y construit la première maison avec Louis Lafrance (20 mètres carrés)
	fin mai :	Il part avec Monseigneur Faraud pour l'Ile-à-la-Crosse où fut signée la Convention concernant le lac La Biche et le Petit Lac des Esclaves. Il poursuit sa route vers la France et Rome ou il assiste aux débuts du Concile 8 décembre) du Vatican jusqu'au 30 décembre. Premier retour dans sa famille après onze années de mission.
1870		Séjour en France (quête de sujets)
	9 avril :	Départ de Brest.
	20 avril :	Arrivée à New York
	21 avril :	Arrivée à Montréal
	9 octobre :	A la Nativité
	20 octobre :	Au Grand Lac des Esclaves chez le père Gascon.
	27 octobre :	A la Providence.
	13 novembre :	Il ordonne prêtre l'abbé Lecorre à Fort-Providence.
1871 :		Voyage au lac La Biche.
1872,	21 août :	Début de son journal
	30 août :	Départ de la Providence pour le Youkon et l'Alaska.
	13 octobre :	Arrivée au Fort Youkon.

1867 Achat par les U.S.A. de l'Alaska pour 7 200 000 $. Premier chemin de fer transcontinental. Au Canada, première révolte des métis à la Rivière Rouge

1870 Capitulation de Napoléon III. Proclamation de la république. Aux U.S.A., guerre avec les Indiens repoussés dans les réserves du Sud pour laisser la place aux pionniers. Cette guerre durera jusqu'en 1875

1871 Paris assiégé par les Prussiens. Thiers président de la République. La Commune de Paris. En Italie, Rome accorde au pape l'extraterritorialité du Vatican

1872 Le service national en France est obligatoire. Il dure cinq ans pour tous les hommes de vingt à quarante ans

1873,	8 octobre :	Retour à la Providence
	13 décembre :	Voyage à la Nativité.
1874,	12 janvier :	Décision prise de faire venir des Sœurs à la Nativité.
	20 juillet :	Arrivée des Sœurs.
	4 août :	Il quitte la Nativité pour aller rencontrer de nouveaux missionnaires au lac La Biche.
	23 août :	Arrivée au lac La Biche.
	25 août :	Départ du lac La Biche.
	1er septembre :	Arrivée à la Nativité.
1875,	12 avril au 31 mai :	Visite au fort-Nelson.
1877 :		Visite à Hay River.
1878,	mars :	Au fort Smith
	29 mai - 4 juin :	A la Nativité.
	10 juin :	Au fort Mac-Murray
	18 juin :	Au lac La Biche (vingt et un jours).
	8 août :	Départ pour fort Pitt, etc.
	7 septembre :	A Saint-François-Xavier, où Monseigneur Taché est venu le recevoir
	7 - 13 septembre :	A Saint-Boniface.
	19 - 30 septembre :	A Montréal.
	26 septembre :	Visite chez les Sœurs de la Providence avec le Père Pierre-Joseph Duhaime, o.m.i.
	2 octobre :	Il s'embarque à New York.

1875	Adoption en France du système métrique
1876	Bataille de Little Big Horn, victoire des Indiens sur le général Custer. Invention du téléphone

	12 octobre :	Arrivée au Havre. Le soir, à Paris
1879 :		En France (rédaction du journal interrompue). Chapitre général.
1880,	10 avril :	Départ de France (du Havre)
	12 mai :	Départ de Saint-Boniface
	14 août :	Arrivée à la Nativité. Monseigneur Faraud, s'y trouvant alors, donne une obédience le priant de faire de cette mission sa résidence
1881,	24 septembre :	A Dunvegan
	27 octobre	
1882	20 mars :	Au Petit Lac des Esclaves (première visite d'un évêque).
	26 mars - 11 mai :	A Dunvegan
	19 - 21 mai :	Au Fort Vermilion
1885 :		Maladie et voyage à Montréal pour santé (séjour à l'Hôtel-Dieu)
1893,	9 juillet :	
		Séjour à l'Hôtel-Dieu de Montréal. Il fait des démarches pour obtenir les Sœurs de la Providence
	23 août :	Testament signé à l'archevêché de Saint-Boniface en présence de Monseigneur Adélard Langevin, vicaire des Missions, et J. Allard, vicaire général

1880	Jules Ferry ordonne la fermeture des couvents et congrégations en France pour combattre l'éducation catholique. Première découverte d'or au Youkon
1882	Rockefeller fonde la Standard Oil Company. Contrôle de l'émigration aux U.S.A.
1885	Deuxième révolte des Métis à la Rivière Rouge, répression de l'armée canadienne, exécution de Louis Riel
1886	New York : inauguration de la statue de la Liberté. Le chef indien Géronimo est fait prisonnier
1888	Adoption par le Congrès d'une loi qui parcellise les réserves indiennes
1889	Tour Eiffel. Van Gogh : autoportrait
1891	Aux U.S.A., massacre de Wounded Knee. Première encyclique sociale de Léon XIII
1893	Ford construit sa première voiture automobile

1894, 16 juin :	Il revient de Montréal avec les premières Sœurs de la Providence pour la mission Saint-Bernard. Il devient leur chapelain jusqu'à la fin de ses jours
1897 :	Il assiste aux sacres de Monseigneur Legal à Saint-Albert et de Monseigneur Dontenwill à New Westminster
1898 :	Il conduit les Sœurs de la Providence à Saint-Augustin
1902 :	Il assiste au sacre de Monseigneur Breynat à Saint-Albert et aux funérailles de Monseigneur Grandin
mi-juin :	Il conduit Sœur André de Florence à Saint-Augustin
1903, 24 juin :	Il devient subitement très souffrant
30 juin :	Il cesse de dire sa messe
4 juillet :	Sacrement des malades
8 juillet :	En agonie
9 juillet :	Décès à Saint-Bernard (soixante et onze ans et cinq mois)
12 juillet :	Funérailles à Grouard

1896 Le 17 août, mise au jour du plus gros gisement d'or du Klondike

1902 Combes fait fermer toutes les écoles catholiques. Buffalo Bill est nommé responsable de la sauvegarde des bisons (il n'en reste plus que 1024)

1903 En France, apogée des mesures anticléricales. La Grande Chartreuse est évacuée par l'armée

BIBLIOGRAPHIE

Il existe un grand nombre d'ouvrages anciens sur les missions du Grand Nord. Les éditions sont pratiquement toutes épuisées. En voici quelques-unes :

R.P. Duchaussois : *Aux Glaces polaires*, Ed. SPES, Paris, 1921.

R.P. Duchaussois : *Femmes héroïques*, Ed. SPES, Paris, 1933.

R.P. Duchaussois : *Apôtres inconnus*, Ed. SPES, Paris, 1928.

Louis Frédéric Rouquette : *L'Epopée blanche*, Ed. Ferenczi & fils, Paris, 1926.

R.P. A. Philippot : *Le Frère Alexis Reynard*, Notre-Dame-de-Bon-Secours (Ardèche), 1931.

R.P. Emile Petitot : *Mœurs et traditions des Indiens*, Ed. Maisonneuve et Larose, 1898.

R.P. Emile Petitot : *En route pour les mers glaciales*, Albert Savine Editeur, Paris, 1891.

R.P. Emile Petitot : *Autour du Grand Lac des Esclaves*, Albert Savine Editeur, Paris, 1891.

R.P. Emile Petitot : *Quinze ans sous le cercle polaire*, E. Dentu, Paris, 1889.

R.P. Emile Petitot : *Dictionnaire des langues indiennes et esquimau.*

Est actuellement disponible au Canada du R.P. Émile Petitot :

The Book of Dene (recueil de légendes), Programme Developpement Division Departement of Education, Yellowknife NWT, 1976.

Mgr Grouard : *Soixante ans de ma vie.*

Mgr Breynat : *Cinquante ans au pays des neiges* (3 volumes).

Plus récemment ont été publiés :

P.E. Breton : *Au Pays des Peaux de Lièvres* (biographie du frère Kearney), Ed. de l'Hermitage, Edmonton, 1962.

P.E. Breton : *La Merveilleuse aventure de l'évêque sauvage* (biographie de Mgr V. Grandin), Ed. Fayard, 1960.

R. Vandersteene : *Wabasca*, Ed. OMI *Gemmenich*, Belgique, 1960.
R. Frison-Roche : *Nahanni*, Ed. Arthaud, 1969.
R. Frison-Roche : *Peuples chasseurs de l'Arctique,* Ed. Arthaud, réédité en 1987.
A. Rastoin : *Ashuamipi*, Ed. Robert Laffont, 1983.
A. Rastoin : *Grand Nord*, Ed. Robert Laffont, 1986.
N. Vanier : *Le Triathlon historique*, Ed. Albin Michel, 1988.
K. G. Roberts et P. Shackleton : *Canoë*, Ed. Denoël, 1988.

En anglais :
F. Dolphin : *Indien bishop of the West* (Mgr Grandin), Ed. Novalis, 1986.
Our metis heritage. Metis Association of the North West Territories.
Apostle of the North (biographie du Bishop Bompas), HA Cody, 1908.
A heroine of the North (biographie de madame Bompas), SA Archer, 1929.

Pour mieux saisir l'ambiance et le souffle du Grand Nord sous une forme romanesque nous recommandons vivement la lecture de certains livres de Jack London (en collection de poche 10-18). Enfin, le livre de Jean Malaurie *Les derniers rois de Thulé* (collection "Terre humaine", Ed. Plon, 1976) ainsi que les œuvres de Paul-Emile Victor, publiées chez plusieurs éditeurs, sont des témoignages uniques sur la vie des Esquimaux.

TABLE DES MATIERES

Cet ouvrage a été imprimé par l'imprimerie Pollina à Luçon, n° 11811. La composition est de Mac Hard à Cléguerec (56) - La couverture a été imprimée par l'imprimerie Raynard à La Guerche-de-Bretagne et pelliculée par T.T.G. à Châtillon-sous-Bagneux - La reliure est de la Sirc à Marigny-le-Châtel - Prix à la parution en France continentale : 140 francs français.

 - I.S.B.N. 2.7373.0403.2 - Dépôt légal : novembre 1989
N° éditeur : 1709.01.05.11.89